A.C. PORTER

De erfgenamen

XANDER

Uitgegeven door Xander Uitgevers
www.xanderuitgevers.nl

Omslagontwerp: DPS Design & Prepress Studio, Amsterdam
Omslagbeeld: © DPS design & Prepress Studio/Arcangel/Shutterstock
Zetwerk: Michiel Niesen

Eerste druk 2024

ISBN 978 94 0162 220 2 | NUR 332

Deze uitgave kwam tot stand door bemiddeling van
Sebes & Bisseling Literair Agentschap te Amsterdam.

VERTROUWELIJK

HOOFDKWARTIER 101E LUCHTLANDINGSDIVISIE
101E CIS-AFDELING
APO 472, AMERIKAANSE LEGER

12 JULI 1945

Memorandum voor de verantwoordelijke officier

Betreft: Ondervraging van
Fräulein Paula Hitler

Ik ben geboren op het landgoed van mijn vader in Hartfeld, Oostenrijk, in 1896. Mijn vader was 60 jaar oud toen ik werd geboren. Hij stierf toen ik 6 was. Ik weet niets van de familie van mijn vader. Mijn broer en ik brachten weinig tijd samen door, aangezien hij 7 jaar ouder was. Hij bezocht de Realschule in Stiermarken en bracht alleen zijn vakanties thuis door. De dood van mijn moeder heeft diepe indruk op Adolf en op mij gemaakt. We waren allebei erg aan haar gehecht. Onze moeder stierf in 1907 en Adolf is daarna nooit meer thuisgekomen.

Omdat ik zoveel jonger was dan mijn broer, beschouwde hij me nooit als een speelkameraadje. Hij speelde een leidende rol onder zijn vroege metgezellen. Zijn favoriete spel was politie en overvallers, en dat soort dingen. Hij had veel kameraden. Ik kan niet zeggen wat er in hun spellen gebeurde, aangezien ik nooit aanwezig was. Adolf kwam als kind altijd te laat thuis. Hij kreeg elke avond een pak slaag omdat hij niet op tijd thuiskwam.

Nadat mijn broer klaar was met school ging hij naar Wenen. Hij wilde naar de academie en schilder worden, maar daar kwam niets van terecht. Mijn moeder was toen erg ziek. Ze was erg gehecht aan Adolf en wilde dat hij thuisbleef. Daarom is hij gebleven. Hij verliet het huis na haar dood in 1907. Ik heb hem tussen 1908 en 1921 niet gezien. Ik heb geen idee wat hij in die tijd deed. Ik wist niet eens of hij nog leefde.

Hij bezocht me voor het eerst in 1921. Ik vertelde hem dat het veel gemakkelijker voor me zou zijn geweest als ik een broer had gehad. Hij zei: 'Ik had zelf niets. Hoe had ik je kunnen helpen? Ik heb je niets over mezelf laten weten omdat ik je niet had kunnen helpen.'

Mijn broer was erg goed in sommige vakken en erg zwak in andere. Hij was het zwakste in wiskunde en, voor zover ik me kan herinneren, in natuurkunde. Zijn falen in wiskunde baarde mijn moeder zorgen. Hij hield van muziek. Hij gaf toen al de voorkeur aan Wagner. Wagner was altijd zijn favoriet.

Ik bezocht hem in 1923 in München. Dit was vóór 9 november (de datum van de Bierkellerputsch). Voor mij zag hij er nog steeds hetzelfde uit. Zijn politieke activiteiten hadden hem niet veranderd. De volgende keer dat ik hem zag, was in de Dirsch Straße in München. De enige persoon die ik ontmoette onder zijn politieke vrienden was Schwarz, penningmeester van de partij. De volgende keer dat ik hem zag, was op de feestdag van Neurenberg. Ik heb mijn tickets ontvangen zoals ieder ander.

Vanaf 1929 zag ik hem één keer per jaar tot 1941. We ontmoetten elkaar een keer in München, een keer in Berlijn en een keer in Wenen. Ik ontmoette hem in Wenen na 1938. Zijn snelle opkomst in de wereld baarde me zorgen. Ik moet eerlijk bekennen dat ik liever had gezien dat hij zijn oorspronkelijke ambitie had gevolgd en architect was geworden.

Het zou de wereld een hoop zorgen hebben bespaard.

PROLOOG

New York
16 maart 1959

Ik boog voorover en pulkte boven de wasbak voorzichtig de maden uit mijn klitterige zwarte krulhaar. Het was een werkje dat nauw luisterde. Ik moest voldoende aan de kleine lichaampjes trekken om ze los te krijgen maar ook niet te hard want dan spatten ze uit elkaar.

Boven beide wastafels hing een smal porseleinen tableau met daarboven een spiegel. Mijn spiegel was gebarsten, de andere zat vol zwarte vlekken. Achter mijn rug bevonden zich twee toiletten die af en toe werden doorgetrokken door collega's die vanuit de wasserij het damestoilet binnenkwamen via de deur rechts.

Ik liet een klein madenlijkje uit mijn vingers in het afvoerputje glijden en vervloekte voor de zoveelste keer mijn beslissing om tijdens mijn eerste dienst geen haarnetje te dragen. En zag de lachende gezichten van mijn collega's nog voor me, die me niets hadden verteld over het ongedierte dat welig tierde tussen de resten kreeft en mosselen die vanuit de grote visrestaurants met de tafellakens mee de wasserij in kwamen.

Terwijl ik voorzichtig verder ging hoorde ik achter mijn rug om de paar minuten, wanneer de deur naar de damestoiletten open- en dichtging, kortstondig het gegons van de grote industriële wasmachines met daarbovenuit de muziek die uit de radio schalde. Zodra de deur sloot keerde de rust terug en hoorde ik enkel de geluiden in het toilettenblok. Voetstappen van en naar de toiletten. Stromend water in de wasbak naast me. Glazen flesjes, eyeliners en lippenstift die tegen het porseleinen tableau tikten. En al die tijd zei niemand iets tegen mij. Het voelde ongemakkelijk, hangend boven de wasbak, pulkend in mijn haar, met mensen die kwamen en gingen en mij observeerden zonder dat ik wist of de blikken waarmee ze me bekeken vol afkeuring of juist plezier waren. Beschaamd pulkte ik verder totdat, na een lange stilte, de deur opnieuw openging. Door de fabriekshal schalde *Volare,* de grote hit van afgelopen nazomer.

De deur sloot en ik volgde het geluid van plakkende zolen over de grijze tegels tot aan het piepende deurtje van het eerste toilet. Afgeleid kneep ik net te hard in een made, waardoor hij tussen mijn vingers kapot knapte. Ik gruwelde, draaide ontzet de kraan open en spoelde eerst mijn gezicht schoon en liet daarna mijn haar het water opzuigen. Niet langer geremd door enige voorzichtigheid woelden mijn handen wild heen en weer door mijn natte haar en ik zag steeds meer diertjes, of wat daarvan over was, in het met bruine aanslag aangekoekte afvoerputje verdwijnen.

Toen ik zeker wist dat alle maden verwijderd waren draaide ik de kraan dicht en keek ik in de spiegel. Wat ik zag vulde mijn hart met afgrijzen.

Een fractie van een seconde bleef ik gevangen in de tekening achter me op de deur van het tweede toilet. Een oude stenen brug waaraan een poppetje hing met een strop om diens nek. Over de tekening waren met een stift twee bliksemschichten gekalkt. Het ss-logo van nazi-Duitsland.

Met een schok realiseerde ik me dat de bezoeker met de plakkende zolen het damestoilet niet had verlaten. De deur van het eerste toilet stond op een kleine kier en daarachter leek iets te bewegen. Instinctief greep ik naar de lange stok die in de hoek naast mijn wastafel stond. Mijn hart bonsde in mijn keel terwijl mijn ogen de ruimte scanden. Van de smalle kier tussen de deurpost en de deur van het toilet was het minder dan twee meter naar de deur naar de wasserij. Als iemand me vanuit de duisternis achter die kier gadesloeg zou hij of zij toeslaan op het moment dat ik bijna bij de uitgang was, en in het felle licht maakte ik geen schijn van kans.

Mijn ogen focusten op het kale peertje dat midden in de ruimte aan een stroomkabel uit het plafond hing. Twee seconden later sloeg ik met de stok tegen het peertje, dat uit elkaar spatte. Op hetzelfde moment zag ik in het halfduister het deurtje van het toilet openvliegen en een gestalte naar buiten stormen. Niet op mij af, maar naar de uitgang, waar in een tunnel van licht en geluid de gestalte een fractie van een seconde te zien was, vlak voordat hij verdween. Dat beeld van de wegrennende zware laarzen met dikke zolen en daarboven de lange smalle man, gehuld in zwarte kleding met een embleem dat ik sinds mijn kindertijd niet meer had gezien, brandde op mijn netvlies tot ik er duizelig van werd. Ik klemde in het duister de toiletdeur vast, terwijl ik teruggeworpen werd in mijn herinneringen.

DEEL 1

DUITSLAND

BERCHTESGADEN

1945-1946

1

23 april 1945

'Zwarthemden,' siste ik tegen Salo.

Vrijwel tegelijkertijd lieten we ons op onze hurken zakken, waardoor de geborduurde, met bosdieren versierde tafelkleden die netjes gerangschikt in de opslagkast hingen niet langer op onze smalle schouders rustten maar voor ons uitwaaierden tot vlak boven de vloer.

Terwijl het stof nog opdwarrelde vloog het kastdeurtje open en graaiden in het vale, dansende licht twee handen tussen de tafelkleden.

Ik drukte me nog dichter tegen de houten kastbodem en bad dat Salo zich stil zou houden.

Een van de kleden werd uit de kast getrokken, waardoor een straal overweldigend licht ons plotsklaps blootlegde.

Ik schrok, maar nog voordat ik de kans kreeg om het uit te schreeuwen klapte het deurtje weer dicht en smoorde de duisternis mijn paniekuitbarsting. In de doodse stilte die volgde voelde ik het warme lichaam van Salo naast me rillen. Ik wist zeker dat hij aan hetzelfde dacht als ik. Aan de plaatjes in de bladen die we van Frau Beer hadden gekregen. Trotse mannen in zwarte uniformen met een speciaal embleem waarop twee bliksemschichten stonden afgebeeld. Leden van de gevreesde ss.

Voorzichtig kwam ik overeind, tot ik weer bij de barst in het hout kwam die zicht bood op de eetzaal van Gasthof Vorderbrand. Over het glimmende hout van de tafel lag nu een kleed met geborduurde herten. Aan de tafel zaten nog altijd twee mannen in zwarte uniformen. Frau Beer stond bij hen en vulde hun kroezen met bier. Mijn blik dwaalde naar het midden van de tafel, waar op een houten plank verse hompen brood en een mooie grote droge worst lagen. Het water liep me in de mond, en ik realiseerde me dat Frau Beer aan deze mannen niets verdiende. Het was ons rantsoen dat ze aan hen moest afstaan.

Een van de mannen sloeg een vel papier om, dat samen met mappen vol paperassen op de tafel lag. Terwijl hij iets mompelde wenkte de ander Frau Beer. Ze kwam snel aanlopen met haar korte benen die onder de groene jurk met witte kanten randen uitstaken. In haar hand had ze een kan bier, maar de ss'er gebaarde geïrriteerd dat ze die moest wegzetten. De ander wees haar nu iets aan op de bladzijde die hij zojuist had omgeslagen en Frau Beer keek hem geschrokken aan. Ze schudde haar hoofd en deinsde achteruit terwijl hij opstond. Hij hield zijn hand op het pistool in een houder aan zijn glimmende riem. Met zijn andere hand pakte hij de verstijfde arm van Frau Beer beet en trok haar mee naar de trap die naar de bovenverdieping ging. Op hetzelfde moment voelde ik een hand langs mijn arm glijden. Heel even ging er een siddering door mijn lijf, tot ik me realiseerde dat het Salo was.

'Kom mee, we moeten terug naar de Bibliotheek,' fluisterde hij.

Ik schudde mijn hoofd, al wist ik dat hij dat in de duisternis niet kon zien.

Nu gleden zijn vingers in mijn hand en hij probeerde me mee te trekken.

'Wacht, ze hebben Frau Beer,' siste ik.

Zijn greep werd dwingender en hij trok me bijna omver.

'Sukkel,' beet ik hem toe terwijl ik aan het zachte gestommel hoorde dat hij verdween via de verborgen trap in de kist met dekens. Ik twijfelde een seconde en kroop toen snel achter hem aan.

2

23 april 1945

De grote kroonluchter aan het plafond in de ruimte onder Vorderbrand vormde een baken van licht. Duizenden geslepen steentjes weerkaatsten en vermenigvuldigden de kristalheldere gloed en zonden het naar de verste uithoeken van wat ooit de meest geliefde ruimte van het huis was. Een toevluchtsoord, een plek om tot rust te komen.

Mijn blik dwaalde van de fonkelingen aan het plafond langs de grote boekenkasten naar beneden, waar zich onder de onderste planken nu onze bedstedes bevonden. Knus, maar met precies genoeg ruimte voor een kind om rechtop te zitten. Zoals Elias nu deed, kijkend in het blaadje dat Samuel hem eerder had aangereikt. Ik wist dat de zwarthemden hem bezighielden. De jongens hadden het over niets anders gehad sinds Salo en ik waren teruggekeerd uit het Bovenhuis.

Een bedstede verder lag Salo op zijn rug met zijn hoofd rustend op *De Toverberg* van Thomas Mann, zijn favoriete schrijver. Hij staarde door de kieren tussen de planken boven hem naar de lijvige boeken die op hem stonden te wachten. Honderden verhalen die de paar vierkante meters van ons bestaan verruimden tot een onmetelijke en onbegrensde wereld. De collectie van de familiebibliotheek bestond aanvankelijk vooral uit Duitstalige literatuur, maar de vader van Frau Beer, die toen hij nog leefde Engelse en Amerikaanse literatuur aan de universiteit van Salzburg had gedoceerd, had deze steeds verder uitgebreid met Engelstalige meesterwerken.

En hoewel ieder van ons vrijwel alles las hadden we natuurlijk onze eigen voorkeuren. Zo las Salo het liefst oorspronkelijk Duitstalig werk, terwijl Elias een voorkeur had voor de Griekse mythologie, en Samuel de werken van alle Russische grootmeesters kon spellen. Zelf was ik het afgelopen jaar steeds meer Engelstalige literatuur gaan lezen.

Maar nu waren onze gedachten, die doorgaans afzonderlijk van elkaar dagenlang beheerst werden door de werelden van Dickens, Twain en Swift, heel even op dezelfde plek.

Met een schuin oog keek ik naar Samuel, die aan het tafeltje bij de kachel zat en doelloos de schaakstukken over het bord leek te verplaatsen.

'We hadden haar moeten helpen,' zei ik, terwijl de jongens stoicijns voor zich uit bleven kijken. 'Misschien schieten ze haar wel dood,' ging ik verder.

'Ze schieten haar niet dood,' zei Samuel terwijl hij zonder op te kijken een loper verplaatste. 'Ze nemen haar alleen maar mee naar de bovenste verdieping.'

'Alsof ze daar veilig is,' zei Elias vanachter zijn blaadje met een lichte trilling in zijn stem.

Samuel negeerde hem en keek mij nu met een venijnige blik aan. 'Ze maken haar dood als ze ontdekken dat ze in haar huis Joodse kinderen verbergt. We helpen haar door hier te blijven.'

'Wat gebeurt er op de bovenste verdieping?' vroeg ik.

Niemand gaf antwoord.

'Nou?'

'Je hebt genoeg gelezen om dat zelf te kunnen bedenken,' zei Samuel.

De fictieve werelden van Jane Austen, Emily Brontë en Virginia Woolf vulden mijn gedachten en ik zag hoe kwetsbaar en weerloos Frau Beer alleen met deze gewapende mannen zou zijn. En tegelijkertijd begreep ik de kern van haar zorgen toen ze ontdekte dat wij alles verslonden wat haar vader gedurende zijn leven aan boeken had verzameld. 'Kinderen van elf begrijpen niets van Goethe en Dostojevski,' verzuchtte ze dan. Maar wij wisten niet beter dan dat alle schatten die wij hier openden voor ons toegankelijk waren. Er waren echter dingen die wij als kinderen nog niet hoefden te begrijpen, die we nog niet kónden begrijpen. Natuurlijk hadden wij heus wel dingen meegemaakt hier beneden: Salo had gebloosd toen ik zag dat hij met zijn piemel speelde, en toen de zieke muis die Elias wekenlang had verzorgd bezweek onder de voet van Frau Beer waren we alle vier ontroostbaar geweest. Maar ondanks de beperking dat we ons niet altijd met alle gebeurtenissen in de verhalen konden vereenzelvigen, had dat lezen ons inlevingsvermogen ontzettend vergroot. En dat ontging Frau Beer natuurlijk niet. Vaak genoeg zei ze dat wij anders waren dan de kinderen die ze kende.

Ik dacht opnieuw aan de woorden van Samuel, aan wat er zou gebeuren als we Frau Beer zouden helpen.

'Oké, dan blijven we hier.' Mijn stem plakte achter in mijn keel en ik wist dat de jongens me niet hoorden. Maar het was niet nodig om mezelf te herhalen. Dat we hier zouden blijven stond voor hen allang vast.

Ik sloeg het boekje open dat Frau Beer me had gegeven. Het viel in het niet bij de dikke pillen die haar vader hier tot aan zijn dood in 1936 had verzameld. Twee decennia eerder al, bij het uitbreken van de Eerste Wereldoorlog, was de immense bibliotheek afgesloten van de rest van het huis. De doorgang was vervangen door een kast met daarin een deur waarvan alleen hij de sleutel had. Alleen mensen die hier voor 1914 waren gekomen konden van het bestaan van de Bibliotheek weten.

Ik bladerde naar de laatste bladzijde en dacht aan de bijzondere manier waarop het boekje in het bezit van Frau Beer was gekomen. Het was afgelopen zomer in hergebruikt beige pakpapier bij het Alpengasthof bezorgd en was louter voorzien van een adres, een naam ontbrak. Aan de postzegels en het stempel kon Frau Beer zien dat het verzonden was vanuit Oostenrijk, waar haar vader docent was geweest. Hoewel ze wist dat het onmogelijk was, wilde ze graag geloven dat het boekje afkomstig was van hem, en dat hij vanuit het hiernamaals zijn bibliotheek bleef aanvullen. In die fantasie zat ze toen ze het boekje uit het pakpapier haalde en voor het eerst naar de kaft staarde. Ze omschreef wat ze toen voelde later aan mij als een betoverende vertedering. Op de kaft zag ze een plaatje van een jongetje boven op een kleine planeet. Boven het jongetje stond de Engelse titel van het boekje: *The Little Prince.*

Aanvankelijk had Frau Beer het opgeborgen, maar toen ze ontdekte dat ik ook Engels las en omdat het haar niet verkeerd leek dat ik eens een kinderboek zou lezen, gaf ze het, een klein jaar nadat ze het zelf had ontvangen, aan mij.

Mijn ogen gleden langs de regels op de laatste pagina tot ze lazen wat Frau Beer over het hoofd had gezien toen ze me het boekje gaf. In het Duits stond onder de laatste regel van het verhaal in potlood geschreven:

Für Ezra, meinen kleinen Prinzen.

Natuurlijk had ik eerst gedacht dat Frau Beer dit had geschreven. Ik kleedde en gedroeg me als een van de jongens en vond het verschrikkelijk als ik als een meisje werd behandeld. Het was dus heel verklaarbaar dat Frau Beer daar op een speelse manier een grapje over maakte, of misschien juist wilde laten blijken dat ze me serieus nam. Maar dat het niets van dit alles was werd me pijnlijk duidelijk toen ik haar een paar dagen geleden de in potlood geschreven tekst toonde. Er gebeurde iets vreemds met haar gezicht, dat niet alleen lijkbleek werd, maar uit elkaar getrokken werd door haar grote paniekerige ogen. Zonder een woord te zeggen vertelde haar blik me alles wat ze dacht.

Iemand wist van mijn bestaan en iemand wist waar ik was.

Maar, diegene wist niet alles. Dat ik geen jongen, maar een meisje was.

Toen Frau Beer van de schrik bekomen was daalden haar grote ogen terug in de lieve lach die ik van haar kende.

'Je bent niet alleen op deze wereld,' zei ze, terwijl ze zachtjes met haar hand door mijn haar streek.

'Maar ik ben geen prins,' zei ik.

Nu grinnikte ze en er kropen rimpeltjes over haar neus.

'Nee, je bent geen prins. Beter nog: je bent een prinses.'

'Maar waarom staat er dan...'

Frau Beer bracht haar wijsvinger voor haar mond. Toen wierp ze een blik op de jongens, die lagen te slapen, en keek mij weer aan.

'Ze zouden vier jongens brengen, verspreid over een periode van een maand. De eerste was Samuel, daarna verschenen Elias en Salo op dezelfde dag en ten slotte kwam jij. Jullie waren vier jaar oud. De jongens waren timide en misten hun ouders heel erg. Bij jou was dat anders. Je eiste al mijn aandacht op als ik hier beneden was. Een keer kroop je bij me op schoot en keek me aan met je mooie donkere ogen alsof ik je moeder was. Vanuit je kortgeknipte jongenskoppie keken ze me ongelukkig aan en ik voelde meteen waarom. Je had het in je broek gedaan. Toen ik je ging verschonen ontdekte ik dat ze een vergissing hadden begaan.'

Ik keek haar vragend aan.

'De mensen die je hier brachten wisten van niets.'

Ik glimlachte. 'Ze wisten niet dat ik een prinses ben?'

'Nee.'

'En degene die dit boekje stuurde wist dat ook niet?'

'Nee.'

'Maar wel mijn naam...'

Frau Beer knikte. 'Misschien is het iemand die je ouders heeft gekend voordat ze...'

Ik deed het boekje dicht terwijl ik dacht aan Frau Beer met de ss'ers op de bovenste verdieping. En ik keek opnieuw naar het plaatje op de kaft. Net als de kleine prins die zijn komeet verliet om de wereld om hem heen te ontdekken was ik nieuwsgierig naar de wereld buiten onze Bibliotheek. Maar bovenal wilde ik naar die wereld reizen om ons te bevrijden van het gevaar dat ons bedreigde.

3

25 april 1945

Vanaf het smalle pad zag ik tussen de boomtoppen door de steile zwarte rotswanden verrijzen in het avondrood. Lager, tussen het struikgewas door, had ik zicht op de vallei waar Berchtesgaden lag. Op een van de lange avonden in de Bibliotheek had Frau Beer ons verteld hoe de Führer hier als jongeman zijn heil had gezocht om in alle eenzaamheid in een berghut te werken aan *Mein Kampf*. Ze had zich zuchtend afgevraagd hoe de prachtige bergen rond de Königssee iemand hadden kunnen inspireren tot zulke duivelse gedachten. Wat een speling van het lot dat uitgerekend wij, vier Joodse kinderen, een veilig oord hadden gevonden in diezelfde bergen.

Van Berchtesgaden dwaalden mijn ogen terug naar het achter me gelegen pad richting Vorderbrand. Dat leek mij vaak de meest onveilige plek op aarde. In het Gasthof aten, feesten en sliepen de nazi's en was er elk moment het risico dat we ontdekt zouden worden. En toch was het volgens Frau Beer juist daarom zo veilig. Niemand zou het in zijn hoofd halen om op deze plek van nazivertier te zoeken naar Joodse onderduikers. Maar, drukte ze ons altijd op het hart, houd je gedeisd en verlaat onder geen beding de Bibliotheek.

En terwijl ik Vorderbrand in de invallende duisternis de rug toekeerde en het pad dieper het bos in volgde doolde die waarschuwing met me mee. Het zat niet alleen in mijn hoofd, maar in mijn hele lijf. Mijn benen voelden minder krachtig, mijn vingertoppen tintelden en mijn hart bonkte zwaar in mijn keel.

Vorderbrand verlaten was een doodzonde, ik bracht iedereen in gevaar. Maar als ik niets deed zou onze situatie nooit veranderen. Dan zouden Joodse families overal ter wereld opgejaagd blijven worden en zich voor altijd schuil moeten houden in het steeds groter wordende Derde Rijk. Frau Beer had het zelf gezegd. Hitler wilde de hele wereld veroveren en alle Joden vernietigen. Ik moest hem stoppen. Ik moest via het tunnelstelsel in de Obersalzberg zijn Berghof zien te bereiken en dan zou ik de wereld verlossen van deze gruwelijke man.

Vanuit de kast in Vorderbrand had ik een officier horen zeggen dat een tunnel aan deze kant van het woud naar het hart van de Obersalzberg liep van waaruit je alle andere gangen kon bereiken. Het ging om de tunnel achter de betonnen schuilpost die soldaten eerder deze week met camouflagenetten hadden behangen. Al snel bereikte ik de tunnel. Ik stak een kaars aan. Het was een brede gang waar een legervoertuig doorheen zou kunnen rijden. Ik liep de tunnel in en volgde het licht dat de kaars voor me uitwierp. Na een kwartier hoorde ik plotseling stemmen verderop. Ik blies de kaars uit en zag nu een vaag schijnsel in de verte. Voorzichtig liep ik verder tot ik vanachter een rots een grote centrale ruimte kon overzien. Op de ruimte kwamen verschillende tunnels uit. In het midden bevond zich een ruime liftschacht waarlangs houten kooien met daarin kisten en andere spullen naar beneden werden getakeld. Uit alle gangen kwamen soldaten die van alles en nog wat naar de lift droegen. Grote schilderijen, bronzen beelden, antieke klokken, meubels, zilveren adelaarskandelaars en vooral heel veel afgesloten kisten. Ik staarde vol verbazing naar wat zich voor mijn ogen afspeelde.

Onder de soldaten was veel onrust. Spullen vielen, mannen schreeuwden, er werd gerend, het leek een race tegen de klok. Waarom waren ze...?

Plotseling klonk er een enorme dreun terwijl tegelijkertijd de hele berg leek te bewegen. Op hetzelfde moment smakte ik tegen de bodem en verdween alles om me heen in de duisternis. Schreeuwende stemmen werden overstemd door het bulderende geluid van vallende rotsblokken. Toen voelde ik een krachtige wind van achter me uit de tunnel komen alsof de berg openspleet. Een rood noodlicht schoot langs de bergwanden terwijl er een alarm klonk. Het volgende moment renden overal mannen door een rood waas van stof en gruis. Gewonden kropen om me heen, ademden zwaar en kermden van de pijn.

Ik kwam overeind en merkte dat mijn benen trilden, maar ze konden me nog steeds dragen. Meegevoerd in een stroom van gehavende lichamen die allemaal dezelfde kant op strompelden werd ik een smalle gang ingedreven. Ogen vol angst en ontreddering keken dwars door me heen alsof ik niet bestond. Mijn voeten struikelden langs traptreden terwijl ik mijn lijf omhoog voelde gaan. Zware, naar zweet stinkende lichamen drukten me fijn. Alleen mijn benen bleven bewegen, de rest van mijn lichaam zat muurvast. Ik kreeg geen lucht meer en wilde met mijn armen van me afslaan, maar de druk werd alleen maar erger. Ik kon niet ademen, ik voelde de kracht wegvloeien uit mijn benen. Ik viel en voelde de voetstappen me vertrappen. Ik schreeuwde het uit, maar alles boven me denderde door, niemand leek me te horen... Iets greep me beet en trok me uit de stampende massa. Het sleurde me mee omhoog, mee naar buiten in de koude lucht. De frisse boslucht in de donkere nacht. Overal hoorde ik mannen wanhopig schreeuwen, huilen en in de stilte daartussen zachtjes kreunen, kuchen, rochelen. Verspreid lagen ze om me heen in het zwakke rode licht dat vanuit de tunnel opsteeg in het donkere bos. Besmeurd met bloed, happend naar zuurstof, huilend van de pijn.

Toen was daar plotseling dat andere geluid. Met ingehouden adem luisterden we naar het dreigende gebrom dat met grote snelheid recht op ons af leek te komen. Het raasde over de Obersalzberg tot er hoger op de berg mitrailleurs klonken. Plotseling klonk er een luide knal en werd de hemel fel verlicht door een exploderend vliegtuig. De mannen om me heen schreeuwden van blijdschap, maar hun gejuich verstomde onmiddellijk toen het licht van de explosie het geheim van de duistere lucht prijsgaf. Talrijke vliegtuigsilhouetten waren een fractie van een seconde angstaanjagend dichtbij en verdwenen met het doven van het licht weer net zo plotseling in de nacht als ze gekomen waren.

Maar het dreigende gebrom zwol weer aan totdat opnieuw de mitrailleurs klonken. Ditmaal was er geen knal, maar een fluitend geluid dat snerpend over ons heen suisde. Heel even was het stil, toen klonk er een zware dreun en voelde ik de grond trillen. En met het woeden van de aarde gleed er een golf van angst over de berg. Mannen schreeuwden en begonnen in blinde paniek de duisternis in te rennen terwijl precies op dat moment een bom vlak bij ons insloeg. Nog overweldigender dan het geluid was het helle licht van de vlammenzee die daarop volgde, dat een onuitwisbare indruk van dood en verderf op mijn netvlies projecteerde. Lichamen strompelend, vallend, schokkend op de grond. En daartussenin de soldaat die me zojuist nog de trap had opgesleurd, nu verdwaasd starend naar het gutsende bloed op de plek waar zijn linkerbeen ontbrak. Toen keek hij me aan alsof hij iets wilde zeggen. Ik wendde mijn blik af en zag nu steeds meer soldaten de plek des onheils verlaten, zichzelf voortslepend, kermend van de pijn, terwijl in de lucht het geluid van ronkende vliegtuigmotoren opnieuw aanzwol.

Voorzichtig kroop ik overeind en zocht mijn weg tussen de lichamen door. Ik versnelde mijn pas en rende nu in de richting waarin ook de anderen verdwenen. Het pad naar beneden door het bos, terwijl het licht van de vlammenzee achter me langzaam wegstierf en ik het pad voor me nog nauwelijks zag. Boven me waren de vliegtuigen nog altijd heel dichtbij en verder weg ratelden de mitrailleurs onafgebroken. Opnieuw suisde de lucht en dreunde de berg. Ik viel, stond weer op en viel nogmaals.

Toen ik opkeek zag ik vlak voor me een van de betonnen schuilposten. Struikelend trok ik de zware betonnen deur open. Terwijl ik in de schuilpost kroop trok ik de deur snel weer dicht en zocht op de tast naar een van de twee bankjes zoals ik die eerder in andere posten had gezien. Twee militairen, meer konden er niet schuilen. Ik nam plaats en mijn ogen wenden langzaam aan de diepere duisternis in de schuilpost. Toen kroop er een verlammend gevoel in mijn lijf. Vanuit het diepe niets verscheen tegenover me een silhouet van een zittend persoon. Het was een volwassene en hij zat minder dan een meter bij me vandaan. Op dat moment begon de lucht te fluiten en raasde er iets over mijn schuilplaats heen, vrijwel onmiddellijk gevolgd door een krachtige explosie. De grond trilde en een hel licht drong door de met een camouflagenet bedekte kijkgaten naar binnen, fel schijnend op het gezicht van de persoon tegenover me. Hij keek me indringend aan. Het wit in zijn ogen lichtte op en uit zijn mondhoek liep een dun straaltje bloed. Ik gilde en stoof naar buiten waar het bos in brand stond. Het licht brandde nu fel door de duisternis en legde alle paden bloot. Achtervolgd door het lijkbleke gezicht dat me zo intens had aangekeken rende ik in de richting van de Königssee, in de richting van Vorderbrand.

De gezichten van de dode militairen op de Obersalzberg achtervolgden me door het steeds donker wordende bos tot ik een pad bereikte waarvan ik wist dat het terug naar Vorderbrand liep. Al snel bereikte ik de vlak boven Vorderbrand gelegen Dietrich Eckart Hütte waarvandaan het nog maar een paar honderd meter was. Ik keek in de diepte en zag ver weg het dal er vredig bij liggen in een zee van kleine lichtjes. De bombardementen beperkten zich duidelijk tot de Obersalzberg, tot het hoofdkwartier van de Führer.

Nu ik niet langer zelf in gevaar was kwamen er nieuwe gedachten in mijn hoofd. De geallieerden waren gekomen om Hitler te vernietigen, de bevrijding was nabij! Ik wilde schreeuwen van blijdschap, maar vermande mezelf. De nazi's waren nog niet verdreven, ze konden zomaar ineens...

Op dat moment kwam er van alles tot leven in de duisternis. Honderd meter verderop werd de bocht van de weg zichtbaar en schoten boomstammen recht omhoog in het felle licht van koplampen. Nu draaide een auto door de bocht en gleden de lichtbundels op me af. Ik dook de berm in en belandde daar in een greppel langs een stenen muur, vlak naast het pad naar de Dietrich Eckart Hütte. Vanuit mijn schuilplaats zag ik de koplampen snel naderen, tot de auto abrupt remde en het pad opdraaide naar het gebouw dat vernoemd was naar de mentor van Adolf Hitler. Volgens Frau Beer was Hitler via zijn mentor in Berchtesgaden terechtgekomen en diende de Göllhäusl, zoals de hut eigenlijk heette, al in de jaren twintig als schuilplaats voor Eckart en vroege nazipartijleden.

Vlak bij mijn eigen schuilplaats bleef de auto op het pad stilstaan. Terwijl de motor nog draaide ging het achterportier open en stapte er een man uit. Nu zag ik in het zwakke licht van de achterlichten van de andere zijde ook een vrouw verschijnen. De man deed de kofferbak snel open en trok er een tas uit. Hij drukte hem de vrouw in de armen en fluisterde haar toe dat het hier veiliger was. Daarna stapte hij meteen weer in de auto. Terwijl de vrouw opzij stapte, draaide de chauffeur de auto haastig achteruit de weg weer op. Op dat moment zag ik de vrouw in het licht van de koplampen staan. Ze had zwart halflang haar en droeg een eenvoudige lange rok en een dik wollen vest. De leren tas die ze bij zich had vertoonde sporen van slijtage. Ze hield hem stevig tegen zich aan geklemd, alsof het haar enige bezit was. In het flauwe schijnsel dat van boven bij de Eckart Hütte langs de helling naar beneden stroomde keek ze de auto na die in de richting van Berchtesgaden verdween.

Ik hield mijn adem in. Er klonk een stem van boven bij de Göllhäusl. In het licht stond een andere vrouw.

'Frau Wolff, kom binnen. U vat straks nog kou.'

Ik glimlachte. Wolff was een Joodse naam. Wij waren niet de enige onderduikers op de berg.

4

25 april 1945

Vanaf de Göllhäusl was ik afgedaald naar het lagergelegen Vorderbrand terwijl ik bleef denken aan Frau Wolff, zoals ze daar met haar versleten leren tas had gestaan. Vertroebeld door mijn gedachten kroop ik over het brandhout dat tegen de achterwand van het Gasthof lag opgestapeld naar onze schuilplaats. Achter de laatste stapel hout liet ik me in de loze ruimte tussen het haardhout en de met kalk aangesmeerde muur naar beneden zakken. Daar vond ik op de tast het met boomschors gecamoufleerde luik boven de nooduitgang van onze schuilplaats. Ik tilde het luik op en kroop naar binnen.

In de duisternis vond ik feilloos mijn eigen bedstee en kroop stilletjes onder de wollen deken. De jongens maakten geen geluid. Zouden ze al slapen?

Ik luisterde naar het ritme van mijn eigen ademhaling en hoorde toen opnieuw de explosies op de Obersalzberg.

'Waar was je heen?' klonk Elias plotseling naast me.

Ik schrok, hij was dus toch wakker.

'Ze blazen de hele berg op,' zei ik vlug. Alsof dat een excuus was voor mijn afwezigheid.

'Frau Beer heeft je al zo vaak gewaarschuwd. Je brengt ons allemaal in gevaar als je de Bibliotheek verlaat,' beet Elias me toe.

'Ze blazen de berg op om Hitler te vernietigen,' negeerde ik de opmerking van Elias. 'De lucht is zwart van de vliegtuigen en de berg staat in brand. Ik heb het zelf gezien. Ze maken alle nazi's dood.'

'Waar heb je dat gezien?' vroeg Salo nu ook fluisterend.

'Bij de tunnels. Die lopen door de hele berg. Overal waren soldaten en explosies. Ik ben gevlucht naar een schuilpost. Er was daar een man. Hij had zijn ogen open en keek me aan, maar hij was... Ik heb gerend tot ik veilig was. Tot bij de Göllhäusl. Maar toen was er een auto en een vr–' Ik slikte het laatste woord in. Misschien was het beter om hun niet over de Joden in de Göllhäusl te vertellen.

'Als iemand je hierheen gevolgd is dan...' stamelde Elias.

'Niemand,' zei ik resoluut. 'Ik ben heel voorzichtig geweest.'

'Je bent helemaal niet voorzichtig geweest,' klonk Samuel plotseling. Hij verhief zijn stem. 'Niemand weet dat wij bestaan en nu heeft die soldaat je in die schuilpost gezien.'

'Die soldaat was...' mijn stem begon te trillen. 'Die soldaat was dood.'

Ineens was het heel stil in de Bibliotheek. Zelfs de bombardementen waren opgehouden.

'En de andere soldaten?' doorbrak Elias de stilte.

'Wat bedoel je?' vroeg ik.

'Waren die ook dood?' vroeg Elias zachtjes.

'Niet allemaal.'

'Hebben zij je gezien?' vroeg Samuel.

Ik dacht aan de man die me uit de tunnel had gered, de man met het afgerukte been.

'Nou?' drong Elias aan.

Ik wendde in gedachten mijn blik van de man en het bloed af.

'Nee,' loog ik. 'Niemand anders heeft me gezien.'

'En die auto?' vroeg Samuel.

'Welke auto?' vroeg ik verward.

'Bij de Göllhäusl, hier vlakbij, je zei zelf...'

Ik verstijfde van schrik. Er klonk gestommel boven bij het luik. Was iemand me dan toch gevolgd?

We hoorden traptreden kraken en plotseling lichtten zware zwarte laarzen op in het schijnsel van een zaklantaarn. Gespannen keek ik naar de lichtbundel die nu langs de bedstedes gleed. Onbeweeglijk lag ieder voor zich onder zijn wollen deken terwijl de laarzen in onze richting schoven. De laarzen waren onmiskenbaar van een Duitse officier. Ik had ze vaker gezien door de kieren van de voorraadkast boven. Maar deze officier droeg boven zijn laarzen een vaalgele lange onderbroek en daarboven een halflange zwartleren jas. Alsof hij direct uit zijn bed in zijn laarzen was gestapt en nog snel een jas had aangetrokken.

De man stopte bij het bed van Salo en plaatste de lamp op de grond. Nu reikte hij met zijn hand naar de deken. De officier had een pistool in zijn hand en richtte dat op het onbeweeglijke hoopje dat zich onder de deken verscholen hield.

Instinctief schoot ik mijn bed uit en greep de pook die bij de kachel lag. Het volgende moment stormde ik op de officier af. Salo gaf nog altijd geen krimp op het moment dat de punt van de pook het achterhoofd van de man verbrijzelde. Ik hoorde het geluid van krakend bot en zag de man wankelen.

Het pistool viel op de grond terwijl de officier zich met een laatste krachtsinspanning naar me omdraaide. Zijn ogen groeiden nu in zijn van pijn vertrokken gezicht terwijl hij zijn arm hoog hief om naar mij uit te halen. Toen slaakte hij een kreet en smakte met een klap voorover tegen de grond. Samuel en Elias sprongen op hem en begonnen het levenloze lichaam als een bezetene te slaan en te schoppen.

Ik staarde verdwaasd naar de punt van de pook en naar het bloed op het bed. Toen klonk een vermanende stem, die ik uit duizenden herkende.

'Stil toch jongens, zijn jullie gek geworden! Wat is hier in godsnaam...'

Haar blik was juist op de officier gevallen. Iedereen was stil. We staarden naar Frau Beer en volgden haar blik naar de officier op de grond.

'Mijn god,' stamelde ze. 'O, lieve Heer.'

'Hij wilde Salo...' begon Samuel.

'Zwijg,' fluisterde Frau Beer terwijl ze naar de pook in mijn hand keek. 'Hij moet hier weg. Het is een hoge officier die al maanden in de Göllhäusl woont. Als ze hem hier vinden worden we allemaal opgepakt.'

Ik voelde de verwijtende blikken van de andere kinderen.

'We krijgen hem nooit uit de Bibliotheek,' hoorde ik Samuel zeggen.

'Hij kan hier niet blijven,' zei Frau Beer heel beslist.

Samuel en ik stonden bij de officier en Salo zat trillend op het bed.

'Samuel, Elias, Ezra: jullie komen met mij mee. Salo, jij blijft hier.'

Ik zag aan de blik van Salo dat hij alles liever deed dan hier alleen bij de officier blijven, maar Frau Beer kon geen rekening met hem houden. Elke seconde telde nu.

Ze klom voor ons uit door het trapgat richting de houtstapel en wachtte ons daar op.

'Jullie moeten hier een doorgang maken, we leggen het hout later wel weer terug. Werk snel en stil. Ik ga versterking halen.'

Nauwelijks tien minuten later hadden we een doorgang in de houtwal gecreëerd. Toen ik opkeek zag ik Frau Beer vanuit de duisternis naderen. Aan haar hand voerde ze een paard met zich mee. Ze gaf mij de teugels en gebaarde dat ik moest wachten. Aan Samuel overhandigde ze een platte slede die in de winter gebruikt werd om hout uit het bos te halen.

Samuel en Frau Beer verdwenen met de slee in het trapgat en al snel hoorde ik beneden gestommel. Toen verscheen Frau Beer weer met twee leren riemen die ze vastgespte aan weerszijden van de singel die het paard om de borst droeg. Frau Beer liet de teugels een beetje vieren en het paard liep langzaam naar voren, tot de slede in het trapgat opdook en tussen de houtstapel door in de sneeuw gleed.

Ze kortte de riemen in en gebaarde richting Elias en Samuel dat ze het hout weer terug moesten leggen. Mij trok ze aan de arm en fluisterde: 'Kom mee, we moeten snel zijn. We lopen hier te veel in het zicht.'

Het paard kwam al in beweging en ik keek naar het spoor dat de slee door de sneeuw trok.

Frau Beer zag mijn blik. 'Maak je geen zorgen, er wordt vannacht verse sneeuw verwacht.'

Het paard ploegde door de sneeuw tegen de helling op en ik zag in de verte de Göllhäusl opdoemen.

'Waar gaan we heen?' vroeg ik bezorgd. Maar Frau Beer reageerde niet. Ze ploegde hijgend voort naast het paard.

'We gaan toch niet naar de Göllhäusl?'

Frau Beer hield stil en het paard wachtte op haar.

'Als we hem daar neerleggen laten ze ons met rust,' zei ze hijgend.

'Maar wat als...'

'Wat als wát?' klonk ze ongeduldig.

Ik dacht aan Frau Wolff. Dit was het moment om te delen wat ik had gezien.

'Wat als daar ook onderduikers zitten?'

Frau Beer keek me spottend aan en spoorde het paard aan om verder te lopen.

Ik keek haar een moment na en zette toen opnieuw aan. Met een paar vlugge passen haalde ik haar in en trok aan de teugel.

'Wat als...' zei ik met een smekende blik.

Frau Beer beet op haar lip en voor het eerst zag ik een lichte twijfel in haar ogen.

'Niemand verwacht dat daar Joden zitten,' zei ik zachtjes. 'Daarom is het de perfecte dekmantel, net als bij ons.'

Frau Beer zoog de koude lucht in haar longen en dacht na terwijl haar blik de eerste sneeuwvlokjes volgde.

Toen schudde ze haar hoofd. 'We brengen hem naar de Göllhäusl.'

'Maar...'

'Er zitten daar geen Joden,' beet ze me toe. 'Alleen maar vervloekte nazi's. We leggen hem daar neer en daarmee uit!'

Ik durfde niets meer te zeggen en volgde de slede met de dode officier de helling op. Al snel bereikten we de weg die onder het pad naar de Göllhäusl liep.

Frau Beer joeg het paard de weg op en stak die meteen over naar het pad waar Frau Wolff een uur geleden nog had gestaan. Daar hield ze stil en keek om zich heen. De sneeuw viel nu gestaag naar beneden en vormde een vlies over onze sporen.

'We kunnen hem in de greppel gooien,' opperde ik. 'Dan is het net een ongeluk.'

Frau Beer keek tussen de bomen door naar de greppel naast het pad en schudde haar hoofd.

'Daar vinden ze hem niet snel genoeg. Als ze hem morgenochtend missen starten ze een zoektocht.'

Haar blik gleed langs het pad omhoog.

'Nee we doen het anders, we leggen hem daar neer.'

Ze dreef het paard naar de zijkant van het pad waar tussen de rotsen een grote boom stond en maakte de slede los zodat die tot bij de boom gleed. Nu maakte ze de riemen los en kantelde de slee waardoor de officier eraf rolde en met zijn gehavende gezicht tegen de boomstam belandde. Daarna pakte ze een scherpe steen, die ze tegen de bloedende wond op zijn achterhoofd drukte. Een paar meter verderop legde ze de steen in de sneeuw. Zo zou het lijken alsof de officier met zijn achterhoofd op de steen was gevallen, en vervolgens richting de boom was gerold.

Frau Beer liep terug naar de officier, tilde zijn hoofd aan de haren op en sloeg hem hard tegen de boom. 'Vuile nazi,' beet ze hem toe. Op dat moment zag ik twee koplampen oplichten in het dal.

Frau Beer vloekte. 'Verdomme! Vlug, de weide in.'

Ik schoot achter Frau Beer en het paard aan tot we beschutting vonden tussen een paar dennen in het midden van de weide. Frau Beer keek me aan. 'Laten we hopen dat hij niet bij de Göllhäusl moet zijn. Onze sporen zijn nog te vers.' Ze had het nog niet gezegd of haar ogen werden groot.

'Ezra,' siste ze. 'Heb jij de slee...?'

Zonder me te bedenken draaide ik om en rende langs de besneeuwde helling terug richting het pad. Als iemand die slee zou vinden dan was er vannacht nog een razzia bij Vorderbrand. Ik zette nog eens extra aan.

Het licht van de koplampen gleed nu langs de helling onder de Göllhäusl. Dat betekende dat de auto door de laatste bocht draaide voordat hij bij de afslag naar de Göllhäusl kwam. Dat was maximaal honderd meter. Met een paar grote sprongen door de sneeuw belandde ik op het pad en ik zag de officier aan de overzijde liggen. Om hem heen was alles wit, maar op zijn nog warme lichaam smolt de sneeuw weg. Ik hoorde de auto afremmen. Met een laatste paar passen bereikte ik de slee. De koplampen konden me nu elk moment vangen. Met de slee achter me aan sprong ik over de dode man en ik liet me in de greppel naast het pad vallen. Vier, vijf seconden duurde het misschien.

De auto kwam vlak boven me tot stilstand. Portieren gingen open en er werd gevloekt. Benen renden heen en weer en ineens scheen een bundel licht van tussen de bomen langs het pad tot in het bos aan de overzijde van de greppel. Ik drukte me tegen de wand. De lichtbundel kwam langzaam op me af. Ik sloot mijn ogen en wist dat het voorbij was. Maar precies op dat moment klonk er een geluid vanuit de weide waar Frau Beer zich schuilhield. Alsof iemand met een gedempte mitrailleur schoot. Onmiddellijk richtte de lichtbundel zich op de andere zijde van het pad en verdwenen de benen boven mij richting de weide. Instinctief schoot ik weg en bewoog met de slee onder mijn arm zo snel als ik kon door de greppel richting de hoofdweg.

Terwijl ik uit de greppel kroop en de weg overstak wierp ik een blik naar achteren en zag daar in de lichtbundels het paard van Frau Beer zonder tuig briesend in de sneeuw klauwen.

De mannen leken gerustgesteld en deden de zaklampen uit. Frau Beer had het perfect uitgedacht. Het vreemde geluid moest de officier wakker hebben gemaakt, waarna hij half aangekleed naar buiten was gerend en was gestruikeld. Wij waren veilig, en Frau Wolff ook.

5

3 mei 1945

Het was ruim een week later toen ik kort voor middernacht opnieuw vanuit de Bibliotheek stiekem over het haardhout de koude nacht in kroop. Mijn blik viel meteen op de donkere bergwand die bevrijdend naar de kraakheldere sterrenhemel reikte.

De sneeuw was inmiddels gesmolten, maar waar ik heen ging was de wereld mogelijk nog wit. Er ging een tinteling door mijn lijf toen ik de geur van dennennaalden opsnoof. Mijn drang naar vrijheid zoog me het woud in, omhoog de berg op.

Onder me, diep in het dal prikten slechts enkele lichtjes door de duisternis, maar in de stille zwarte zee waarop ze dreven gloorde een oneindige hoop. Na het vallen van de duisternis was Frau Beer bij ons geweest om ons te vertellen dat de grondtroepen van de geallieerden Berchtesgaden omsingeld hadden en de aanval elk moment kon beginnen. Een paar dagen geleden was bekend geworden dat Hitler samen met zijn vrouw Eva Braun zelfmoord had gepleegd in een bunker in Berlijn. Maar voordat hij stierf had hij grootadmiraal Karl Dönitz als zijn opvolger aangewezen en nazi-Duitsland had zich nog altijd niet overgegeven.

Ik schoot het bos in en volgde het pad omhoog. Het was zeker een paar uur lopen en ik moest weer terug zijn voordat de anderen wakker werden.

Slechts een keer was ik tot vlak bij het Berghof van de Führer gekomen en had toen gezien dat alles omheind was en dat de toegangswegen bewaakt werden door soldatenposten. Maar nu, na de bombardementen, verwachtte ik dat de afrastering verwoest was en ik een onbewaakte doorgang richting het Berghof kon vinden. Frau Beer had me vanavond op een idee gebracht. Ze had geluiden opgevangen over lokale idioten die de gebombardeerde gebouwen op de Obersalzberg probeerden te plunderen nu de Duitse soldaten zich terugtrokken. Het gonsde van de geruchten dat de ruïnes nog vol lagen met de schatten van Hitlers Derde Rijk. Als ik een van die schatten kon bemachtigen kon ik daarmee, als we straks bevrijd waren en onze eigen weg gingen, Frau Beer bedanken voor alles wat ze voor ons had gedaan.

In stilte dacht ik aan dat moment en ik kon me eigenlijk niet een leven zonder Frau Beer en de andere kinderen voorstellen. Ik bleef even staan en luisterde naar de geluiden van het woud. De nacht hing als een kalme huls om me heen. Slechts het krassen van een uil doorbrak af en toe de stilte. De soldaten leken van de berg verdwenen.

Gerustgesteld ging ik verder. Hoe dichter ik bij de Obersalzberg kwam hoe meer de sporen van de bombardementen zichtbaar werden. Als een lichtgevende kam streek het maanlicht langs de versplinterde en ontwortelde bomen en het viel stil in de kraters die soms zelfs hele delen van het pad hadden weggeslagen.

Na een half uur bereikte ik de schuilpost die ik met de dode soldaat had gedeeld. Ik liep vlug verder en kwam langs de plek waar we de tunnel uit waren gevlucht. Ik vreesde de man zonder been terug te zien, maar hij en de andere slachtoffers waren verdwenen. En terwijl de wind opstak bekroop me ineens het gevoel dat ik toch niet alleen was. Alsof de geesten van de overledenen naar me fluisterden en hun adem langs de berg gleed.

Ik versnelde mijn pas en kwam nu op een pad waar ik al lang niet was geweest. Bij elke splitsing zocht ik naar herkenningspunten en twee keer twijfelde ik of ik wel de juiste route nam. Maar anderhalf uur nadat ik vertrokken was zag ik tot mijn vreugde eindelijk de contouren van de gebouwen op de Obersalzberg opdoemen. Nog altijd had ik geen soldaten gezien. Waren ze allemaal op de vlucht omdat de Amerikanen in aantocht waren? Of hielden ze me in de gaten en wilden ze hun schuilplaats niet verraden voor een ongevaarlijk kind van elf?

Ik bereikte de plek waar de afrastering had gestaan en zag het prikkeldraad uit een berg aarde steken. Daarnaast was een enorme krater die zich diep in de rotsbodem had gevreten.

Ik zocht een weg langs de krater en kwam nu tussen de lagergelegen gebouwen op de Obersalzberg waar een desolate stilte hing. Sommige gebouwen waren compleet weggevaagd, uit andere klonk het zachte smeulen van vuurresten. En tussen de geur van houtvuur die langs de hele berg hing herkende ik plotseling een andere, meer dominante geur. Het was de indringende combinatie van rotte vis en poep die me deed denken aan de dode ree die ik afgelopen voorjaar in de bergen bij de Königssee had gevonden. De ree was een paar dagen eerder overleden tijdens het baren van een reekalf dat nog half uit haar stak en inmiddels was aangevreten door een beest. Maar iets had het beest ervan weerhouden om moeder en kind helemaal op te eten waardoor ze daar verstrengeld in elkaars verlengde lagen weg te rotten. Het was precies die afschuwelijke lucht van de dood die hier tussen de gebouwen hing.

Ineens voelde ik de aanwezigheid van de lijken om me heen en hield ik de nevelflarden die tussen de ruïnes doorgleden angstvallig in de gaten. Gespannen richtte ik mijn blik op het boven me gelegen Berghof, dat getroffen leek maar nog altijd overeind stond, en klom ik door de sneeuw de laatste heuvel op tot aan het huis van de Führer.

Daar keek ik stilletjes naar de aan flarden gescheurde vlag met het hakenkruis die in het maanlicht nog altijd aan de mast voor het Berghof van Hitler wapperde.

Dus de Obersalzberg was nog in Duitse handen. Maar waar was iedereen? Waarom werd het huis niet bewaakt?

Ik draaide me om en keek naar de sterrenlucht boven het dal. Was dit exact het moment waarop ik had gehoopt? De stille uren tussen het vluchten van de laatste Duitse soldaten en het arriveren van de Amerikanen?

Was ik alleen met de schatten van de Führer? Of hadden ze alles al weggehaald en doolden hier nog slechts de geesten van de doden?

Ik slikte en liep met zware benen naar de plek waar de deur naar het woonhuis had gezeten en nu een gapend zwart gat achter het maanlicht lag. Ook hier was de geur van smeulend hout doordrenkt met de geur van de dood.

Ik liep langzaam de donkere gang in en twijfelde of ik wel verder moest gaan.

Stap voor stap schoof ik door de steeds dieper wordende duisternis. Totdat de tinten donkergrijs opgingen in een zwarte massa waarin ik niets meer zag. Mijn handen hield ik als een schild voor me terwijl mijn onrustige ademhaling mijn angst blootlegde. Plotseling voelde ik van rechts een koude wind over de vloer glijden. Ik reikte met mijn hand in de richting van de tocht en raakte iets aan dat vrijwel meteen van me af bewoog. In het schijnsel dat ineens vrijkwam zag ik de contouren van een deur die open gleed. In het bleke licht dat in de kamer daarachter scheen, ontwaarde ik een witte wand die aan de onderzijde bekleed was met houten panelen. Voorzichtig liep ik naar binnen en ik voelde onder mijn voeten de zachte rode vloerbedekking die op verschillende plaatsen bedekt was met handgemaakte tapijten. Voor me was een rood-marmeren trap omhoog naar een zitgedeelte bij de schouw en rechts van me was een immens raamkozijn met daarin tien grote raamwerken met elk negen ruitjes die tezamen zicht boden op de bergen die onder de sterrenhemel lagen te slapen. Versplinterd onder het kozijn op het rode tapijt en over de langwerpige glazen tafel en luxe fauteuils glinsterden glasscherven in het zilverkleurige licht. Daarboven blies een koude wind vanuit de sterrenlucht de kamer in.

Vanuit diezelfde lucht, die toen nog betrokken was, waren een week geleden de bommenwerpers genaderd met als belangrijkste doel de plek te vernietigen waar ik nu stond. In gedachten hoorde ik de vliegtuigen opnieuw naderen en zag ik door de ogen van de mensen die zich hier in deze kamer schuilhielden de vliegtuigen opdoemen in het licht van de explosies. Tegelijkertijd voelde ik onder me de vloer dreunen zoals het bos om me heen schudde toen de soldaat met één been naar me keek. Ik sloeg mijn ogen neer en zag op de grond bij de glazen tafel een vel papier liggen. Nieuwsgierig liep ik erheen en raapte het op. Het leek een officieel bericht dat gericht was aan de Duitse strijdkrachten. Ik deed mijn best om het te begrijpen. Het was een bevel om alle wegen en gebouwen en alles waar de vijand iets aan kon hebben te vernietigen voordat het in handen van die vijand viel. Het was een bevel om het complete Derde Rijk te vernietigen en het bevel was ondertekend door de Führer zelf, door Adolf Hitler.

Langzaam drong tot me door wat dit betekende. Als dit bevel werd uitgevoerd dan zou heel Duitsland in rook opgaan, dan sleurde Hitler het Derde Rijk met zich mee in zijn graf. Dit bevel moest vernietigd worden, niemand mocht het zien.

Juist toen ik het doormidden wilde scheuren hoorde ik door het kapotte raam het geluid van een motor. Vlug liep ik naar het raam en tuurde naar buiten. Tot mijn schrik zag ik een auto recht op het Berghof afkomen en vlak onder het raam parkeren. Vrijwel onmiddellijk stapten er mannen uit die speciale uniformen droegen. Ik herkende ze meteen. Het waren zwarthemden. Ik voelde mijn keel dichtknijpen. De ss werd ook ingezet om mensen uit de weg te ruimen. Had iemand hen gewaarschuwd dat ik hier rondscharrelde en kwamen ze nu voor mij? Mijn ogen schoten door de kamer op zoek naar een plek waar ik me kon verstoppen. Maar de grote ruimte bood weinig schuilplaatsen en hier in het licht zouden ze me vrijwel meteen...

Ik keek opnieuw naar buiten en zag de ss'ers grote jerrycans uit de kofferbak trekken en daarmee richting de ingang van het gebouw snellen. In paniek rende ik de marmeren trap naar de schouw op. Naast de open haard zag ik een openstaande deur die toegang gaf tot een donkere ruimte daarachter. Ik schoot de ruimte in en stootte iets om dat hard tegen de bodem sloeg. Geschrokken bleef ik doodstil staan terwijl ik achter me de ss'ers de kamer in hoorde stormen.

Ik kneep mijn ogen dicht en wist dat het nu elk moment voorbij kon zijn. Hun stemmen joegen door de holle ruimte op me af. Het gesmoorde geluid van een zwerm dreunende laarzen drong door het tapijt tot op de houten vloer daaronder. Ze waren nu vlakbij, ze waren overal en ze namen een vreemde geur met zich mee die alle andere geuren verdreef. Ik opende mijn ogen en zag in het maanlicht een vloeistof over het rode tapijt gutsen. Ineens begreep ik wat deze mannen kwamen doen. Ze kwamen niet voor mij. Ze hadden een heel andere opdracht. Ze kwamen vanwege het bevel. De vernietiging van het Derde Rijk was al in gang gezet.

Ik voelde in mijn kleding waar ik het papier had gelaten en zag toen dat ik het had laten vallen op de marmeren trap bij de schouw. Juist op dat moment reikte een hand ernaar, raapte het op en nam het mee. En terwijl de andere ss'ers de ruimte verlieten bleef de man met het papier bij de uitgang staan. Hij las het bevel in het licht van een vlammetje dat uit de aansteker in zijn andere hand kwam. Zijn blik lichtte spookachtig op terwijl hij de tekst las en het vuur naar het papier bracht. Toen vatte het papier vlam en liet hij het los. Mijn ogen volgden het brandende vel papier dat naar beneden dwarrelde terwijl op de achtergrond de benen van de ss'er omdraaiden en wegrenden. Vlak voordat het papier de grond raakte schoot een hels licht over het tapijt en vormde een steekvlam tot aan het houten plafond en de oplichtende kroonluchter. Tegelijkertijd hoorde ik een zuigende dreun en voelde ik de wind langs me richting het vuur schieten. Ik deinsde achteruit, draaide me om en zag in het licht dat de vuurzee nu voor me uitwierp een lange gang door het Berghof leiden. Opgejaagd door de ondraaglijke hitte en het geluid van razend vuur achter me rende ik de gang in die me langs kamers en trappen tot bij een smalle tunnel in de rotsen achter het Berghof bracht. Bij de ingang van de tunnel hield ik stil. In de tunnel brandde hetzelfde rode noodlicht dat ik had gezien toen de bommenwerpers vorige week de Obersalzberg bestookten en ik met de Duitse soldaten uit het tunnelstelsel probeerde te ontsnappen.

Ik aarzelde. Als de tunnels waren vernietigd dan zat ik straks opgesloten in de berg. Ik keek om en zag de rook door de gang trekken en hoorde daarachter het vuur bulderen en het gebouw instorten. Ik had geen keus. Ik rende de tunnel in tot ik een metalen deur bereikte die half openstond. Ik kroop door de opening en trok de deur dicht om de rook achter me te blokkeren. Terwijl ik me omdraaide zag ik in de tunnel die zich voor me uitstrekte hetzelfde rode licht, maar mijn zintuigen namen nu ook iets anders waar, dat zo onaangenaam was dat ik bijna moest kotsen. De geur van de dood die overal op de Obersalzberg hing werd hier plotseling heel intens.

Ik trok mijn jas voor mijn gezicht en liep snel door om weg te komen van de misselijkmakende geur. Maar hoe dieper ik in de tunnel kwam hoe sterker de geur werd, en toen ook het licht sterker werd bereikte ik diep in de berg een kamer die huiselijk was ingericht met banken en tafels en die toegang gaf tot twee andere ruimtes.

Ik besefte dat ik was doorgedrongen tot het schuilhuis onder het Berghof. Dit was de bunker van Hitler. Dit was de plek waar hij veilig was voor de bombardementen. Maar Hitler kon niet hier zijn. Hij had zelfmoord gepleegd in Berlijn.

Opnieuw dacht ik aan de dode ree en haar kalf. De geur die ze verspreid hadden was krachtig, maar vervluchtigde buiten in de berglucht tussen bloeiende lentegentiaan en het frisse dennengroen. Hier in deze bunker in de berg achter het huis van Hitler hing de geur van de dood opgesloten tussen de dikke muren als een etterend gezwel.

Ik keek op. Uit een van de ruimtes klonk een zacht gegons. Ik liep voorzichtig op het geluid af en voelde mijn hartslag sneller gaan terwijl ik de ruimte naderde. Het gegons werd nu zo zwaar dat het voelde alsof de lucht trilde. Voorzichtig wierp ik een blik in de ruimte en ik ontdekte dat het een slaapkamer was. Op hetzelfde moment zag ik iemand op het bed liggen. Het was een vrouw, ze lag op haar zij met haar knieën opgetrokken. Nu zag ik ook een man in een uniform. Hij zat naast het bed en zijn hoofd met rossig haar rustte achterover op de rand van het bed. Tussen zijn armen hield hij een klein metalen koffertje geklemd. Hoewel de man dood was had hij zijn ogen open en staarde hij omhoog. Zijn gezicht was opgezwollen en zijn vuisten waren gebald.

Ik wendde mijn gezicht af en zag nu waar het gegons vandaan kwam. Het plafond kleurde zwart van de vliegen die hier, nog voordat het voorjaar de Obersalzberg had bereikt, diep in de krochten van diezelfde berg tot leven waren gekomen in hun gastheren. Plotseling werd het me allemaal te veel. Ik braakte voor de rand van het bed mijn maag leeg en staarde duizelig naar de grond terwijl het zweet van mijn lip droop.

Ik kneep mijn ogen samen, tot ze plotseling groter werden. Daar op de grond lag iets wat zeker niet uit mijn maag kwam. Het was een messing kokertje gemaakt van de lege huls van een patroon.

Ik krabbelde overeind en dwong mezelf naar de man te kijken, naar de kneuzingen in zijn gezicht. Nu pas zag ik dat zijn mond een klein beetje openstond en het leek net alsof hij een blauwe bal in zijn mond had. Ik boog me nog iets dichter naar hem toe en zag dat het geen bal maar zijn opgezwollen tong was. De tong drukte zijn lippen een beetje uit elkaar. Lippen die vol met sneetjes zaten, die glinsterden in het licht alsof ze met diamantjes ingelegd waren.

Ik keek opnieuw naar het metalen koffertje en trok het toen voorzichtig tussen zijn armen vandaan.

6

4 mei 1945

Ik zat met de jongens rond het metalen koffertje dat opengeklapt voor ons op tafel stond en we keken gebiologeerd naar de ruim vijftig koperen kokertjes die rechtop in houdertjes hingen.

'Oude hulzen,' zei Salo die er een oppakte. 'Daar hebben kogels in gezeten.'

'Zijn ze leeg?' vroeg ik.

Hij schudde zijn hoofd. 'Nee daar zijn ze te zwaar voor. Je kunt ze openschroeven. Ze hebben er iets anders ingedaan. Het is vast kostbaar, anders zat het niet in zo'n kokertje.'

Hij keek me aan. In zijn ogen las ik dat hij het kokertje wilde openmaken.

'Doe maar voorzichtig,' zei Elias. 'Straks is het een explosief of een soort kleine handgranaat die op scherp wordt gesteld als je hem een kwartslag draait.'

'Of zenuwgas,' opperde Samuel. 'Dat hebben ze in de oorlog van 1914 gebruikt. Wie weet hoe oud die patronen zijn.'

Salo keek mij nog altijd aan. Ik had het koffertje gevonden, hij wilde van mij een besluit.

Ik schudde mijn hoofd. 'Doe maar niet. In ieder geval niet hierbinnen.'

Salo draaide het schroefdopje naar me toe en ik zag wat erin gegraveerd was.

Tesch u.

ᛋᛋ

Hamburg

77/42

Stabenow

We herkenden het teken van de ss. Een voor een bekeken we de andere kokertjes en die hadden allemaal een soortgelijke inscriptie.

We waren er stil van. Dit was niet zomaar een vondst, dit behoorde toe aan de elite-eenheid van Hitler. Dit was mogelijk een machtig wapen.

Salo hield het laatste kokertje nog altijd tussen zijn vingers. Ik zag aan hem dat hij met de gedachte speelde om het open te draaien en mijn eigen nieuwsgierigheid weerhield me ervan om hem tegen te houden. Ik zag zijn vingers om beide uiteinden van het kokertje geklemd de draaibeweging inzetten. Op dat moment trok Elias het uit zijn handen en plaatste het terug in het koffertje. Resoluut klapte hij het dicht en hij keek mij indringend aan. 'Dat koffertje moet hier weg. Jij hebt het hier gebracht dus jij moet het ergens in het bos op een veilige plek verstoppen.'

Ik knikte.

'Voor zonsopkomst breng ik het naar een van de bunkers,' zei ik terwijl ik naar Salo keek en de teleurstelling in zijn ogen las.

Later die nacht, toen de jongens nog sliepen, vertrok ik opnieuw naar het bos om daar het koffertje te verstoppen. Bewust had ik hen misleid door te zeggen dat ik het naar een van de bunkers zou brengen. In plaats daarvan liep ik de heuvel op in de richting van de Göllhäusl en volgde vanaf daar de weg omhoog tot ik een klein pad bereikte dat naar een oude mijn leidde. In een van de mijnschachten verstopte ik het koffertje. Toen ik terugliep naar Vorderbrand zag ik dat er licht brandde bij de Göllhäusl.

De volgende ochtend kwam Frau Beer ons vertellen dat de Amerikanen de Obersalzberg hadden veroverd. We waren door het dolle heen en schreeuwden boven elkaar uit om ons verstaanbaar te maken, maar ik zag aan Frau Beer dat ze zich ongerust maakte. Ze maande ons tot stilte en gebaarde dat we in een kring om haar heen moesten komen zitten.

'Dus we zijn vrij,' begon Samuel terwijl Elias hem een por gaf en tegelijkertijd zijn eigen grijns niet kon verbergen.

'Ik wil met de yankees meerijden in een jeep,' riep Elias.

'Ik op een tank,' knalde Samuel eroverheen.

Frau Beer stak haar handen in de lucht ten teken dat ze stil moesten zijn, maar de jongens waren niet te houden.

'Laat mij maar in een duikboot,' brulde Salo.

'In een duikboot?' zei Samuel spottend. 'Hier in de bergen?'

'In de Königssee, daar ligt het vol verborgen schatten van Hitler.'

'Ach kapitein Nemo, hou toch je mond,' smaalde Samuel.

'Inderdaad,' zei Frau Beer met trillende wangen. 'Houd nu eindelijk eens allemaal je mond.'

Plotseling drong het tot de jongens door dat het haar ernst was.

'We weten nog heel weinig van de situatie,' fluisterde ze. 'Vandaag zijn de Amerikanen en de Fransen de baas, maar morgen kan het weer anders zijn. De nazi's hebben zich nog niet gewonnen gegeven. En er is nog iets. We weten niet hoe vredelievend de vreemde mogendheden zijn. Op de radio hoor je al dagenlang over de meest verschrikkelijke daden van Amerikaanse en Russische soldaten.' Ze schudde haar hoofd, haar blik bleef bij mij hangen.

‘Ik weet dat jullie graag naar buiten willen, maar jullie moeten echt nog heel even volhouden.’

Ze stak haar hand omhoog en spreidde haar vingers.

‘Vijf dagen,’ zei ze. ‘Laten we afspreken dat we nog vijf dagen wachten. Dan weet ik waarschijnlijk meer.’

Het was op de ochtend van de vierde dag toen we gestommel hoorden bij de doorgang bij het brandhout. Iemand haalde alle blokken weg. We kropen bij elkaar en wachtten angstig af wat er ging gebeuren. Frau Beer had ons nog altijd niet laten weten dat het gevaar geweken was. Toen het luik openging voelde dat anders dan de afgelopen jaren. Het zonlicht had nu vrij baan en stroomde naar binnen. En terwijl de benen van Frau Beer de trap afdaalden en haar glimlach verscheen wist ik dat het luik nooit meer dicht zou gaan.

In de maanden die daarop volgden voelden we ons steeds vrijer en waren we meer in de bergen rond Vorderbrand dan in onze vertrouwde Bibliotheek.

Op een dag, het was inmiddels juli, klom ik langs de helling omhoog en bereikte de weg onder de Göllhäusl. Sinds de verovering van de Obersalzberg hadden de Amerikanen zich daar gevestigd.

Terwijl ik de weg overstak en langs het pad omhoogkeek naar de plek waar we de Duitse officier in de sneeuw hadden achtergelaten, zag ik in gedachten Frau Wolff uit de auto stappen en naar de lichtjes in het dal kijken. Ik was nieuwsgierig naar de onderduikers in de Göllhäusl. Hoeveel Joden zouden zich daar schuil hebben gehouden? Zo dichtbij en tegelijkertijd zo ver weg in hun eigen wereld. Er woonden vast ook kinderen die net als ik stiekem langs de flanken van de Obersalzberg hadden gestruind. Misschien woonden ze er nog en konden ze me vertellen wat zij hadden meegemaakt en wat ze hadden gezien.

Ik liep verder langs het pad richting de Göllhäusl en zag achter de blokkade bij het huis vijf jeeps staan. Ik twijfelde. Mijn blik dwaalde naar het donkere bos aan de linkerzijde van het pad. Na een korte aarzeling schoot ik het struikgewas in en liet ik me langs de helling naar beneden in de greppel glijden.

De laatste keer dat ik door deze greppel kroop was hij bedekt geweest met een dikke laag bladeren. Nu bleek de greppel een beek waar water doorheen stroomde dat van hoger op de berg kwam. Ik liet me zakken in het ijskoude water, dat tot mijn knieën kwam, en waadde voorzichtig stroomopwaarts, tot ik de Göllhäusl passeerde. Vanwege de overhangende begroeiing drong er weinig zonlicht door waardoor de lucht extra koud was boven het meanderende beekje met smeltwater. Er klonken stemmen en ik herkende verschillende talen. Soms ving ik Duitse woorden op, maar het meeste was in het Engels. Ik kwam achter het huis terecht.

Liggend op mijn buik tussen de struiken zag ik een paar Amerikaanse officieren juist de tuin verlaten en het huis ingaan. De tuin leek nu leeg, maar ik hoorde nog wel een vrouwenstem. Ze sprak Duits. Hoewel ik haar gezicht niet kon zien zag ik aan haar licht gebogen houding meteen dat het Frau Wolff was. Zo had ze ook over de vallei uitgekeken op de avond dat ze hier arriveerde. Ze sprak met een man in een militair uniform, vermoedelijk een Amerikaan. Hij knikte af en toe en maakte aantekeningen terwijl zij sprak. Plotseling hoorde ik haar huilen en zag ik de man opstaan. Hij knikte naar haar en liep weg terwijl ze nog altijd huilde.

Ik wachtte een poosje en sloop toen op haar af, waarbij ik zo dicht mogelijk bij de bosrand bleef.

‘Waarom huilt u?’ vroeg ik toen ik vlak bij haar was.

Ze schrok en keek op. Ze droogde haar tranen aan haar mouw en nam mij aandachtig in zich op.

‘Zeg me eerst eens: wie ben jij, kleine jongen?’ Haar stem klonk hees.

‘Ik ben net als u,’ fluisterde ik terwijl ik bij haar stoel in het gras ging zitten. ‘Wij zaten ook ondergedoken, bij Vorderbrand.’ Ik wees langs de bomen naar de plek waarvan ik dacht dat het daar ongeveer moest zijn.

Frau Wolff glimlachte en in haar blik zag ik iets van herkenning.

‘Ik heb u gezien op de avond van de bombardementen. U stond daar op het pad en keek naar de vallei.’

Ze knikte. ‘Ik keek inderdaad in die richting, maar het was niet de vallei waarnaar ik keek.’

‘U keek naar de lichtjes,’ probeerde ik.

Ze schudde haar hoofd en boog zich naar me toe. Ik zag dat de huid rond haar ogen nog vochtig was.

‘Ik keek naar mijn verleden en dacht aan mijn toekomst op deze berg. Ik wist niet of ik hier wel wilde blijven.’

Ik dacht na. ‘Bent u geen onderduiker dan?’

Ze hield haar hoofd schuin. ‘Zeker, als je het zo wilt noemen dan ben ik dat zeker wel.’

‘Maar nu niet meer?’

Ze glimlachte opnieuw, waardoor haar gezicht ronder werd.

‘Nee, nu niet meer. Ik woon nu bij de Amerikanen en volg Engelse les.’

Ik knikte terwijl ik bedacht dat ik dat ook wel zou willen.

‘Waarom moest u huilen?’ vroeg ik plotseling.

Ze schraapte haar keel. ‘We hadden het over mijn broer. Hij is overleden en dat maakt mij verdrietig.’

Ik knikte. Toen de muis van Elias doodging had ik ook gehuild. Eerst was ik heel verdrietig, maar na een tijdje werd dat minder.

'Is het lang geleden?' vroeg ik.

Ze schudde haar hoofd. 'Nee, nog niet zolang geleden, op 30 april.'

'Dan voelt u het nog in uw hart. Volgens Frau Beer begint rouw altijd in je hart en verhuist hij daarna langzaam naar je hoofd.'

Ik keek haar even aan. 'Maar u bent nog niet zo ver. Het verdriet om uw broer drukt nu nog zwaar op uw hart. Gelukkig wordt het beter. Met de muis van Elias ging dat ook zo.'

'Elias?'

'Ja Elias. We zijn in totaal met vier kinderen.'

'Vier jongens?'

Ik knikte instemmend.

'Dat is dan vast heel gezellig.'

Ik trok een vies gezicht en Frau Wolff moest lachen.

'Ik moet weer gaan,' zei ik en ik stond op.

De blik van Frau Wolff was ineens naar binnen gekeerd, ze zei niets.

Ik draaide me om en sloop naar de rand van het bos. Juist toen ik het wildpaadje wilde nemen hoorde ik haar stem achter me. 'Wacht, kleine jongen. Ik weet niet eens je naam.'

Ik keek om.

'Ezra,' zei ik zo zachtjes dat ik twijfelde of ze me wel had verstaan.

'Dag Ezra,' zei ze met vertedering in haar stem. 'Dag lieve Ezra.'

7

24 december 1945

Het was kerstavond 1945. Gasthof Vorderbrand was met de feestdagen gesloten. Voor het eerst in jaren kon Frau Beer zelf bepalen of ze open wilde, en ze had ervoor gekozen om de kerst samen met ons te vieren. We zaten in de eetzaal van Gasthof Vorderbrand voor de warme haard bij de kerstboom. Frau Beer had een gitaar in haar hand en vertelde ons een verhaal dat zich afspeelde op kerstavond 1840 aan het hof van Frederik Willem van Pruisen in Berlijn. Doodstil luisterden we naar haar stem.

'Het koor van de kathedraal, onder leiding van de later door de nazi's verketterde Felix Mendelssohn die van Joodse komaf was, zong een prachtig lied dat de aandacht van de Pruisische koning trok. Hij was er zo door geboeid dat hij wilde weten wie het gecomponeerd had. Omdat Mendelssohn hem het antwoord schuldig moest blijven, gebood hij Ludwig, het hoofd van de Koninklijke Concerten, bij zich en beval hem te achterhalen wie de auteur was. Ludwig, die al snel de bijnaam liederenjager kreeg, doorzocht de vorstendommen en koninkrijken van het toenmalige Duitsland en bewoog hemel en aarde om de oorsprong van het lied te achterhalen, maar het mocht niet baten. Toen hij op de terugreis naar het hof van de koning was, overnachtte hij in een herberg en hoorde hij een vogel in een kooitje een liedje fluiten.'

Frau Beer lied een stilte vallen en beroerde toen met haar vinger een van de snaren van haar gitaar.

'Dat was het liedje,' fluisterde Salo en hij stootte mij aan.

Frau beer knikte. 'De vogel floot het mysterieuze kerstlied waarvan Ludwig de oorsprong probeerde te achterhalen. Hij vroeg de herbergier wie de vogel dit liedje geleerd had, maar die had geen idee. Wat hij Ludwig wel kon vertellen, was dat een vriend van hem de vogel in de abdij van Salzburg gekocht had. Ludwig, die zich onmiddellijk realiseerde dat hij iets op het spoor was, snelde naar Salzburg. Als muziekkenner wist hij dat Michael Haydn, de minder bekende broer van de beroemde componist Joseph Haydn, lange tijd in deze abdij had gewoond. Het liedje moest van zijn hand zijn, dat kon niet anders. Maar...'

Frau Beer liet opnieuw een stilte vallen en we keken haar vragend aan.

'Niemand in de abdij kon iets over de oorsprong vertellen en het werd zelfs sterk betwijfeld dat Michael Haydn de auteur was. En dus dook Ludwig in de manuscripten die lagen opgeslagen in de kamer waarin Michael Haydn aan zijn composities had gewerkt. Totdat hij moest vaststellen dat geen enkel spoor leidde naar het liedje dat hij zocht. Verslagen reisde hij terug naar het Pruisische Hof met de boodschap dat hij had gefaald.'

Frau Beer speelde opnieuw een akkoord en we keken haar teleurgesteld aan.

'Maar...'

Ze keek op en glimlachte naar ons.

'Er was een schoolmeester in de abdij die Ludwig over de vogel in de kooi had horen vertellen. Deze Ambrosio Prestainer kon de vogel heel goed imiteren en bedacht een list. Bij het raam dat uitkwam op de binnenplaats van de school floot hij de melodie waarover Ludwig gesproken had. En al snel hoorde hij een jongensstem: "Zo klein vogeltje, je bent terug!" En een negenjarig knulletje kwam aanrennen. Tot zijn verrassing zag hij echter dat de vogel helemaal niet terug was, maar dat de schoolmeester hem in de val had laten lopen.

"Wat is je naam?" vroeg de leerkracht.

"Felix Gruber," antwoordde het jongetje.

"En vertel me, Felix, waar heb je dat liedje geleerd?"

"Mijn vader heeft het me geleerd."

"En waar heeft hij het vandaan?"

"Hij heeft het gecomponeerd."

Prestainer ging onmiddellijk naar het huis van de jongen in een nabijgelegen dorp en daar ontmoette hij de plaatselijk schoolmeester, Frans Gruber. Die vertelde dat hij de muziek inderdaad had gecomponeerd en dat zijn vriend pastoor Joseph Mohr de bedenker was van de tekst.'

Frau Beer keek ons met een grijns aan. 'Dit liedje, dat iedereen inmiddels kent en de Koning van Pruissen zo wist te bekoren, is niet bedacht door een wereldberoemde componist, maar geschreven door twee vrienden, een pastoor en een schoolmeester uit het dorpje Obendorf. Daar werd in 1818 in de Sankt Nikola Kirche voor het eerst *Stille Nacht* gezongen.'

Haar lach werd breder en ik zag de schittering in de ogen van Elias, die naast haar zat. En terwijl Frau Beer begon te spelen zongen wij mee, en vulden onze hoge kinderstemmen het huis dat al die jaren onze schuilplaats was geweest met de bevrijdende klanken uit ons hart.

Het was waarschijnlijk omdat we zo hard zongen en samen opgingen in het moment dat we het schellen van de bel bij de voordeur niet hoorden. Pas toen de bezoeker op het raam klopte zag Samuel haar als eerste staan.

Toen wij een voor een stilvielen keek Frau Beer op en stopte met spelen.

Ik glimlachte en zwaaide naar het ronde gezichtje achter het raam dat langzaam besloeg.

Frau Beer legde haar gitaar terzijde en haastte zich via de hal naar de voordeur. Even later kwam ze terug met in haar kielzog een verkleumd hoopje mens wier zwarte haar bedekt was met een dun laagje sneeuw.

'Jongens, dit is Frau Wolff, ze komt bij ons wonen en zal mij helpen in de keuken.' Ze liep weg zonder te zeggen wat ze ging doen en liet Frau Wolff bij ons achter. Die gaf me een warme blik waarna ze de jongens een voor een in zich opnam.

'Wie van jullie is Elias?' vroeg ze.

Ik giechelde. Ze had mijn verhaal over de muis van Elias onthouden.

Elias stak zijn hand op en ze zwaaide naar hem.

'Hoe weet u zijn naam?' wilde Samuel weten.

Frau Wolff richtte haar blik op hem en knikte toen naar mij. 'Dat heeft Ezra me verteld. Ik woonde eerst in de Göllhäusl en Ezra kwam daar bij me op bezoek. Hij wilde me troosten omdat ik verdrietig was en vertelde me over de muis van Elias.'

Samuel keek mij kort aan en richtte zijn blik weer op Frau Wolff. 'Je hebt een accent, je komt hier niet uit de buurt.'

'Nee, dat klopt,' zei ze terwijl Frau Beer terugkwam en haar een handdoek aanreikte.

Ze knikte dankbaar en depte het smeltwater dat nu in kleine straaltjes langs haar gezicht liep voorzichtig weg.

'De jongens zijn toch wel beleefd?' vroeg Frau Beer, die de laatste woorden van Samuel blijkbaar nog net had meegekregen en hem nu streng aankeek.

'O, maakt u zich geen zorgen,' zei Frau Wolff. 'Ik hecht niet zo aan etiquette. Het is prima als ze me tutoyeren en als ze willen mogen ze me ook bij mijn voornaam noemen.'

Frau Beer schudde haar hoofd. 'Daar komt niets van in. Er wordt hier in huis door de kinderen niet getutoyeerd, zo heb ik ze niet opgevoed.'

Frau Wolff knikte gehoorzaam, alsof ze een van ons was, en keek ons opnieuw een voor een aan. 'U heeft ze opgevoed, maar het zijn niet uw kinderen?'

Frau Beer lachte en schudde haar hoofd. 'O hemel nee, dat zou wat zijn. Ik heb ze tijdelijk opgevangen. Een lang verhaal.'

Frau Wolff wisselde een korte blik met mij. Ik had haar verteld dat we net als zij onderduikers waren. Ze wist meer dan ze nu liet blijken. De blik die Samuel mij had toegeworpen was haar vast niet ontgaan. Net als ik kon ze heel goed observeren.

Frau Beer tilde haar tas op, dezelfde leren tas als op de avond dat ze bij de Göllhäusl arriveerde, en vroeg Frau Wolff om haar naar de logeerkamer te volgen. We keken haar na en ik zag dat ze zelf een kleine jutezak droeg met daarop in sierlijke letters DIETRICH ECKART HÜTTE.

Ik keek opzij en zag aan de blik van Samuel dat hij nog niet klaar was.

'Wat deed jij bij de Göllhäusl?' stak hij van wal. 'Daar zitten de Amerikanen, daar mogen wij helemaal niet komen. Zelfs nu de oorlog voorbij is houd je je niet aan de regels.'

De woede klonk door in zijn stem en ik keek verdrietig naar de kerstboom waar we zo kort geleden nog samen *Stille Nacht* hadden gezongen.

'Wat heb je haar allemaal verteld?'

'Ik heb haar niets verteld.'

'Je hebt haar over de muis van Elias verteld.'

Hij keek langs de traptreden omhoog om zich ervan te vergewissen dat de dames weg waren en keek mij toen weer scherp aan. 'Heb je haar verteld waar we vandaan komen?'

Ik schudde mijn hoofd en in de stilte die volgde voelde ik de blikken van alle drie de jongens.

'Nee,' zei ik zachtjes. 'Ik heb haar verder niets verteld. Ze weet niet eens dat ik een meisje ben.'

Salo knikte. Hij had het Frau Wolff ook horen zeggen: *Hij wilde me troosten.*

'Goed,' zei Samuel. 'Laten we dat dan zo houden. We hoeven haar niet wijzer te maken dan ze is.' Hij zweeg even en deelde toen de gedachten die er achter zijn ogen borrelden. 'Ik vertrouw haar niet. De manier waarop ze naar ons keek voelt niet goed. Als een wolf die rond een kudde schapen sluipt, speurend naar de zwakste. Er leefde iets in haar op toen ze Salo zag. Het was maar heel kort, maar ik heb het gezien.'

De jongens zwegen. Ik kon de achterdocht van Samuel steeds moeilijker verdragen. Het was het gif dat hij in de Bibliotheek bracht en nu over onze kerstavond uitstrooide. Maar dat was niet de reden dat ik zweeg. Ik zweeg omdat ik het ook had gezien. Maar ik las in haar blik niet de herkenning door een roofdier van zijn prooi, ik zag het verlangen om zich over hem te ontfermen. En dat deed iets met me. Het maakte me jaloers.

8

4 juni 1946

Het was bijna zomer en we hadden Frau Wolff inmiddels in vertrouwen genomen. Ze kwam soms bij ons in de Bibliotheek en dan vertelden we haar over hoe het was geweest tijdens de oorlog. Dat we niet naar buiten mochten en dat iedereen zich daaraan hield behalve ik. Dat ik zelfs op de avond dat de Obersalzberg gebombardeerd werd in de bossen was geweest en dat ik haar daarom had zien arriveren. Dat ik had gedacht dat ze net als wij een Joodse onderduiker was omdat Wolff ook een Joodse naam was en ze zulk mooi zwart haar had. Frau Wolff vertelde ons op haar beurt veel over haar leven. Dat ze was opgegroeid in Oostenrijk en dat ze net als wij haar ouders op jonge leeftijd had verloren. Haar broer, die tegen het einde van de oorlog was gestorven, had een goede functie gehad en van hem had ze een toelage ontvangen. Nu hij niet meer voor haar kon zorgen kwam het goed van pas dat ze in de keuken van Vorderbrand kon helpen. Eerder had ze als tolk en informant opgetreden voor de yankees in de Göllhäusl, maar dat konden we beter aan niemand vertellen.

Op de lange wandelingen die we met haar naar de Königssee maakten, haalden we daarnaast herinneringen op aan een tijd die we grotendeels waren vergeten.

'Salo vertelde me over een wit kasteel op een berg. Het was heel groot en hing vol met schilderijen. Heb jij ook weleens zoiets gezien?'

Frau Wolff hield mijn hand vast terwijl onze voeten houvast zochten op de helling vol wilde bloemen en we afdaalden naar de bossen rond de Königssee.

Ik glimlachte. 'Ik zou Salo niet geloven. Hij haalt alle plaatjes in zijn hoofd uit boeken. Hij woonde met zijn ouders in een grote stad en twee dagen later was het een dorp aan de rand van een rivier. Zijn vader was de goudsmid van de koning en een week later was zijn vader de koning zelf.'

'En jij?' vroeg Frau Wolff terwijl ze mijn hand even losliet en over een plas water tussen twee graspollen stapte. 'Wil jij er wel over praten?'

Ik sprong en belandde naast haar aan de overkant van de plas. Ik sloeg een arm om haar heup om niet te vallen. Het vet boven haar billen voelde zacht en ik hield haar expres iets langer vast. Ze streelde mijn haar en rook er even aan.

'Ik kan me niet meer zo veel herinneren,' zei ik terwijl ik naar haar opkeek. 'Alleen een wandeling die ik met mijn moeder maakte. Net als nu met u.'

Ze glimlachte. 'Was dat ook in de bergen?'

Ik schudde mijn hoofd. 'Nee, we waren langs het water. Zo ver als ik kon kijken was er water. En er was een stem. Iemand riep iets.'

Frau Wolff pakte mijn hand weer vast.

'Je moeder was vast een lieve vrouw. Je zal haar wel missen.' Nu zuchtte ze. 'Ik was elf toen mijn moeder overleed. Ongeveer jouw leeftijd.'

'Ik ben twaalf.'

'Ja, jij bent twaalf. Net als Salo en Elias en Samuel. Vier jongens van twaalf.'

Ik begon te blozen. Er was niet eerder een aanleiding geweest om haar de waarheid te vertellen. Ik had al die jaren drie jongens om me heen gehad en voelde me een van hen. Zelfs Frau Beer wist dat ik woedend werd als het onderwerp ter sprake kwam en dus vermeed ze het. Maar dit voorjaar veranderde er iets aan mijn lichaam en vond ik het ineens niet meer fijn om me om te kleden waar de anderen bij waren. En vorige week toen we met z'n vieren gingen zwemmen in de Königssee bleef ik aan de kant en keek ik met een andere blik naar de ravottende jongens.

'Heeft u weleens tegen iemand gelogen over wie u bent?'

Frau Wolff keek me ongemakkelijk aan. 'Wat bedoel je?'

'Nou, u heeft de yankees geholpen, maar dat mag niet iedereen weten. Dus in het dorp vertelt u waarschijnlijk een ander verhaal.'

Er verscheen een glimlach rond haar mond. 'Ach, zo.'

We liepen verder tot we de oever van de Königssee bereikten. Daar vouwde Frau Wolff een picknicklaken open en haalde ze broodjes met kaas en marmelade uit haar tas.

'Was je alleen met je moeder op het strand of was het je vader die naar haar riep?'

Ik schudde mijn hoofd. 'Ik weet het niet. Ik was nog heel klein.'

'En thuis?'

Ik keek haar aan en begon te lachen. 'Dat heeft u ook aan Samuel en Elias gevraagd. Waarom wilt u dat zo graag weten?'

Haar blik werd innemend. 'Ik wil jullie graag helpen omdat ik weet hoe het is om als kind je ouders te verliezen. Helpen met jullie herinneringen en misschien wel met meer.'

'Met meer?'

'Ja, als we aanknopingspunten hebben, kunnen we achterhalen wat er met ze is gebeurd en ze misschien wel vinden.'

Ik schudde mijn hoofd. 'Volgens Frau Beer zijn ze allemaal dood. Ze zijn naar kampen gebracht.'

Frau Wolff keek me vol medeleven aan. 'En als ze het kamp hebben overleefd en nu naar jullie op zoek zijn?'

Ik schudde weer mijn hoofd. 'Dan hadden ze ons al gevonden via de mensen die ons hier hebben gebracht.'

Frau Wolff leek na te denken.

'Als ik met hen in contact kan komen dan kunnen we via hen mogelijk achterhalen wie jullie ouders zijn en wat er met ze is gebeurd.'

Ik haalde mijn schouders op. 'We hebben weleens aan Frau Beer gevraagd wie het zijn, maar die mensen hebben geen gegevens achtergelaten. Ze vertelden alleen dat het om Joodse weeskinderen ging die een veilig adres zochten.'

'Maar ze zullen jullie toch niet zomaar aan de zorgen van Frau Beer hebben toevertrouwd?'

Ik haalde weer mijn schouders op. 'Misschien weet Frau Beer dit soort dingen beter.'

Frau Wolff glimlachte. 'Je hebt gelijk, ik zal het haar eens vragen.'

9

5 juni 1946

De dag nadat ik met Frau Wolff had gewandeld vertrok ze samen met Salo richting de Königssee. Salo droeg een picknickmand en straalde van oor tot oor. Net als op kerstavond had ik dat vreemde gevoel. Alsof iemand anders kreeg wat ik zo begeerde.

Ik haalde het paard van Frau Beer uit de stal, deed het hoofdstel om en klom op zijn rug. Afgelopen zomer had Frau Beer me leren rijden zonder zadel.

We bereikten het brede pad dat richting de hoogvlakte boven de Königssee liep en gingen in galop verder. Voorover liggend zag ik tussen de wapperende manen de Watzmann boven de andere bergen uittorenen. De ultieme vrijheid die ik al die jaren had gezocht vond ik hier op de rug van dit prachtige dier, dat in de winter van 1945 ons leven redde en me nu elke dag gelukkig maakte. Ik keek over mijn schouder en zag het spoor van stof dat we langs de flanken van de berg trokken, en ik keek naar rechts waar in de diepte de Königssee glinsterde in het zonlicht. En voordat ik het wist waren we op het plateau dat uitzicht bood op de bergen die ons omringden.

Ik sprong van het paard en liet het drinken bij een van de vele stroompjes die hier door de bloemenweide kronkelden. Ik knielde en dronk zelf ook van het frisse bergwater. Op dat moment hoorde ik tegen de bergwand de echo van stemmen die uit de diepte onder mij leken te komen. Ik tuurde naar het meer en zag boven de bosrand uit twee kleine stipjes door het water bewegen. Ik wist meteen dat het Salo en Frau Wolff waren.

Ik ademde de stilte in tot hun stemmen opnieuw klonken en ik hier niet langer wilde zijn. Ik klom op het paard en reed dieper de bergen in waar de echo van hun plezier mij niet kon bereiken. Via kleine paadjes nam ik een andere route terug tot we de boomgrens bereikten en ik een pad koos dat achter de Göllhäusl langs richting Vorderbrand liep.

Rustig stappend passeerden we de oude mijn waar ik nu ruim een jaar geleden het koffertje met de kokertjes had verstopt. De jongens hadden er nog weleens naar gevraagd, maar ik had ze nooit verteld dat ik het hier zo dicht bij Vorderbrand verborgen had. Als het echt gevaarlijk was kon ik het misschien beter verder weg brengen. Nu ik een paard had kon ik immers makkelijk grote afstanden afleggen.

Ik steeg af en liep de mijn in, tot ik bij de schacht kwam waar ik het koffertje had verstopt. Ik liet me in de donkere schacht zakken tot ik een richel bereikte waar zich een holle ruimte bevond. Ik stak mijn arm in de ruimte en tastte naar het koffertje. Verbijsterd hield ik mijn hand stil. De ruimte was leeg.

Terwijl ik de stal naderde hoorde ik de stem van Frau Wolff.

'Is Salo nog niet terug?'

Ik zag haar nu bij Frau Beer staan.

Frau Wolff hijgde en haar gezicht was vuurrood.

'Salo was eigenwijs en koos een andere route naar huis,' zei ze. 'Ik ben bang dat hij verdwaald is. We moeten hem gaan zoeken.'

Frau Beer schudde haar hoofd.

'Die jongen verdwaalt niet zomaar. Hij kent de bergen. Geef het wat tijd. Hij duikt straks wel weer op.'

Drie uur later, toen Salo nog altijd niet terug was, riep Frau Beer ons bij elkaar en maakten we twee groepjes. Ik mocht met haar mee op het paard en Elias en Samuel volgden Frau Wolff. We namen verschillende routes naar het meer en terug en zochten net zo lang naar Salo tot het begon te schemeren.

Die avond ging Frau Beer naar het dorp om hulp in te roepen, en de volgende ochtend heel vroeg startte er een grote zoekactie. De bergen aan onze kant van het meer werden helemaal uitgekamd en pas tegen de avond werd de zoekactie vanwege de duisternis gestaakt.

Drie dagen lang zocht het halve dorp mee, maar Salo leek van de aardbodem verdwenen.

Nadat de laatste helpers het hadden opgegeven en de duisternis opnieuw viel, zat ik samen met Samuel en Elias op een omgevallen boom onder Vorderbrand. We tuurden zwijgend naar de lichtjes in de vallei totdat Samuel de stilte doorbrak.

'Waarom zou Salo een andere route hebben genomen? Hij was juist graag bij haar. Vanaf die eerste avond dat ze hem zag was hij haar lieveling. Ze weet meer van zijn verdwijning. Frau Wolff verbergt iets.'

10

28 juni 1946

Het regende al de hele ochtend en Frau Beer had me gevraagd of ik de post uit de brievenbus wilde halen. Ik stak het bundeltje enveloppen onder mijn trui en rende door de regen terug naar het Gasthof. In het halletje legde ik de post voor Frau Beer in een mandje en zag toen dat de bovenste envelop niet voor haar bestemd was.

'Voor de Kinderen van Vorderbrand,' las ik.

Ik aarzelde even en stak de envelop toen snel weer onder mijn trui.

'Ik breng de post wel naar Frau Beer,' klonk de stem van Frau Wolff achter me.

Ik keek verschrikt op, maar voelde de spanning wegvloeien toen Frau Wolff de enveloppen uit het mandje pakte en wegliep.

Ik nam meteen de trap naar beneden naar de Bibliotheek, die sinds het einde van de oorlog weer een normale doorgang had, en zag de jongens elk met een boek in hun bedstede liggen.

'We hebben post,' zei ik.

Samuel keek op.

'We?'

'Ja, kijk, een envelop voor de Kinderen van Vorderbrand. Dat zijn wij.'

'Laat eens zien.'

Ik hield de envelop voor zijn neus, maar toen hij hem wilde pakken trok ik mijn hand terug.

'Hé, doe niet zo flauw,' riep hij.

'Ik heb hem gevonden dus ik mag hem openmaken,' zei ik.

Elias was uit zijn bedstede gekomen en knielde naast ons neer.

'Hoe weet iemand van ons bestaan?' zei hij zachtjes.

'Geen idee,' antwoordde ik, terwijl ik dacht aan de tekst in *De kleine prins*, dat Frau Beer me eerder had gegeven.

'Kom, laat zien,' drong Samuel aan.

Ik scheurde de envelop open en haalde er een opgevouwen vel papier uit.

'Het is een brief,' zei ik terwijl ik de aanhef las.

Voor hen die het betreft.

Mijn ogen gleden verder langs de regels terwijl de jongens over mijn schouders meelazen. Hardop las ik de laatste zin.

Vier kinderen. Vier loten van Abraham. Verborgen om ze te beschermen opdat zij ons beschermen zullen.

'Dus het was geen toeval dat juist wij naar dit onderduikadres werden gebracht,' zei Elias.

'Natuurlijk was het geen toeval,' zei Samuel. 'Net zomin als dat het toeval is dat Frau Wolff hier is en dat er nu nog maar drie loten over zijn. Er staat duidelijk dat het gevaar nog niet geweken is. Dat het mogelijk nooit geweken zal zijn.'

Ik las de tekst nogmaals terwijl het papier tussen mijn vingers trilde.

'We moeten de brief vernietigen,' zei Samuel. 'Voor zover mensen nog niet weten wie we zijn, mogen ze daar nooit achter komen. En we moeten met elkaar afspreken dat wat we nu weten, we nooit met iemand zullen delen. Dit is vanaf nu ons geheim.'

11

Rotterdam – New York
Juli 1946

De wind stak op en de dikke walm van de dieselmotoren werd verdreven door een frisse zilte lucht. Elias stak zijn hoofd boven de trossen scheepstouwen uit en snoof de lucht op.

'Ben je gek,' blies Samuel en hij trok hem naar beneden.

Op dat moment klonk de scheepshoorn en voelden we het schip draaien. Ik tuurde voorzichtig tussen de touwen door en zag dat we de haven verlieten. Voor ons lag de open zee.

Twee weken hadden we gereisd om de haven van Rotterdam te bereiken. Eerst als verstekelingen achter in een Amerikaanse jeep en daarna in een lege wagon van een goederentrein. We hadden Vorderbrand op een zondagochtend overhaast verlaten en ik vroeg me al dagen af of we daar wel verstandig aan hadden gedaan.

Het was een uur voor de kerkdienst die zondagochtend toen Samuel ons wakker maakte. Hij had Frau Beer gevonden. Ze lag dood op het pad naar de paardenstal. Haar ogen waren wijd opengesperd en in haar hand hield ze een boekje stevig vastgeklemd. Het was *De kleine prins*, dat ze me een jaar eerder had laten lezen.

Ik begon te huilen en wilde bij haar neerknielen, maar Samuel hield me tegen.

'Kom, we moeten hier weg. Het is niet veilig.'

De scheepshoorn klonk opnieuw en ik zag dat Samuel naar me keek.

'Het is gelukt,' zei hij. 'Als ze ons nu vinden brengen ze ons niet meer terug. De Nieuwe Wereld wacht op ons.'

'Wat wacht ons daar? Wie wacht daar op ons?'

'We zijn kinderen, ze zullen een gezin voor ons zoeken. Pleegouders.'

'Ze halen ons uit elkaar. We zijn ons thuis kwijt en straks zijn we ook elkaar kwijt. We hadden Vorderbrand nooit moeten verlaten.'

'Ze zat ook achter ons aan,' riep Samuel. 'Eerst Salo en toen Frau Beer. Als we waren gebleven waren we er een voor een aangegaan.'

'Ach, hou toch op. Frau Wolff doet geen vlieg kwaad.'

Samuel zocht steun bij Elias, maar die wendde zijn blik af.

'We zeggen dat we broers en zus zijn, dan halen ze ons niet uit elkaar.'

Ik schudde mijn hoofd. 'Drie kinderen van twaalf, dat gelooft toch niemand.'

'Samuel en ik kunnen een tweeling zijn,' opperde Elias.

'Ja, en dan zeggen we dat wij dertien zijn en jij ons jongere zusje van twaalf,' viel Samuel hem bij. 'Niemand kan bewijzen dat het niet klopt. We hebben geen papieren. We beginnen gewoon helemaal opnieuw.'

Ik tuurde weer tussen de touwen door een keek over het water naar de horizon. Welke wereld lag daar op ons te wachten? Hoe veilig was het aan de andere kant van de oceaan?

DEEL 2

VERENIGDE STATEN

1959-1960

12

Chicago
28 maart 1959

De rabbijn vormde zijn handen tot een kommetje en liet ze in de keramieken schaal zakken. Gevuld met water bracht hij ze tot boven het opgebaarde lichaam van Elias en hij spreidde zijn vingers. Glinsterend in het kaarslicht zweefden de kleine druppels als parels door de lucht totdat ze uiteenspatten op het droge linnen waarin het lichaam van Elias was gewikkeld. Opnieuw verdwenen de handen in de schaal terwijl mijn blik verder dwaalde langs de afgedekte spiegels en de gezichten van de mannen die de tahara bijwoonden. Het was hun professie, de rituele joodse reiniging van het lichaam van de overledene. Ik zag Elias in gedachten naar me lachen, als kind in Berchtesgaden en als volwassen man in de vs. Mijn broer, mijn dierbare broer.

De handen van de rabbijn gleden door de lucht en streken mijn gedachten weg. Weer daalde het water neer op het laken, dat steeds vochtiger werd. Niemand in de synagoge zei iets, niemand maakte een geluid. De stilte was een intens eerbetoon aan iemand die ik mijn hele leven had gekend en die er plotseling niet meer was. Elias was een van de twee mensen in de wereld die er altijd waren geweest. Die hetzelfde hadden meegemaakt. Die wisten wat we in Berchtesgaden hadden doorstaan.

En alsof hij mijn gedachten deelde voelde ik op dat moment de hand van Samuel in de mijne. Ik durfde niet opzij te kijken omdat ik wist dat ik dan zou breken en de tahara zou verstoren. En dus kneep ik zachtjes in de hand van een van de meest invloedrijke mensen van de Verenigde Staten. Samuel Walsh was inmiddels de rechterhand van president Dwight Eisenhower. Onze Amerikaanse pleegvader, de senator Joe Walsh, had hem klaargestoomd, en dat had hem gebracht waar hij nu, op zesentwintigjarige leeftijd, was: in het epicentrum van de macht.

Een moment later voelde ik de hand van Samuel verkrampen. Het natte laken, dat bijna doordrenkt was en aan Elias' huid kleefde, vormde nu een doorschijnend vlies. Een collectief geluid van ontzetting klonk door de synagoge. Vrijwel onmiddellijk dreef het besef dat de tahara verstoord werd ons terug in een diepe stilte, van waaruit we verslagen naar het lichaam van Elias staarden.

Donkere kringen met een doorsnede van zeker vijf centimeter waren zichtbaar in het gebied tussen zijn middel en zijn schouderbladen. Meerdere plekken waar de huid niet alleen donkergekleurd was, maar waar het laken zelfs iets naar binnen stulpte. Diepe gaten in het afgetrainde lijf van Elias.

Ik keek opzij naar Samuel en wist meteen waaraan hij dacht. Dit was wat hij ons jaren geleden had voorspeld. Ze zouden ons vinden.

Drie uur later, toen de rabbijn en de mannen die met hem de tahara hadden verzorgd waren verdwenen, sprak Samuel zijn gedachten uit.

'Het is het werk van Frau Wolff,' zei hij.

Samuel zat naast me. Samen waakten we bij het lichaam van Elias tot de begrafenis, die over enkele uren, kort na zonsopkomst, zou plaatsvinden.

'Denk je dat er een link is tussen haar en de dood van Elias?' vroeg ik.

'Ongetwijfeld. Eerst Salo en nu Elias. Zij weet wie wij zijn. Zij moet hierachter zitten.'

Ik dacht aan Salo en aan de dag waarop hij met Frau Wolff naar de Königssee ging. Het was de laatste keer dat we hem zagen. Frau Wolff keerde die dag alleen terug. Maar of zij er iets mee te maken had, hadden we nooit kunnen achterhalen. Samuel had het natuurlijk wel altijd geroepen, maar de Frau Wolff die ik me herinnerde was een lieve, zachtaardige vrouw die erg aangedaan was op de dag dat ze terugkwam van de wandeling met Salo.

'Mogelijk heeft dit niets met de Obersalzberg te maken,' opperde ik voorzichtig, terwijl ik overwoog hem te vertellen over de tekening en het ss-symbool op de deur van het damestoilet in de wasserij.

Samuel keek me minachtend aan.

Ik negeerde zijn blik en sprak verder. 'Bovendien kan het heel goed zijn dat ze allang niet meer leeft.'

'Ik wéét dat ze nog leeft, ik heb gelezen dat...' Samuel sloot zijn ogen. Hij had zich versproken. Hij kon onmogelijk weten dat ze nog leefde, tenzij hij vanuit een persoonlijk motief toegang had verkregen tot inlichtingeninformatie. En dat was een doodzonde.

'Heeft ze je geschreven?' vroeg ik spottend.

Hij opende zijn ogen en keek me zwijgend aan.

'Samuel, als jij rondneust in dossiers die ze aan ons kunnen linken, dan...'

'Ik heb geen sporen achtergelaten,' zei hij geïrriteerd. In zijn overtuigende blik zag ik een flinterdunne vertwijfeling. Hoewel hij het nooit zou uitspreken, erkende hij diep vanbinnen mijn intellect en misschien nog wel meer mijn leiderschap. Als geen ander wist hij dat de rollen als kind omgedraaid waren geweest. Dat ik het voortouw nam, lef toonde en het besluitvaardigst was. Met mijn korte kapsel was ik altijd een van de jongens geweest, maar sinds onze aankomst in Amerika werd van mij verwacht dat ik mijn rol als meisje omarmde.

'Waar was Elias mee bezig?' veranderde ik het onderwerp.

Samuel leek ineens op zijn hoede.

'Sam, ik weet dat hij de afgelopen weken in Vietnam was. Wat is daar aan de gang?'

'Niets bijzonders,' bromde Samuel. 'Een standaard diplomatieke missie voor Buitenlandse Zaken.'

Ik keek hem onderzoekend aan. Net als Samuel had Elias snel carrière gemaakt. Hij deelde niet alle details met me, maar ik wist dat hij vooral werd ingezet in gebieden waar het dreigde te escaleren.

'Welk plan heeft Ike met Vietnam?'

Samuel kneep zijn ogen samen. 'Je weet dondersgoed dat ik niets kan zeggen over mijn werk voor de president.'

'Bereidt hij een nucleaire aanval voor?'

Samuel schudde meewarig zijn hoofd. 'Ben je bekend met het begrip *mutual assured destruction?*' Hij klonk belerend. 'Het kernwapenarsenaal van zowel de VS als de Sovjet-Unie is nu zo omvangrijk dat we elkaar kunnen vernietigen. Eisenhower zal dat middel nooit inzetten tegen een bondgenoot van de Sovjet-Unie.'

'Dus wil hij grondtroepen sturen?'

Hij beet heel even op zijn lip en keek toen naar het opgebaarde lichaam van Elias. Plotseling voelde ik me schuldig. Juist deze laatste uren moesten we er volledig voor Elias zijn en we hadden het over niets anders dan politiek.

'Sorry,' zei ik zachtjes. Samuel knikte, hoewel mijn excuus voor Elias bedoeld was.

We zwegen tot vlak voor zonsopkomst. Ik moest zijn ingedommeld, want ik had niet gemerkt dat Samuel was opgestaan. Hij stond bij Elias en had het laken dat zijn gezicht afdekte verwijderd. Zijn vingertoppen streelden zijn gelaat. Ik hoorde hem zachtjes huilen.

Ik kwam naast hem staan en zag tot mijn afgrijzen ook brandwonden op de plek waar zijn ogen hadden gezeten. Mijn blik gleed mee met de vingertoppen van Samuel die de lijnen in het gezicht van Elias volgden. Een jong gezicht dat niet zozeer door de tijd, maar door de ontberingen in de laatste uren van zijn leven was getekend. De vingertoppen streelden het asgrauwe gelaat tot bij de donkere kneuzingen aan weerszijden van de neus. Trillend gingen ze verder en beroerden nu de opgezwollen, blauwgekleurde lippen die vol zaten met kleine sneetjes.

Ik schrok en de lucht die mijn keel naar binnen zoog maakte een piepend geluid.

Samuel draaide zich om en keek me vertwijfeld aan.

'Als ze Elias op het spoor zijn gekomen, dan komen ze ook voor jou en mij.'

13

Universiteit van New York
17 juni 1959

Het was de tweede keer in het debat dat mijn mannelijke opponent een vrouwonvriendelijke opmerking maakte, maar de voorzitter greep weer niet in.

'Waarom kunnen vrouwen niet deelnemen aan de Boston Marathon? Valt er niet juist iets voor te zeggen dat het relatief zwaarder gebouwde mannenlichaam meer te lijden heeft onder deze inspanning?' ging ik verder op het onderwerp van fysieke belastbaarheid terwijl ik mijn zwaarlijvige tegenstander onderzoekend aankeek. 'Als ik zie wat voor corpulente figuren er soms aan de start staan, dan vraag ik me af of juist dat niet aan banden gelegd moet worden.'

Er klonk gelach uit de zaal en ik zag aan het rood aangelopen gezicht van mijn opponent dat hij even uit het veld geslagen was. Ik pakte meteen door en sneed een heel ander onderwerp aan.

'Aan de vooravond van de jaren zestig raakt een vrouw in dit land van onbegrensde mogelijkheden nog altijd haar baan kwijt als ze zwanger is. Terwijl in veel andere westerse landen sociale voorzieningen zoals betaald zwangerschapsverlof bestaan, verbieden wij vrouwen zelfs om de anticonceptiepil te slikken.'

'Mevrouw Walsh,' klonk de voorzitter, die het blijkbaar nu ineens wel nodig vond om in te grijpen. 'Wilt u bij het onderwerp blijven? Het thema is gelijke rechten voor mannen en vrouwen in de sport.

Ik weet dat u heel handig bent in het onder de aandacht brengen van vrouwenrechten in het algemeen, maar daarmee gaat u dit debat niet winnen.'

'Nog heel even, meneer de voorzitter. Ik zal zo de relatie met het thema aantonen.' Zonder zijn reactie af te wachten vervolgde ik mijn betoog. 'De anticonceptiepil, die overigens al jaren op de markt is, mag uitsluitend voorgeschreven worden bij menstruatieklachten. In verschillende staten is inmiddels wetgeving in de maak die het straks eindelijk mogelijk maakt om de anticonceptiepil te gebruiken waarvoor hij is gemaakt. Maar let op, dit geldt uitsluitend voor gehuwde vrouwen.' Ik wendde mij opnieuw tot mijn opponent. 'Over keuzes gesproken. Weet u wat dat zijn, menstruatieklachten? En heeft u weleens last van hormonale schommelingen?'

Er klonk gegniffel uit de zaal terwijl de blozende wangen van mijn tegenstander als de roze huid van een varkentje boven zijn dikke lijf hingen.

De voorzitter vond het welletjes. 'Mevrouw Walsh. Ik vraag u voor de laatste keer om bij het onderwerp te blijven.'

Ik glimlachte. 'Met alle respect, voorzitter, ik kom nu bij de kern van mijn betoog.'

Hij gaf een zuinig knikje.

'Toen God de rollen verdeelde, en moest besluiten wie van ons de kinderen zou moeten baren, koos hij voor de vrouw. Niet omdat alle belangrijke en zware taken al aan de man waren toebedeeld en hij voor de vrouw nog iets moest bedenken. Nee, juist omdat dit de belangrijkste en zwaarste taak van allemaal was kwam hij uit bij de vrouw. Hij had iemand nodig die de ergste pijnen kon doorstaan, die het uitzonderlijke doorzettingsvermogen had om een kind negen maanden te dragen, te baren én te verzorgen.'

Ik liet een stilte vallen en keek de zaal in. 'Zo iemand, die nooit aan opgeven denkt en elke pijn kan doorstaan, zou bij de Boston Marathon toch niet misstaan?'

Terwijl mijn woorden onder het hoge plafond nog nagalmden klonk er een langzaam aanzwellend applaus. De zaal had een winnaar gekozen.

Overvallen door euforie zocht ik de blik van mijn professor, die mij tegen het advies van de rector magnificus had ingeschreven voor dit prestigieuze debattoernooi.

Eindelijk vond ik zijn trotse lach tussen de menigte. Hij had een risico genomen, zijn meerdere getrotseerd, en vandaag was er geschiedenis geschreven. Voor het eerst had een vrouwelijke student de finale gehaald én gewonnen. Mijn blik gleed verder door de zaal en plotseling zag ik iemand met een bril op de voorste rij op een vreemde manier naar me kijken. Onze blikken kruisten elkaar. In zijn ogen bespeurde ik een vastberadenheid, alsof we elkaar kenden. Toen viel mijn oog op het dekentje dat hij over zijn schoot had gedrapeerd. Ik kon zijn handen niet zien. De woorden van Samuel tijdens ons waken voor Elias schoten door mijn hoofd. *Als ze Elias op het spoor zijn gekomen, dan komen ze ook voor jou en mij...*

Mijn hartslag schoot omhoog en ik voelde me heel kwetsbaar op het grote lege podium. Ik wilde me omdraaien, maar een hand hield me tegen.

'Mevrouw Walsh, gefeliciteerd!'

Het was de voorzitter. Naast hem stond mijn tegenstander, die overduidelijk minstens even snel van het podium wilde als ik. Hij gaf me een hand en vanuit de zaal zwol het applaus opnieuw aan. Ik knikte naar de mensen en veinsde nerveus een glimlach. Naast mij verdwenen de voorzitter en mijn opponent. Plotseling stond ik alleen. Mijn blik schoot naar de eerste rij, als hij me in het vizier had dan...

Zijn stoel was leeg, alleen het dekentje lag er nog. Mijn ogen scanden het gangpad tot bij de deur en ik zag hem nog net de zaal verlaten. Hij was langer dan ik in eerste instantie had gedacht. In een flits dacht ik aan de gestalte die drie maanden geleden uit het toilet van de wasserij was gevlucht.

14

Brooklyn, New York
17 juni 1959

Die avond kon ik de slaap niet vatten. In de badkamer van mijn kleine appartement vulde ik een glas water terwijl de muren trilden van de metro die op minder dan vijf meter langs de voorgevel van het vervallen huizenblok denderde. Ik keek in de spiegel en zag dat zelfs mijn zwarte krulhaar trilde.

Drie maanden geleden was het nu dat Elias stierf, vlak nadat iemand de tekening met de strop en het ss-teken in het damestoilet van de wasserij voor me had opgehangen. En vandaag was daar ineens die man die zo vreemd naar me had gekeken tijdens het debat.

In mijn nachthemd liep ik terug naar mijn slaapkamer, die tevens mijn woonkamer en keuken was, en zette het glas met water op het kastje naast mijn bed. Daarna schoof ik het gordijn voor het raam dat glimmend baadde in een cocktail van neonlicht en regen. Terwijl het zachte getik achter mij weggevaagd werd door het geraas van de volgende metro, gleed mijn blik van het trillende glas water naar een glinsterend stukje papier op het versleten bloemetjestapijt. Ik raapte het op en zag dat het mijn naamplaatje van de wasserij was.

Ezra Walsh. Mijn Amerikaanse naam sinds de Democratische senator Joe Walsh en diens vrouw mijn broers en mij in 1946 adopteerden. Ik had weinig goede herinneringen aan ‘Papa Joe’, zoals iedereen hem had genoemd toen hij nog leefde.

Papa Joe was een gedreven politicus, die zijn thuisomgeving gebruikte als denktank voor de besluiten die hij als senator van Rhode Island moest nemen. Niet alleen kwamen zijn adviseurs bij hem thuis, maar ook met zijn broers en goede vrienden voerde hij verhitte discussies over onderwerpen waar hij zich, zowel voor zijn eigen staat als voor de senaat, een mening over moest vormen. Met name het perspectief van mensen buiten de politiek vond hij waardevol. Daar zaten wel grenzen aan: mijn adoptiemoeder, die met mij wel haar haarscherpe analyses deelde, vroeg hij nooit om een mening. Hetzelfde gold voor mij, of eigenlijk voor vrouwen in het algemeen. Samuel en Elias nam hij van kinds af aan mee in zijn overwegingen, en naarmate ze ouder werden volgden er ook met hen steeds vaker verwoede discussies en groeiden ze uit tot zijn belangrijkste adviseurs. Maar mij liet hij, als het op politiek aankwam, links liggen. En als ik het dan toch niet kon laten om mijn mening te geven, vooral als het over de positie van de vrouw ging, werd ik vierkant uitgelachen. Vrouwen moesten zich niet met politiek bemoeien, punt.

Nadat Samuel en Elias met zijn steun werden toegelaten tot Harvard en Yale liet hij me terloops weten dat er geen financiële ruimte meer was om mij te laten studeren. En daarmee leek alles zo te lopen zoals hij het had gepland. Tot de dag dat de universiteit van New York me op grond van mijn uitzonderlijke hoge SAT-score een beurs toekende.

Papa Joe leek even uit het veld geslagen, maar ik zal nooit zijn sluwe blik vergeten toen hij hoorde dat de beurs niet voorzag in een onderkomen op de campus. Een diepe, wraakzuchtige glimlach verscheen onder zijn jukbeenderen en de strateeg in hem deed me ogenblikkelijk een voorstel. Hij zou mijn verblijf in New York bekostigen, op één voorwaarde: ik mocht elke studie kiezen, behalve politicologie.

Uiteraard koos ik politicologie, waarna Papa Joe een dag lang geen woord tegen me uitbracht. Terwijl ik loskwam van deze herinnering voelde ik zijn glimlach rond mijn mond. De afdronk van mijn eigen wraakgevoelens, nu ik was afgestudeerd in de politicologie, geheel tegen zijn wil in.

Maar op het moment dat ik me realiseerde dat ik zijn glimlach leende, en daarmee zijn duivelse wraakzucht, voelde ik hem van mijn gezicht via mijn hals naar mijn rug glijden waar hij beschaamd veranderde in een koude rilling. Ik kneep mijn hand samen en voelde de scherpe rand van het naamplaatje met mijn uit twee werelden samengestelde naam.

Walsh, mijn Ierse achternaam. Het enige wat ik te danken heb aan Papa Joe Walsh, mijn verbinding met de Nieuwe Wereld. En *Ezra*, mijn Hebreeuwse voornaam. De enige link naar die andere, oudere wereld. Die wereld die nu opnieuw een bedreiging leek te vormen.

Weer zag ik het gezicht van Elias. Ik moest Samuel spreken. Ik moest hem vertellen wat ik wist.

Twintig minuten later stond ik in de portiek van het enige telegraaf- en telefoonkantoor dat op dit tijdstip in Brooklyn nog geopend was. Ik sloeg de regen van mijn jas en ging naar binnen.

'Waarom heb je me dat niet eerder gezegd?' klonk Samuel ontstemd aan de andere kant van de lijn.

'Het leek me zo onwaarschijnlijk. Het is veertien jaar geleden. Ik zag niet hoe de dood van die officier iets met de dood van Elias te maken kon hebben.'

'Dezelfde sneetjes in zijn lippen, zeg je?'

'Ja. Maar misschien is het gewoon toeval.'

'En je bent bedreigd?'

‘Nou ja bedreigd. Hij liet een tekening voor me achter.’

‘Wie?’

‘Een man, denk ik. Ik zag het niet goed. Maar vanmiddag bij het debat was er een man die vreemd naar me keek.’

‘Wat stond er op die tekening?’

‘Er hing iemand aan een brug.’

‘Aan een brug?’

Ik slikte. ‘Hij had een strop om zijn nek.’

‘Jezus, Ezra.’

‘En er was nog iets. Er was een ss-teken overheen gekalkt.’

‘Wat?’

Er viel een stilte.

‘En dit was een paar dagen voor de dood van Elias?’

Ik sloot mijn ogen.

‘Ezra, je had ons moeten waarschuwen. Als je...’

‘Hoe kon ik in vredesnaam weten dat iemand Elias iets wilde aandoen!’

‘Het was een ss-teken. Wij zijn Joden!’

‘Niemand weet dat,’ beet ik hem toe.

‘Ezra, word wakker. Jij wordt bedreigd met een ss-teken en een paar dagen later sterft Elias met dezelfde sneetjes in zijn lippen als een nazi-officier die jij als kind hebt gevonden. Iemand weet heel goed wie wij zijn.’

Ik schudde mijn hoofd terwijl de tranen in mijn ogen sprongen. ‘Het heeft allemaal niets met elkaar te maken. Het is niet mijn schuld.’

Ik verbrak de verbinding en liep naar buiten, de regen in. De verontwaardiging van Samuel liet me niet los. Hij had gelijk. Er leek wel degelijk een verband te zijn tussen ons verleden en de dood van Elias. En die tekening, hoe had ik...

Ik dook een steegje in en rende tot ik weer in een verlichte straat kwam. Als de man bij het debat inderdaad dezelfde was als in het toilettenblok van de wasserij, en hij iets te maken had met de dood van Elias, dan kwam hij nu mogelijk achter mij aan. Gespannen liep ik verder terwijl in de dichte regen overal grauwe schaduwen opdoken.

Tot mijn opluchting bereikte ik niet veel later de straat waarin ik woonde. Ik schoot onder de stalen overweg door, waar juist op dat moment een metro overheen denderde, en dook de portiek naar mijn appartement in. Mijn jas was doorweekt, ik moest hem droog zien te krijgen voor het sollicitatiegesprek dat ik morgenochtend bij de gemeente New York had. Maar dat was op dit moment mijn minste zorg.

15

Gemeentehuis New York
18 juni 1959

‘Heb je een typediploma?’

De man tegenover me blies de rook die hij met zijn dikke lippen uit zijn sigaar gezogen had nog net niet in mijn gezicht en keek me aan alsof ik een schoolmeisje was.

‘Ik ben summa cum laude afgestudeerd aan NYU,’ probeerde ik het gemeenteraadslid op het juiste spoor te krijgen.

‘Dat vroeg ik niet. Wat je in de schoolbanken hebt geleerd mag je hier zo snel mogelijk weer vergeten. Ik heb iemand nodig die kan typen, het liefst tweehonderd aanslagen per minuut.’

Ik knikte begripvol. ‘Zeker, dat kan ik. Ik kan ook heel goed koffiezetten, en als u wilt dat ik u pijp dan doe ik dat, maar dan wil ik wel dat u hem van tevoren even wast.’ De man verslikte zich in de rook die hij juist inhaleerde, maar nog voordat hij me de huid vol kon schelden was ik al opgestaan en had ik zijn kantoor verlaten.

Terwijl ik me in de drukke stad stortte stroomde er een bijzondere energie met me mee. Het gevoel dat ik zo graag omarmde, het gevoel van onoverwinnelijkheid. En tegelijkertijd wist ik dat het huis achter me in brand stond. Dat ik een functie bij de gemeente New York de rest van mijn leven wel kon vergeten. Maar dat kon me nu even geen ruk schelen. De VS was groter dan alleen New York, er waren genoeg andere steden waar ik het kon proberen.

Ik nam de metro naar mijn eigen faculteit en ging naar het kantoortje naast de kantine, waar op het prikbord alle nieuwe vacatures hingen voor net afgestudeerde studenten. De vacatures kwamen via de telex binnen en werden vs-wijd gedeeld via een netwerk van universiteiten. De meeste studenten die er kwamen kende ik inmiddels wel, ze kwamen er net als ik regelmatig.

'Er is nog een plek vrij bij de gemeente New York,' grapte ik tegen een jongen die ik gisteren nog bij het debat had gezien.

'Ben je het niet geworden dan?' vroeg hij verbaasd.

'Nee, ik had net niet genoeg aanslagen per minuut.'

Hij keek me niet-begrijpend aan terwijl mijn aandacht werd getrokken door het geratel van de telex. De medewerkster van het kantoor scheurde het vel papier los en las het aandachtig.

'Deze is voor jou, Ezra.'

'Hé, dat is niet eerlijk, ik was hier het eerst,' riep de jongen boos.

'Het is geen vacature,' verklaarde de medewerkster. 'Het is een persoonlijk bericht, gericht aan mejuffrouw Ezra Walsh.'

De medewerkster gaf het me en ik keek verbaasd naar de tekst.

'Wat is het?' vroeg de jongen nieuwsgierig.

'Het is een uitnodiging,' zei ik zachtjes. 'Een uitnodiging van The Boston Debating Society voor een openbaar debat. Het onderwerp is de macht van publieke opinie, het thema van mijn thesis.'

Ik staarde opnieuw naar het vel papier en zag de datum staan: vrijdag 19 juni.

'O hemel, het is morgen al, dat krijg ik nooit geregeld met mijn werk.'

De jongen las hardop mee over mijn schouder. '"Aanvang acht uur 's avonds." Tot hoe laat moet je werken dan?'

'Misschien kan ik om drie uur weg,' zei ik voorzichtig. De laatste keer dat ik gevraagd had om eerder te stoppen bij de wasserij had ik uiteindelijk twee uur overgewerkt. Mijn baas kon zo'n klootzak zijn.

'Boston is vierhonderd kilometer, met de auto kun je er in vijf uur zijn.'

Ik keek hem aan en wist meteen weer waarom ik deze jongen eigenlijk niet mocht. Het was zo'n opschepperig type bij wie alles kwam aanwaaien omdat hij rijke ouders had. Zijn vader was eigenaar van een groot levensmiddelenconcern en zijn moeder was erfgename van een oliemagnaat uit Texas. Deze jongen, van wie ik maar niet op zijn naam kon komen, moest echt enorm neerkijken op mijn baantje bij de wasserij.

'James...' gokte ik.

'Thomas Faber,' zei hij vlug en hij stak zijn hand uit. Zijn lach was sympathieker dan ik had verwacht.

Onwennig gaf ik hem een hand en terwijl ik hem kort aankeek was er iets in zijn gezicht dat me deed denken aan een jonge Marlon Brando. Het kon niet anders of hij had knappe ouders.

'Ik heb geen auto,' zei ik terwijl ik zijn hand losliet en bedacht dat ik met de trein nooit op tijd zou zijn. Alsof ik dat überhaupt kon betalen.

Op dat moment ratelde de telex opnieuw en was Thomas mij plotseling helemaal vergeten. Begerig keek hij naar het vel papier dat voor zijn neus op de toonbank belandde en ik zag aan zijn blik dat dit was waarop hij had gewacht. Nog voordat iemand anders in de buurt van zijn schat kon komen, graaide hij het vel papier van de toonbank en liep hij al lezend naar buiten. Ik probeerde te begrijpen waarom iemand met zulke rijke ouders en zo veel contacten hier tussen de 'gewone' studenten moest knokken voor een baantje. De medewerkster van het kantoor zag mijn verbaasde blik en lachte me hoofdschuddend toe.

Mijn verbazing werd nog groter toen ik even later richting de metro liep en er een auto naar me toeterde. Het was Thomas, in zijn Ford Thunderbird.

'Sorry dat ik zomaar wegliep, dat was niet erg beleefd,' riep hij hangend over zijn stuur.

Ik liep rustig verder zonder iets te zeggen. Hij had vast bedacht dat hij nog iets van me nodig had.

'Mijn ouders wonen in Maine,' begon hij. 'Ik zou er dit weekend heen rijden, en kom dan vrijwel langs Boston. Als het je zou helpen, kan ik wat eerder vertrekken en zet ik je daar morgen af.'

Ik keek naar de lege stoel naast hem en zag mezelf daar al zitten. Over een Gucci-zonnebril heen steelse blikken werpen naar de jonge Marlon Brando achter het stuur, mijn lange blonde haar golvend in de wind.

Maar ik had geen lang blond haar. Ik had een wilde bos met zwarte krullen. Op de universiteit kende niemand mijn vrouwelijke kant. Ik gebruikte geen make-up en droeg veel te wijde kleren. Ik was geen lustobject, ik werd gezien en misschien verketterd om wie ik was. En dat maakte alles heel overzichtelijk.

Dus toen Thomas me aanbood om met hem mee te rijden, wist ik meteen dat hij geen bijbedoelingen had. De jongen bij wie alles kwam aanwaaien kon ook belangeloos iets voor een ander doen. Het was een belangrijke les in het proces waarin ik zat: de beweegredenen van het individu lieten zich soms heel goed vertalen naar die van de groep. De vijfde macht, zoals ik de publieke opinie in mijn thesis kwalificeerde, was niets anders dan een verzameling van individuen die zich ergens door lieten leiden. Overtuigingen, principes, frustraties, verlangens, perspectieven, mededogen, gemakzucht, of gewoon omdat ze aardig waren.

Wás Thomas gewoon aardig? Of had hij toch een belang? Het

was vooral mijn nieuwsgierigheid naar het antwoord op die vraag die me deed besluiten om zijn aanbod te accepteren. Ik glimlachte. Vijf uur samen in een auto met mij, geen mens kon dan zijn werkelijke bedoelingen verhullen.

16

New York – Boston
19 juni 1959

We vertrokken om half twee 's middags al, Thomas had broodjes gehaald.

'Ben je zenuwachtig?' vroeg hij, terwijl ik de snelheidsmeter zag zwaaien tussen de zestig en vijfenzestig mijl per uur.

Ik glimlachte. Hij moest eens weten wat ik als kind had meegemaakt.

'Het lijkt me best spannend om daar op zo'n podium te staan,' ging hij verder zonder mijn antwoord af te wachten. 'Mijn grootvader was jarenlang actief in de politiek en mijn oom is senator van Ohio. De hele familie rekent erop dat ik in hun voetsporen zal treden. Maar dat is niet waar mijn hart ligt, ik zou graag juist iets heel anders doen.'

Zijn hand verdween in het pilotenjack dat hij over zijn spencer droeg. Hij haalde een opgevouwen papier tevoorschijn en stak het me toe.

Nieuwsgierig vouwde ik het open.

WASHINGTON POST

JOURNALIST

in opleiding

Politieke afdeling,

nationaal en internationaal

'Volgende week dinsdag heb ik een gesprek. Ze zoeken iemand met een breed netwerk.'

'Weet je familie al van je ambities om journalist te worden?' Het antwoord kon ik wel raden.

'Ik ga het ze dit weekend vertellen,' zei hij stoer. Zijn handen sloten zich krachtiger om het stuur en ik bedacht dat dit mogelijk de zwaarste opgave was waar hij in zijn geplaveide leventje tot nu toe voor had gestaan. Op het podium voor zijn ouders tegenover het familiebelang. En ineens begreep ik waarom hij me had meegevraagd. Zonder mij was hij waarschijnlijk na tien kilometer al omgekeerd. Nu moest hij ten minste door tot Boston voordat hij zich kon bedenken.

'Ik vind het knap dat je voor jezelf kiest,' zei ik.

'Dat doe jij toch ook,' reageerde hij monter. 'Kijk nou, gisteren rond deze tijd kwam die telex uit Boston binnen en nu ben je er al bijna.'

'Wel met jouw hulp,' zei ik lachend.

'Als ik je niet zou brengen dan was je er wel op een andere manier gekomen. Je lijkt me niet het type dat bij de pakken neerzit.'

Hij had gelijk. Als ik een plan had dan voerde ik het uit, en als het af was dan stortte ik me in het volgende avontuur. Ik wilde verder, dacht groter en klom hoger dan anderen. In de wereld om me heen ging alles veel te langzaam, begonnen anderen te doorgronden wat voor mij allang helder was, zagen ze het licht als ik verderop in de duisternis rond een nieuwe uitdaging zwom.

'Weet je wat sinds gisteren maar door mijn hoofd blijft spelen?' begon Thomas.

'Nou?'

'Die telex voor jou, dat persoonlijke bericht, kwam binnen bij het faculteitsbureau. Vind je dat niet gek?'

Ik haalde mijn schouders op.

'Ik had vlak daarvoor de universitaire debatwedstrijd gewonnen en het is heel lastig om mijn persoonlijke gegevens te achterhalen. Logisch dus dat ze me via de universiteit benaderden,' legde ik uit.

'Maar dat het precies binnenkwam toen jij daar was...'

Nu moest ik lachen. 'Je kunt het toeval noemen, maar sommige dingen zijn misschien wel voorbestemd. Is het ook niet heel toevallig dat de functie bij de *Washington Post* binnenkwam juist toen jij daar aan de balie stond?'

'Maar ik hang daar al weken rond,' wierp hij tegen. 'Jij komt af en toe eens kijken of er nieuwe vacatures zijn, net als heel veel anderen, maar ik zit daar de hele dag en dit was de eerste vacature waarvan ik dacht...'

'Misschien heb je geprofiteerd van mijn geluk,' zei ik plagend.

'Als dat zo is dan neem ik je mee naar Maine voor het gesprek met mijn ouders.'

We kropen allebei terug in onze eigen gedachten. Ik wilde het niet toegeven, maar Thomas had me wel degelijk ergens alert op gemaakt. Als aanhanger van de theorie van de kracht én de maakbaarheid van de publieke opinie liet ik graag zo min mogelijk aan het toeval over. Heel veel was te sturen en van tevoren te regisseren. Natuurlijk was iets de ene keer effectiever dan de andere keer en speelde het toeval daarbij een rol, maar dat was alleen maar omdat er aan de voorkant niet goed genoeg rekening was gehouden met alle variabelen. In een hypothetische situatie, waarin je alles volledig kon controleren, sloot je het toeval uit. Neem het telexbericht uit Boston. Aangezien ze die één dag van tevoren stuurden naar een adres waar ik niet dagelijks kwam was de kans dat ik bij het debat aanwezig zou zijn uiterst klein. Kortom, de organisator hechtte weinig waarde aan mijn aanwezigheid, óf – en vooral dat hield mij bezig – hij of zij liet niets aan het toeval over en wist precies waar ik was op het moment dat de telex verzonden werd. Als dat zo was, dan stond me in Boston mogelijk geen debat maar iets heel anders te wachten.

'Zal ik met je meegaan?' vroeg Thomas. 'Ik bedoel, mijn ouders verwachten me nog niet en je kunt misschien wel wat steun gebruiken.'

Ik glimlachte. Ik moest toegeven dat de gedachte dat er in elk geval één iemand op mijn hand zou zijn me niet tegenstond.

'Graag.'

'Wil je daarna met me mee naar Maine?'

Ik schrok van zijn vraag.

Ik zocht oogcontact, maar zijn blik verschool zich in het dashboard.

'Thomas?'

Hij keek voorzichtig opzij, alsof hij de bui al voelde hangen. Ik kende hem amper – en dan het weekend mee naar zijn ouders? Hoe haalde hij het in zijn hoofd?

'Ik bedoel er niets mee,' zei hij schuchter. 'Ik dacht, je moet ook nog terug en overnachten in Boston is niet goedkoop. Mijn ouders hebben een groot huis, je kunt daar prima...'

'Jij gaat mij niet wijsmaken dat je dit voor mij doet, vriend. Het gaat je om iets heel anders.'

Zijn ogen werden groter, toen begon hij te lachen. 'Je denkt toch niet dat ik je, dat ik... dat wij... maar ik vind je helemaal niet...'

'Wat vind je niet?' vroeg ik bars.

Hij beet op zijn lip en staarde weer naar het dashboard terwijl ik hem ongeduldig aankeek.

'Nou?'

Maar Thomas zweeg en dus gooide ik het er zelf uit. 'Jij vindt mij niet aantrekkelijk. Ik weet wel wat je denkt: "Hoe haalt ze het in haar hoofd?" Natuurlijk neem je me niet mee naar je ouders om mooie sier te maken. Je zou ze hooguit shockeren, maar daar heb je mij niet voor nodig. Je neemt me mee omdat je een lafaard bent, omdat je ze zelf niet kunt vertellen dat je de journalistiek in wilt, dat hun plan voor jou in duigen ligt.'

Thomas sloeg af bij een benzinestation en parkeerde de auto.

'Of niet dan?' vroeg ik scherp.

'Je hebt gelijk,' zei hij uiteindelijk. 'Althans, dat ik een lafaard ben.'

'Maar?'

'Maar...' Hij aarzelde. Toen keek hij me aan met zijn helderblauwe ogen. 'Ik vind je wel aantrekkelijk.'

Ik voelde een warme gloed langs mijn wangen omhoogschieten.

Hij keek me bedachtzaam aan, nog altijd hield hij me in zijn blik gevangen. 'Dat ik je aantrekkelijk vind wil nog niet zeggen dat ik iets van je wil.' Het blauw werd langzaam overspoeld door zijn groter wordende pupillen.

'Je bent zo niet mijn type.'

'Mooi,' zei hij.

'Mooi.'

'Dus je gaat mee?'

Ik keek hem verward aan. Als dit een debat was geweest dan had ik hem verteld dat hij nog steeds een lafaard was en dat ik me niet voor zijn karretje liet spannen. Maar dit was een chemische reactie. Alle logica stond plotseling buitenspel. Het debat in Boston was verworden tot een tussenstop, een hobbel. Mijn gedachten waren al veel verder. Het weekend in Maine overspoelde nu mijn hoofd.

17

Boston
19 juni 1959

Het was een vreemde setting voor een debat. Het adres klopte en het rumoer binnen deed vermoeden dat er een felle discussie aan de gang was. Maar toen ik de grote loods had zien liggen aan het einde van de kade bij de oude haven, was ik blij dat Thomas me vergezelde.

Door een kier tussen de brede roestige schuifdeuren die toegang gaven tot de loods walmde een dikke sigarenlucht ons tegemoet. Ik hoorde iemand zijn stem verheffen, gevolgd door een orkaan aan bijval vanuit het publiek. Voorzichtig maakte Thomas de kier tussen de deuren iets wijder zodat we naar binnen konden stappen. Daar in de schemering viel het tanende licht van de vroege avond naar binnen door enkele transparante golfplaten in het dak, waar het verdronk in de grauwe lucht boven de rokende massa.

Mannen. Uitsluitend mannen. Grote kerels met dikke nekken en gespierde bovenarmen. En terwijl ik ze een voor een in me opnam drongen ook andere geuren tot me door waarin vooral de zware lucht van zweet doordrenkt met de geur van petroleum overheerste.

De man op het podium verhief zijn stem opnieuw en alsof dit een teken was waarop iedereen had gewacht, kwam de hele massa overeind en begon spontaan te schreeuwen. Verschrikt keek ik Thomas aan. Wat was dit voor een bijeenkomst? Van de Boston

Debating Society had ik een compleet andere setting verwacht. Dit was een menigte havenarbeiders die op het punt stond het werk neer te leggen.

Nu sprak er een andere stem en door de rookwalmen heen zag ik nog een man over het podium bewegen. Al pratend liep hij naar een plek waar hij voor iedereen goed zichtbaar was. De lichtbundel die door het dak op hem neerdaalde vormde een koperen gloed rond zijn tengere postuur. Het viel me meteen op dat hij anders was dan de anderen, hij paste niet in deze setting. Hij droeg een hoed en aan zijn op maat gesneden pak zag ik een gouden kettinkje glinsteren dat naar het horloge in zijn broekzak liep. Zijn stem was kalmer en terwijl de menigte langzaam terugzakte in de stoelen klonk er gemurmel en gesis.

Thomas trok mijn aandacht en wees naar twee lege stoelen op de achterste rij naast het gangpad. Ik keek hem weifelend aan. Dit was niet waarvoor ik was gekomen. Waarom zou ik in godsnaam toehoorder willen zijn bij een vakbondsbijeenkomst? Ik kwam hier om het debat zelf te voeren, niet om naar het gebrul van deze gorilla's te luisteren. Maar de man in het maatpak had mijn belangstelling gewekt en dus nam ik schoorvoetend plaats op een van de stoelen en luisterde ik naar zijn stem.

'Kijk naar wat er nu in de metaalindustrie gebeurt. De stakingen duren al maanden en wat levert het op? Niets, helemaal niets. Bedrijven gaan kapot omdat de productie stilligt. Ze vallen om en kunnen mensen niet langer in dienst houden. Gezonde sterke mannen zoals jullie verliezen hun baan, zitten thuis zonder loon, zonder geld voor hun gezin. Dat is jullie voorland. Je zet een goede baan, je zekerheid op het spel, je speelt poker met de toekomst van je gezin.'

'Er is er hier maar een die poker speelt en dat bent u, meneer de bestuurder!' riep iemand onherkenbaar vanuit het publiek. 'Wij laten ons niet langer uitknijpen voor een slavenloon.'

'Zo is dat!' klonk een andere stem op onze rij drie stoelen verderop. En alsof dit het teken was waarop iedereen had gewacht, sprong de menigte luid schreeuwend op en waande ik me bij een bokswedstrijd. Ik voelde de explosieve spanning en zocht de blik van Thomas, die met grote ogen naar het schouwspel keek. Toen dook achter zijn blik het gezicht op van de man die drie stoelen verderop het laatste zetje had gegeven waardoor het publiek ontketende. Er ging een schok door mijn lijf. Het was de man die ik bij mijn eigen debat had gezien. De man met de bril en het dekentje op zijn schoot. De man die zo vreemd naar mij had gekeken. En opnieuw trof ik zijn blik terwijl een sluwe lach zijn mondhoeken krulde.

'Kom mee,' zei ik tegen Thomas. 'We moeten hier weg, foute boel.'

'Zeg dat wel,' antwoordde hij terwijl er vanuit de zaal stoelen in de richting van het podium geworpen werden.

We probeerden de uitgang te bereiken, maar in de menigte raakte ik Thomas kwijt. Ik werd steeds meer opzij geduwd tot ik aan de zijkant van de hal een kleine deur zag. Toen ik eindelijk de deur bereikte dook de vreemde man voor me op.

'Ezra Walsh,' zei hij. 'Summa cum laude afgestudeerd, eigenwijs, scherp, onverschrokken, briljant.'

Ik keek richting de deur en voelde een lichte aarzeling.

'Ik heb je thesis gelezen,' zei hij. Er klonk respect door in zijn stem. 'Publieke opinie, de vijfde macht.'

Ik keek hem verbaasd aan. 'Hoe heeft u...? Alleen de examencommissie kan...'

Hij glimlachte minzaam. 'Ik heb connecties. Goede connecties.'

Vertwijfeld nam ik de man in mij op. Wie was hij? Wat wilde hij van me?

'Ik ben Ted Sorensen. Voorzitter van de Boston Debating Society, maar vooral speciaal adviseur van senator Kennedy.'

Ik slikte en merkte dat mijn hartslag omhoog ging. John F. Kennedy, de senator van Massachusetts, was tijdens mijn studie een grote inspiratiebron geweest. In zijn eindscriptie 'Why England Slept' die hij in 1940 aan Harvard had geschreven, waarschuwde hij de wereld voor Hitler.

'Senator Kennedy is een bewonderenswaardig persoon,' zei ik. 'Zijn stem zou meer gehoord mogen worden.'

Sorensen glimlachte. 'Dat is precies waarvoor ik ben gekomen.'

Een naar zweet stinkende havenarbeider duwde me aan de kant.

'Kom, we kunnen beter naar buiten gaan,' zei Sorensen.

Ik knikte, en volgde hem door de deur naar een braakliggend terrein dat door hoge hekken omheind was. Terwijl we richting een poort liepen die toegang gaf tot de kade luisterde ik naar Sorensens verhaal.

'Nooit eerder verkoos Amerika een drieënveertigjarige tot president, nooit eerder heeft dit land een katholieke president gehad en slechts één keer eerder werd een senator gekozen tot president van de Verenigde Staten. Maar de statistieken hebben geen invloed op de uitkomst van de verkiezingen volgend jaar. Als Kennedy meedoet, en ik beloof je dat hij dat zal doen, dan zal zijn stem gehoord worden. Niet alleen in Massachusetts, maar in de hele VS. Van Californië tot Maine en van Alaska tot Florida, want zijn stem is die van het volk, van alle vrijwilligers en van het team van adviseurs dat hem ondersteunt. Van mij en de andere mensen die hij het meest vertrouwt. En, beste Ezra – want daarvoor ben ik gekomen – zijn stem en de woorden die hij kiest kunnen straks ook jouw woorden zijn.'

Mijn hart ging sneller kloppen. Opgezweept door de gedachte

dat ik onderdeel kon zijn van dit proces. Dat ik deel zou kunnen uitmaken van het team dat... Ik slikte.

'Heeft u enig idee wie mijn broer is? Ik kan toch niet voor een democraat...'

Ik was nog niet uitgesproken of ik realiseerde me hoe onnozel mijn vraag was. Natuurlijk wist hij wie mijn broer was. Deze man, die alles tot in de puntjes controleerde en uitdacht, wist waarschijnlijk meer van mij dan ikzelf. Mijn hele leven paste een-op-een in het draaiboek dat er voor de verkiezingen klaarlag. Mijn thesis, de positie van mijn broer, de rol van mijn vader in de politiek...

'Je vader was een democraat en een Ier, net als Kennedy,' bevestigde Sorensen mijn gedachten. 'Desalniettemin was je vader populair onder protestantse kiezers, en dat is precies wat bij de komende verkiezingen het verschil kan gaan maken. Als Kennedy de protestantse kiezers achter zich krijgt zit hij over anderhalf jaar in het Witte Huis. En jij kunt ons daarbij helpen.'

We bereikten de kade en ik zag Thomas ongerust door de schuifdeuren de fabriekshal in turen.

'Laat het me weten als je interesse hebt,' zei Sorensen terwijl hij zijn hoed afnam en me zijn kaartje gaf. 'Maar wacht niet te lang. De voorbereidingen zijn al in volle gang.'

18

Goose Rocks Beach, Maine
19 juni 1959

Het plan was dat we direct naar het huis van zijn ouders zouden rijden, maar Thomas stelde de confrontatie nog even uit.

'Het is al laat,' zei hij toen we anderhalf uur onderweg waren en ik in het licht van de koplampen de kronkelende weg voor ons tussen de dennenbomen zag verdwijnen.

'Het is misschien niet de beste timing om mijn ouders zo laat nog te overvallen met ons bezoek. Ze weten niet dat jij...'

Hij aarzelde even en ik keek hem in het licht van het dasboard geduldig aan. Mijn kalme blik gaf hem vertrouwen.

'Mijn ouders hebben een oude cottage op een schiereiland in de buurt van Goose Rocks Beach. Nog een halfuur rijden. We zouden daar kunnen overnachten en morgenochtend verder rijden?'

Ik voelde mijn hart dichter bij mijn keel bonzen. Samen met Thomas in een cottage op een afgelegen eiland was iets heel anders dan onder het wakend oog van zijn moeder in een groot huis in gescheiden kamers.

'Ik kwam er als kind vaak,' ging Thomas verder. 'Ik sliep er dan op de veranda en keek zo lang ik mijn ogen open kon houden naar de lichtjes op de Atlantische Oceaan.'

Ik observeerde hem, terwijl zijn ogen de weg voor hem volgden.

'Slapen wij dan ook op de veranda?' vroeg ik.

Thomas liet zijn gedachten los en keek opzij. 'Is dat een ja?'

Ik knikte en ik zag zijn mooiste lach tot nu toe.

'Ik weet zeker dat je het er prachtig zult vinden. Het is een heel stille plek waar je 's avonds alleen het ruisen van de wind en het breken van de golven hoort.'

Toen de zilte lucht de geur van dennennaalden verdreef en het landschap veranderde in een stroom van afgevlakte rotsen, bereikten we de landtong die uitmondde in het kleine schiereiland waar de cottage stond. Het was precies zoals Thomas het had beschreven. Het ruisen van de wind werd slechts doorbroken door het breken van de golven.

We deden onze schoenen uit en liepen op blote voeten door het zand naar de uit boomstammen opgetrokken cottage. Ik zag de veranda en terwijl ik opzijkeek naar Thomas ving mijn blik de glinstering in zijn ogen. Hij was hier niet uitsluitend omdat hij angst had voor zijn ouders of om hier met mij alleen te zijn. Hij was hier ook voor zichzelf, gewoon omdat hij hield van deze plek. En ik realiseerde me ineens dat dit was waarom ik me tot hem aangetrokken voelde. Hij kon zijn hart ergens aan geven. Aan deze plek, aan zijn ambities, aan zijn dromen. Hij was zo anders dan ik had gedacht.

'Kijk,' riep hij enthousiast. 'De banken waarop ik altijd sliep staan er nog.'

Hij rende de veranda op en klapte in een hoek, waar twee banken tegenover elkaar stonden, de naastgelegen balustrade opzij zodat deze over de banken viel en een breed bed vormde. Ik keek bewonderend naar de eenvoudige en toch vernuftige constructie en zag dat de neergeklapte balustrade uit drie lagen bestond. Een stevige houten plaat aan de binnenzijde die de wind volledig stopte en aan weerszijden daarvan een laag rieten matten die voor een mooie afkleding zorgden. Ik begreep dat het riet voor ons tevens dienstdeed als matras.

Nu toverde Thomas een sleutel tevoorschijn die verborgen bleek achter de bovenste trede naar de veranda en opende daarmee de deur. Hij verdween in de cottage en kwam vrij snel weer naar buiten met een olielamp die hij aan een balk van de veranda ophing. Ik nam plaats op een bankje naast de deur en staarde naar de scheepslampen die in de verte steeds even verdwenen in de onrustige zee. Thomas kwam met een stapel dekens, lakens en kussens naar buiten en maakte het bed op de veranda op. Gevangen in het licht en omringd door de deinende duisternis leek het net alsof we onze eigen scheepskooi op zee hadden. Thomas kwam bij me op het bankje zitten en we keken samen naar de sterren. Na een tijdje nam hij mijn hand in de zijne en kuste me. Eerst op mijn wang en daarna op mijn lippen. Er stak een storm op in mijn hart terwijl ik in de verte de golven hoorde breken.

Toen ik de volgende ochtend wakker werd dreef de zon in de azuurblauwe oceaan. De wind was gaan liggen en het was net alsof ik naar een schilderij keek; alles stond stil. Ik keek naast me en zag dat Thomas er niet meer lag. Mijn hand gleed onder de dekens langs mijn naakte lichaam. We hadden gevreeën. Ik had me aan Thomas gegeven en we hadden gevreeën onder de sterren. En daarna was ik tegen zijn warme lichaam in slaap gevallen.

Ik voelde naast me, waar Thomas had gelegen. Het provisorische matras was nog een beetje warm. Toen hoorde ik achter de cottage een doffe dreun gevolgd door het geluid van splijtend hout. Ik sloeg een laken om me heen en liep langs de veranda naar de achterzijde van de blokhut. Aan de rand van een klein bos hakte Thomas met ontbloot bovenlijf een blok hout in stukken. Iets verderop pruttelde een dampende maaltijd in een koekenpan boven een vuur.

Thomas ging zo op in zijn bezigheid dat hij mij niet opmerkte. Hij hakte het laatste stuk hout in tweeën, verzamelde de stukken en bracht ze naar het vuur.

Ik liep stilletjes op hem af en sloeg mijn armen om zijn middel. Maar zijn reactie was anders dan ik had verwacht. Hij rukte zich los, sprong opzij en struikelde, waardoor hij bijna de pan van het vuur stootte. Hij viel op de grond en draaide zich met een katachtige beweging om. Toen zag hij mij en begon te lachen.

'Ezra, je liet me schrikken.'

Hij krabbelde overeind en nam me in zijn armen.

'O, Ezra, ik wist niet dat je al wakker was.'

Zijn stem was kalm, maar ik voelde de spanning nog in zijn lijf. Ik kuste hem en hij streek met zijn hand door mijn haren.

'Heb je honger?' vroeg hij.

Ik knikte.

'Dat dacht ik wel. Ik heb vanmorgen kreeft gevangen en verse eieren gevonden. Als jij het brood uit de trommel in de keuken haalt dan ontbijten we hier.'

Hij nam mijn billen in zijn handen en kneep er zachtjes in. 'En vergeet je broek niet, mijn ouders zijn nogal ouderwets.'

Ik glimlachte en liep naar de cottage. Het lukte me nog altijd niet om Thomas' blik die ik had gezien toen hij op de grond lag, uit te wissen. Het was maar heel even geweest, maar wat ik had gezien was niet de blik van iemand die schrok, maar van iemand in levensgevaar. Ik herkende die blik als geen ander. In mijn hoofd was het continu een maalstroom van blikken van mensen die voor hun leven vochten en het hadden verloren. En in de ogen van Thomas was precies dat wat me was opgevallen. Hij had een verleden, net als ik.

In de cottage trok ik mijn broek aan en haalde vervolgens de papieren zak met brood uit de trommel. Aan de muur naast het aanrecht zag ik een oude legerhelm en een gasmasker hangen. Het waren vreemde objecten in deze verder zo idyllische cottage.

Ik liep terug naar Thomas en hij pakte twee broodjes uit de zak. Hij sneed ze open, schepte een stuk kreeftenomelet uit de koekenpan en schoof het tussen een broodje, dat hij aan mij gaf.

'Waarom schrok je zo?' vroeg ik hem.

Thomas keek verward op en ik had meteen spijt van mijn vraag.

'Sorry,' zei ik.

Hij schudde zijn hoofd. 'Nee, je mag het best vragen, maar ik weet het zelf ook niet. Ik heb dat altijd al gehad.'

'Je hele leven?'

'Ja, nou ja, het is begonnen nadat mijn vader terugkwam uit Europa, waar hij in de oorlog had gevochten. Ik was toen twaalf jaar.'

'Was jouw vader een soldaat?' vroeg ik verbaasd.

Thomas glimlachte. 'Een officier, ja. Hij infiltreerde eind jaren dertig in de Duitse legertop. Tien jaar eerder verhuisde hij vanuit zijn geboorteland Duitsland naar Amerika, waar hij met mijn moeder trouwde en waar ik geboren werd.'

Ik dacht aan wat ik in de cottage had gezien. 'Dus dat gasmasker en die helm waren van je vader?'

Thomas knikte. 'Uit zijn diensttijd, toen hij nog geen officier was.'

'In de jaren twintig,' vroeg ik.

'Eerder nog, mijn vader is al iets ouder.'

Ik hoorde aan Thomas' stem dat hij het onderwerp ongemakkelijk vond en ik twijfelde of ik wel verder moest vragen.

'Thomas,' zei ik uiteindelijk, 'heeft je vader voor Duitsland gevochten in de Eerste Wereldoorlog?'

Thomas keek me met een serieuze blik aan. 'Ik denk het. Mijn vader heeft het liever niet over die tijd.' Hij dacht een moment na en zei toen: 'Ik denk dat wat hij voor Amerika in de oorlog heeft gedaan een boetedoening was voor waar hij als jonge soldaat bij betrokken is geweest.'

'Maar die boetedoening had wel een prijs,' zei ik.

'Natuurlijk. We zagen hem zeven jaar niet. Hij leek van de aardbodem verdwenen, zelfs mijn moeder wist niet waar hij was. Tussen mijn vijfde en mijn twaalfde wist ik niet beter dan dat mijn vader overleden was.'

19

Portland, Maine
20 juni 1959

Kort voor de middag stapten we na een lange strandwandeling in de auto. Het eerste stuk naar Portland reden we langs de kust en ik genoot van het uitzicht. De angst die ik een paar dagen geleden na mijn gewonnen debat en het gesprek met Samuel had gevoeld, was volledig verdwenen. Inmiddels wist ik dat de interesse van Sorensen niets met de dood van Elias te maken had. Net zomin als dat er een relatie was tussen zijn dood en die van de naziofficier. Mogelijk had hij tijdens de foltering op zijn lippen gebeten en waren de sneetjes daardoor ontstaan. En de tekening in het damestoilet van de wasserij was een flauwe grap van mijn nieuwe collega's, net als die maden waarvoor ze me niet gewaarschuwd hadden. Dat was gewoon de bedrijfscultuur. Maar Samuel had mijn verhaal over de tekening en de officier maar wat graag aangegrepen om Frau Wolff verdacht te maken. In zijn tunnelvisie was zij steeds de bron van alle kwaad. Het gif dat hij als kind met zijn achterdocht in Vorderbrand bracht, strooide hij nog altijd rond. Ik moest me door hem niet te veel angst laten aanpraten.

Kort voor de middag bereikten we de buitenwijk van Portland waar de ouders van Thomas in een kapitale villa woonden. De oprijlaan alleen al was driehonderd meter lang en slingerde tussen eeuwenoude esdoorns naar een huis dat me qua omvang en bouwstijl deed denken aan het Witte Huis.

'Papa ziet zichzelf graag als de president van Maine,' zei Thomas. 'Hij vergeet weleens dat hij alles aan mama te danken heeft. Haar vermogen was het startkapitaal waarmee hij zijn imperium heeft opgebouwd.'

Thomas parkeerde zijn auto tussen een witte Jaguar en een lichtblauwe Rolls-Royce.

'Die Jaguar ken ik niet, maar ik heb een vermoeden van wie de Rolls-Royce is,' zei hij. 'Zo te zien heeft papa bezoek.'

Ik stapte uit en terwijl ik om de witte Jaguar heenliep zag ik dat de achterbumper licht ingedeukt was en dat er op die plek wat oranje verf zat. Ik liep verder en volgde het pad dat langs de andere zijde van de Jaguar naar de villa liep. Vanuit een ooghoek zag ik op de bijrijdersstoel een envelop liggen. Nieuwsgierig wierp ik een blik naar binnen en las een deel van de tekst op de envelop, ...EXCEPTIONAL CHILDREN.

'Kom je nog?' riep Thomas, die op het grindpad onder aan de witmarmeren trap van het landhuis op me wachtte.

Ik haastte me naar hem toe, waarna we samen de trap op liepen naar de witte voordeur die alleen al breder was dan mijn hele appartement in New York. Toen we halverwege de trap waren ging de deur open en verscheen de butler.

'Meneer Thomas,' zei hij verrast. 'U zou toch niet komen dit weekend?'

'Jawel, George,' zei Thomas geamuseerd. 'Papa vertelt jou klaarblijkelijk nooit iets.'

'Klaarblijkelijk,' zei George terwijl hij mij onderzoekend aankeek. 'En wie is de dame aan uw zijde?'

Thomas haakte zijn arm in de mijne en zei: 'Dit... is Ezra Walsh. Mijn verloofde.'

Ik proestte het uit en Thomas gaf een rukje aan mijn arm ten teken dat ik mee moest spelen.

'George,' klonk een vrouwenstem vanuit de hal. Er verscheen een elegante dame in een olijfgroene rok met daarboven een witte blouse. Ze was beeldschoon en had Thomas' ogen.

'Mama,' zei Thomas, en hij hield mijn arm nog iets steviger vast.

De blik van zijn moeder gleed vlug over me heen. Ik was me ineens bewust van hoe ik erbij stond. Een jeans die naar houtvuur stonk, zonder make-up, en een wilde bos haar die als een ragebol afstak tegen haar eigen keurige opgestoken kapsel.

'Ezra en ik hebben in Goose Rocks overnacht,' verklaarde Thomas.

'Wat heerlijk,' zei ze tegen Thomas. 'Je vader en ik doen dat soort dingen nooit meer. Hij zei pas nog dat we de cottage maar moeten verkopen. Maar wat brengt je hier? Ik hoorde van je vader dat je iets met ons wilde delen.'

'Meneer heeft zichzelf verloofd met deze dame,' zei George, die zich minder afzijdig hield dan je van een butler zou verwachten.

'Meneer neemt je in de maling, George,' glimlachte Thomas' moeder. 'Hij weet heel goed dat er in deze familie niet verloofd wordt zonder de goedkeuring van mijn vader.'

Ik keek Thomas verdrietig aan. 'Maar jij zei...'

Thomas schoot in de lach en liet mijn arm los. 'Kom, dan laat ik je de paardenstallen zien.'

Nagekeken door zijn moeder en een hoofdschuddende George snelde hij de trap af en wachtte daar in het grind op me als een jonge hond die op het punt stond om uitgelaten te worden. Ik haalde mijn schouders op en ging toen als een verliefde tiener achter hem aan.

We renden door een prachtige tuin langs smalle paadjes tussen bloembedden in alle kleurschakeringen die ik bedenken kon. Links zag ik de paardenstallen liggen en rechts bij de vijver op een kleine heuvel een theehuis vanwaar je uitzicht had over de hele tuin.

Plotseling trok Thomas me naar beneden achter een heggetje en wees hij naar het theehuis. 'Daar zit mijn vader, als hij ons ziet dan moeten we meteen komen en wil hij weten waarvoor ik kom. En dan...' Hij slikte zijn woorden in. 'Ik laat je liever eerst de paardenstallen zien.'

We slopen achter het heggetje langs terwijl ik voorzichtig een blik op het theehuis wierp. Ik zag drie heren zitten. Ze waren druk in gesprek en hadden geen oog voor de omgeving.

'Welke is je vader?' fluisterde ik terwijl ik achter Thomas aan richting de paardenstallen schoot.

'Diegene met de hoed. De grote man tegenover hem met het achterovergekamde haar is Putzi, een oude vriend van mijn vader. Dat verklaart de Rolls-Royce. Putzi was tijdens de Tweede Wereldoorlog strategisch adviseur. Hij heeft veel voor ons land betekend. De man met zijn rug naar ons toe ken ik niet. De Jaguar moet van hem zijn.'

We slopen verder en bereikten de paardenstallen, die in een carrévorm waren gebouwd. Midden tussen de stallen lag een dressuurpiste waar de stalmeester een paard aan een lange lijn longeerde.

'Wat een schitterende plek,' zei ik terwijl ik zag hoe de paarden door de luiken op de binnenplaats uitkeken. 'Rijdt je moeder hier vaak?'

'Mijn moeder?' Thomas begon te lachen. 'Ze mag dan wel uit Texas komen, maar ze moet niets van paarden hebben. Dit is het domein van mijn vader. Hij zat bij de cavalerie en is geschoold volgens de klassieke Duitse dressuur. Toen hij na de oorlog terugkwam heeft hij mij ook leren rijden.'

Ik keek vol bewondering naar de prachtige donkere vos die glimmend van het zweet aan de longe rondgaloppeerde.

'Heb je weleens op een paard gezeten?' vroeg Thomas.

Ik glimlachte. 'Ja, lang geleden. In een andere wereld en een andere tijd.'

'O ja, waar was dat?'

Ik schrok van de vraag. Ik liet me door de situatie zo meeslepen dat ik onvoorzichtig werd.

'Bij een broer van mijn vader,' loog ik. 'Toen ik veertien was heb ik een half jaar bij hem en zijn vrouw in Montana gewoond. Het ging thuis niet goed en ik moest er even uit. Zij hebben me toen opgevangen en bij hen heb ik leren paardrijden. Maar het stelt niet zo veel voor.'

Thomas keek me geïnteresseerd aan en ik kreeg een wee gevoel in mijn onderbuik. Het voelde slecht om tegen hem te liegen. Maar ik had Samuel en Elias gezworen om niemand te vertellen over ons verblijf op Vorderbrand. De brief waarin wij werden omschreven als de loten van Abraham bevatte een duidelijke waarschuwing dat we onze identiteit nooit prijs mochten geven.

Thomas knikte in de richting van het paard. 'Zou je het willen proberen?'

Ik schudde mijn hoofd. 'Ben je mal. Ik kan toch niet op zo'n geweldig paard...'

Thomas knipte al met zijn vingers.

'Antonio, hoe is Fabelhaft vandaag?'

'Heel gezeglijk, meneer. Zoals altijd,' antwoordde de stalmeester.

'Wil je hem zadelen, en voor mij Moreno klaarmaken?'

Antonio knikte en nam Fabelhaft mee naar de poetsplaats.

'We zijn vroeger ook een paar keer in Montana geweest en trokken dan een paar dagen met de paarden door de bergen,' zei Thomas. 'Het is prachtig daar. Zeker in het najaar voordat de winter komt.'

We liepen langs de stallen en Thomas vertelde me over de bloedlijnen en hoe zijn vader paarden uit Holstein en Oldenburg naar Amerika had laten verschepen. We bereikten de poetsplaats. Moreno bleek een zwarte hengst en nog groter dan Fabelhaft.

Ik nam de teugels van Fabelhaft over en de stalmeester hielp me met mijn laarzen en sporen en gaf me een cap. Ik klom op Fabelhaft, gaf hem een klopje op zijn schouder en fluisterde lieve woordjes in zijn oor.

Thomas glimlachte. 'Geen zorgen, Fabelhaft is heel betrouwbaar en we gaan alleen stappen door het bos. En als het niet gaat gaan we gewoon weer terug.'

Thomas klom in het zadel van Moreno en ik volgde hem over een zandpad richting het bos. Hoewel ik lang niet gereden had, voelde het meteen vertrouwd en ik nam het mezelf kwalijk dat ik het paardrijden in Amerika nooit had opgepakt.

Toen het pad breder werd kwam Thomas naast me stappen. 'Zie je wel, dat gaat helemaal niet slecht. Als je wilt kunnen we wel een stukje draven, ga jij maar voorop.'

Ik gaf Fabelhaft voorzichtig de sporen en merkte hoe licht hij aan de hulpen was. Hij schoot naar voren en ik nam instinctief de teugels iets terug waardoor Fabelhaft wat vaart minderde. Nu draafden we met een fijne cadans door het bos. Het pad slingerde langs vennetjes met oevers vol met cranberries, bosbessen en wilde aardbeien en verdween wisselend tussen hagen van varens en onder het gebladerte van enorme tamme kastanjes en beukenbomen. Ik kreeg zin om te galopperen en gaf Fabelhaft de sporen. Hij schoot in galop en de wind suisde nu langs mijn hoofd. Plotseling voelde ik de vrijheid die ik als kind in de bergen rond Berchtesgaden altijd had gevoeld. Ik spoorde Fabelhaft aan om nog sneller te galopperen en terwijl ik omkeek zag ik hoe Thomas zijn best moest doen om ons bij te houden. Nu schoten we een brede open strook tussen de bomen op die aan de linkerkant vol stond met hindernissen.

Thomas kwam in volle galop naast me en riep: 'Als jij rechts aanhoudt dan neem ik de hindernissen en zie ik je straks aan het einde.'

Ik zag de benen van Moreno nu nog hoger grijpen en meer bodem pakken. Ze haalden ons in en doken het parcours op. Ik twijfelde geen moment en stuurde Fabelhaft achter hen aan. Voor ons sprong Moreno over een brede sloot en daarna over een haag. Onder me roffelden de hoeven van Fabelhaft op de grond en nu sprongen wij ook over de sloot. We landden aan de overzijde en ik voelde het zadel een heel klein beetje schuiven, maar ik verloor mijn balans niet. Voor ons doemde de haag al op en terwijl Fabelhaft afzette sloegen zijn hoeven tegen de grond. We schoten omhoog tot tussen de kruinen van de bomen en vlogen over de haag. Fabelhaft rekte zich uit en ik zag dat de bodem aan de andere zijde van de haag steil naar beneden liep. Het duurde lang voordat de voorbenen van Fabelhaft contact maakten met de bodem. Hij kreunde onder het gewicht dat zijn lichaam bij de landing moest opvangen. Op dat moment hoorde ik iets onder me knappen en werd ik voorover gelanceerd. Ik zag de blauwe lucht en toen het groen en daarna was het stil.

Totdat ik de stem van Thomas hoorde.

'Ezra, praat tegen me.'

Ik opende mijn ogen en zag zijn bezorgde blik.

‘Thomas,’ zei ik zachtjes terwijl ik iets van opluchting bij hem zag. ‘Kun je je bewegen?’

Ik bewoog mijn vingers en toen mijn hand, en kwam langzaam overeind. Op dat moment voelde ik een stekende pijn.

‘Mijn hoofd,’ stamelde ik.

Thomas maakte mijn cap voorzichtig los en ik zag dat er een scheur in zat. Voorzichtig liet ik mijn vingers langs de binnenkant van de cap glijden en ik voelde de scherpe rand die tegen mijn hoofd had gedrukt.

Ik stond op en liep een paar meter. Mijn lichaam voelde stram, maar ik had niets gebroken.

‘Waar zijn de paarden?’

Thomas wees naar een paar bomen verderop.

‘Gaat het wel?’ vroeg hij bezorgd terwijl hij mijn bewegingen observeerde.

‘Jawel,’ zei ik. Toen viel mijn blik op het zadel dat onder aan de heuvel bij de haag lag.

‘Het zadel zat niet goed vast, het is losgeschoten.’

Thomas fronste zijn wenkbrauwen. ‘Dat kan ik me niet voorstellen. Voordat we vertrokken heb ik zelf nog gekeken of Antonio de riemen wel goed had aangegespt.’

Hij liep naar het zadel en raapte het op. Toen zag ik zijn ogen groter worden.

‘De riemen zitten nog in de gespen,’ stamelde hij.

Ik liep naar hem toe en zag waardoor hij zo van slag was. Beide riemen hingen nog in de gespen, maar ze zaten niet meer aan het zadel vast.

‘Het stiksel is los,’ zei ik.

Thomas zei niets en keek peinzend naar de plek waar de riemen aan het zadel vastgenaaid hadden gezeten.

'Dat kan niet,' zei hij. 'Het stiksel kan niet loslaten, en zeker niet bij beide riemen tegelijkertijd.'

'Wat bedoel je?' vroeg ik.

'Hier is mee geklooid.'

'Bedoel je dat het geen ongeluk was?'

Thomas knikte en ik zag dat hem iets bezighield.

'Wat is er?' vroeg ik.

Hij zuchtte en keek opnieuw naar het zadel.

'Het is van mijn vader,' zei hij toen. 'Jij reed met het zadel van mijn vader.'

20

Portland, Maine
20 juni 1959

Thomas liep met Moreno aan de teugel voor me door het bos terwijl ik dacht aan Thomas' vader die hier in het bos had moeten verongelukken. Ik keek naar Fabelhaft die naast me stapte en naar het zadel dat nu los op zijn rug lag. Ik had Thomas voorgesteld om het hier achter te laten en het dan door Antonio te laten ophalen, maar Thomas wilde het laten onderzoeken. Hij hoopte dat er aanwijzingen gevonden konden worden voor wie dit op zijn geweten had. Mijn blik dwaalde naar Thomas, die in zijn eigen gedachten verzonken leek.

'Hoe ver is het terug?' vroeg ik.

'Ruim vierenhalve kilometer,' antwoordde hij zonder om te kijken.

Vijf kilometer lopen was een uur, wist ik van vroeger. Ik schoof het zadel voorzichtig iets naar voren en kroop daarachter behendig op Fabelhafts rug.

We stapten een tijdje verder totdat Thomas een blik over zijn schouder wierp en mij niet meer naast het paard zag lopen. Hij draaide zich om en hield halt. Met grote ogen keek hij me aan.

'Je zit op het paard?'

'Ja, dat leek me makkelijker dan lopen.' Ik gaf hem een knipoog.

'Maar je hebt geen zadel.'

'Vroeger reed ik altijd zonder zadel.'

Zijn ogen werden nog groter. 'Dus wij zijn aan het lopen terwijl jij kunt rijden zonder zadel?'

Ik schudde mijn hoofd. 'Nee, jij bent aan het lopen.'

Hij keek een moment vertwijfeld naar Moreno.

'Maar je cap is stuk, je kunt niet zonder cap rijden.'

'Dat zie je toch. Ik heb altijd zonder cap gereden.'

'Dat is dan heel dom,' bromde hij. 'Als je vandaag geen cap had gedragen was je nu dood geweest.'

Ik knikte. 'Dat is waar. Maar als ik zonder zadel had gereden was ik niet gevallen, en dan had ik ook geen cap nodig gehad.'

Hij keek me gefascineerd aan. 'Is het hele leven voor jou één groot debat?'

Ik keek hem schuldbewust aan.

'Oké, maar dan alleen in stap,' zei hij terwijl hij zichzelf in het zadel hees.

Hij had de teugels nog niet vast of ik gaf Fabelhaft de sporen en draafde hem voorbij.

'Hé!' riep hij.

Van draf gingen we in galop terwijl ik met één hand de teugels vasthield en met de andere het kapotte zadel. We schoten over het pad waarlangs we op de heenweg waren gekomen en bereikten na een klein kwartier het zandpad dat naar het carrévormige stallencomplex liep. Ik trok zachtjes aan de teugels en Fabelhaft draafde het laatste stukje rustig richting de stallen. Toen hoorde ik de stem van Thomas naast me. Hij had me eindelijk ingehaald.

'Jij bent hartstikke gek. Wat zeg ik? Je bent gestoord.'

Ik zag zijn blik ineens verstrakken.

Bij de stallen stonden Putzi en de vader van Thomas.

'U heeft een fenomenale houding en zit, mejuffrouw,' zei Thomas' vader. 'Ik zou bijna denken dat u uw opleiding heeft genoten aan het Landgestüt Warendorf in Duitsland.'

Ik lachte hem vriendelijk toe. 'Het spijt me, ik ben nooit in Duitsland geweest. Ik heb leren rijden in Montana.'

Putzi, die veel belangstelling toonde voor het zadel, wees nu naar de grote groenbruine streep op mijn linkerbeen.

'U mag dan uitstekend kunnen rijden, mejuffrouw, maar zo te zien heeft u vandaag een flinke smak gemaakt. Wat is er gebeurd?'

'Fabelhaft is gevallen toen Ezra met hem bij het parcours over de haag sprong,' zei Thomas. 'Daarbij is de boom van het zadel gebroken waardoor we het niet meer konden gebruiken. Gelukkig kan Ezra ook goed zonder zadel rijden.'

'Dat kan ze zeker,' antwoordde zijn vader.

'En ze heeft een paar engeltjes op haar schouders,' vulde Putzi aan terwijl hij de benen van Fabelhaft inspecteerde. 'Wonderlijk ook dat het paard geen schrammetje heeft.'

Antonio kwam aanlopen en we stegen af, zodat hij de paarden kon meenemen. Thomas haalde het zadel van Fabelhafts rug en zei tegen Antonio dat hij het zelf naar een zadelmaker zou brengen.

'Als de boom gebroken is, kun je deze beter weggooien en een nieuwe kopen,' zei Putzi, terwijl Thomas het zadel met de riemen naar binnen gevouwen handig over zijn arm schoof, zodat niemand het losse stiksel zou zien.

'Jij had nieuws voor me,' wendde Thomas' vader zich tot zijn zoon. 'En je bent vast niet alleen gekomen om me te laten zien hoe goed je vriendin kan paardrijden.'

Thomas glimlachte en ik zag ineens de spanning in zijn gezicht. 'Ezra, wil jij dit alvast in de auto leggen? Dan praat ik mijn vader even bij.'

Ik knikte en nam het zadel van hem over. Het hele idee van mijn aanwezigheid was toch dat ik hem zou steunen wanneer hij zijn vader de lastige boodschap bracht?

'Ik moet ook gaan,' zei Putzi snel. Hij gaf Thomas en diens vader allebei een hand en liep met me mee.

'Laat me u helpen,' zei Putzi toen ik bij de achterklep stond.

'Dat is heel vriendelijk van u,' zei ik en ik overhandigde hem niet het zadel, maar de autosleutel. 'Als u de klep openmaakt dan leg ik dit in de kofferbak.'

Putzi kneep zijn ogen samen en opende de achterklep.

Ik bukte voorover en schoof het zadel zo ver mogelijk naar achteren.

Toen ik overeind kwam zei hij: 'Hier haben Sie den Schlüssel.'

'Danke,' antwoordde ik, en realiseerde me toen dat we Duits hadden gesproken.

'Weet u zeker dat u nooit in Duitsland bent geweest?' sprak hij met een vileine glimlach.

Ik ontweek zijn blik en pakte de sleutel uit zijn hand. Toen maakte hij een buiging en liep naar de Rolls-Royce.

21

Portland, Maine
20 juni 1959

Ik staarde naar Thomas terwijl we de hoofdweg richting New York op draaiden.

'Dit hele bezoek ging er toch om dat jij je ouders zou vertellen dat je journalist wilt worden, en dat zij niet langer alles moeten dicteren?' Ik schudde mijn hoofd. 'Mijn god, in dit gezin wordt alles voor iedereen bepaald. Je moeder zei het zelf. "In deze familie wordt er niet verloofd zonder de toestemming van mijn vader." Wat denkt ze wel niet!'

Thomas moest lachen om mijn gespeelde ergernis en zette de radio aan.

'Het was niet het juiste moment,' zei hij. 'Mijn vader had zorgen en zijn humeur was niet al te best.'

'Ik vond hem anders heel goed geluimd. Hij bleek veel vriendelijker dan ik me had voorgesteld.'

Thomas keek bedenkelijk. 'Als er niemand anders bij is kan hij echt onaangenaam zijn.'

Ik dacht aan Putzi, die zo veel belangstelling voor het zadel had gehad.

'Waarom loog je over het ongeluk met Fabelhaft? Putzi geloofde er volgens mij niets van.'

Thomas zuchtte. 'Putzi is altijd achterdochtig. Dat komt door zijn verleden. Hij vertrouwt zijn eigen moeder nog niet. Maar mijn vaders zorgen hebben niets met Putzi te maken, het was die andere man die hem van streek maakte.'

'Die van de witte Jaguar,' zei ik terwijl ik dacht aan de oranje verf op de achterbumper en de woorden op de envelop: ...EXCEPTIONAL CHILDREN.

'Het ging om geld, te veel geld. Dat was alles wat hij erover zei. En als mijn vader ergens chagrijnig van kan worden, dan is het wel van iets dat hem te veel geld kost.'

'Zoals een zoon die financieel van hem afhankelijk blijft omdat hij journalist wil worden.'

'Precies, het was nu niet het juiste moment. Als ik de baan heb bel ik hem op en vertel ik hem dat ik zijn geld niet meer nodig heb.'

'En vertel je hem dan ook over het zadel? Hij moet weten dat hij gevaar loopt.'

Thomas knikte kort.

22

New York
21 juni 1959

De volgende ochtend schrok ik wakker van een schreeuw. Ik probeerde me te oriënteren en zag het vroege ochtendlicht als een waas boven de houten vloer hangen. Langzaam drong het tot me door waar ik was.

Op dat moment kwam Thomas de slaapkamer binnenstormen met een vel papier in zijn hand.

'Ze hebben mijn vlucht geannuleerd!' riep hij. 'Alle vluchten naar Washington morgen zijn geannuleerd.'

Hij keek me wanhopig aan terwijl mijn ogen langzaam wenden aan het licht. Plotseling zag hij mijn verdwaasde blik.

'O, lieverd, heb ik je wakker gemaakt?' Er klonk spijt door in zijn stem, die nu kalmer werd.

'Washington?' vroeg ik.

'Ja, voor de *Washington Post*. Ik heb dinsdagochtend vroeg het gesprek. Als ik morgen geen vlucht kan krijgen dan kan ik het vergeten.'

Hij wierp een verbeten blik op het vel papier alsof het zijn doodsvonnis bevatte.

'Weet je, als we vanmiddag met de auto vertrekken, kunnen we halverwege overnachten en komen we maandag in de loop van de middag aan in Washington.'

'We?' zei ik verbaasd.

'Ja, we, laten we er samen een uitstapje van maken. Hoe vaak kom je nou in Washington?

Ik glimlachte. Thomas wist nog zo ontzettend weinig over mij.

'Mijn broer werkt in Washington, mijn andere broer heeft er gewerkt. Ik ben er een aantal keer geweest.'

'Dan moet je zeker meegaan,' riep Thomas enthousiast uit. 'Dan brengen we een verrassingsbezoek.'

Ik schudde mijn hoofd terwijl ik dacht aan mijn laatste telefoongesprek met Samuel.

'Samuel houdt niet zo van verrassingen.'

'En je andere broer, die werkt niet meer in Washington?'

Ik slikte. 'Nee, Elias is dood.'

Thomas zag mijn verdriet en kwam naast me zitten op de rand van het bed.

'Sinds een paar maanden,' zei ik.

Thomas streek met zijn hand een traan van mijn wang weg en drukte me tegen zich aan. Mijn gezicht verdween in de trui van merinowol die hij zaterdag ook had gedragen, en terwijl de wol mijn tranen absorbeerde rook ik de geur van het houtvuur bij de cottage.

Thomas troostte me zachtjes en hield me al die tijd vast.

'Wil je erover praten?' vroeg hij toen ik me uiteindelijk ontspande. Maar onmiddellijk drongen de beelden van het gefolterde lichaam van Elias zich weer aan me op, en er trok een siddering door mijn lijf.

'Sorry,' zei Thomas.

'Sorry,' zei ik, en ik keek hem met betraande ogen aan. 'Ik kan het niet, nog niet.'

Thomas streelde mijn haar en ik dacht na over zijn voorstel. Er waren zo veel plekken in Washington die me aan Elias zouden doen denken. Ik was er nog niet aan toe om die reis door mijn herinneringen te maken.

'Ik moet werken,' zei ik. 'Als ik met je meega raak ik mogelijk mijn inkomsten kwijt. Dat kan ik niet riskeren.'

'Maar het is maar een paar dagen,' probeerde Thomas. 'Ze kunnen toch wel iemand anders vinden?'

Ik schudde mijn hoofd. 'Het scheelde niets of ik was afgelopen vrijdag al ontslagen bij de wasserij. Als ik me nu opnieuw afmeld ben ik mijn baantje kwijt.'

'Je bent nota bene cum laude afgestudeerd. Het is een belediging dat je dat werk moet doen voor een paar rotcenten.'

'Dankzij die rotcenten heb ik wel een dak boven mijn hoofd.'

'Zeg het anders gewoon op. Je mag hier logeren zolang je wil.'

'Dat is heel lief van je, Thomas, maar ik wil graag onafhankelijk zijn. Als jij die baan in Washington krijgt dan moet je dit appartement opzeggen. En jouw ouders gaan het dak boven het hoofd van het verwilderde liefje van hun afvallige zoon echt niet betalen. En dan sta ik op straat.'

'Of je verhuist mee naar Washington,' zei Thomas en hij pakte mijn hand vast.

Ik keek hem meewarig aan. 'Thomas, zie je wat je doet? Ik heb mijn eigen dromen. En we kennen elkaar nog maar zo kort dat het veel te vroeg is om die te delen.'

Thomas knikte en streelde mijn wang.

'Wanneer kom je terug?' vroeg ik.

'Donderdag, uiterlijk vrijdag, langer kan ik je niet missen.'

Maar nadat Thomas naar Washington vertrokken was, kwam hij niet meer terug. Ze hadden per direct iemand nodig voor de functie waarop hij had gesolliciteerd en dat betekende dat hij van alles moest regelen in Washington, waaronder een appartement. Nadat hij zijn vader had gebeld om hem te informeren over deze onverwachte wending werd, zoals ik had verwacht, de financiële steun abrupt beëindigd. Om de borg voor het appartement te kunnen betalen verkocht hij zijn auto en we wisten allebei dat hij het geld dat hij overhield nodig had tot hij zijn eerste salaris ontving. Dure vliegreizen zaten er voorlopig niet in. In het begin belden we zo vaak het kon en schreven we elkaar een paar keer in de week. Maar doordat andere zaken steeds meer mijn aandacht vroegen verwaterde ons contact.

De dag nadat Thomas naar Washington vertrok had ik Sorensen gebeld en hem laten weten dat ik graag deel wilde uitmaken van het campagneteam. Hij werd mijn mentor, en stoomde me klaar voor de rol die hij voor mij in gedachten had. Eerst nam hij me mee naar kleine, ogenschijnlijk onbelangrijke bijeenkomsten in afgelegen dorpen waar over lokale politiek gesproken werd en stelde hij me na afloop terloops wat vragen. Wat me was opgevallen. Wie er aan het woord waren geweest en wat ik opmaakte uit het feit dat sommige mensen niets zeiden. Hij vroeg me naar de dynamiek in de groep. Wie de informele leiders waren en wat de stemming of richting of overtuiging tijdens de bijeenkomsten veranderde. Hij nam me mee in zijn eigen messcherpe analyses en daagde me uit observaties te delen die hem waren ontgaan. Wat overigens zelden het geval was, want er ontging hem vrijwel niets.

En terwijl de weken voorbijgingen merkte ik dat we steeds beter op elkaar ingespeeld raakten. We zagen, voelden en begrepen hetzelfde en schakelden op een heel ander niveau dan de andere aanwezigen. En toen zette Sorensen de volgende stap. Net als bij die eerste bijeenkomst van de havenarbeiders begon hij bijeenkomsten te manipuleren, door op cruciale momenten een tegengeluid te laten horen of een inconsequentie zichtbaar te maken. Soms kantelde de sfeer alleen al doordat hij zuchtte als een spreker te lang aan het woord was. Want Sorensen bleek niet alleen een uitzonderlijke gave te hebben voor het doorzien van groepsdynamiek, hij had ook het vermogen om die dynamiek te beïnvloeden. En daar, in die kleine zaaltjes waar gesproken werd over het openen van een openbare school voor zwarte Amerikanen en de lokale gevolgen van de maandenlange landelijke staking in de metaalindustrie, ontdekte ik wat Sorensen allang had gezien. Ik had dezelfde gave.

Terwijl het vertrouwen in mijzelf en tussen ons groeide, nam hij me mee naar steeds belangrijkere bijeenkomsten. En toen ik na de zomer een formele aanstelling kreeg en verhuisde naar een appartement in Boston begon hij me te betrekken bij het opstellen van adviezen vanuit zijn rol binnen de staat Massachusetts. Ook hier begon het met de lichtere thema's die al snel zwaarder werden, totdat ik uiteindelijk betrokken werd bij strategische adviezen aan senator Kennedy.

Kennedy zelf kreeg ik niet te zien, Sorensen sprak altijd alleen met hem. Totdat Sorensen me op een middag vertelde dat we de volgende ochtend heel vroeg zouden vertrekken omdat er een belangrijke bijeenkomst op de agenda stond. Toen ik hem vroeg waar we heen gingen, keek hij me aan alsof hij een groot geheim ging onthullen, en zei toen: 'Hyannisport.'

Hyannisport was de thuisbasis van de Kennedy's.

23

Hyannisport, Massachusetts
28 oktober 1959
's Ochtends

Hoewel ik was opgegroeid in het huis van een senator en in mijn leven al heel wat machtige mensen had ontmoet, was ik gespannen toen we de afslag richting Hyannisport namen. JFK was niet de enige Kennedy die daar een zomerverblijf had. Zijn vader Joseph Kennedy senior en zijn broer Robert Kennedy woonden op hetzelfde compound. Volgens *Fortune* behoorde Joseph Kennedy tot de top 20 van rijkste Amerikanen. Met zijn vermogen had hij ruim twintig jaar geleden politieke macht verworven door geld te pompen in de verkiezingscampagne van president Roosevelt, en ontpopte hij zich tot fel tegenstander van deelname aan de dreigende Tweede Wereldoorlog. Terwijl zijn zoon John de wereld waarschuwde voor Hitler verzette vader Joseph zich daar juist tegen, volgens sommigen enkel en alleen vanwege zijn hekel aan Joden.

Sorensen zag mijn zorgelijke blik en vroeg me wat me bezighield.

'De positie van mijn broer,' loog ik. 'Hij is dé adviseur van Eisenhower.'

Sorensen lachte luid. 'Daar zal niemand wakker van liggen. Integendeel, dat je uit een intellectuele familie komt spreekt alleen maar voor je. De Kennedy's zien zichzelf ook graag zo.'

'Dat zijn ze toch ook?'

'Dat zijn ze ook,' leek hij zichzelf te corrigeren. 'Maar... ook zij maken weleens de verkeerde keuzes.'

Kort voor negen uur parkeerde Sorensen zijn auto bij het huis van JFK. Vanaf daar liepen we samen door de duinen naar de villa van zijn jongere broer Robert. Het was windstil en onder de kraakheldere lucht lag de rijp glinsterend over het gazon.

Bij de voordeur wachtte Robert Kennedy ons op. Hij knikte naar mij en sprak kort met Sorensen. Daarna gingen we naar binnen en liepen we door naar de woonkamer, waar een groot gezelschap aanwezig was. Sorensen nam plaats op een van de stoelen en gebaarde me naast hem te komen zitten. Hij stelde me niet voor en ik vond het onbeleefd om zomaar op mensen af te stappen. Ik volgde daarom zijn voorbeeld en nam plaats in een van de loungestoelen. De andere aanwezigen waren druk met elkaar in gesprek. In totaal telde ik veertien witte mannen en een aantrekkelijke zwarte vrouw. Sorensen zag waar mijn blik bleef rusten.

'Marjorie Lawson, advocate uit het district Columbia,' fluisterde hij me toe. 'Ze is een van de leden van het kernteam, net als de jongeman naast haar. Edward Kennedy, een van de broers van JFK. Ze behoren tot de *close circle*, maar zijn niet de mensen die de koers bepalen. Dat zul je vandaag wel zien. Naast JFK en ikzelf speelt Robert Kennedy een cruciale rol als campagnemanager. Vervolgens zijn er de twee heren die je daar bij het raam ziet staan. De gedrongen man met het ronde gezicht is O'Brien. Hij is het organisatietalent. Onder zijn regie werd Kennedy afgelopen jaar herkozen tot senator van Massachusetts. De ander is Lou Harris. Hij heeft zijn eigen marktonderzoekbureau en zal het komende jaar meer verkiezingspolls organiseren dan welke politieke analist ooit in de Amerikaanse geschiedenis.' Hij pauzeerde even zodat ik het team tot nu toe in me op kon nemen.

'Dan is er die onopvallende slanke man daar aan de andere kant van de kamer,' ging Sorensen verder. 'Stephen Smith, de zwager van JFK. Hij is ons financieel brein.'

Sorensen keek kort op terwijl JFK de kamer binnenkwam en zich in het gesprek tussen O'Brien en Lou Harris mengde, en sprak toen verder. 'En ten slotte heb je John Bailey, dat is die kale daar met de sigaar. Hij is voorzitter van de Democratische Partij in Connecticut en de nestor van de club.'

Vervolgens onderwees hij me over het verkiezingsproces en de rol die de grote oude partijbazen van het Noorden straks na de voorverkiezingen hadden, wanneer de Democratische Partij een presidentskandidaat moest aanwijzen. Geen van de jonge mensen in deze ruimte was voor hen een gesprekspartner. Alleen Bailey zou hun vertrouwen kunnen winnen, puur door zijn leeftijd.

Mijn blik bleef hangen bij de enige man in de ruimte die duidelijk ouder was dan Bailey. De man die ik vreesde en die mij nu ook in zich opnam: Joseph Kennedy senior.

JFK kondigde aan dat hij wilde beginnen. Ik verwachtte dat Sorensen zich zou omdraaien om gehoor te geven aan de oproep van zijn baas, maar hij keek me aan en zei kalm: 'En jij bent de sluitsteen.'

24

Hyannisport, Massachusetts
28 oktober 1959
's Middags

Vanaf het moment dat John F. Kennedy, of Jack, zoals iedereen hier hem noemde, begon te praten waren de anderen stil. Aan zijn hand, hangend aan zijn lippen, volgden we hem drie uur lang door de Verenigde Staten. Zijn kennis was overweldigend. Hij kende niet alleen de lokale partijleiders in elke staat, en de senatoren in Washington, maar ook alle minderheidsstandpunten en de sleutelfiguren die deze verdedigden.

'We werken langs twee sporen,' resoneerde JFK's stem. 'Die van vóór en die van na de conventie.'

Hij liep van de open haard naar de vrije stoel naast Sorensen, nam plaats en ging verder.

'We handelen vanuit de overtuiging dat de nominatie er komt. Alles moet erop gericht zijn dat er vanaf dat moment door het hele land een geoliede verkiezingsmachine klaarstaat. Tot dan moeten we de partijbazen achter ons krijgen, want zonder hen komt er geen nominatie.'

Voor ons doemde de route van de *primaries* op: voorverkiezingen waarin potentiële presidentskandidaten zichzelf moeten bewijzen. Zestien staten organiseerden dergelijke primaries, en elke kandidaat maakte zelf een strategische keuze in welke staat hij wel deelnam en in welke niet.

JFK besprak met ons alle zestien staten. Waar deelname een kansloos verhaal was en waar winst ons niets zou opleveren. Maar ook waar zijn connecties het verschil konden maken en welke tegenstanders we het meest moesten vrezen. En zo kwamen we op Hubert Humphrey, de ervaren senator uit Minnesota. En dit was het moment waarop Kennedy senior zich roerde.

'We moeten Humphrey in de beginfase al elimineren,' zei Joseph. 'Als we hem een kans geven dan verwerft hij zichzelf een positie en dat kan het electoraat in andere staten besmetten. Hij moet zo snel mogelijk van de kandidatenlijst.'

'Je dicht hem te veel kansen toe,' sprak Robert Kennedy zijn vader tegen. 'Bovendien pakken wij de eerste staat. New Hampshire is voor ons.'

Ik keek naar de routekaart en zag direct na New Hampshire Wisconsin en West Virginia staan. Beide lastige staten. Wisconsin was onvoorspelbaar en West Virginia een protestants bolwerk.

'We gaan verder in Wisconsin en pakken daarna meteen door in West Virginia,' zei ik alsof het een mededeling was. Plotseling waren alle ogen op mij gericht. Tot dat moment had ik de hele bijeenkomst geen woord gezegd.

Over het gezicht van Sorensen gleed een kleine glimlach.

'Praat geen onzin, meisje,' liet Robert Kennedy zich ontvallen. 'West Virginia, oké, maar Wisconsin is een no-go. Laten we ons vandaag focussen op waar het werkelijk om gaat.'

Ik zag de hoofden naar JFK draaien.

Maar JFK zweeg en keek mij aan alsof hij me de ruimte wilde geven om zijn broer van repliek te dienen.

'Waar het om gaat is dat deze hele onderneming nergens toe zal leiden als we geen lef tonen. Door op zeker te spelen overtuigen we de partijbonzen niet van ons potentieel. Als we de voorspelbare route volgen, is de uitkomst ook voorspelbaar.'

Ik keek naar de aanwezigen. 'Ik zie in deze kamer genoeg Iers bloed. Kozen onze voorouders altijd voor de makkelijke route? Nee.'

Ik zag dat Joseph Kennedy aandachtig naar me luisterde.

'Met gevaar voor eigen leven staken ze de Atlantische Oceaan over om hun dromen te verwezenlijken. Wij zitten hier vandaag bij elkaar omdat zij lef toonden. Omdat ze zich niet neerlegden bij wat zeker was. Omdat ze...'

'Naïef waren,' viel Robert Kennedy me in de reden. 'Door armoede en slechte gezondheid kwamen velen van hen nooit aan in de Verenigde Staten. De schepen waarmee ze voeren staan nu nog bekend als doodskistschepen.'

Weer klonk er, zij het iets minder hard en eensluidend, een instemmend geluid. JFK was naar het raam gelopen en keek naar buiten, terwijl de stilte zich achter hem verzamelde.

'Ze heeft gelijk,' hoorde ik hem zeggen. 'Een grote overwinning in Wisconsin kan Humprey uitschakelen, maar ik deel je zorgen, Bobby. Als we daar niet overtuigend winnen...'

Hij draaide zich om en liep door de woonkamer naar het raam aan de overzijde, waar de oceaan zich tot aan de horizon uitstrekte. Zo stil als de kraakheldere blauwe lucht boven het donkere water hing was het nu ook in de woonkamer van zijn broer. Iedereen wist hoe dodelijk een misstap tijdens de primaries kon zijn.

'We hebben Wisconsin niet nodig, Jack,' zei Robert.

Ik keek de cirkel rond. Slechts één iemand in de ruimte keek niet naar hem, maar naar mij: JFK zelf. Met zijn rug naar de oceaan zag ik de glinstering in zijn ogen en ik wist dat hij zijn besluit had genomen.

25

Cornell, Wisconsin
17 maart 1960

Het was maart, en het grijze ijs van de meren en de glooiende groene heuvels van Wisconsin lagen nog altijd verborgen onder een dikke deken van sneeuwkristallen toen we arriveerden in Cornell, een gehucht met een kleine tweeduizend inwoners. Jack liep naar binnen bij N-Joy Café terwijl Sorensen en ik buiten onder een strakblauwe hemel onze longen vulden met de koude lucht die windstil in de lege straten hing. We keken zwijgzaam door het raam naar binnen, waar acht mensen de moeite hadden genomen om naar Jack te komen luisteren. Acht mensen, wat een begin.

Vanuit Cornell reden we via Ladysmith en Ingram naar Prentice en troffen overal eenzelfde beeld: vrijwel lege straten en af en toe een ongeïnteresseerde lege blik. Rond de middag waren we in Philips, waar JFK de cafés afging en lunchende mannen en vrouwen voorzichtig vertelde wie hij was en dat hij meedeed aan de voorronde van de presidentsverkiezingen. Een enkeling keek op en at vervolgens weer verder.

Sorensen keek steeds somberder en ik wist dat hij dacht aan die middag in oktober in Hyannisport. Het was mijn idee geweest om naar Wisconsin te gaan. Hadden we een cruciale fout gemaakt? Was een goede uitslag hier onmogelijk?

Sorensen zuchtte. 'Het is een lange weg naar het Witte Huis, maar als het hier in Wisconsin fout gaat dan is die weg niet zo lang. Dan zijn we snel klaar.'

Ik keek langs Sorensen naar JFK, die naar een volgend tafeltje liep, en zag hem plotseling bukken. Er rolde iets op hem af en hij raapte het op. Het was een rood balletje. Toen hij opkeek zag hij de uitgestrekte kinderhand van het jongetje dat achter het balletje was aangerend. JFK glimlachte en vouwde zijn hand open. Hij nam het rode balletje tussen duim en wijsvinger en hield het voor zijn neus terwijl hij een gek gezicht trok. Het jongetje lachte luid en ik zag verschillende mensen opkijken.

'Als we ons uit Wisconsin willen terugtrekken, kunnen we dat het beste zo snel mogelijk doen. Dan houden we de schade beperkt,' hoorde ik Sorensen zeggen.

Ik schudde langzaam mijn hoofd terwijl ik het jongetje nakeek dat naar zijn ouders liep en daar enthousiast begon te praten. 'Nee, we moeten ons niet terugtrekken... We moeten ons alleen op een andere doelgroep richten.'

Een half uur later stond JFK in een school voor een klas kinderen en vertelde daar voor het eerst de anekdote die ik vlak daarvoor met hem had doorgesproken.

'Weten jullie wie Jefferson en Madison waren?' vroeg hij de kinderen.

Een jongetje stak zijn hand op. '*Founding Fathers*, meneer.'

'De derde en vierde president van de Verenigde staten van Amerika,' riep een ander kind enthousiast.

JFK keek hen vol bewondering aan en richtte zich tot de meester. 'Wat een pientere klas heeft u hier, meneer. Amerika mag trots zijn op deze kinderen.'

Hij keek de klas weer rond en begon te vertellen. 'Jefferson en Madison waren niet alleen Founding Fathers en presidenten, ze speelden ook een belangrijke rol bij de totstandkoming van de Democratische Partij. In 1805 trokken ze vanuit Virginia naar het noorden, met als excuus om daar langs de rivier de Hudson naar vlinders te zoeken. Maar terwijl ze in New York waren, realiseerden ze de eerste alliantie tussen een grote stad in het noorden en de zuidelijke staten, en legden daarmee de basis voor de huidige Democratische Partij.'

Hij liet een korte stilte vallen en ik zag dat de klas aan zijn lippen hing.

JFK ging verder. 'En net als Jefferson en Madison maak ik nu een lange reis. En ik kan jullie natuurlijk wel proberen wijs te maken dat ik hier in de sneeuw naar vlinders zoek, maar dat geloven jullie nooit.'

De klas lachte en hij ging verder. 'Nee, de waarheid is dat ik iets heel anders zoek, en ik hoop dat jullie mij daarbij kunnen helpen.'

De kinderen keken hem vragend aan en JFK kneep zijn ogen tot spleetjes, alsof hij op het punt stond om iets heel bijzonders met hen te delen.

'Weten jullie wat ik zoek? Ik zoek stemmen. Genoeg stemmen om straks de volgende Jefferson of Madison te worden. Om de volgende president van Amerika te worden.'

Hij glimlachte.

'En jullie kunnen mij daarbij helpen. Jullie ouders kunnen mij daarbij helpen.'

En terwijl hij verder sprak en de kinderen een voor een aankeek, liep hij naar het midden van de klas.

'Jullie zijn de volgende generatie van Amerika. Maar nu, hier, vandaag kunnen jullie het verschil al maken en aan de basis staan van een nieuw Amerika, jullie Amerika, onze toekomst.'

De rest van de dag bezochten we uitsluitend scholen en aan het einde van de dag had hij ruim twaalfhonderd kinderen gesproken. En zo werd dit een belangrijk onderdeel van onze strategie in de daaropvolgende dagen. We bereikten de overwegend protestantse kiezers via hun kinderen.

Dat we voor het verhaal over Madison en Jefferson kozen was geen toeval. Naast voormalige presidenten en Founding Fathers waren ze de naamgevers van twee plaatsen in Wisconsin. Waar Madison tot een van de grotere steden was uitgegroeid, was Jefferson echter een klein gehucht gebleven. Desondanks was het dit gehucht dat JFK om persoonlijke redenen graag wilde bezoeken, en hij vroeg mij of ik hem daarheen wilde rijden.

Het was de dag nadat ik 's avonds in het hotel een verhitte discussie op de kamer van Sorensen had gehoord. Zijn kamer grensde aan de mijne en de dunne wanden konden niet verhoeden dat ik een deel van het gesprek opving.

'Doe het niet, Jack, je weet wat je vader heeft gezegd.'

'Alsof hij zelf geen risico's heeft genomen.'

'Het gaat nu niet om je vader en wat hij heeft gedaan. Het gaat om jou. Jij kunt president worden en je zet hiermee alles op het spel.'

Het bleef even stil. Toen klonk Jack een stuk zachter.

'Ik wil haar zien, ik mis haar.'

De stem van Sorensen klonk nu indringend. 'Niet nu alle ogen op jou gericht zijn. Heel Wisconsin weet inmiddels wie je bent.'

Jack zei niets.

'Je vader maakt je af. Zijn hele leven staat in het teken van deze benoeming. Verpest het nou niet.'

Daarna bleef het stil.

Ik reed Jack naar Jefferson en we bereikten de Sint Coletta School kort na de lunch.

De vers gevallen sneeuw van afgelopen nacht glinsterde in het zonlicht op de daken van het instituut. Het pad naar het hoofdgebouw was netjes schoongeveegd en op het veldje bij de kapel maakten kinderen een sneeuwpop.

Jack vroeg me of ik in de auto op hem wilde wachten. Hij liep naar de ingang, waar hij kort sprak met een in een zwarte habijt geklede zuster, waarna hij in het gebouw verdween.

Ik wachtte zeker een uur, maar toen Jack nog altijd niet terugkwam besloot ik een wandeling te maken over het terrein. Achter het hoofdgebouw waren verschillende goed onderhouden woningen. Onder een boom nam ik plaats op een bankje en genoot ik van het winterzonnetje. Na een tijdje kwam er een jongen naast me zitten. Hij had een bleek en benig gezicht.

'Hallo,' zei hij. 'Wie ben jij?'

Ik glimlachte. 'Ik ben Ezra. Woon jij hier?'

De jongen lachte nu zijn tanden bloot, waardoor zijn jukbeenderen even in zijn gezicht daalden.

'Daar,' zei hij en hij wees naar een appartement. 'Wil je het zien?'

'Nee hoor, dank je. Dat is heel aardig van je, maar ik zit op iemand te wachten.'

'Het is hier veilig hoor.'

'Dat geloof ik graag.'

'Ze steken hier niemand in brand.'

'Dan is het hier zeker veilig.'

'Ja,' zei hij en hij stond op.

'Dag hoor.'

'Dag.'

Ik sloot mijn ogen en luisterde naar het ruisen van de wind, tot ik weer stemmen hoorde. Ik herkende de stem van Jack. Ik opende mijn ogen en zag hem met een knappe jonge vrouw verdwijnen in de kapel. Ze hield zijn hand vast, hij keek haar met een vertederde blik aan. Ik begreep meteen waarom hij me had gevraagd om in de auto te wachten.

26

Cornell, Wisconsin
24 maart 1960

JFK zat zwijgend naast me in de auto.

'Ze is knap,' zei ik en ik keek hem vragend aan.

Hij zuchtte. 'Ja.'

'Waar kent u haar van?' Ik schrok van mijn eigen vraag. 'Sorry, dat was impertinent.'

Maar JFK schudde zijn hoofd. 'Nee, dat mag je best vragen.'

Hij aarzelde en staarde langs mij naar buiten, naar de besneeuwde velden.

'Ze is meer dan een vriendin,' zei hij, zijn blik nog altijd op de buitenwereld gericht.

Toen keek hij me aan en had ik het gevoel alsof ik recht in zijn ziel keek.

'Ze is mijn zus. Mijn verdwenen zus, Rosemary.'

Het was alsof alle emotie die ik in zijn ogen zag zich in mijn hart vastzoog. Rosemary Kennedy, de zus die al jaren van de aardbodem verdwenen leek, dook hier ineens op in dit gehucht.

'Ze woont hier al elf jaar.' Hij slikte. 'En vandaag heb ik haar voor het eerst bezocht.'

Ik zag de tranen glanzen over zijn irissen terwijl zijn woorden in mijn hoofd een vragenvuur ontketenden.

'We mochten niet. Mijn vader heeft het ons verboden. Hij heeft mijn moeder haar oudste dochter ontnomen. Hij heeft haar...'

De tranen braken nu uit zijn ogen en liepen langs zijn getinte huid, en ik zag de man die altijd sterk was ineens zo kwetsbaar worden dat ik hem als een kind in mijn armen wilde sluiten. Maar ik durfde de veilige professionele afstand tussen ons niet te doorbreken en liet hem alleen in zijn verdriet.

'Ze zit hier voor mij,' zei hij zachtjes terwijl zijn blik weer een punt zocht aan de besneeuwde horizon. 'Ze zit hier om het smetteloze blazoen van de familie niet te bezoedelen. Alles is er altijd op gericht geweest om een Kennedy in het Witte Huis te krijgen. De droom van mijn vader. Maar zijn droom is haar nachtmerrie. Hij heeft haar verminkt en haar daarna laten verdwijnen alsof het allemaal niet is gebeurd.'

Ik keek zwijgend naar de man die ik zo bewonderde en zag hoe zijn pupillen onrustig heen en weer jaagden langs zijn herinneringen. Toen voelde ik dat hij zonder dat hij het in de gaten had zachtjes in mijn hand kneep, die ik onbewust in zijn palm had gelegd. Voorzichtig trok ik mijn hand terug.

'Ze zag er goed uit,' zei ik. 'Ze leek gelukkig daar.'

Een voorzichtig knikje, en nu ontspande zijn gezicht. 'Ja, ze zorgen goed voor haar.'

Zijn blik werd kalm en hij keek mij weer aan. 'Jij komt ook uit een gezin waar alles altijd om politiek draaide. Hoe was dat voor jou?'

'Als kind?'

'Ja, als kind, en nu.'

Ik glimlachte verlegen. Hoewel ik al maanden deel uitmaakte van het Kennedy-team had ik niet eerder zo persoonlijk met hem gesproken.

'Mijn vader heeft er alles aan gedaan om mij uit de politieke wereld te houden.'

Er verscheen een voorzichtige lach rond zijn mond en in zijn ogen. 'Dat is hem dan niet echt gelukt.'

Ik dacht aan de overeenkomst tussen onze dominante vaders en de invloed die ze op ons leven hadden gehad, en JFK leek mijn gedachten te volgen.

'Jouw vader, senator Walsh, was een belangrijk iemand binnen onze partij, maar hij stond niet bekend om zijn vooruitstrevende ideeën. Hij had een traditionele rolopvatting en ik kan me indenken dat hij zijn dochter geen rol had toegedicht in de politieke arena. Als ik jou zo inschat denk ik dat je kwaliteiten als adviseur onbetwistbaar zijn, maar zul je pas echt excelleren als je zelf op het politieke toneel staat.'

'Mag ik dat beschouwen als een uitnodiging om straks in uw kabinet plaats te nemen?' vroeg ik, en voegde daar met een ondeugende blik aan toe: 'De rol van minister van Buitenlandse Zaken is mij op het lijf geschreven.'

JFK begon te lachen. 'Minister Walsh, ik zal het in gedachten houden.'

Toen werd hij serieus. 'Ik vertrouw erop dat wat ik je vandaag heb verteld tussen ons blijft. Alleen Sorensen weet dat Rosemary hier verblijft. Mijn vader had hem in vertrouwen genomen, omdat hij het als een politiek risico zag als ik er onverwacht mee geconfronteerd zou worden tijdens ons bezoek aan Wisconsin. Toen Sorensen het mij vertelde wilde ik haar meteen zien.'

Ik knikte, terwijl ik me afvroeg wat er precies met Rosemary was gebeurd dat ze nu hier zat en hoe dat schadelijk kon zijn voor de presidentsaspiraties van de familie Kennedy.

'Bent u niet bang dat iemand in het instituut over uw bezoek zal praten?'

Hij glimlachte. 'Sorensen maakte zich daarover ook al zorgen. Ik deel die zorgen niet. Rosemary woont daar al elf jaar, ze zien haar niet als mijn zus, maar als een van hen. Ze willen haar beschermen tegen de aandacht van de buitenwereld. Daarom was dit ook het moment om te gaan. Nu ben ik nog relatief onbekend. Als straks heel Amerika mij dag en nacht volgt is het een ander verhaal.'

Ik staarde peinzend naar de hand die zo-even nog in de mijne had geknepen en die nu zijn tranen wegveegde, en stelde toen de vraag die me maar bleef bezighouden.

'Waarom heeft uw vader Rosemary naar dit instituut gebracht? Wat is er met haar gebeurd dat niemand mag weten?'

JFK wreef met zijn handen over zijn ogen en keek me toen met een trieste blik aan. 'Als ik het wist had ik het je verteld.'

27

Milwaukee, Wisconsin
Een week voor de primaries van 5 april 1960

We naderden de Wisconsin-stemming en onze inspanningen begonnen vruchten af te werpen. Onze propagandamachine draaide op volle toeren en Kennedy deed het steeds beter in de peilingen. Dat onze strategie tot in de kleinste details doordacht was en de organisatie rond de verkiezingscampagne van JFK gesmeerd liep, ontging ook Humphrey niet. Hij speelde het spel steeds scherper. We vernamen zelfs dat hij vlak voor de stemming op 5 april in een van zijn toespraken een vergelijking trok tussen de organisatie rondom Kennedy en de efficiëntie van het naziregime. Zelden heb ik JFK zo van slag gezien als na die toespraak.

In de nacht voor de primaries liet die verwijzing naar de nazi's me niet los. De opmerking van Humphrey had mij ook persoonlijk geraakt. Ik was een van de spindoctors van het Kennedy-team, ik was medeverantwoordelijk voor deze geoliede campagne. En dat Humprey het uitgerekend vergeleek met het regime waarvan ik zelf slachtoffer was, stemde me triest. Tijdens mijn studie had Samuel eenzelfde vergelijking gemaakt tussen mijn passie voor de vijfde macht en dergelijke regimes. En hoewel hij zei dat hij op het communisme doelde wisten we allebei dat hij wel degelijk aan het Hitler-bewind dacht.

Sinds het telefoongesprek op die regenachtige avond had ik een paar keer contact met hem gehad. Steeds als hij begon over de mythische dreiging van de Obersalzberg had ik het gesprek afgekapt en hem verteld dat ik verder moest met de campagne. En toen ik een kleine week geleden een telex van hem ontving, had ik dat ook naast me neergelegd. In het bericht, dat hij vanuit zijn kantoor in het Witte Huis had verstuurd, zei hij dat er iets belangrijks was dat hij persoonlijk met me wilde bespreken. Ik kon wel raden dat het weer over de tegen ons gerichte dreiging ging. En dat terwijl Elias al bijna een jaar dood was en het sindsdien stil was gebleven. In de telex vroeg hij of ik de volgende dag naar zijn appartement kon komen. Er lag een ticket voor me klaar bij de balie van Delta Airlines. Als ik bij aankomst een taxi nam kon ik rond elf uur bij hem zijn.

De arrogantie – alsof ik alles uit mijn handen zou laten vallen omdat hij het te druk had om mijn kant op te komen. Hij was niet langer de enige die meer dan honderd uur in de week werkte, ik zat midden in een campagne. Alles hing van Wisconsin af.

Rond half zes in de ochtend deed ik het bureaulampje in mijn hotelkamer aan en controleerde nog eenmaal alle afspraken die we met de media hadden gemaakt. Een ruime overwinning in Wisconsin zouden we breed uitmeten in alle landelijke dagbladen, en met de belangrijkste televisiestations stonden de interviews al gepland. Toen ik bijna door de stapel met documenten heen was zag ik een telegram van een onbekende afzender, dat ik blijkbaar vergeten had te openen.

Ik scheurde de envelop kapot en trok er een stapeltje papier uit.

VERTROUWELIJK

HOOFDKWARTIER 101E LUCHTLANDINGSDIVISIE
101E CIS-AFDELING
APO 472, AMERIKAANSE LEGER

12 juli 1945

Memorandum voor de verantwoordelijke officier

Betreft: Ondervraging van
Fräulein Paula Hitler

Wat had dit in vredesnaam te betekenen?

Een vertrouwelijk document uit 1945. Waarom stuurde iemand mij het verhoor van een vrouw met de naam Paula Hitler? Ik begon te lezen.

De vrouw bleek een volle zus van Adolf Hitler. Zijn snelle opkomst in de wereld baarde haar zorgen, liever had ze gezien dat hij zijn oorspronkelijke ambitie had gevolgd en architect was geworden, dat zou de wereld een hoop zorgen hebben bespaard.

'Een hoop verdriet en ellende,' zei ik zachtjes.

Ik sloeg de bladzijde om en las verder.

Ik verloor in 1930 mijn baan bij een Weense verzekeringsmaatschappij toen bekend werd wie mijn broer was. Vanaf dat moment tot aan de Anschluss gaf hij me een maandelijks pensioen van 250 Schilling, daarna 250 Mark per maand.

Tijdens de Olympische Spelen in Garmisch stelde mijn broer voor dat ik mijn naam zou veranderen. Hij wilde dat ik incognito onder de naam 'Wolff' zou leven. Vanaf dat moment heb ik deze naam behouden.

Ik kreeg de opdracht om naar Berchtesgaden te verhuizen.

Op een ochtend midden in april van dit jaar stond er een personenauto voor de deur. Een chauffeur kwam het huis binnen en vertelde me dat hij de taak had me naar de Obersalzberg te rijden.

Toen ik aankwam bij de Dietrich Eckart Hütte wist niemand wie ik was. Ik at in mijn kamer en sprak niet met mensen.

Het lot van mijn broer heeft me erg geraakt. Hij is nog steeds mijn broer, wat er ook gebeurt.

[Op dit punt barstte juffrouw Hitler in tranen uit en werd het verhoor beëindigd.]

Conclusie van de verklaring

Beoordeeld: Francis E. Martini

Speciaal agent, cic

Commandant

Het vel papier gleed uit mijn hand.

Frau Wolff was de zus van Adolf Hitler.

Ze had als Frau Wolff haar intrek genomen in de Dietrich Eckart Hütte.

Zij was het die ik daar uit de auto had zien stappen, en zij was het die ik huilend in de tuin aantrof.

Lieve Heer… Ik had haar vertrouwd. Alles met haar gedeeld. Haar naar ons geleid.

Mijn god. Samuel had al die jaren gelijk gehad. Ze was voor ons gekomen. En nu kwam ze het afmaken.

28

Arlington, Virginia
5 april 1960

Met een vertraging van ruim een half uur landde het vliegtuig even na tienen in Arlington, vijf kilometer ten zuiden van Washington. Arlington was niet alleen de thuisbasis van het Pentagon, maar ook de plaats waar Samuel een appartement had.

'Ik weet niet wat jou naar Washington brengt op de dag van de primary, maar het is het vast waard,' had Sorensen gezegd toen ik hem vlak voor mijn vertrek sprak. 'En bedenk dat de primary vandaag niet beslist wordt. Dat is de afgelopen weken al gebeurd. Vandaag kunnen we alleen maar afwachten. Het is juist fijn dat jij als vooruitgeschoven post al naar Washington reist. Er liggen wat dossiers op het hoofdkwartier die we nodig hebben voor de primary in West Virginia. Stephen Smith weet wel welke ik bedoel. Vanuit Washington kun je meteen doorreizen naar West Virginia, waar we elkaar dan volgende week zien. Maar eerst spreek ik je vanavond, zodra we weten hoe groot onze overwinning is.'

Tijdens de vlucht vanuit Milwaukee had ik bedacht dat ik het beste meteen naar het huis van Samuel kon gaan. Hij was geregeld tot diep in de nacht op het Witte Huis en sliep dan 's ochtends uit. De kans was groot dat hij nog niet aan zijn ontbijt zat.

Toen ik voor zijn huis uit de taxi stapte zag ik op mijn horloge dat het precies elf uur was. Ik kende het huis goed omdat het niet alleen het thuis van Samuel was, maar ook Elias hier tot zijn dood had gewoond. In mijn herinneringen telde ik zeker vijf bezoeken aan de Walsh Inn, zoals de jongens de verdieping die ze samen deelden graag noemden. Maar na de dood van Elias was ik hier niet meer geweest.

Samuel kennende hoefde ik niet op een warm onthaal te rekenen. Hij was vast geïrriteerd dat ik niets van me had laten horen en nu ineens onaangekondigd voor de deur stond. Hij hield niet van verrassingen, en de blijdschap die hij mogelijk voelde omdat ik uiteindelijk toch gekomen was bleef dan ongetwijfeld ergens achter een muur van ergernis hangen. Maar zodra ik hem zou vertellen dat ik eindelijk inzag dat hij al die jaren gelijk had gehad, zou die ergernis plaatsmaken voor een zelfingenomen en vervolgens belerende blik.

Onder de bloesem van overhangende kersenbomen volgde ik een slingerend pad naar de voordeur en ik dacht aan het verhaal dat Elias ooit vertelde toen Samuel en ik ruzieden. Diplomaat die hij was, gebruikte hij een schenking van de stad Tokyo aan Washington in 1912 van ruim drieduizend kersenbomen en de bloei, elk jaar in april, van die vriendschapsbomen als metafoor om onze ruzie te beslechten.

In gedachten verzonken was ik het trappetje naar de veranda opgelopen, waardoor ik de oude man die daar vanaf een bankje over de straat uitkeek niet had gezien.

'Hij is er niet,' sprak een gezicht in het zonlicht. Rimpel over rimpel, als de huid van een komodovaraan, en ergens in het midden twee heldere blauwe kijkers.

Hij keek me aan en lachte zijn tanden bloot. Zo wit dat ze onmogelijk van hemzelf konden zijn.

'Jij bent dat zusje. Ik heb je hier weleens gezien.'

Zijn blik werd plotseling serieuzer. 'Het spijt me van je andere broer. Dat was zo'n aardige jongen. Hij was er nooit, maar als hij er was, dan... Wat was ook alweer jouw naam?'

'Ezra,' zei ik en ik gaf hem een hand. Hij hield hem even vast en wreef met zijn duim over de huid tussen mijn duim en mijn wijsvinger.

'Je hebt een zachte huid Ezra,' zei hij. 'Heb je nooit gewerkt?'

Ik trok mijn hand terug en herinnerde me nu dat ik zijn blauwe ogen een keer had zien opduiken bij het klapraam van de douche van het appartement van Elias. Impulsief had ik toen vanaf een krukje mijn borsten in de raamopening geduwd en daar was hij zo van geschrokken dat hij van de stenen rand van de bloembak in de rododendrons was getuimeld.

'Waar is Samuel?' vroeg ik zonder op zijn vraag in te gaan.

De Komodovaraan haalde zijn puntige schouders op.

'Hij komt en gaat. Net zoals die ander kwam en ging.' Hij aarzelde even. 'Misschien komt hij op een dag ook niet terug.'

Ik fronste mijn wenkbrauwen. 'Waarom zegt u dat?'

De Komodovaraan ontweek mijn blik en sloeg zijn hand voor zijn ogen toen het zonlicht erin viel.

'Ze komen en ze gaan en ze hebben nauwelijks tijd om te zien wat er om hen heen gebeurt,' verzuchtte hij.

Ik knielde naast hem neer. Precies ver genoeg om hem niet nogmaals de kans te geven me aan te raken.

'Wat gebeurt er dan? Om hen heen?' vroeg ik.

Zonder dat hij zijn hoofd bewoog draaiden zijn blauwe ogen in mijn richting.

'Genoeg. Er gebeurt genoeg. Maar ze zien het niet. Die ander zag het niet en hij ziet het ook niet.'

'Maar u ziet het wel?'

Hij knikte. 'Ik zie het heel goed, ik mag dan wel oud zijn maar er is niets mis met mijn ogen.' Hij lachte sluw. 'Ik zie de mensen die hen volgen. Die hen in de gaten houden. Ik zie ze omdat ik hier rustig zit en de tijd heb. Ik zie patronen. Ik zie ze steeds terugkeren op vaste momenten en ik zie ze weer gaan.'

'Heeft u dat aan Samuel verteld?' Ik slikte. 'En had u dat aan Elias verteld?'

De witte tanden van zijn kunstgebit gleden over zijn onderlip. Hij beet er zachtjes op.

'Elias ja, die wel. Die wilde altijd wel luisteren. Net als jij.' Hij staarde naar de grond alsof daar ergens zijn schuldbewustzijn lag. Toen lispelde hij opnieuw. 'Ik dacht dat u die vriendin was. Die vriendin die hier de laatste weken ook steeds was.'

'De laatste weken,' zei ik zachtjes. Ik boog nog iets dichter naar de man toe. 'Wat bedoelt u met de laatste weken?'

Nu keek de Komodovaraan me verbaasd aan. 'U bent zijn zus, toch? Dan heeft u haar wel op de begrafenis gezien. Ze moet u zijn opgevallen, ze was heel excentriek, ze had blauw haar.' Hij keek me kort aan, en toen ik geen blijk van herkenning gaf schudde hij zijn hoofd en ging verder. 'Ze hadden een relatie. Ze was zijn vriendin. Ik zag haar bijna dagelijks in de weken voor zijn dood. Als ze ging en als ze kwam en als ze...' Hij glimlachte en ik wist waaraan hij dacht.

'Heeft u haar daarna nooit meer gezien?' brak ik in op zijn fantasie.

Hij had even nodig om los te komen van zijn gedachten. 'Nee, nee niet meer.' Hij aarzelde een moment alsof hij zichzelf op een leugen betrapte. 'Of... ja toch. Ze was hier de dag na zijn dood, maar toen wist ik nog niet dat hij was overleden. En zij denk ik ook niet. Ze was zo vrolijk. Ze zong onder de douche, dat deed ze anders nooit.'

Ik probeerde mijn gedachten te ordenen.

'En mijn andere broer, Samuel? Die kende haar dan toch ook?'

De Komodovaraan knikte terwijl de rimpels in zijn hals als een harmonica in- en uitvouwden. 'Ja, die moet haar wel hebben gekend. Hoewel ik hem in die periode juist weinig hier heb gezien.' Hij schudde zijn hoofd. 'Ach ja, dat zei ik u al. Ze komen en ze gaan. Soms zitten ze weken in het buitenland en loopt het eten vanzelf de koelkast uit.' Hij gniffelde om zijn eigen grapje en slaakte toen een diepe zucht. 'Hij had nooit naar Europa moeten gaan.'

Ik keek verward op. 'Zegt u nu dat Samuel naar Europa is?'

De pupillen van de man werden groter. 'Nee, niet Samuel, die ander. Elias, die vertrok vorig jaar maart naar Europa. Een week voordat hij stierf.'

29

Arlington, Virginia
5 april 1960

Met de sleutel die ik ooit van Elias had gekregen opende ik de deur naar het appartement van mijn broers. Als Samuel nog sliep kon ik hem maar beter laten liggen en eerst wat koffie voor mezelf zetten. Het was een lange reis geweest na een heel vroege start vanochtend.

Ik liet mijn kleine reistas in de hal staan en liep rechtstreeks richting de keuken, die midden tussen de twee aparte woonunits van Elias en Samuel lag. Alleen de keuken hadden ze gedeeld.

In de gang hing een zoete, rottende lucht.

Ik bereikte de keuken en zag op tafel een bord met ketchupresten en een halfvol glas melk staan.

Nadat ik het koffieapparaat had aangezet trok ik de koelkast open en ik zag dat de Komodovaraan niets te veel had gezegd. Tussen een pak vruchtensap dat bol stond van de gistingsprocessen en een pannetje met ingeteerde rijst waarover zich een donslaag van groene schimmels had gevormd, lag een geïmplodeerde meloen te stinken in een geelbruine drab.

Ik kreeg kokhalsneigingen en sloeg de deur snel dicht. Mijn blik dwaalde naar het halfvolle glas melk en tegen beter weten in liep ik erheen en rook eraan. De zure lucht bleek de trigger om wat zich in mijn maag al omhooggewerkt had nu naar de poort van mijn lichaam te transporteren. Ik kon me nog juist over de wasbak storten en liet wat zich in de loop van de ochtend in mijn maag verzameld had eruit golven.

In mijn hoofd vond intussen een herschikking plaats van de situatie in het appartement. Samuel was hier al minstens een paar dagen niet geweest. Was hij op reis, of speelde er iets anders?

Ik spoelde eerst mijn mond en daarna de wasbak schoon en liep naar zijn slaapkamer. Het bed was niet opgemaakt, maar dat zei niet zo veel. Een man alleen kroop in en uit zijn bed en waste zijn lakens en maakte zijn bed niet vaker op dan dat hij daar bezoek verwachtte.

Ik trok een kast open, en nog een, en probeerde me een beeld te vormen van hoe het eruit moest zien als Samuel op reis was. Wat nam hij mee? Met andere woorden, wat ontbrak er en kon een aanwijzing vormen dat hij nu ergens in het buitenland zat? Ik deed een derde kast open en zag twee reiskoffers staan. Een grote en een kleine. Kon het zijn dat hij er nog eentje had? Of waren deze van Elias? Ik trok het kleine exemplaar uit de kast en zag aan de bovenzijde zijn naam staan in sierlijke letters: SAMUEL WALSH, DIPLOMAAT.

Ik wist van de diplomatieke onschendbaarheid die hij genoot omdat hij veel met de president samen reisde en dan vertrouwelijke stukken bij zich had. Elias had die status ook, maar Samuel zou ongetwijfeld zijn eigen koffers meenemen.

Ik deed de kastdeuren dicht en liep naar de andere kant van het appartement, waar zich de kamers van Elias bevonden. Het was een plek die ik had willen mijden omdat ik bang was voor de herinneringen die er lagen.

Via de gang die beide woonunits scheidde kwam ik in Elias' zitkamer. Ook hier hing de zoete rotte lucht die zich tot in alle uithoeken van het appartement leek te hebben verspreid. Ik liep naar het raam, waarachter de wind heel lichtjes de takken vol met kersenbloesem beroerde terwijl bijen ijverig zoemend van bloem naar bloem gingen. Het wilde gonzen, dat ik zelfs door het raam heen kon horen, in combinatie met de rotte lucht in het appartement deden me denken aan de insecten tegen het plafond in de berg achter het huis van Hitler.

Ik draaide me om en liet mijn blik langs de spullen gaan die Elias op zijn vele reizen had verzameld. Geschenken van wereldleiders uit Europa, Azië en het Midden-Oosten, naast zijn eigen vondsten in Afrika en Zuid-Amerika. Ik volgde het zonlicht, dat op het deinende ritme van de kersenbloesemtakken penseelstreken trok langs de wand met reistrofeeën, en zag de vele tochten die Elias had gemaakt tot leven komen. Goudbrokaat lichtte op in een Perzisch wandkleed en stierf langzaam weg terwijl blauwe vogels op een witte mingvaas opstegen onder de vriendelijke blik van tsaar Nicolaas II.

Tegelijkertijd hoorde ik Elias vertellen over zijn ontmoeting met Chroesjtsjov, ter voorbereiding op het staatsbezoek van vorig jaar aan president Eisenhower. Die ontmoeting vond plaats vlak voor de laatste reis die hij maakte. Een reis waarvan ik altijd had geloofd dat die naar Vietnam was, maar nu ik de oude man op de veranda had gesproken twijfelde ik daarover. Als zijn dood iets met ons verleden op de Obersalzberg te maken had, dan paste een bezoek aan Duitsland in dat beeld. En als hij daarheen was gegaan, wat had hij dan gedaan of ontdekt dat tot zijn dood had geleid en ons nu mogelijk bedreigde?

Ik liep richting Elias' slaapkamer, maar toen ik de badkamer passeerde werd de rottingslucht ineens heel indringend. Ik deed de deur open en ging naar binnen.

Het eerste wat ik zag was de handdoek die voor het raampje hing.

Door een smalle kier viel het licht uit het raampje naar binnen. Vrijwel tegelijkertijd werd mijn aandacht getrokken door de douche. Het douchegordijn was bijna helemaal dichtgetrokken. Een verlammende angst greep me bij mijn keel. Een bleke hand met gespreide vingers stak half achter het gordijn uit, alsof iemand naar me zwaaide. Ik ademde diep in en uit terwijl mijn blik gefixeerd bleef op de hand, die al die tijd niet bewoog. Als in een trance kwam ik langzaam uit mijn bevroren positie en reikte ik naar het douchegordijn. Heel voorzichtig sloten mijn vingers zich rond de zoom en schoof ik het een klein stukje opzij. Nu zag ik dat de hand in verkrampte positie opzij gebogen was, en een hoek vormde met de pols en de al even bleke opgezwollen arm daarboven.

Er ging een rilling door me heen toen ik merkte dat het gordijn aan de onderkant bewoog en tegen de douchebak tikte. Ik keek gespannen naar de vibrerende stof, totdat ik me realiseerde dat het mijn eigen trillende hand was die het in beweging bracht. Opnieuw gleed mijn blik omhoog, langs de opgezwollen arm, terwijl mijn gedachten overspoeld werden met herinneringen aan de van de dood vergeven geur op de Obersalzberg. En tegelijkertijd banjerde daar het besef dwars doorheen dat wat zich achter dit gordijn bevond niet alleen dood was, maar dat ik het kende. Dat het was waarvoor ik was gekomen. Dat het Samuel was.

Mijn middenrif perste de laatste resten uit mijn vrijwel lege maag. Terwijl het zuur in mijn mond liep schoof ik het gordijn verder en verder, en zag ik hoe de arm aan de romp verbonden was. Mijn adem stokte. Lange strengen blauw haar hingen als een waterval langs een voorovergebogen hoofd en bedekten deels twee bleke borsten. Daaronder reikte het naakte lichaam tot de roodgelakte teennagels, twintig centimeter boven een omgevallen krukje.

Ik deinsde achteruit terwijl ik met afgrijzen naar de lijn keek die van de douchekop naar de hals van de vrouw liep, en botste met mijn rug tegen de deur van de badkamer. Geschrokken keek ik om. De deurklink bewoog.

In paniek draaide ik de deur op slot en graaide ik het krukje onder de benen van de vrouw weg. Tegelijkertijd hoorde ik een stem achter me en werd er luid op de deur gebonsd. Zonder me te bedenken schoof ik het krukje onder het raampje en klauterde omhoog. Het bonzen achter me veranderde in gebeuk, en op het moment dat ik mijn bovenlichaam door het raampje wurmde vloog de deur krakend uit zijn sponning en greep iets mijn benen beet. Ik krijste het uit en probeerde al schoppend los te komen. Maar datgene wat aan me trok was zo veel sterker dat het me terug de badkamer in sleurde en me tegen de grond werkte. Daar drukte het mijn armen op mijn rug, en ik hoorde een klik. Nu gleden er handen langs mijn lichaam en trokken iets uit mijn kontzak. Ik wist dat het mijn ID was.

'Mevrouw Walsh, mijn naam is Fritz Frederick, ik ben de sheriff van Arlington County. U staat onder arrest. U wordt verdacht van moord.'

Ik draaide mijn hoofd een kwartslag. Voor het opengeslagen douchegordijn stond een agent in een donkere broek met een lichte streep aan de zijkant, met daarboven een witte blouse en een stropdas. Boven zijn slanke gezicht kwam de glimmende klep van zijn pet tot vlak boven zijn ogen. Zijn blik was gespannen en had tegelijkertijd iets triomfantelijks.

Ik deed mijn mond open om iets te zeggen, maar zag zijn blik en zweeg toen.

Ik wist welke impact dit op de campagne van Kennedy kon hebben.

30

Politiebureau van Arlington
5 april 1960

'U bent de zus van Samuel Walsh, speciaal adviseur van de president?'

Ik knikte.

Sheriff Fritz Frederick had zojuist iets ingefluisterd gekregen en stelde mij nu de vraag die ik al eerder had verwacht.

'Waarom was u in het appartement van uw broer?'

'Ik wilde hem verrassen met een bezoek,' koos ik mijn woorden zorgvuldig. Bewust had ik afgezien van een advocaat. Als ik dit klein kon houden en er zo min mogelijk mensen bij betrokken werden, liep dit waarschijnlijk met een sisser af. Die vrouw was overduidelijk al langere tijd dood, en ik was pas vanmorgen in Arlington aangekomen en er daarvoor al ruim een jaar niet geweest. Het belangrijkste nu was dat niemand zou weten van mijn betrokkenheid bij de campagne van Kennedy. De pers zou dat meteen opblazen.

'U wilde hem verrassen?' Frederick keek me geïnteresseerd aan.

'Ja, hij had me eerder een telex gestuurd waarin hij me vroeg naar Arlington te komen. Ik had daar nog niet op gereageerd omdat ik het te druk had, en nu ik wel tijd had leek het me wel leuk om hem te verrassen.'

Frederick leek mijn woorden te wegen.

'Wanneer ontving u die telex?'

'Dat was op 28 maart.'

'Daar hoefde u niet lang over na te denken.'

'Nee, dat klopt. Het was op de sterfdag van mijn andere broer, precies een jaar eerder.'

Sheriff Frederick leek in zijn geheugen te graven.

'Elias Walsh?'

Ik knikte.

'Heeft u die telex bewaard?

'Niet dat ik weet,' loog ik terwijl ik me bedacht dat ze mogelijk mijn tas hadden doorzocht en de telex al hadden gezien.

'Mevrouw Walsh, kent u het slachtoffer?'

Het beeld van de bleke vrouw drong zich onmiddellijk aan me op.

Ik schudde heftig mijn hoofd terwijl ik dacht aan de blauwe strengen haar en wat de Komodovaraan me had verteld over de vriendin van Elias.

Frederick keek me stoïcijns aan. 'En George Lincoln Rockwell?'

'Wie?'

De sheriff leunde achterover en nam me in zich op. Toen fluisterde hij iets tegen de andere politieman, die opstond en de verhoorruimte verliet.

'U bent hier in een bijzonder stadje, mevrouw Walsh. Een bijzonder stadje met een bijzondere geschiedenis. U heeft vast wel eens gehoord van de marsen op Washington vanuit Arlington door de Ku Klux Klan in de jaren twintig. Dat waren massale bijeenkomsten, volksfeesten met brandende kruizen waar hele gezinnen aan deelnamen. Ouders met pubers en kleine kinderen. Die mensen, die wonen hier nog steeds. Ze denken niet anders, ze gedragen zich hooguit anders. De voedingsbodem waarin dat gedachtegoed zo fijn gedijt is nergens in Amerika vruchtbaarder dan hier in Arlington. En dat trekt bepaalde mensen aan. Mensen als George Lincoln Rockwell, die zich hier vorig jaar heeft gevestigd met de ANP.'

Frederick liet even een stilte vallen en speurde in mijn gezicht naar een blik van herkenning.

'Dat zegt u niets?'

Ik schudde heel licht mijn hoofd en hij glimlachte alsof hij deze reactie had verwacht.

'ANP staat voor American Nazi Party. Oprichter en politiek leider Rockwell, van wie we weten dat hij een voormalig piloot in het leger is, is een groot aanhanger van Adolf Hitler en diens gedachtegoed. Hij gelooft in witte suprematie en gebruikt dezelfde symboliek als de nazi's. De swastika, de adelaar en het logo van de SS zien we overal in Arlington opduiken. En nu ook bij het appartement van uw broer, op de locatie van de moord.'

Sheriff Frederick haalde iets uit zijn binnenzak. Voor mijn ogen vouwde hij zijn hand open.

Mijn mond viel open van verbazing.

'U herkent dit?'

'Ja,' stamelde ik terwijl ik met een blik vol ongeloof naar het kokertje in zijn hand keek. Het kokertje met het SS-logo uit de verdwenen koffer in de mijnschacht bij Vorderbrand. 'Hoe heeft u...?'

'Dat kan ik denk ik beter aan u vragen,' zei hij terwijl hij zijn vingers langs de schroefdraad liet glijden. 'We vonden het namelijk onder het klapraam waardoor u probeerde te ontsnappen.'

Het kokertje sprong open tussen zijn vingers en ik keek geschrokken naar de inhoud.

Frederick lachte. 'Leeg, zoals u waarschijnlijk wist toen u het naar buiten gooide.'

Ik keek hem niet-begrijpend aan. Waar doelde hij op? Wat had er in het kokertje gezeten, en had het iets met de dood van de vrouw te maken? Keerde het bewijs zich ineens tegen me?

Op dat moment kwam de andere agent terug. Hij haalde een plastic zakje tevoorschijn, gaf dat aan Frederick en verliet toen weer de ruimte. De sheriff schoof het naar het midden van de tafel en ik zag dat het dunne scherfjes glas bevatte.

'Dit vonden we in de mond en lippen van de vrouw. Het heeft overal sneetjes veroorzaakt.'

Bij het woord *sneetjes* voelde ik plotseling mijn maag samenknijpen.

'Weet u wat dit voor scherfjes zijn, mevrouw Walsh? Waarvan ze afkomstig zijn?'

Ik keek hem verdwaasd aan.

'Het zijn de restanten van een ampul. Een ampul uit dit kokertje.'

Hij tilde het op en ik zag de inscriptie, die identiek was aan de inscriptie die ik als kind had gezien.

Tesch u.

ᛋᛋ

Hamburg

77/42

Stabenow

Zijn vinger wees naar de eerste en de laatste regel.

'Tesch und Stabenow was een Duitse fabrikant die het gifgas Zyklon B leverde aan concentratie- en vernietigingskampen. Maar ze maakte ook andere toepassingen in opdracht van het leger. In dit geval voor de ss, die hoge officieren voorzag van kokertjes met daarin ampullen die gevuld waren met cyanide, een dodelijk en zeer snel werkend gif. Ze dienden dit gif tot zich te nemen op het moment dat ze in handen van de vijand vielen. Hitler zelf zou ook het gif hebben genomen, maar zichzelf voor de zekerheid nog een kogel door zijn kop hebben gejaagd. Je kunt het maar beter goed doen hè.' Zijn lach schoot door mijn opwellende gedachten.

'Maar ik hoef u dit alles denk ik niet te vertellen, hè. U weet volgens mij heel goed wat dit voor kokertje is. Ik zag het aan uw blik. U was daar om de sporen van het misdrijf op te ruimen. Het moest een gewone verhanging lijken, maar dat was het niet. Het was wel degelijk moord. Een bizarre moord waarbij het slachtoffer de kans kreeg om er een einde aan te maken voordat de dood intrad. De dader stak een ampul tussen haar tanden en haalde het krukje voorzichtig weg zodat ze niet haar nek brak. En terwijl ze daar hing en langzaam stikte, beet ze de ampul uit pure wanhoop stuk. Ze maakte zelf een einde aan haar leven voordat haar geplande dood intrad. Hoe zou een rechter dat kwalificeren? Gedwongen zelfmoord?'

Ik hoorde zijn stem terwijl tegelijkertijd in mijn hoofd de puzzelstukjes in elkaar vielen. Elias was gefolterd, ze hadden met een gloeiend voorwerp zijn huid bewerkt totdat hij de pijn niet langer kon doorstaan en de ampul kapot beet. Hij had... ze hadden hem... O, lieve Heer, het waren dezelfde mensen die deze vrouw...

'U vertelt mij niet alles, mevrouw Walsh,' hoorde ik de stem van de sheriff. 'U heeft deze moord niet gepleegd. Daar hoeven we niet ingewikkeld over te doen. U was niet in Arlington toen ze stierf. We hebben inmiddels vastgesteld dat u de afgelopen twee weken in Wisconsin was. U bent daar betrokken bij een politieke campagne.'

Ik keek op. Het zakje lag nu naast het kokertje. Daarachter rolde tussen de lange slanke vingers van Frederick een sigaar. Hij stak hem aan, nam een trek en fronste zijn wenkbrauwen achter de mistige waas die langzaam tussen zijn lippen door gleed.

'Uw broer is niet de enige met machtige vrienden. U kent zelf ook de nodige mensen. Ik heb al telefoontjes gehad.'

Hij nam opnieuw een trek en keek me indringend aan. 'U en uw broer hebben hier iets mee te maken. Dat weet ik verdomd zeker. En de politieman in mij wil dit tot op de bodem uitzoeken. Maar ik draai ook lang genoeg mee om te weten dat mijn opvolger morgen op mijn stoel kan zitten. Ik laat u gaan, maar ik adviseer u om dit stadje zo snel mogelijk te verlaten.'

Ik nam een taxi naar Washington waar ik in de Tabard Inn een kamer geboekt had, en ging uitgeput op het bed liggen. Wat was er in vredesnaam in het appartement van Samuel gebeurd, en waar was hij zelf gebleven? En wat was er met het koffertje met de kokertjes gebeurd...?

31

Campagnekantoor JFK, Washington D.C.
5 april 1960

Om kwart over drie liep ik het campagnekantoor binnen. De schokkende gebeurtenissen van die ochtend spookten nog door mijn hoofd.

'Kun je het wel loslaten?' vroeg Stephen Smith, JFK's zwager en manager van het campagnekantoor aan me terwijl hij een kop koffie inschonk.

Even dacht ik dat hij het over de moord in Arlington had. Was hij al op de hoogte?

'Je bent er maanden mee bezig geweest en nu ben je er vanavond zelf niet bij.'

'De primaries,' verzuchtte ik, opgelucht. De nonchalance in mijn stem wekte bij Stephen echter de indruk dat ik me geen enkele zorgen maakte.

Hij haalde een sigaret uit de zilveren cassette die hij altijd bij zich had en keek me geïntrigeerd aan. 'Je bent wel heel zeker van je zaak. Ik ken mensen die vanavond met samengeknepen billen op de uitslag wachten.'

Hij stak de sigaret aan.

'Jouw keuze,' zei hij met een zuinig glimlachje.

'Jacks keuze, mijn advies,' corrigeerde ik hem.

'Jacks keuze,' knikte hij.

Ik bekeek de stapel dossiers die hij me had gegeven. West Virginia vormde een van de pijlers waar we onze campagne op hadden gebouwd.

'De landelijke pers heeft de laatste dagen veel aandacht voor de primary in Winconsin,' zei Stephen terwijl hij de as van zijn sigaret in een asbak tikte. 'De mensen in West Virginia volgen dat nieuws ook. Als het goed gaat in Wisconsin kan dat een boost geven, maar als de uitslag tegenvalt werkt dat in West Virginia door.'

Ik wist dat Stephen niet gerust was op de uitkomst in Winconsin. Slechts twee mensen hadden mijn advies aan JFK openlijk gesteund: zijn vader, die Humphrey zo snel mogelijk wilde elimineren, en Lou Harris. Geen van de anderen, waaronder Sorensen en deze Stephen Smith, had het voorstel gesteund.

Hij drukte zijn halfopgerookte sigaret uit en pakte meteen een nieuwe.

'Wanneer vertrek je naar Charleston?'

'Morgenvroeg,' zei ik.

'Dan kun je je vlucht nog omboeken naar Boston, mochten we vanavond verliezen,' zei hij schamper.

'Niet zo somber, Stephen,' lachte ik. 'We pakken vanavond niet alleen Wisconsin, we winnen zo overtuigend dat Humphrey zíjn vlucht kan omboeken naar zijn pensioen.'

Stephen lachte zijn tanden bloot en ik schoof de dossiers een voor een in mijn tas.

'Wat ga je de rest van de middag doen?' vroeg hij.

'Lezen,' antwoordde ik. 'Morgenvroeg wil ik alles wat er in deze dossiers staat uit mijn hoofd kennen. Het kleinste ogenschijnlijk onbelangrijke detail kan straks het verschil maken. Onze boodschap moet kloppen. De stemmers moeten zich erin herkennen, en dus moet ik de stemmers kennen. Ik moet weten wat ze bezighoudt, wat ze nodig hebben en wat er moet veranderen. Details, Stephen, daar draait het om.'

Hij knikte. 'Dat klopt, maar je moet niet vergeten dat het in West Virginia ook om iets anders draait. In West Virginia is politiek een smerig, verachtelijk en corrupt spel van ons kent ons. Daar draait het om contacten en contanten.'

Ik glimlachte. Inmiddels wist ik genoeg van het gigantische familievermogen dat werd aangewend om JFK in het Witte Huis te krijgen en de rol die Stephen als financieel brein daarin had. Maar alleen geld zou het verschil niet maken. Het hielp om de media effectief in te zetten en de juiste mensen aan je zijde te krijgen en dus om de publieke opinie te beïnvloeden, maar die opinie was niet volledig te koop. De inhoud van je boodschap was minstens zo belangrijk. Dat, én het vermogen om de mensen te doen geloven dat je je belofte waar zou maken.

Ik wierp een blik op mijn horloge nadat ik afscheid had genomen van Stephen en het kantoor had verlaten. Nog achttien uur, dan zou ik het lokale team in Charleston ontmoeten.

32

Tabard Inn, Washington D.C.
5 april 1960

Bij terugkomst in mijn hotel vertelde de receptionist me dat de sheriff van Arlington me sinds mijn vertrek had proberen te bereiken. Of ik meteen terug wilde bellen.

Ik knikte en de receptionist draaide het nummer en overhandigde me de hoorn.

'Sheriff Frederick,' klonk het vrijwel onmiddellijk aan de andere kant van de lijn.

'Met Ezra Walsh,' zei ik.

'Mevrouw Walsh, er zijn ontwikkelingen in uw zaak. Kunt u naar Arlington komen?'

Ik aarzelde een moment.

'Maar u zei...'

'Dat het niet veilig is, ja, dat weet ik. Maar ik laat u ophalen door een politiewagen.'

Ik dacht koortsachtig na. Wat kon dit betekenen?

'Met welk doel?' vroeg ik.

'Ik wil iets met u delen dat ik u niet over de telefoon kan vertellen.'

'Hoe laat?' vroeg ik.

Ik hoorde de sheriff kort met iemand overleggen. Toen klonk zijn stem weer in de hoorn.

'Vijf uur. Is dat oké?'

'Zeker, tot dan.'

Om twee minuten over vijf stopte er een politiewagen voor de Tabard Inn. Een agent stak zijn hand uit het raam en wuifde dat ik voorin moest komen zitten.

'Alleen boeven zitten achterin,' zei hij toen ik naast hem plaatsnam. 'Mijn naam is Bill Lewis.' Hij gaf me een hand. 'Ze zeggen dat het dode meisje iets had met die Samuel Walsh, een hoge pief hier in Washington,' zei hij weinig tactvol terwijl we de weg opdraaiden. 'U bent familie, neem ik aan?'

'Wie zegt dat?'

Hij draaide zijn hoofd naar me toe en keek me onderzoekend aan.

'Nu neemt u me in de maling hè, mevrouw? Er is een moord gepleegd bij meneer Walsh en ik moet mevrouw Walsh ophalen. Als daar geen connectie is dan lever ik mijn penning in.'

Ik schudde mijn hoofd. 'Nee, wie zegt dat het dode meisje een relatie had met mijn broer?'

'Ze naaide zo'n beetje alles wat los en vastzat. Ze deed het zelfs met die smerige negers in de sit-ins.' Bill richtte zijn blik weer op de weg.

Toen we Arlington binnenreden, stopte hij een stuk pruimtabak in zijn mond en wees naar de lunchhoek in een van de winkels. 'Het is hier niet zoals bij jullie in Washington,' zei hij. 'Wij houden het allemaal netjes gescheiden. De toegang kun je ze helaas niet verbieden, maar een witte medemens verplichten om een zwarte te bedienen, dat druist toch in tegen elk moreel besef?'

Ik hoorde het de man zeggen en stelde vast dat de verpersoonlijking van de teloorgang van moreel besef naast me zat.

Ik zette me over mijn eigen walging heen.

'Wat zijn dat voor negers in die sit-ins waar je het over had?'

Lewis grinnikte. 'Hele domme recalcitrante negers, die aan onze tafels gaan zitten omdat ze vinden dat ze daar recht op hebben.'

Hij draaide het raampje open en spuugde zijn mond leeg.

'Maar ik flikker ze eruit als ik het zie. En als ik de kans krijg geef ik ze een pak slaag, zoals mijn vader dat vroeger deed, toen er nog moreel besef was hier in Arlington.' Er gleed er een lichte glimlach langs zijn gezicht. 'Dat waren mooie tijden.'

Ik zag tot mijn opluchting dat we het politiebureau hadden bereikt.

Bill parkeerde zijn auto naast die van de sheriff en ik volgde hem naar binnen.

In de kleine verhoorkamer zat sheriff Frederick al op me te wachten.

'U heeft een probleem.'

Ik keek hem vragend aan.

'We hebben het onderzoek naar uw betrokkenheid en die van uw broer bij de moord gestaakt. Maar we hebben wel geprobeerd te achterhalen waar uw broer verblijft, zodat we hem als getuige kunnen horen en hem mogelijk bescherming kunnen bieden mocht dat nodig zijn. We hebben vastgesteld dat uw broer op 16 maart een vlucht naar Boston heeft genomen om daar Saint Patrick's Day te vieren. Hij had een retourvlucht naar Arlington op 18 maart geboekt, maar die heeft hij niet gehaald. Sindsdien lijkt elk spoor van hem te ontbreken.'

Frederick liet een stilte vallen terwijl ik aan de telex van Samuel dacht.

'Die telex die u ontving op 28 maart, waarvandaan was die verzonden?'

'Vanuit zijn kantoor in het Witte Huis,' stamelde ik.

'Onmogelijk,' zei Frederick beslist. 'We hebben vastgesteld dat hij sinds 16 maart niet meer op kantoor is geweest.'

Ik schudde verward mijn hoofd en graaide in mijn tas. Het stond er echt, het adres klopte.

'Hier,' zei ik, en ik drukte hem de telex onder zijn neus.

'Mogelijk heeft iemand het op zijn verzoek vanuit daar verstuurd?' zei Frederick. Hij zocht naar een verklaring.

Ik knikte instemmend. Waarschijnlijk had hij geen telex tot zijn beschikking gehad op de plek waar hij op dat moment verbleef, en had hij zijn secretaresse gebeld en haar gevraagd dit bericht naar mij te sturen. Hij zou dan de volgende dag zorgen dat hij op tijd in Arlington was, maar daar was hij dus nooit aangekomen.

'De volgende dag,' ging Frederick verder, 'werd Allison Hyde vermoord.'

'Allison Hyde?'

'De vrouw in de douche in het appartement van uw broer. De lijkschouwer heeft vastgesteld dat haar dood op of omstreeks 29 maart moet zijn ingetreden.'

Ik keek de sheriff vragend aan. 'Ze stierf op de dag dat ik daar...?' mijn stem smoorde.

'Dat u daar had moeten zijn,' vulde Frederick aan.

'Maar... hoe?'

'Luister,' sprak de sheriff. 'Degene die ons heeft gewaarschuwd dat u in het appartement was, heeft u kort gesproken toen u daar arriveerde. De oude buurman die een kamer heeft aan de voorzijde van het gebouw.'

'De Komodovaraan...' mompelde ik.

'We hebben hem ondervraagd. Eerst gaf hij aan dat hij geschreeuw hoorde en zich zorgen maakte en daarom de politie had gebeld. Maar toen we hem vertelden dat de vrouw in de douche ooit bij ons een melding had gedaan dat hij haar begluurde, en dat hij daarom als verdachte kon worden aangemerkt, werd hij heel zenuwachtig. En toen vertelde hij dat iemand hem een week eerder in de patio achter het appartement had benaderd. Het was na zonsondergang. De persoon die hem aansprak stond slechts een paar meter van hem vandaan, maar hij kon hem vanwege de donkere hoek van de patio desondanks niet zien. Hij sprak met een kalme, maar vervormde stem, alsof hij zijn arm tegen zijn mond drukte, en had een duidelijke boodschap. De oude man moest op de veranda gaan zitten en op het moment dat mevrouw Walsh het appartement betrad de politie bellen. Zou hij dat niet doen, of iemand over deze ontmoeting informeren, dan zou een dossier over zijn verleden van seksueel misbruik ter beschikking worden gesteld aan de politie. Hij zou dan zo goed als zeker nooit meer vrijkomen, zeker gezien zijn eerdere ontsnapping uit een behandelkliniek.'

Sheriff Frederick keek me indringend aan. 'Zoals ik al zei: u heeft een probleem.'

Ik dacht aan Samuel. Iemand wilde mij erin luizen, en die persoon zat waarschijnlijk ook achter de verdwijning van Samuel en de moorden op Elias en Allison Hyde.

Frederick zoog een teug lucht naar binnen en zei: 'We sluiten de zaak. Pas goed op uzelf.'

'En mijn broer Samuel?' vroeg ik.

'Als uw broer achter dit alles zit, dan kunt u maar beter bij hem uit de buurt blijven. Zo niet,' hij aarzelde even, 'dan moeten we mogelijk voor zijn leven vrezen.'

Ik schudde mijn hoofd. 'Samuel zit hier niet achter, dat weet ik heel zeker. Als hij in gevaar is dan moet ik hem vinden.'

Frederick stond op en hield de deur voor me open. 'Ik zal Bill vragen u terug te rijden naar uw hotel.'

'Dat is niet nodig, maar toch bedankt. Ik ga liever even lopen.'

33

Arlington, Virginia
5 april 1960

Ik stak de straat over vanaf het politiebureau en volgde de route die ik me van de heenweg kon herinneren. Na een klein kwartier bereikte ik de straat waar Bill Lewis even was gestopt en me de lunchhoek van een van de sit-ins had aangewezen. Het was de People's Drug Store. Ik wierp een blik naar binnen en zag een lange smalle bar met draaikrukken en metalen leuningen. Op verschillende plekken zaten mensen te eten. Ik keek op mijn horloge en zag dat het bijna zes uur was. Ik aarzelde. Toen viel mijn blik op een lange zwarte man die alleen aan de rechterzijde van de bar zat. Hij droeg een pak en zat licht voorovergebogen. Ik duwde de deur open en stapte de warme winkel binnen. Uit de radio klonk het instrumentale nummer 'Theme from a Summer Place' van Percy Faith, dat al zeven weken op nummer 1 stond in de Billboard Hot 100.

Ik nam plaats op de barkruk naast de zwarte man. Terwijl ik opzij keek zag ik voor hem op de balie een opengeslagen boek liggen. Daarachter stond een bordje met de tekst DIT GEDEELTE VAN DE BAR IS GESLOTEN. Ik keek van het bordje naar het boek en toen naar zijn gezicht. Het was een knappe jongeman met een verzorgd uiterlijk. Zijn ogen gleden langs de tekst in het boek. Hij leek mij niet op te merken.

'Wat lees je?' vroeg ik.

'De Bijbel,' antwoordde hij zonder op te kijken.

'Ik ben Ezra,' zei ik.

Hij keek op en stak zijn hand uit. 'Dion Diamond.'

'Zit je hier al lang?' vroeg ik.

Hij wendde zijn blik af en staarde naar zijn bijbel. 'Sinds twee uur vanmiddag.'

'Wat kan ik voor u doen, mevrouw?' vroeg een serveerster met rood opgestoken haar me.

'Ik zou graag iets eten,' zei ik en ik wees op het bordje. 'Maar ik zie dat dit gedeelte gesloten is.'

'Alleen dat gedeelte,' zei de serveerster en ze wees op de kruk waar Dion zat.

'O,' zei ik en ik keek naar Dion die zijn blik strak op de bijbel hield.

'Dus?' hoorde ik de serveerster zeggen.

'Dus wat?'

'Dus wat zal het zijn?'

'Doet u mij maar een clubsandwich.'

'En iets te drinken?'

'Een cola graag.'

Ze krabbelde de bestelling in haar notieboekje en liep weg.

'Je had moeten weigeren,' zei Dion naast me zonder dat hij opkeek. 'Door te accepteren dat ik niet mag bestellen en jij wel, houd je het systeem in stand.'

Zijn stem was zacht, maar zijn boodschap onvoorstelbaar hard. Hij hield me de spiegel voor waarin ik mezelf verloochende. Hij werd, net als ik ooit, als inferieur gezien. En nu ik in vrijheid leefde, wendde ik mijn blik af van wat hem gevangenhield. *Judas*, dacht ik.

Maar in plaats van dat ik mijn hart liet spreken ging ik met hem het debat aan.

'Zou het voor het systeem een verschil maken als ik nu had geweigerd? Dat meisje had haar schouders opgehaald en had een andere klant bediend. En morgen zou ze gewoon weer verder gaan zoals ze vandaag is geëindigd.'

Dion deed zijn bijbel dicht en keek me aan. 'Elke verandering heeft een oorsprong. Een gebaar, een erkenning, een symbool. Als een vlinder op het juiste moment met zijn vleugels klappert kan dat een luchtstroom in beweging zetten die kan uitgroeien tot een orkaan. Die spottende blik is misschien alleen een masker dat ze draagt om haar knagende onzekerheid te verbergen, haar twijfels over de regels in Virginia, terwijl ze van haar moeder die bij dezelfde keten in Washington werkt hoort dat het ook anders kan. Haar twijfels omdat ze van haar vriendje, die studeert, hoort dat hij zwarte vrienden heeft. Die ze misschien ook al heeft ontmoet en met wie ze mee uit eten is geweest. Die twijfels groeien langzaam uit tot een overtuiging dat het anders kan, dat het anders moet. Ze wil dat bespreken met haar baas, maar net als jij denkt ze dat zij het verschil niet kan maken, en dus houdt ze haar mond. Totdat een van haar collega's dezelfde twijfels blijkt te hebben en die met haar deelt, en ze voorzichtig een derde collega deelgenoot maken van hun twijfels, en nog een, en nog een, en zo gaat dat ook in andere winkels totdat er ergens een eigenaar besluit dit bordje weg te halen. En dan zullen er anderen volgen. En dat is het einde van het systeem.'

'Zo zou het kunnen gaan,' zei ik. 'Of haar vader, die sympathie heeft voor de Ku Klux Klan, slaat alle twijfels uit haar nog voordat ze met haar collega kan praten die haar baas zou hebben geïnformeerd, wat ongetwijfeld tot haar ontslag zou hebben geleid. Door mijn maaltijd niet te weigeren heb ik haar dat dan maar mooi bespaard.'

Dion grijnsde zijn tanden bloot. 'Ik mag jou wel. En dat je hier naast me kwam zitten zegt me genoeg. Je bent anders dan zij, je zoekt de verbinding. Ik studeer aan Howard University in Washington. Jij?'

'Ik ben al klaar met mijn studie, en om heel eerlijk te zijn zit ik hier uit eigenbelang. Ik hoopte dat je me ergens mee kon helpen.'

Dions ogen vernauwden zich tot spleetjes. Ik zag dat hij op zijn hoede was.

'Ken je Allison Hyde?' vroeg ik.

Zijn blik verstarde.

'Wie ben jij?' vroeg hij. Zijn stem klonk ineens lager.

'Ik ben Ezra Walsh, de zus van Elias en Samuel Walsh.'

Zijn pupillen werden wijder. Toen wendde hij zijn blik af en vouwde zijn handen op de bijbel.

'Je doet er verstandig aan Arlington te verlaten,' fluisterde hij. 'Allison was bang dat haar iets zou overkomen. Het had met de familie Walsh te maken. En nu is ze dood.'

'Dus je kende haar?' vroeg ik.

Dion slikte en zweeg.

'Heeft ze je nog meer verteld?' drong ik aan.

Op dat moment hoorde ik de stem van de serveerster.

'Uw sandwich en cola, dat is dan 75 cent.'

Ik zag aan haar blik dat ze een deel van ons gesprek had gehoord. Ik gaf haar een dollar en liet het wisselgeld in mijn portemonnee glijden.

'Je moet voorzichtig zijn,' zei Dion toen de serveerster weg was. 'Voor hetzelfde geld kent ze de verkeerde mensen.'

Ik knikte. 'Zijn dat dezelfde mensen als waar Allison bang voor was?'

Dion draaide onrustig op zijn kruk en keek om zich heen. 'Luister, ik zou je graag helpen, maar ik weet verder niets. Allison heeft me alleen verteld dat ze bang was, en dat het te maken had met iets wat er is gebeurd in het vakantiehuis van Elias Walsh. Niet lang daarna kwam hij om het leven. Ik weet nog hoe ontroostbaar ze was. Eigenlijk ging het pas de laatste maanden weer iets beter. Maar toen gebeurde er iets dat ze linkte aan dat weekend weg met Elias. Ze was doodsbang, ze...' Hij schudde zijn hoofd. 'Sorry, dat is alles.'

Ik keek hem peinzend aan. De jongens hadden me nooit over een vakantiehuis verteld.

'Hier,' zei ik en ik schoof mijn bord naar hem toe.

Hij lachte hartelijk en pakte het bestek op.

'Kijk eens aan, wat een gezellig gebeuren hier,' klonk het ineens achter ons.

Ik draaide me met een ruk om.

Agent Lewis stond met zijn handen op zijn heupen en keek me geïntrigeerd aan. De kwijl van zijn laatste resten pruimtabak hing nog aan zijn kin.

'Volgens mij kan ik u alsnog een ritje aanbieden, mevrouw Walsh, maar dan wel op de achterbank.'

'Ik zou niet weten op grond waarvan. Ik ben klaar met eten en het is mijn goed recht om mijn eten te geven aan wie ik wil.'

'Het is in strijd met het beleid van deze vestiging om negers maaltijden te verstrekken.'

'Dit is een private eetgelegenheid, meneer Lewis. Het is niet aan u om te beoordelen of ik dat beleid al dan niet ondermijn.'

Ik zag zijn blik verharden, terwijl naast mij Dion inmiddels was begonnen met eten.

Lewis riep de serveerster bij zich en wees naar het bord met eten.

'Hebt u dat bord aan mevrouw geserveerd, of aan deze neger?'

'Aan mevrouw,' antwoordde ze.

'Mevrouw Walsh is zo te zien allang klaar met het eten dat u haar heeft geserveerd,' zei Lewis.

De serveerster keek hem vragend aan.

'En wat doet u als een gast klaar is met eten? Wat gebeurt er dan met het bord?'

Ze aarzelde en keek mij even aan.

'Nou?'

'Dan ruim ik dat op,' zei ze en ze sloeg haar blik neer.

'Juist. Precies zoals uw chef dat graag heeft.' Hij vouwde zijn armen over elkaar en keek haar afwachtend aan. 'Of denkt u dat het beter is dat we hem even erbij roepen?'

Ze keek mij opnieuw aan.

Toen stapte ze naar voren en nam het bord weg.

Mijn blik schoot naar Lewis, die me triomfantelijk aankeek.

Toen knapte er iets in me, en ik stoof naar voren om hem te lijf te gaan.

Een sterke arme ving me op, en toen ik me probeerde los te rukken zag ik dat het Dion was.

'Laat hem niet zijn zin krijgen,' beet hij me toe.

Trillend van woede keek ik Lewis aan, die treiterend zei: 'Ik zie dat u zich net zo graag door hen laat betasten als die hoer in het appartement van uw broer.'

Ik rukte me los en stond nu oog in oog met Lewis. De stemmen uit de sit-in drongen gedempt tot me door. Er had zich inmiddels een hele menigte rond ons verzameld en iedereen leek iets te roepen. Uit die stemmen filterde ik de kalme stem van Dion, die vlak achter me stond.

'Je kunt alleen winnen door afstand te nemen.'

En dat is wat ik deed. Ik draaide me om en liep weg, richting de deur, naar buiten. En hoewel het leek alsof ik vluchtte, trok ik vol ten strijde. Net als lang geleden toen ik als kind van elf langs de flanken van de Obersalzberg klom om de wereld te beschermen tegen de gruweldaden van Hitler. Hetzelfde kwaad dat ik toen wilde vernietigen wortelde hier, in dit stadje onder de rook van Washington. Er moest iets veranderen. Het moest anders in dit land. En dat kon alleen met de juiste persoon op de juiste plek. En ik ging hem daarbij helpen. Ik was die vlinder.

34

Tabard Inn, Washington D.C.
5 april 1960

Om half acht bereikte ik de Tabard Inn. De zon ging juist onder en wierp een koperen gloed over de daken. Ik had mijn maaltijd in Arlington gemist en voelde me licht in mijn hoofd. Voordat ik me op de dossiers van West Virginia zou storten, moest ik eerst iets eten. Ik zocht een plekje in een rustige hoek van de herberg en bestelde een Irish stew.

Een tafeltje verder zat een vrouw met iemand te praten. Ze kwam me vaag bekend voor. Af en toe, als ze verschoof op haar stoel, kon ik haar gezicht even tussen de traptreden door zien.

Hoewel de muziek in de Tabard Inn vrij luid klonk was haar heldere stem duidelijk verstaanbaar.

'Wist je dat de gemiddelde leeftijd waarop meisjes trouwen inmiddels is gedaald tot twintig jaar? En dat het percentage vrouwen dat gaat studeren rond de 35 procent ligt, terwijl dat in 1920 nog 47 procent was? En doordat ze jonger trouwen, krijgen ze meer kinderen. Onze geboortecijfers liggen nu hoger dan die van India.'

Dat was het – de vrouw was Betty Friedan, een bekende auteur uit New York. Ze schreef voor een magazine dat ik graag las, over de positie van de vrouw.

Friedans tafelgenoot klonk duidelijk verbaasd. Deze stem kwam minder duidelijk boven de muziek uit dan die van Friedan, omdat hij veel lager was. Vermoedelijk was het een man.

Betty's verhaal interesseerde me persoonlijk, maar daarbuiten ging het ook over vijftig procent van ons electoraat. Vijftig procent van de vijfde macht. Ik zou Betty eens moeten uitnodigen voor een gesprek.

Mijn gedachten gingen naar het team in Wisconsin en mijn blik gleed naar de oude klok naast de trap. De wijzers kropen al richting acht uur. Ik realiseerde me dat ik Sorensen rond dit tijdstip zou bellen.

Ik liep naar de receptie.

'Wilt u het Pfister Hotel in Milwaukee bellen en laten vragen naar de heer Sorensen?' vroeg ik de jonge vrouw achter de balie.

'Ezra,' hoorde ik de stem van Sorensen. 'Hoe gaat het?'

'Goed,' zei ik. Hij had mogelijk de hele geschiedenis in het appartement van mijn broer al meegekregen, en misschien zelfs een rol bij mijn vrijlating gespeeld.

'En bij jullie?' vroeg ik.

'Hier is de sfeer gespannen. De eerste uitslagen vallen tegen.'

Er volgde er een korte stilte die onaangenaam lang leek te duren.

'Jack is niet blij. Bel me anders rond tien uur, dan weet ik meer.'

Hij hing op.

Vertwijfeld liep ik terug naar mijn plek. Gisteren had alles er nog zo goed uitgezien.

Ik ging zitten en de serveerster zette een schotel met gestoofd lamsvlees voor me neer. Hoewel ik naar een maaltijd had gesnakt, was mijn eetlust volledig verdwenen. Ik staarde over het dampende vlees en zag nu pas dat de vrouw met de heldere stem was verdwenen.

Haar gesprekspartner zat er echter nog wel. Ik zag alleen een deel van de schouder en de arm. Het was inderdaad een man. Hij schreef iets in een notitieboekje. De serveerster liep naar zijn tafeltje en ik zag dat ze een paar dollars kreeg overhandigd. Toen borg hij het notitieboekje weg en stond op. Hij verscheen van achter de trap en draaide zich naar me om. Mijn hart stond stil.

35

Tabard Inn, Washington D.C.
5 april 1960

'Thomas,' zei ik verbaasd en verheugd tegelijk.

'Ezra!' riep hij uit. 'Wat doe jij in Washington?'

'Het was niet gepland. Ik moet morgenochtend alweer weg. Hoe gaat het met je? Heb je al gegeten?'

Thomas keek naar de lege stoel tegenover me en schudde zijn hoofd.

'Nee, sorry. Ik heb al met iemand afgesproken. Het is...' Hij begon te blozen. 'Ik hoorde niets meer van je, en...'

'Je hebt een vriendin,' maakte ik zijn zin af.

'We zijn al drie maanden een stel. We gaan ons verloven.'

Ik voelde me ineens heel eenzaam.

'Dat is snel,' stamelde ik.

'Je lijkt niet blij voor me,' zei Thomas zachtjes.

'Jawel.' Ik veinsde een glimlach. 'En zij treft het met zo'n leuke man.'

Hij wierp een blik op zijn horloge. 'Weet je wat, ik zou na mijn etentje met Nora Ann nog een politicus interviewen in Arlington. Als ik dat verzet kan ik hier rond tien uur zijn. We zouden dan nog iets kunnen drinken.'

'O, doe geen moeite,' zei ik. 'Je moet zuinig zijn op de mensen die je een interview willen geven. Als je te vaak afspraken afzegt is dat vast niet goed voor je naam.'

Hij knikte. 'Dat klopt, maar Rockwell grijpt elke kans aan om met de pers te praten en hij kan ook nog wel even wachten.'

'George Lincoln Rockwell?' vroeg ik, terwijl ik dacht aan wat Sheriff Frederick me over de leider van de American Nazi Party had verteld.

'Ja, ken je hem? Buiten Arlington is hij nog vrij onbekend.'

'Oké dan,' zei ik zonder zijn vraag te beantwoorden. Als ik kon verhinderen dat Rockwell een podium kreeg in de *Washington Post* dan was ik desnoods bereid om de hele avond aan te horen hoe geweldig Thomas' verloofde was.

'Laten we om kwart over tien afspreken. Ik heb om tien uur nog een belangrijk telefoontje met het campagneteam.'

'O ja,' zei Thomas geïnteresseerd. 'De Wisconsin primaries.'

En toen gekscherend: 'Misschien kan ik je daar dan meteen over interviewen, dan heb ik een primeur.'

36

Tabard Inn, Washington D.C.
5 april 1960

Sorensen klonk somber.

'Ezra, het is niet goed.'

'Hebben we verloren?' vroeg ik geschrokken.

'Nee en ja. Nee, want Kennedy wint zes van de tien districten en krijgt in totaal 56 procent van de stemmen. Ja, want hij heeft de protestantse kiezers niet kunnen overtuigen. Hij pakt zijn winst in de katholieke en de geïndustrialiseerde districten en verliest alle vier de protestantse districten. Dit zal de grote kiesbazen binnen de partij niet overtuigen. Wisconsin was een gok Ezra, en we hebben verloren.'

Zijn woorden dreunden als een mokerslag na in mijn hoofd. We hebben verloren, zei hij. *We*... Maar hij dacht precies hetzelfde als ik. Het was mijn idee geweest.

Sorensen zuchtte. 'Ik heb Jack niet eerder zo gezien, hij zit er helemaal doorheen.'

Ik beet op mijn lip. 'Er is nog niets verloren,' zei ik fel. 'Als we vanaf nu alles winnen, als we winnen in West Virginia en in Maryland en in Indiana en in Oregon, dan kunnen ze bij de Conventie niet om hem heen.'

Sorensen bleef langer stil dan ik van hem gewend was, en ondanks de duizenden kilometers die ons scheidden voelde ik de verslagenheid die hem omringde.

‘We gaan het zien,’ zei hij zachtjes, en toen luider, zichzelf herpakkend: ‘Jack gaat morgen naar Montego Bay op Jamaica voor een korte vakantie. Wij gaan meteen door in West Virginia. Jij bent nu onze vooruitgeschoven post.’

Er klonk een klik.

Met de hoorn nog in mijn hand drong een stem tot me door.

‘En, valt er iets te vieren?’

Het was Thomas. Zijn timing had niet slechter kunnen zijn.

‘Ik zeg niets tegen jou. Dan staat het vanavond nog in de krant,’ verzuchtte ik.

Hij keek me bezorgd aan. ‘Is het niet goed gegaan?’

Ik schudde mijn hoofd.

‘Hoe was je etentje met Nora Ann?’ vroeg ik, meer om van onderwerp te veranderen dan dat ik het antwoord wilde weten.

Thomas negeerde mijn vraag en keek me nog altijd bezorgd aan. ‘Wat houdt je bezig, Ezra? Het zijn niet alleen de primaries, hè? Er is meer. Is het vanwege mijn relatie met Nora Ann?’ Hij aarzelde. ‘Heb ik je pijn gedaan?’

Nu brak ik en ik liet me in zijn armen vallen. Ik voelde de tranen langs mijn wangen glijden en drukte mijn gezicht tegen zijn borstkas.

‘Het is te veel,’ hakkelde ik. ‘Het is allemaal te veel. De verkiezingen, de ellende met Samuel. Het is allemaal gewoon te veel.’

Thomas nam mijn hoofd tussen zijn handen, keek me aan en wreef mijn tranen weg.

‘Kom, dan maken we een wandeling. Frisse lucht zal je goed doen.’

Ik knikte en nadat ik een jas had gepakt verlieten we de Tabard Inn.

‘Wat is er met Samuel?’ vroeg hij toen we richting Dupont Circle liepen.

‘Hij is weg,’ zei ik.

‘Waarheen?’

‘Ik weet het niet.’

Er viel een stilte. Ik had Thomas vorig jaar verteld over de dood van Elias. De verschrikkelijke details had ik niet met hem gedeeld, maar wel hoe het me had aangegrepen en hoe erg ik hem miste. Thomas wist hoe de verhoudingen binnen mijn familie lagen. Dat Elias mijn lievelingsbroer was en dat ik Samuel soms niet kon uitstaan. Maar hij wist ook hoe hecht we met zijn drieën waren.

‘Maak je je zorgen?’ vroeg hij toen we Dupont Circle bereikten en de afslag richting Washington Circle Park namen.

Plotseling hield ik stil en keek hem aan. ‘Thomas, ik heb je nodig, als een vriend. Ik wil graag met je praten, maar je moet me beloven dat wat ik tegen je zeg nooit in de krant komt.’

Hij knikte en we liepen verder terwijl hij mijn hand in de zijne nam.

‘Elias is vermoord. Ze hebben hem gefolterd en uiteindelijk vermoord.’

‘Wat?’ zei Thomas onthutst. ‘Maar… dat heb je me nooit verteld.’

Ik keek hem aan. ‘We hebben het stilgehouden. Er is vrijwel niemand die het weet. Ik dacht dat het iets met zijn werk te maken had en niet met…’

Ik aarzelde.

‘En niet met ons,’ zei ik zachtjes.

‘Met jullie? Waarom zeg je dat? Omdat Samuel verdwenen is?’ Nu schudde hij zijn hoofd.

‘Er is vast een logische verklaring. Misschien werd alles hem gewoon te veel. Op zijn leeftijd topadviseur van de president. Hij staat constant onder zware psychische druk en dat in een jaar dat hij zijn broer verloor, en een paar jaar geleden ook al zijn vader. Misschien wilde hij alleen maar even een break.'

'Nee, ik geloof niet dat het hem allemaal te veel wordt. Hij houdt van zijn werk, hij leeft ervoor en bovendien kan hij goed met stress omgaan. Nee, dit is niets voor hem. Ik vrees dat iemand Samuel iets heeft aangedaan.'

Het ongeloof groeide in Thomas' ogen. 'Waarom zou iemand het nu plotseling op hem hebben voorzien? Jullie broer is al een jaar dood en al die tijd heeft hij blijkbaar niets hoeven vrezen.'

Ik staarde langs de rij straatlantaarns voor ons uit en wist dat het een legitieme vraag was. Het was precies deze vraag die mij had beziggehouden sinds ik wist dat in het appartement van Samuel hetzelfde gif was gebruikt als waarmee Elias om het leven was gebracht. Waarom zat er zo veel tijd tussen? En was Samuel wel echt een potentieel slachtoffer, of was hij juist de dader en had hij deze vrouw vermoord?

Ik lachte mijn eigen gedachten weg. Het idee alleen al was absurd. Samuel zou zoiets nooit doen. En bovendien, als hij de vrouw met hetzelfde gif had gedood dan werd hij ook de hoofdverdachte voor de moord op Elias, en dat kon hij sowieso niet hebben gedaan. Maar ongewild klonken de waarschuwende woorden van sheriff Frederick weer in mijn hoofd. *Als uw broer achter dit alles zit, dan kunt u maar beter bij hem uit de buurt blijven...*

'Ik denk dat je het allemaal te groot maakt. Maar als het je rust geeft, wil ik je wel helpen om te achterhalen waar hij kan zijn.'

Ik schrok van Thomas' suggestie en had ineens spijt dat ik Samuels verdwijning met hem had gedeeld. Als de media lucht zouden krijgen van Samuels vermissing, dan werd dit ineens heel groot.

Ik trok hem aan zijn arm en keek hem gespannen aan. 'Thomas, wil je me beloven dat je dit met niemand deelt? Als het klopt wat je zegt dan wil Samuel met rust gelaten worden, en dan is een klopjacht door de media het laatste waar hij op zit te wachten. Hij zal me dat nooit vergeven.'

Thomas knikte begripvol, maar legde toen de vinger op de zere plek. 'En wat als het klopt wat jij zegt, en zijn verdwijning wél iets met de moord op Elias te maken heeft? Wat als iemand achter hem aan zit? Of nog erger, hem al te pakken heeft en hem nu foltert, net als Elias?'

Er schoot een rilling langs mijn rug.

'Sorry,' zei Thomas.

Ik schudde mijn hoofd. 'Nee, je hebt gelijk. We moeten hem vinden, maar we houden dit tussen ons.'

Zwijgend liepen we verder tot we bij Washington Circle Park kwamen, en sloegen toen de Pennsylvania Avenue in richting het Witte Huis.

'Hoe reageerde Rockwell?' vroeg ik na enige tijd.

'Wie?' klonk Thomas naast me. Hij leek nog in gedachten verzonken.

'George Lincoln Rockwell. Je had vanavond een interview met hem.'

'O ja,' zei Thomas bijna achteloos. 'Die was boos. De *Washington Post* was toch geen krant waarmee hij zich wilde inlaten. Ik heb hem verteld dat hij dan maar een andere krant moest zoeken voor zijn verhaal.'

Ik glimlachte en kneep in Thomas' arm. 'Dat vind ik fijn om te horen. Je moet zo'n man geen podium geven, je kunt beter schrijven over de segregatie in Arlington. Wist je dat zwarte mensen daar in de sit-ins nog steeds niet worden bediend?'

Thomas knikte. 'Arlington heeft een lange geschiedenis als het gaat om rassenhaat. Het is van oudsher een bolwerk van de Ku Klux Klan.'

Hij wees langs de Pennsylvania Avenue richting het Witte Huis. 'Het was precies langs deze route dat in de jaren twintig de KKK vanuit Arlington in grootse optochten naar Washington marcheerde. Er liepen dan duizenden mensen mee, allemaal gehuld in de traditionele witte kleding van de Klan. En hoewel het pas vijfendertig jaar geleden is, was het in die tijd iets wat de regering niet tegenhield. Ze liepen zomaar door tot in het hart van onze hoofdstad.'

'Het was in dezelfde periode dat in Duitsland het naziregime een voedingsbodem vond,' liet ik me ontvallen.

'Precies,' zei Thomas. 'Maar toen in Duitsland de rassenhaat een hoge vlucht nam, was de Klan hier al op zijn retour. Met name in de zuidelijke staten had, en heeft, het gedachtegoed natuurlijk nog altijd relatief veel aanhangers, maar zelfs daar is hun invloed inmiddels tanende.'

'En dat wil Rockwell nieuw leven inblazen,' zei ik.

Thomas glimlachte. 'Rockwell overschat zichzelf, maar dat wil niet zeggen dat we hem moeten onderschatten. Die fout hebben we al eerder in de geschiedenis gemaakt. Zoals in 1923, toen de Joods-Amerikaanse journaliste Lily Winner in München een bijeenkomst van de Hakenkruisbeweging bezocht. Ze sprak met de leider, ene Adolf Hitler, en beschreef hem als een gedegenereerd type met een bespottelijk klein Charlie Chaplin-snorretje, een onbetrouwbare dwaas met visachtige blauwe ogen. Leider van een beweging die hoofdzakelijk bestond uit onontwikkelde knapen die noch analyseerden, noch begrepen wat er verstaan wordt onder politiek of staatkunde. Maar twintig jaar later was zijn partij een van de meest invloedrijke organisaties die er ooit heeft bestaan.'

'En dus moet jij Rockwell geen podium geven. Want hoe onbeduidend zijn Nazi Party nu ook kan lijken, je weet nooit hoe de wereld er over tien jaar uitziet.'

'Dan zitten we waarschijnlijk in de derde termijn van president Kennedy,' grapte Thomas.

Ik begon te lachen, maar toen dacht ik aan de boodschap van Sorensen. De campagne in West Virginia zou morgen vol van start gaan, en ik had nog geen enkel dossier gelezen.

'Wat is er?' vroeg Thomas.

'Het was mijn idee om voor Wisconsin te gaan, het politieke kerkhof van veel voormalige presidentskandidaten.'

'Heeft Kennedy zich naast hen laten begraven?'

Ik staarde naar het Witte Huis en kneep mijn ogen samen. 'Nee,' zei ik strijdvaardig. 'Kennedy wordt onze nieuwe president.'

37

Thomas Jefferson Memorial, Washington D.C.
6 april 1960

Aan de andere zijde van het door kersenbloesem omzoomde Tidal Bassin baadde het Witte Huis in het zonlicht. Ik sloot mijn ogen en koesterde de warme zonnestralen op mijn vermoeide gezicht. Tot half drie vannacht had ik de dossiers voor West Virginia doorgenomen, en nadat mijn wekker om kwart over zes was afgegaan had ik snel mijn spullen ingepakt voor de vlucht naar Charleston.

Toen ik wilde uitchecken bij het hotel gaf de receptionist me een telexbericht van Sorensen. Het plan was gewijzigd. Het was crisis, en dat vroeg om crisismaatregelen. Bobby Kennedy en O'Brien waren daarom direct na de uitslag in Wisconsin doorgereisd naar West Virginia en zouden daar zelf de campagne oppakken. Mijn hulp was nodig op het hoofdkwartier in Washington, waarvandaan simultaan met de campagne in West Virginia de campagnes in Maryland, Indiana en Oregon opgestart en aangestuurd moesten worden. Stephen Smith zou de strategie met me doorspreken.

'Bullshit,' had ik geroepen, en ik was naar buiten gelopen en in mijn taxi gestapt. In plaats van op de luchthaven had hij me uiteindelijk hier afgezet.

Ik deed mijn ogen weer open en keek langs de trappen van het Thomas Jefferson Memorial naar beneden. Ik stond ineens weer helemaal onder aan de ladder. Ze namen me het debacle in Wisconsin kwalijk en wilden niet dat ik hen voor de voeten zou lopen nu de zaken in West Virginia rechtgezet moesten worden. Bobby was de campagneleider, hij had zich van meet af aan verzet tegen mijn voorstel om te participeren in Wisconsin, en nu kreeg hij gelijk. Hij pakte door en zette mij buitenspel. De strategie bepalen vanuit Washington? Wat een gelul.

Ik tuurde opnieuw naar het Witte Huis, ons gezamenlijke doel. Maar mijn positie was wankel en van 'gedoogd' kon die zomaar veranderen in 'non-actief' of zelfs 'exit'. Ik moest het tijd geven om de storm te laten luwen. Zowel aan de zijde van mijn criticasters als in mijn eigen hoofd. En als het moment daar was, zou ik weer op het toneel verschijnen en alle kritiek doen verstommen.

38

Washington D.C.
6 april 1960

Die middag bracht ik braaf door op het rokerige kantoor van Stephen Smith, tussen de dossiers van de andere staten waar JFK zijn opwachting zou maken. Maar aan het begin van de avond ging ik naar de Library of Congress waar ik me verdiepte in de geschiedenis van West Virginia.

Nadat ik het laatste boek had dichtgeslagen staarde ik door het zachte licht boven de leestafel. Ik zag de contouren van onze strategie. JFK als oorlogsheld, empathie voor de armoedige leefomstandigheden en veel aandacht voor de juiste omgangsvormen, terwijl we achter de schermen zouden smijten met geld om de juiste mensen te beïnvloeden.

Ik glimlachte. Het was nog ruim een maand tot de primaries in West Virginia op 10 mei. O'Brien en Bobby Kennedy legden nu de basis, maar de belangrijkste besluiten werden in de week voor de verkiezing genomen. Tegen die tijd was ik weer van de partij en zou ik ze Wisconsin doen vergeten.

Ik bracht de boeken terug en zag bij de balie Betty Friedan staan, de vrouw die Thomas gisteravond had geïnterviewd.

'Hallo,' zei ik. 'Ik ben Ezra Walsh, ik zag u gisteren zitten bij de Tabard Inn. U sprak een vriend van me. Thomas Faber.'

Ze glimlachte. 'Dat klopt, ja. Een leuke tent. Ik was er niet eerder geweest, maar meneer Faber stelde voor om daar af te spreken.' Ze wierp een blik op haar horloge. 'Het spijt me, maar ik heb nu ook een afspraak. Ik moet echt gaan. Het was leuk u even gesproken te hebben.'

Ze gaf me een hand en liep op een drafje richting de uitgang. Ik verliet zelf ook de bibliotheek en wandelde naar Pennsylvania Avenue. Ik bedacht me dat ik Betty Friedan om een visitekaartje had moeten vragen, zodat ik haar nog eens kon spreken voor de campagne. Wellicht een volgende keer.

De muziek uit de Tune Inn klonk me al tegemoet. Dampige, rokerige lucht stroomde naar buiten toen ik de deur opende en naar binnen stapte. Het was druk in het stamcafé van Elias. Ik had 's middags Thomas gebeld om hem te laten weten dat ik iets langer in Washington zou blijven, en Thomas had gevraagd of ik vanavond al plannen had.

Ik zag hem achterin aan een tafeltje zitten. Hij sprak met iemand die ik herkende.

'Hallo, meneer Diamond,' zei ik tegen de jongen die ik gisteren in de sit-in had gesproken. 'Ik zie dat agent Lewis je niet heeft gearresteerd.'

Dion glimlachte toen hij me zag. 'Het spijt me, mevrouw, maar ik moet helaas meteen gaan, ik heb morgen een tentamen.' Hij gaf Thomas een hand.

Ik knikte vriendelijk naar hem. 'Dag, Dion.'

Ik gaf Thomas een zoen op zijn wang. 'Je hebt mijn advies opgevolgd zie ik.'

'Ja, het was een indrukwekkend gesprek.'

Ik schoof op het bankje tegenover hem. Mijn blik werd serieus en Thomas zag het.

'Waarom ben je in Washington gebleven?'

Ik keek in zijn blauwe ogen. 'Voor jou.'

'Echt?' vroeg hij. Zijn blik was zo aandoenlijk naïef.

'Nee joh. Na de uitslag van gisteren hebben we het plan een beetje aangepast.'

'Ach zo,' zei hij. De teleurstelling klonk door in zijn stem. Hij veranderde van onderwerp. 'Ik heb iets ontdekt wat je vast graag wilt weten. Het gaat over je broer.'

'Wat bedoel je?'

'Ik heb niemand verteld dat hij vermist is,' zei hij snel. 'Ik heb alleen navraag gedaan bij onze contactpersoon op de luchthaven in Arlington. Hij werkt op het platform waar de privévluchten worden afgehandeld. Als er beroemdheden aankomen of vertrekken seint hij de krant weleens in. Hij heeft een registratie gevonden van een inkomende vlucht op 18 maart met aan boord twee passagiers. Een van hen was een vrouw, de andere je broer Samuel.'

Dus Samuel was met een privévlucht teruggekomen uit Boston, en was ten tijde van de moord wél in Arlington geweest. Sheriff Frederick had vastgesteld dat hij zijn retourvlucht niet had genomen en ook niet op een ander moment was teruggevlogen. Maar de gegevens van privévluchten stonden waarschijnlijk in een ander systeem. Waarom had Samuel in vredesnaam geen gebruikgemaakt van de commerciële vlucht?

'Die vrouw die bij hem was, weet je haar naam?'

Thomas tastte in zijn binnenzak en pakte zijn notitieboekje. Hij bladerde er vlug doorheen.

'Kijk hier, dat is ze.'

Ik keek naar de naam boven zijn vinger en voelde mijn hart plotseling tekeergaan.

'Allison Hyde.'

'Ken je haar?' vroeg Thomas.

'Ja,' zei ik. 'Nee.' Verdomme.

‘Je kent haar wel… niet?’ Thomas keek me vragend aan.

Ik zuchtte. Ik moest Thomas vertellen wat er was gebeurd. Hij was de enige die me zou kunnen helpen om Samuel te vinden.

‘Ze is dood,’ zei ik.

‘Dood?’

‘Ze is vermoord aangetroffen in het appartement van mijn broer.’

‘Jezus.’ Thomas zakte naar achteren op de bank en keek me onderzoekend aan.

‘Wanneer?’

‘Gisteren, ik heb haar gevonden. Maar Thomas, je mag hier niets mee doen. Beloof me dat. Ik heb je hulp nodig.’

‘Je hebt haar gisteren gevonden, voordat wij elkaar zagen?’

Ik knikte, en hij schudde zijn hoofd.

‘Maar waarom heb je me dat gisteren niet verteld?’

Ik haalde mijn schouders op.

Plotseling veranderde zijn blik. ‘Is je broer een verdachte?’

‘Hij was een verdachte, maar de zaak is gesloten.’

‘Is er iemand anders aangehouden?’

Ik schudde mijn hoofd.

‘Is er een andere verdachte?’

Mijn hoofd ging opnieuw heen en weer.

Thomas staarde naar de notities die voor hem lagen. Hij slikte. ‘Maar, hij is dus wél teruggekeerd naar Arlington. Samen met die vrouw die nu dood is.’

Er kroop een onaangename stilte tussen ons.

‘Ja,’ zei ik uiteindelijk. ‘Maar dat hoeft de politie niet te weten.’

Thomas’ pupillen werden groter. ‘Ezra, we kunnen deze informatie toch niet…’

‘Jawel,’ reageerde ik fel. ‘We kunnen dat wel. Ik wil eerst weten wat er is gebeurd. Het was geen gewone moord, ze…’

Ik haalde diep adem en keek Thomas smekend aan. 'Alles heeft met elkaar te maken en ik ben zo bang dat...'

'Dat wat?'

'Dat het ook iets met mij te maken heeft.'

Thomas boog zich over de tafel naar me toe en pakte mijn hand beet.

'Waarom denk je dat?'

'Omdat ze is vermoord met hetzelfde gif als waarmee Elias is omgebracht. Met gif dat ik als kind gevonden en verborgen heb. En nu is het terug.'

Thomas staarde me met grote ogen aan.

'Wat voor gif?' zei hij. 'Waar heb je dat gevonden?'

Ik liet zijn hand los. 'Dat is allemaal niet belangrijk. Waar het om gaat is dat ik moet weten wat er nu is gebeurd en wat dat betekent, en alleen Samuel kan me dat vertellen. Ik moet hem vinden voordat hem iets overkomt.'

'En ben je niet bang dat hij wel...'

'Samuel heeft Elias niet vermoord,' zei ik ferm. 'Hij komt niet aan de wortels van...' Ik slikte mijn laatste woorden in.

'De wortels van jullie gezin,' vulde Thomas in. 'En die vrouw? Kan hij haar wel omgebracht hebben?'

Ik schudde mijn hoofd, maar hij las mijn blik.

'Je bent niet overtuigd?'

Ik wendde mijn blik af en keek de pub rond waar Elias zo veel tijd had doorgebracht. Hij was hier vast vaak met Allison geweest toen ze een relatie hadden. Misschien had hun dood daar wel iets mee te maken. De dader had hen waarschijnlijk allebei gekend. Mijn gedachten dwaalden naar Samuel. Waarom was hij samen met haar vanuit Boston teruggekomen? Had hij ook een relatie met haar gehad?

‘Er is nog iets,’ zei Thomas.

Zijn wazige silhouet voor me werd plotseling scherper en ik zag dat hij in zijn notitieboekje tuurde. ‘Samuel blijkt wel vaker gebruik te maken van een privévliegtuig, en vliegt dan altijd op dezelfde bestemming. Naar Salisbury, in Maryland.’

39

Whitehaven, Maryland
7 april 1960

De klok op het dashboard van mijn huurauto gaf half twee aan. Ik stuurde de Chesapeake Bay Bridge op en zag de grijze lucht hangen boven het eiland aan de overzijde van de brug. Dankzij de Chesapeake Bay Bridge was het sinds 1952 minder dan drie uur rijden van Washington naar Salisbury. Desondanks had Samuel regelmatig het vliegtuig genomen voor een kort verblijf op het schiereiland waar Salisbury lag. Vaak vloog hij de volgende dag al terug, en twee keer overnachtte hij er zelfs niet. Waarom al deze bezoekjes aan een plek waar wij als kinderen slechts eenmaal waren geweest?

Ik had fijne herinneringen aan het huis op palen, omdat ik die zomer voor het eerst echt meetelde en niet door Papa Joe werd gekleineerd. Het was een vakantie zonder hem, met onze pleegmoeder bij haar vader. Opa Harold woonde in de moeraslanden van de Chesapeake Bay en nam ons in zijn boot dagelijks mee door de ondiepe kreken van het moeras. We leerden van hem alles over giftige en geneeskrachtige planten, over de wijze waarop de dieren er overleefden en waar onvoorzichtige mensen waren overleden. Als je hem mocht geloven dan lag de halve bevolking van Salisbury ergens begraven in het moeras. Het was een heerlijke zomer op een unieke plek, in een huis boven het water waar je zonder boot en kennis van de getijden niet kon komen.

Ik was vanochtend eerst naar het kantoor van Stephen Smith gegaan en had hem verteld dat ik wat documentatie in Maryland wilde ophalen. Een week na de primaries in West Virginia stonden de primaries in Maryland al gepland. Het was een staat die ons weinig zorgen baarde, maar nu ik mij moest focussen op wat er na West Virginia kwam, was een bezoekje aan deze aangrenzende staat volstrekt legitiem.

Het was lastiger geweest om Thomas te overtuigen dat ik alleen zou gaan. Toen ik hem gisteravond vertelde over het huis op palen midden in een moeras, had hij vrij beslist gereageerd dat hij me zou vergezellen. Hij deelde mijn idee dat Samuel zich hier kon ophouden, maar hij liet zich niet zo makkelijk overtuigen dat Samuel niets met de moord te maken had. Hij vond het onverstandig om hem daar op zo'n afgelegen plek alleen mee te confronteren. Maar ik zag juist een risico in de aanwezigheid van Thomas. Als Samuel echt iets met de moord te maken had, zou hij zich mogelijk in het nauw gedreven voelen als Thomas met me meekwam. Thomas had zich er niet bij neer willen leggen, maar hij kende me inmiddels lang genoeg om te weten dat ik me door niemand liet vertellen wat goed voor me was.

Kort na drie uur sloeg ik voor Salisbury af naar Whitehaven, een klein gehucht dat aan de Wicomico River lag. Opa Harold was daar altijd heen gevaren om er zijn boodschappen in te slaan. Ik kon me herinneren dat er een kleine haven was waar destijds boten werden verhuurd.

Een half uur later reed ik het plaatsje in.

Bij de aanlegsteigers parkeerde ik mijn auto en ik vond gelukkig iemand die een boot aan me wilde verhuren toen ik hem vertelde dat Harold mijn opa was geweest. Hij had vroeger veel met hem gevist en wist dat het huis zo nu en dan nog bezocht werd door iemand die hier aan de steigers ook een boot had liggen. Het was al even geleden dat hij hem hier had gezien, maar de plek waar die boot normaal lag aangemeerd was ook al langere tijd leeg.

De man hielp me mijn tas, en twee dozen met proviand die ik voor de zekerheid had ingeslagen, over te brengen naar de boot, en gaf me een kaart mee waarop hij het huis van opa Harold had aangekruist.

Ik meerde af en liet me met de stroom meedrijven. Het werd eb, waardoor het water naar de zee stroomde. Het eerste stuk was dat een voordeel, maar als ik straks de kreken op zou varen dan moest ik tegen de stroming in en had ik de motor nodig.

Er hing een vreemde stilte tussen de mistflarden en het zilte water daaronder waaraan ze af en toe voorzichtig likten. Een otter zwom vlak langs de boot en verdween even plotseling als hij was gekomen. Toen zag ik de kreek die ik moest hebben. Ik zette de motor aan en draaide de boot stroomopwaarts de kreek in. Het ronken van de zwoegende motor joeg vogels weg die zich tussen de riethagen verscholen hadden. Al snel stierf het geluid van hun klapperende vleugels weg en trok alleen de ronkende motor een gat in de stilte.

Ik liet de boot langzamer varen en keek geconcentreerd op de gedetailleerde kaart om niet buiten de vaarroute te komen. Plotseling doemde in de mist een zwarte schaduw op. Ik schrok van de grote donkere massa, maar realiseerde me snel dat dit het huis van opa Harold was.

Ik passeerde het, draaide de boot en zette de motor uit. Langzaam gleed de boot nu met de stroom mee langs de aanlegsteiger. Ik greep een paal vast en trok de boot tegen de steiger. Terwijl ik het touw vastmaakte registreerde ik dat er geen andere boot lag.

Ik haalde mijn tas en de proviand uit de boot en bracht alles via een trappetje naar de hoger gelegen veranda.

Ik duwde de hendel van de voordeur naar beneden en liep de donkere ruimte in. Het viel me meteen op dat er de afgelopen dag iemand geweest moest zijn. Het was behaaglijk warm en de geur van eten hing nog tussen de muren.

'Samuel?' zei ik.

De stilte maakte me onzeker.

Ik pakte een zaklamp uit mijn tas en scheen rond in het huis, dat ruim een eeuw geleden was gebouwd van het wrakhout dat in de Chesapeake Bay aanspoelde. Zware balken van een schip dat voor de kust was vergaan vormden de constructie. De wanden, het plafond en de vloer waren vervaardigd van gebreeuwde panelen. Maar vooral de ronde ramen maakten dat je je in de kapiteinshut van een piratenschip waande.

Los van de warmte en de geur van eten waren er geen sporen van leven. Alles was keurig opgeruimd en de meubels stonden onbeweeglijk in de duisternis, alsof ze sinds de dood van opa Harold op een nieuwe gebruiker wachtten.

Ik trok de deur achter me dicht om de warmte te behouden en volgde het licht uit de zaklantaarn naar de andere kant van de kamer. Een trap leidde naar een hoger gelegen verdieping waar zich de slaapkamers en opa Harolds werkruimte bevonden.

Schichtig gleed het licht door het trapgat omhoog toen ik de traptreden hoorde kraken. Er lichtten ogen op in de duisternis. Ik dook in elkaar en hield de lichtbundel gericht op de glimmende ogen. Ze staarden me aan alsof ze me verwacht hadden. Roerloos hield het wezen dat zich daar verschanst had me in de gaten, alsof het wachtte tot ik nog een pas zou zetten. Ik liet het licht langzaam verder schijnen en nu dook er nog een paar ogen op in de duisternis, en nog een, en nog een. Ik liet het licht terugglijden naar het eerste paar ogen en ontwaarde het silhouet van een opgezette beverrat.

Het was een van de dieren die opa Harold en diens voorouders opgezet hadden in de ruim honderd jaar dat ze de moeraslanden hadden bewoond. En al die dode dieren bevolkten de opgang naar de eerste verdieping. Ik liep voorzichtig verder terwijl roofvogels, knaagdieren en slangen me aandachtig observeerden vanuit de duisternis.

Opgelucht bereikte ik de gang op de eerste verdieping. Links zag ik drie deuren die toegang gaven tot de slaapvertrekken, rechts een enkele deur naar de werkplaats van opa Harold. Omdat het gebouw L-vormig was waren er aan de voorzijde meer kamers dan aan de achterzijde.

Ik opende de eerste slaapkamerdeur en scheen naar binnen. Het was de kamer van opa Harold. Zijn bed was netjes opgemaakt, alsof hij elk moment kon terugkeren van zijn reis naar de eeuwige moerasvelden.

Ik liet het licht langs de wanden glijden, die vol hingen met oude scheepsattributen die langs de kust waren verzameld. Een groot net van dikke touwen, een koperen telescoop, een kompas, een anker en zelfs een stuurwiel. Het waren waarschijnlijk de kostbaarste schatten die het huis herbergde.

Ik sloot de deur en liep verder naar de tweede slaapkamer, waar wij als kinderen gelogeerd hadden. Er stonden nog altijd drie bedden, elk in een andere hoek van de kamer.

Het gordijntje met de krekels bij het raam bracht ineens weer herinneringen naar boven. We hadden daar met de telescoop van opa Harold over de moerasvelden uitgekeken en gespeurd naar piratenschepen die verdwaald waren en voor eeuwig ronddoolden.

Opa Harold had ons verteld dat hij in de avondschemering twee keer een schip met bolle zeilen had zien opduiken.

Ik wilde me omdraaien, toen ik plotseling een klap in mijn nek voelde en ik voorover tegen de grond sloeg. Ik probeerde mijn hoofd op te tillen, maar het bleef op zijn plek liggen terwijl het licht van de zaklamp voor me over de plankenvloer rondtolde.

40

Whitehaven, Maryland
7 april 1960

'Ezra,' hoorde ik een stem zeggen, ver weg.

Ik opende moeizaam mijn ogen en zag dat ik in een bed lag in de logeerkamer van het huis van opa Harold.

'Ezra!'

Ik draaide mijn hoofd en zag Samuel zitten. Hij had een baard en zijn haar was langer. Hij keek ongerust.

'Sorry, ik dacht dat je een van hen was.'

'Een van hen...?'

'Ik wist het niet,' stamelde hij. 'Ik zag de boot liggen en hoorde boven gestommel.'

'Waar was je?' vroeg ik.

Samuel keek ongemakkelijk. 'Stroomopwaarts, bij het einde van de kreek. Bij de oude boom.'

'Een van hen,' zei ik opnieuw. Ik probeerde vat op de situatie te krijgen.

Toen viel mijn blik op het koffertje naast Samuel. Ik sperde mijn ogen wijd open. Het was alsof ik vijftien jaar terug in de tijd werd gezogen.

'Er is iets wat we je moeten vertellen, Ezra.'

'We?'

'Elias en ik.'

'Elias is dood.'

'Ja, maar dit is evengoed zijn verhaal.'

In mijn hoofd kwamen allerlei herinneringen op. 'Samuel, ik heb je overal gezocht. Ik was in jullie appartement en Allison – ze was dood. Ik... je vroeg me om te komen, je stuurde een telex, maar je was weg, en de politie...'

'Luister alsjeblieft naar me,' zei Samuel.

Hij nam het koffertje op zijn schoot en opende het. Ik zag de koperen buisjes glinsteren in het licht. Acht keer acht vakjes, vierenzestig in totaal. In het midden waren zeker twintig vakjes leeg.

Ik vulde ze automatisch met slachtoffers. Voor elk buisje één...

'Herinner je je nog de brief van Berchtesgaden? De brief waarin stond wie we waren en dat we een onderdeel vormden van een groter plan?'

Ik knikte en dacht aan de afspraak die we hadden gemaakt om er nooit met iemand over te praten. Dit was voor het eerst sinds die afspraak dat de brief ter sprake kwam. *Vier kinderen. Vier loten van Abraham. Verborgen om ze te beschermen opdat zij ons beschermen zullen.*

Samuel sprak de laatste regels van de brief, die zo veel indruk op ons had gemaakt, langzaam uit en keek me toen indringend aan.

'Wat ik je ga vertellen is staatsgeheim, maar omdat het ook over jou gaat vind ik dat je het moet weten. Allen Dulles is het hoofd van de CIA. Een van zijn pareltjes is een speciale eenheid die potentiële buitenlandse infiltratie in de politiek moet voorkomen. Gevaar komt vooral van de Russen, maar binnen de eenheid loopt ook een programma tegen antisemitische dreiging. Een erfenis van de oorlog tegen nazi-Duitsland. De afgelopen jaren is de financiering van dit programma steeds verder afgebouwd, waardoor er nu nog maar één medewerker op dit dossier zit, Saul Belkin. Twee jaar geleden ontving hij inlichtingen waaruit bleek dat er een connectie is tussen de Duitse neonazibeweging Das Neue Reich en vermogende Amerikaanse investeerders die hier de macht willen grijpen.

Saul zag dit als een ernstig gevaar voor de Amerikaanse rechtsorde en meer in het bijzonder voor de rechtspositie van Amerikaanse Joden, en vroeg om extra financiering. Allen Dulles zag hier het nut niet van in, en kondigde bovendien aan dat dit programma bij een volgende financieringsronde volledig geschrapt zou worden. Saul was verbolgen en nam in strijd met alle regels contact op met Elias.'

'Met Elias?' onderbrak ik hem verbaasd.

Samuels blik werd ernstig. 'Ja, met Elias. Er bleek namelijk meer aan de hand. Binnen Das Neue Reich circuleerde een lijst met namen van Joodse kinderen die tijdens de Tweede Wereldoorlog onder operatie Kinderen van Abraham op onderduikadressen waren ondergebracht. Saul Belkin ontdekte waarom deze operatie was uitgevoerd en hoe omvangrijk hij was geweest. Uit vrees voor een groot Duits Rijk dat zich tot alle uithoeken van de wereld zou uitstrekken en tot een totale vernietiging van het Jodendom zou leiden, werden kinderen van intellectuele Joodse gezinnen op geheime locaties ondergebracht.

Alleen al in Duitsland ging het om ruim veertig gastgezinnen waar meer dan honderd kinderen onderdak vonden. In enkele gevallen ging het om wezen, maar de meeste kinderen verdwenen zonder dat hun ouders wisten waar ze gebleven waren. Noch zij noch de gastgezinnen mochten weten wat het doel van de operatie was. Het enige wat de zorgvuldig geselecteerde gastgezinnen te horen kregen, was dat het kinderen waren uit gezinnen die op het punt stonden om afgevoerd te worden naar vernietigingskampen. En dat was inderdaad vaak ook het geval.

De operatie was slechts ten dele een succes. Voor het einde van het Hitlerregime hadden de nazi's bij meer dan dertig van deze gastgezinnen achterhaald dat er Joodse kinderen ondergedoken zaten. Deze kinderen, en de mensen die hun onderdak hadden geboden, zijn allemaal vermoord. Van de wezen die niet werden ontdekt, werd een aantal na de oorlog na een zorgvuldige selectie benaderd door de bedenkers van Kinderen van Abraham. Hoewel een wereldwijde vernietiging van het Jodendom was uitgebleven, woekerde het antisemitisme als een weldoorvoed gezwel in vele samenlevingen en was er een reële kans dat nieuwe leiders het gedachtegoed van Hitler zouden misbruiken om macht te verwerven. In veel landen werden de ontwikkelingen daarom nauwgezet gevolgd, en waar ingrijpen noodzakelijk leek gebeurde dat.

De lijst met namen van kinderen die de oorlog overleefd hadden, en die gerekruteerd konden worden, viel echter in handen van Das Neue Reich.' Samuels stem kreeg een dreigende lading. 'Ezra, onze namen staan op die lijst. Jij en ik worden slechts genoemd, maar Elias' naam was gemarkeerd. Hij bleek een van de mensen te zijn die al gerekruteerd waren en operaties uitvoerden.'

'Operaties?' vroeg ik zacht, terwijl ik naar de lege vakjes in het koffertje keek.

'Ja, missies in het buitenland,' ging Samuel verder. 'Zijn functie bij Buitenlandse Zaken was het gevolg van een intensief begeleidingstraject door de bedenkers van Kinderen van Abraham. Ze kneedden hem tot een van de beste onderhandelaars die de diplomatieke dienst ooit heeft gehad, en dat verschafte hem toegang tot de leiders en de aanstaande leiders van de wereld. En toen hij die positie eenmaal had verworven begon fase twee.' Samuel keek me veelbetekenend aan terwijl zijn vingers langs de koperen buisjes in de koffer gleden.

'Die nacht, toen jij met dit koffertje Vorderbrand verliet, volgde Elias je. Hij bracht het dezelfde nacht nog naar een andere locatie. Jaren later, toen fase twee begon en hij een dodelijk middel nodig had om zijn taak te kunnen uitvoeren, heeft hij het koffertje opgehaald. Inmiddels wist hij dat enkele vooraanstaande nazi's aan het einde van de oorlog zelfmoord hadden gepleegd met capsules gevuld met cyanide, die in precies dezelfde hulzen werden bewaard als die in het koffertje zaten.'

Ik schudde mijn hoofd vol ongeloof, maar Samuel ging verder.

'Dankzij zijn diplomatieke status kon hij het koffertje ongecontroleerd de VS binnenbrengen, en vanaf dat moment nam hij tijdens elke missie enkele ampullen mee. Zodra de organisatie hem een doelwit aanwees zocht hij die op en elimineerde hem.'

'Dat kan niet waar zijn... Elias had een goed hart.' Ik zat rechtop in bed en keek hem kwaad aan.

Samuels blik werd triest. 'Ja, hij had een goed hart en daarom moest hij dit doen. De mensen die hij heeft uitgeschakeld, hadden heel gevaarlijke gedachten en ze moesten worden gestopt.'

Hij zuchtte. 'Elias vond het verschrikkelijk om het te doen, net als ik.'

Zijn laatste woorden bleven in de ruimte hangen. Ik slikte en keek hem verbijsterd aan.

Samuels blik dwaalde door de ruimte. 'Ik wist eerst van niets,' zei hij zachtjes. 'Elias heeft dit altijd voor me verborgen gehouden. Maar de dag na zijn overlijden zocht Saul Belkin me op en deelde alles met me. Eerder dat jaar had hij contact gelegd met Elias. Om hem te waarschuwen dat zijn naam op die lijst voorkwam en dat de mensen die hem wilden ombrengen een bedreiging vormden voor alle Joden in Amerika. Elias had al gehoord van Das Neue Reich, hij wist van de banden die het had met hooggeplaatste gevluchte nazi's en met rijke investeerders met antisemitische ideeën. Maar het plan om te infiltreren in de politiek en vervolgens de macht te grijpen was nieuw voor hem. Hij begreep onmiddellijk dat deze mensen gestopt moesten worden. Vanaf dat moment deelde Belkin zijn informatie met hem.

Elias voerde verschillende binnenlandse operaties uit, tot er drie dagen voor zijn dood bij de CIA een melding kwam dat vanuit Duitsland twee personen naar de VS waren afgereisd die behoorden tot Das Neue Reich. Saul informeerde Elias direct via de gebruikelijke communicatiekanalen, maar Elias miste om onduidelijke redenen het bericht. Dat bleek fataal. De mannen spoorden hem op en hij werd met zijn eigen gif op gruwelijke wijze vermoord. Hij werd net zo lang gefolterd tot hij geen andere uitweg meer zag dan de ampul die ze tussen zijn tanden hadden gestopt kapot te bijten.'

De aanblik van Elias, de wonden in zijn romp, zijn kapotte lippen: alles verscheen weer op mijn netvlies.

'Belkin vertelde me dat Elias het koffertje met kokertjes ergens bewaarde. Omdat Elias nu zelf met het gif uit een van de ampullen om het leven was gebracht, vreesde hij dat het koffertje of een deel van de inhoud daarvan in handen van de neonazi's was gevallen, en dat jou en mij mogelijk eenzelfde lot was beschoren. Niet alleen stonden onze namen op dezelfde lijst, maar de daders konden heel specifiek gelinkt worden aan een contact in Berchtesgaden.'

'Paula Hitler,' zei ik.

Samuel keek een moment verbaasd, maar leek het toen te begrijpen.

'Belkin heeft jou ook het verhoor gestuurd. Hij voorzag dat er iets met mij zou gebeuren en...' Hij boog zijn hoofd. 'Ze had contact met Elias, een week voordat hij stierf.'

'De laatste reis van Elias was niet naar Vietnam,' herinnerde ik me het gesprek met de Komodovaraan.

'Nee,' zei Samuel terwijl hij weer opkeek. 'Hij was in Duitsland.'

'Wat deed hij daar?'

Samuel zuchtte. 'Hij zag een interview met haar, in Engeland. Hij was vorig jaar in Londen en zag daar de documentaire *Tyranny: The Years of Adolf Hitler*. Tot zijn verbazing kwam een vrouw aan het woord die werd geïntroduceerd als de volle zus van Adolf Hitler. Ze leefde een teruggetrokken bestaan in Berchtesgaden, onder de naam Paula Wolff. Elias was erg bezorgd toen hij terugkeerde uit Londen en me over de documentaire vertelde. Nu hij de ware identiteit van Frau Wolff kende, was ook hij overtuigd dat ze verantwoordelijk was voor de verdwijning van Salo en de dood van Frau Beer. In de week voordat hij werd vermoord vloog hij naar Duitsland om haar hiermee te confronteren, en daardoor kwam ze ons op het spoor.'

'Als ze hem liet ombrengen omdat hij ontdekte wat ze met Salo en Frau Beer had gedaan, dan had het mogelijk niets te maken met de moorden die hij zelf pleegde,' viel ik hem in de rede, 'dan wilde ze hem alleen maar het zwijgen opleggen.'

'Met hetzelfde gif als waarmee hij neonazi's had omgebracht,' zei Samuel schamper. 'Denk toch na, Ezra. Elias bezoekt de zus van Hitler en een week later wordt hij met het gif van de ss vermoord. Natuurlijk is er een relatie met de schoonmaak die hij onder antisemieten heeft uitgevoerd.'

'En wij?' vroeg ik. 'Waarom heb je me niet gewaarschuwd?'

'Dat heb ik wel degelijk gedaan. Ik heb je altijd gezegd dat Frau Wolff hierachter zat. Als kind al, en ook na de dood van Elias.'

'Maar je wist veel meer dan je me hebt verteld.'

'Ik heb je verteld wat nodig was. Drie dagen nadat ik van Saul

Belkin vernam welk gevaar ons bedreigde, overleed de liaison van Frau Wolff in Amerika, en het duurde bijna een jaar tot de verbinding met de Amerikaanse tak was hersteld.'

Ik keek Samuel indringend aan. 'Heb jij die liaison omgebracht?'

Samuel deed geen moeite om mijn blik te ontwijken.

'En ook de mensen die Elias zo hebben toegetakeld,' zei hij met een zweem van trots. 'Ze stierven allebei op dezelfde dag als de liaison. Saul Belkin vertelde me wie het waren en ik vergiftigde hen.'

'En Allison?'

Samuel kneep zijn ogen tot spleetjes. 'Zij had van alles op haar geweten.' Hij balde zijn vuisten. 'Elias was zo gek op haar, maar hij had het niet in de gaten. Wij hadden het niet in de gaten.'

'Wat hadden jullie niet in de gaten?'

'Ze heeft ze de ampul voor Elias geleverd, en ik begreep dat pas toen ik hier met haar was. We hadden veel gedronken en ik werd wakker omdat ik moest pissen, en toen zag ik dat ze niet in bed lag. Ik liep naar buiten en zag ons bootje in de verte aankomen. Ze was stroomopwaarts geweest, bij de oude boom.'

'Waar jij het koffertje bewaarde,' raadde ik.

'Ja, waar het sinds Elias het meenam uit Duitsland altijd is geweest. Toen Saul Belkin me erover vertelde kon ik geen andere plek bedenken waar Elias het verstopt zou kunnen hebben, en het bleek inderdaad daar te zijn. Maar die trut was hier eerder met Elias geweest en moet er toen ook achter zijn gekomen. Ik wachtte tot ze in een diepe slaap was en ben toen zelf naar de boom gevaren. Daar zag ik meteen dat er twee ampullen ontbraken.'

'Twee?'

'Een voor jou, een voor mij.'

'En toen heb je haar met een van die ampullen in haar mond opgehangen in de douche?'

Samuel keek me terneergeslagen aan.

'Ik was doodsbang dat mij iets zou overkomen. Ze had die ampullen niet voor niets gestolen. Blijkbaar was de verbinding met de Duitse tak weer hersteld. Ik had de hele nacht gepiekerd en bedacht dat ik haar het beste in het moeras kon laten verdwijnen. Maar toen realiseerde ik me dat iemand ons samen had zien vertrekken vanuit de haven, en dat alles in mijn richting zou wijzen als ze niet terugkeerde. Dus vlogen we samen terug naar Arlington. Het was al laat toen we arriveerden. Toen ik na iets gegeten te hebben bij haar in bed ging liggen leek ze al te slapen, maar ik hoorde haar diepe ademhaling niet en kreeg het gevoel dat ze deed alsof. En dus besloot ik te wachten. Na een klein half uur hoorde ik haar uit bed stappen. Ze had gewacht tot ik sliep. Ik kroop ook uit bed en liep zachtjes door het appartement, maar kon haar nergens vinden. Toen viel mijn oog op de stoel waarop haar tas had gestaan. De tas was weg. Ik had de voordeur niet gehoord. Was ze toch nog ergens in het appartement?

Op dat moment hoorde ik een vreemd, verwrongen geluid. Het kwam uit de woonunit van Elias. Twee tellen later stond ik in zijn zitkamer. Ik luisterde aandachtig, maar het was doodstil. Totdat er heel kort een licht gerinkel vanuit zijn badkamer klonk. Het eerste wat ik daar zag was een handdoek die voor het raam hing. Vrijwel onmiddellijk daarna zag ik haar hangen in de douche. Ik snelde naar haar toe en tilde haar op. Uit haar bebloede lippen staken kleine glasscherven en ik wist meteen dat het te laat was.'

Ik keek hem verbaasd aan. 'Heeft ze zelfmoord gepleegd?'

Samuel knikte.

'Maar waarom?'

Samuel schudde mismoedig zijn hoofd. 'Ik vond haar tas in de badkamer, daar zat een afscheidsbrief in. De tekst bevestigde mijn vermoedens. Zij had de ampul geleverd waarmee Elias was omgebracht. Als ze niet meewerkte zouden ze haar moeder vermoorden. Ze had gedacht dat het daarmee zou ophouden. En lange tijd leek dat ook het geval, totdat ze opnieuw werd benaderd, met het verzoek om ditmaal twéé ampullen te leveren. Omdat ze de route door het moeras zelf niet zou kunnen vinden, zocht ze mij op en verleidde me zoals ze dat met Elias had gedaan. Maar hoe dichter het moment naderde dat ze de ampullen moest afgeven en daarmee mijn lot zou bezegelen, hoe zwaarder de dood van Elias op haar geweten drukte. Hoeveel zouden er hierna nog volgen? En was het niet onvermijdelijk dat ze dit uiteindelijk zelf ook met de dood zou moeten bekopen? Ze wilde dat het ophield, en ze zag geen andere uitweg dan zichzelf van het leven te beroven.'

'Met een strop om haar nek én een ampul in haar mond?'

Samuel keek peinzend voor zich uit. 'Dat heeft mij de afgelopen weken ook beziggehouden. Ik denk dat ze zichzelf wilde verhangen en dat ze de ampul voor de zekerheid tussen haar tanden heeft gestoken.'

Ik dacht aan wat sheriff Frederick me had gezegd over de zelfmoord van Hitler. Die ook geen risico nam en zowel een ampul met gif innam als een kogel door zijn hoofd joeg.

'En de tweede ampul? Zat die nog in haar tas?'

Samuel schudde zijn hoofd. 'Nee, die was verdwenen. Mogelijk heeft ze hem vernietigd om mij te beschermen. Dat was dan heel nobel van haar, maar ze verkwistte er wel een tweede ampul mee waarmee ik zo'n smerige nazi had kunnen afmaken.'

Ik kreeg een wee gevoel in mijn onderbuik.

Hij voelde mijn verachting en keek mij nu scherp aan. 'Ik doe dit niet voor mijn plezier, Ezra. Het is een noodzakelijk kwaad.'

'Door zelf voor rechter te spelen?' vroeg ik.

'Door te verhoeden waar het recht ons eerder niet tegen heeft kunnen beschermen. Als onze veiligheid buiten de grenzen van de rechtstaat ligt, dan moeten we hem daar creëren.'

Ik las de diepe overtuiging in zijn ogen en wist dat er voor hem geen weg terug was. Ik schudde mijn hoofd.

'Het kost je alles, Samuel. Je baan, je vrijheid. Je leven.'

Samuel keek mij aan alsof ik hem niet begreep. 'De Holocaust kostte wereldwijd een derde van alle Joden het leven. Wie ben ik om mijn eigen leven te respecteren als ik een herhaling kan voorkomen?'

Hoewel alles in mij zich verzette tegen wat hij deed, voelde ik voor het eerst in mijn leven respect voor hem. Voor dat laffe jongetje van Vorderbrand.

Samuels ogen dwaalden op een vreemde manier weg en zijn stem nam een andere klank aan. 'Er stond nog iets in haar afscheidsbrief. Toen ze met Elias samen was had ze niet alleen de ampullen gevonden, maar ook de brief gelezen die voor ons als kinderen was achtergelaten. Elias had hem blijkbaar al die jaren bewaard. Ze had de inhoud gedeeld met haar opdrachtgevers. Klaarblijkelijk wisten haar opdrachtgevers dat niet vier, maar drie kinderen de oorlog hadden overleefd. Na Salo was Elias nu ook dood, en jij en ik bleven dus over. Ze hadden uit de tekst van de brief opgemaakt dat na mijn dood jij mijn opvolger zou zijn.'

Ik staarde hem verbijsterd aan.

'Ik ga niemand doden Samuel, ik ga jou niet opvolgen.'

'Ze hebben het op ons allebei voorzien, Ezra. Als mij iets overkomt ben jij aan de beurt.'

Ik kroop uit het bed en pakte mijn jas en schoenen.

'Wat ga je doen?' vroeg Samuel.

'Ik ga vanavond nog terug naar Washington.'

Samuel liet me rustig begaan terwijl hij het koffertje sloot.

'We kunnen dit morgen samen terugbrengen naar de boom,' zei hij. 'Daar bewaar ik ook de instructies voor de communicatie met Belkin. Dan kun je alles zelf doen, mocht het nodig zijn.'

'Samuel, volgens mij was ik heel duidelijk. Ik ga nu naar Washington. Flikker dat koffertje in het moeras en vertrek een paar jaar naar het buitenland, tot iedereen vergeten is wat je hebt gedaan.'

'Jij gaat niet meer naar Washington.'

'Zeker wel, ik bepaal tegenwoordig zelf wat ik doe.'

Samuel glimlachte. 'Als je het wilt proberen dan houd ik je uiteraard niet tegen. Maar het is inmiddels eb, de kreek ligt op verschillende plaatsen vrijwel droog. Je kunt pas halverwege de nacht weer varen.'

41

Whitehaven, Maryland
8 april 1960

Samuel zat op de veranda op het oude bankje van opa Harold en tuurde in de ochtendschemering. Naast hem lag een stapeltje kranten. Ik schoof ze opzij en ging naast hem zitten.

'Ik was erbij, toen Frau Wolff werd verhoord. Ze zaten in de tuin van de Göllhäusl en na het verhoor sprak ik haar. Ik heb haar verteld dat wij met vier kinderen op Vorderbrand woonden.'

Samuel keek me aan. 'Dus toch. Ik heb me al die jaren afgevraagd hoe ze ons heeft gevonden.'

Ik sloeg mijn blik even neer en keek toen weer op. 'Ik wist niet wie ze was. Maar het is geen toeval dat ze vervolgens op Vorderbrand kwam wonen. Ik heb haar waarschijnlijk naar ons geleid.'

Samuel zuchtte en staarde weer voor zich uit.

'Heb je die zelfmoordbrief nog?' vroeg ik.

Samuel schudde zijn hoofd. 'Ik heb hem vernietigd. Het had me vrij kunnen pleiten van de moord, maar was ook bewijs voor de andere moorden die ik wel heb gepleegd.'

'Je hebt het waarschijnlijk ook niet nodig. Je bent geen verdachte.' Ik voelde zijn blik en keek hem weer aan. 'De sheriff wil je hooguit als getuige spreken. Wij worden verder buiten het onderzoek gehouden.'

Zijn pupillen werden wijder. 'Buiten het onderzoek gehouden?'

Ik knikte. 'De sheriff zinspeelde op machtige personen die zich met de zaak bemoeien.'

Nu verscheen er een glimlach rond zijn mond.

'De president wil geen gedoe,' zei hij.

Ik besloot hem niet te vertellen dat de sheriff specifiek had benoemd dat Samuel niet de enige was met machtige vrienden. Diep vanbinnen voelde ik dat het niet het Witte Huis was maar iemand binnen mijn eigen team die zich met de zaak had bemoeid.

'Vanuit het Witte Huis ontving ik op de avond dat Allison zelfmoord pleegde een telex van jou. Ben jij die avond nog op kantoor geweest?'

Samuel keek me vragend aan.

Ik haalde het briefje dat ik eergisteren nog aan sheriff Frederick had laten zien uit mijn zak en gaf het aan Samuel. Hij fronste zijn wenkbrauwen terwijl hij de tekst tot zich nam.

'Volgens de sheriff had iemand de buurman omgekocht om de politie te bellen op het moment dat ik in het appartement zou zijn,' zei ik.

Samuel keek verbaasd op. Daarna gleden zijn ogen opnieuw langs de regels. 'Maar waarom? Niemand wist die avond dat ze dood was, toch?'

'Ben je na haar dood in het appartement gebleven?' vroeg ik.

'Nee, ik... ik kon daar niet blijven. Ik weet niet eens meer wat ik allemaal heb gedaan. Ik heb in elk geval haar tas met het briefje meegenomen en ben toen zo snel mogelijk uit het appartement weggegaan.'

'Hoe laat was dat?'

'Ik denk rond half twaalf. Zoiets.'

'De telex is om kwart over tien 's avonds verstuurd,' zei ik.

Samuel keek vol ontzetting naar het tijdstip.

'Maar toen leefde ze nog,' stamelde hij.

Ik knikte. 'Ze wilden mij inderdaad in de val laten lopen. Maar de vraag is of ik haar had moeten vinden of iemand anders.'

Samuel keek me verdwaasd aan. 'Ze pleegde zelfmoord omdat ze wist dat ik daar die nacht zou worden omgebracht.'

'En omdat ze vermoedde dat de tweede ampul voor haar zou zijn,' zei ik.

Samuel schudde zijn hoofd. 'Ik geloof niet dat die ampul voor haar was. Ik denk dat ze die achter de hand wilden houden voor het geval de boodschap niet overkwam. Mijn dood was een duidelijk signaal, en door jou in de val te laten lopen en de politie op jouw spoor te zetten maakten ze je onschadelijk. En als dat niet zou werken en je alsnog uitgeschakeld moest worden, dan hadden ze nog een ampul achter de hand. Maar ik verdween al voordat het nacht was en jij verscheen niet de volgende ochtend.'

'Nee,' zei ik glimlachend. 'Zoals ik al zei bepaal ik tegenwoordig zelf wanneer ik ga.'

Samuel glimlachte ook, tot zijn blik ineens verstrakte. 'Hoe ver reikt hun macht als ze dit vanuit het Witte Huis hebben kunnen laten versturen...?'

Hij stond op en liep naar de balustrade.

Ik kwam naast hem staan. Voorzichtig sloeg ik een arm om zijn gespannen lijf. Hij draaide zich naar me toe en omhelsde me. De kraag van zijn donkergroene wollen trui prikte in mijn hals. Ik drukte hem stevig tegen me aan, maar hij worstelde zich meteen weer los, alsof hij zijn kwetsbaarheid niet wilde tonen.

'Heb je iemand over deze plek verteld?' vroeg hij.

'Nee,' zei ik. Het was maar een halve leugen, want ik had Thomas wel over de moeraslanden verteld, maar niet waar de hut precies was. 'Maar Allison misschien wel.'

Samuel knikte. 'Ja, dat zou kunnen, maar ze had mij nodig om hier te komen. Ze kan hun niet verteld hebben wat de exacte locatie is. Laten we afspreken dat we niemand over deze hut vertellen. Als het nodig is, kunnen we vanuit hier naar de schuilplaats.'

'De schuilplaats?'

Samuel pakte een kaart uit zijn zak.

'Dit hier is de hut.' Met zijn wijsvinger tikte hij op een klein vierkantje op het papier. 'Je ziet de vaarroutes als het vloed is. Maar bij eb komt er een andere route bloot te liggen.'

Zijn vinger gleed nu langs een smalle stippellijn die vanaf de achterzijde van de hut dieper het moeras in liep, naar een vlek die een klein eiland vormde tussen verschillende kreekjes.

'Waarschijnlijk heeft de vader van opa Harold deze route lang geleden aangelegd, want zijn naam staat onder aan de kaart. Het zijn houten vlonders die op palen boven het moeras hangen. Bij vloed liggen de meeste vlonders onder water, maar als het eb wordt zie je ze verschijnen. Omdat het land achter de hut helemaal is dichtgegroeid kun je het begin van het pad niet meer zien, maar dankzij deze kaart heb ik hem gevonden. Op sommige plaatsen zijn de vlonders half vergaan en moet je goed opletten dat je er niet doorheen zakt, maar het grootste deel is nog intact.'

'Opa Harold heeft ons niets over dit pad verteld. Wist hij ervan?'

'Vast wel. Maar ik denk dat hij het te gevaarlijk voor ons vond. Je moet goed opletten dat je niet van de route afwijkt en dat je teruggaat voordat het hoog water wordt.'

Hij rolde de kaart op en stak hem in zijn zak.

'Gisteravond laat heb ik de koffer met de ampullen naar de schuilplaats gebracht. Dat leek me veiliger, omdat Allison ze mogelijk over de boom heeft verteld. Als jij de ampullen nodig hebt, weet je waar je ze kunt vinden.'

'Samuel, ik heb je gisteren al duidelijk gemaakt dat ik niets met dit alles te maken wil hebben. Dit is jouw strijd.'

'Nee, Ezra, dit is evengoed jouw strijd. Je kunt je ogen niet langer sluiten voor het gevaar dat je loopt.'

Hij draaide zich om en greep de kranten van het bankje.

'Luister, er komt een moment dat dit belangrijk is. Saul Belkin laat ons via deze twee kranten weten wie er uitgeschakeld moeten worden. De *Washington Post* en de *New York Herald Tribune*. Op het moment dat je in de *Herald Tribune* een advertentie van deze houtzagerij ziet, weet je dat het een bericht van Belkin is. De onderstreepte houtmaten vormen codes die verwijzen naar rouwadvertenties van een dag eerder in de *Washington Post*. Elke code bestaat uit twee getallen. Het eerste getal verwijst naar de advertentie en het tweede naar een naam in de advertentie. Twee codes samen vormen zo een voor- en een achternaam.'

Hij drukte de pagina met rouwadvertenties onder mijn neus en ik zag dat in twee advertenties namen omcirkeld waren. Samen vormden ze de combinatie Markus Weber.

Ik wendde mijn blik af.

'Jezus, Ezra, dit is belangrijk. Kijk dan toch!'

Nu keek ik hem recht in zijn ogen en schudde ferm mijn hoofd. Ik stond op en liep de hut in om mijn tas te pakken.

Samuel kwam achter me aan. 'Ezra, het gaat niet alleen om ons. Het gaat om veel meer mensenlevens.'

Ik had mijn tas al te pakken en op de terugweg liep ik hem bijna omver. Ik schoot naar buiten en dook het trapgat in naar de vlonder, waar mijn boot lag.

'Ezra!' riep hij me na.

Ik startte de motor en draaide de boot de kreek op. Toen ik omkeek zag ik Samuel vanaf de veranda naar me kijken. Ik besefte dat ik hem mogelijk nooit meer zou zien.

42

Washington D.C.
22 april 1960

'En?'

Stephen Smith had Lou Harris aan de telefoon. We wachtten al de hele ochtend gespannen op de nieuwe verkiezingsprognose. Aan het bedrukte gezicht van Stephen kon ik zien dat het slecht nieuws was.

'Wat zegt hij?' vroeg ik.

'Zestig-veertig voor Humphrey.'

Toen ik zijn woorden op me had laten inwerken zei ik: 'Maar hoe dan? Jack had in december nog een grote voorsprong.'

'In december wist niemand dat hij een katholiek is,' riep Stephen uit. Hij sloeg met zijn vuist op tafel en liep kwaad het kantoor uit.

Op dat moment ging de telefoon. Ik boog me over zijn bureau en pakte de hoorn op.

'Stephen?' hoorde ik de stem van Sorensen zeggen.

'Ezra,' zei ik.

'Ah. Is Stephen er nog?'

'Nee, hij is weggelopen toen hij de prognose van Lou hoorde.'

Sorensen zuchtte.

'Zal ik naar West Virginia komen?' vroeg ik.

Sorensen dacht even na en kwam toen met een teleurstellend antwoord. 'Nee, concentreer jij je maar op Pennsylvania, Jack vliegt daar morgen heen.'

‘Maar alles draait om West Virginia, Pennsylvania winnen we sowieso.’

‘Ezra, ik wil dat jij Jack ondersteunt als hij in Pennsylvania is.’

Zoals altijd was hij het die het gesprek beëindigde door de verbinding te verbreken.

Ik staarde woedend naar de hoorn en veegde vervolgens de telefoon van tafel. Toen ik opkeek zag ik Stephen Smith in de deuropening staan. Hij keek me verbaasd aan.

Zonder een woord met hem te wisselen pakte ik mijn jas en verliet ik het kantoor. In de centrale hal beneden nam ik niet de hoofduitgang, maar een deur aan de achterzijde van het gebouw waar de goederen afgeleverd werden. Twee weken geleden had ik Samuel voor het laatst gezien en sinds een aantal dagen had ik het gevoel dat ik werd gevolgd. Er was een man die ik op verschillende momenten in ver uit elkaar gelegen delen van de stad had gezien. En in de straat waar het appartement lag waar ik vorige week mijn hotelkamer voor verruild had, stond een auto waarin ik ’s avonds laat al twee keer iemand had zien zitten.

Aanvankelijk had ik de theorie omarmd dat de tweede ampul niet voor mij, maar voor Allison Hyde bestemd was en dat ze mede daarom zelfmoord had gepleegd. Ik was geen doelwit, ik werd uitsluitend naar de plaats delict gelokt om voor de moorden op te draaien. Maar ik was gaan twijfelen aan die theorie. Elias was namelijk heel bewust met het gif omgebracht. De daders wilden hem hetzelfde laten ondergaan als wat hij hun geestverwanten had aangedaan. En nu Samuel zijn taak op zich had genomen, was het niet meer dan logisch dat ze met hem hetzelfde plan hadden. Maar Allison Hyde had hun niets misdaan. En dankzij haar wisten ze dat het met de dood van Samuel nog niet klaar was. Er was nog een derde kind van Vorderbrand dat de oorlog had overleefd.

Samuels eerste gedachte leek toch juist. De tweede ampul hadden ze voor mij willen bewaren. En nu Allison die mogelijk had vernietigd, vormden de ampullen in het koffertje in de moeraslanden voor ons de grootste bedreiging. En dat plaatste mij voor een dodelijk dilemma. Als ik terug zou gaan naar het moeras om de ampullen te vernietigen, zou ik de mensen die het op ons hadden voorzien mogelijk juist naar Samuel en de ampullen leiden. Maar als ik niets deed ging Samuel verder met doden en zouden ze hem op enig moment te grazen nemen, en via hem mogelijk ook de koffer te pakken krijgen. En dat Samuel nog actief was, wist ik sinds de avond van het drama, nu vier dagen geleden.

43

Washington D.C.
18 april 1960

Het was maandagavond en ik had met Thomas afgesproken. Hij zou me ophalen bij de Library of Congress na een interview dat hij die avond had.

Ik wierp een blik op mijn horloge en zag dat het inmiddels half negen was. Ruim een uur geleden had ik juist een stapel boeken over de geschiedenis van West Virginia bij elkaar gezocht toen ik langs het krantenrek liep en mijn oog op een naam viel die ik ergens eerder meende te hebben gezien. De kop van het artikel luidde: CHEMICUS MARK WEBBER DOOD AANGETROFFEN IN LABORATORIUM. Uit het artikel bleek dat hij mogelijk was blootgesteld aan een giftige substantie in het laboratorium. Naar de exacte toedracht rond zijn dood werd een onderzoek ingesteld. Het was pas toen ik de laatste alinea las dat ik de link met Samuel legde:

> *Mark Webber kwam als Markus Weber kort na de Tweede Wereldoorlog naar de Verenigde Staten. Boze tongen beweren dat hij in de oorlog werkte voor het naziregime.*

'Verdomme,' had mijn stem de stilte in de Library of Congress wreed verstoord. Markus Weber was de naam in de rouwadvertenties in de krant van Samuel. Saul Belkin had die naam doorgegeven, en Samuel had hem vervolgens omgebracht. Dit was het bewijs dat Samuel de taak van Elias had overgenomen en dat hij daadwerkelijk mensen liquideerde.

Een giftige substantie. 'Verdomme,' zei ik opnieuw, maar nu binnensmonds. Samuel had Markus Weber vermoord, en daar zou het niet bij blijven. Wie was de volgende die eraan moest geloven?

Toen was ik op het idee gekomen om de kranten vanaf begin maart te scannen op een advertentie van de houthandel. Het leverde uiteindelijk drie namen op die ik onder elkaar had opgeschreven.

Op dat moment fluisterde een stem achter me: 'Hé Ezra, wat ben je aan het doen?'

Geschrokken keek ik om en ik zag de blik van Thomas langs het rijtje namen glijden.

'Eh, niets,' stamelde ik. 'Gewoon wat mensen die mogelijk een rol kunnen spelen in ons verkiezingsprogramma.'

Thomas glimlachte. 'De bovenste op je lijstje kun je alvast schrappen. Die hebben ze vanmorgen dood gevonden.'

Mijn maag draaide zich bijna om.

Thomas' blik gleed naar de rouwadvertenties in de *Washington Post*. 'Daar zal hij morgen wel tussen staan.'

Ik sloeg mijn notitieblok snel dicht en raapte alle kranten die ik had verzameld bij elkaar.

'Gaat het wel?' vroeg Thomas.

Ik liet alles uit mijn handen op de tafel glijden en viel in zijn armen. Heel even voelde ik zijn aarzeling, toen drukte hij me tegen zich aan.

'Wat is er toch, meisje?' hoorde ik zijn stem terwijl hij met zijn hand over mijn rug wreef.

'Waarom ben je zo van slag?'

Ik begon te snikken en smoorde het geluid in de spencer die onder zijn opengevallen jas strak rond zijn borstkas spande.

'Kom,' zei hij. 'Laat die kranten maar liggen, die ruimen ze wel op.'

We liepen naar de Tune Inn en zochten een tafeltje achterin. Ik had me voorgenomen om Thomas te vertellen dat ik nog steeds iets voor hem voelde. Sinds ik terug was in Washington hadden we bijna elke avond afgesproken, en het voelde goed om met hem samen te zijn.

Ik keek in de richting van de bar waar hij voor ons een biertje haalde en liet mijn blik langs de aanwezigen glijden. Een man met grijze bakkebaarden en een kale plek op zijn achterhoofd trok mijn aandacht. Eerder vanmiddag stond hij achter me bij een kiosk. Ik wendde mijn blik af en zag daardoor niet dat Thomas terugkwam. Ik schrok van het geluid van glazen op de tafel en stootte het mijne bijna om.

Thomas ging zitten en keek me bezorgd aan.

'Wat is er aan de hand? Sinds je Samuel hebt bezocht in dat moeras ben je zo snel van slag.'

Ik nam een klein slokje van mijn bier en knikte in de richting van de bar.

'Zie je die man daar, met die bakkebaarden en die kale plek op zijn achterhoofd?'

Thomas draaide zich half om.

'Ja, wat is er met hem?'

'Hij volgt mij. En hij is niet de enige. Sinds ik terug ben van mijn bezoek aan Samuel word ik in de gaten gehouden.'

Thomas fronste zijn wenkbrauwen. 'Heeft dat met de moord in zijn appartement te maken?'

'Het was zelfmoord,' corrigeerde ik hem. Ik had hem dat al verteld toen ik terugkeerde uit de moeraslanden, maar Thomas leek

Samuel nog altijd niet te vertrouwen.

'Met dat gif waar je het toen over had?'

Ik slikte. Ik had er spijt van dat ik Thomas hierover had verteld.

'Dat jullie als kinderen hadden gevonden...'

Ik knikte.

'Waar?'

'Waar? Hoe bedoel je?' vroeg ik.

'Ja, waar? Kinderen vinden toch niet zomaar gif?'

Er viel er een doodse stilte tussen ons.

Toen boog Thomas zich over de tafel naar me toe. 'Je liegt, Ezra. Je liegt verdomme tegen me! Die man die ze vanmorgen hebben gevonden, de bovenste op jouw lijstje, is vergiftigd met cyanide. Je gaat mij niet vertellen dat dat toeval is. Jij en die broer van jou spelen een smerig spelletje.'

Met een ruk stond hij op en hij beende richting de uitgang.

Ik haalde hem buiten op de stoep in. 'Luister, het is niet wat je denkt. Ik heb hier niets mee te maken.'

Ik greep zijn arm beet, hij probeerde zich los te rukken.

'Alsjeblieft Thomas, laat me je toch...'

Met een ferme ruk schoot hij los uit mijn greep. Dat deed hij met zo veel kracht dat hij struikelde en achterover van het trottoir viel. Een auto schepte hem vol. Van wat er daarna gebeurde kon ik me niet veel herinneren. Alleen de rode vlekken op mijn knieën vertelden me dat ik naast hem op het wegdek had gezeten.

44

Washington D.C.
22 april 1960

Ik liep naar de ingang van het Providence Hospital, waar Thomas sinds zijn aanrijding vier dagen geleden lag.

Thomas had de aanrijding overleefd, maar hij was er slecht aan toe. Hij had verschillende botbreuken en een schedelbasisfractuur. Hij sliep veel en was slechts af en toe bij kennis. Van de uren voor de aanrijding kon hij zich niets herinneren. Hij wist dat we bij de Library of Congress hadden afgesproken, maar wat zich die avond precies had afgespeeld was voor hem verdwenen in een groot zwart gat.

Zijn geheugenverlies was ergens een geschenk, omdat alles wat hij me kwalijk nam daarmee was uitgewist. Maar het was maar de vraag hoelang dit zou duren en wat er zou gebeuren als hij zijn geheugen weer terug had. Omdat ik me naast zijn gezondheid ook daarom zorgen maakte, zocht ik hem zo vaak als ik kon op.

Ik bereikte de verdieping waar Thomas lag en liep rechtstreeks naar zijn kamer. Toen ik naar binnen ging zag ik tot mijn grote schrik een jonge vrouw bij zijn bed zitten. Ik wilde me omdraaien, maar ze had me al opgemerkt.

'Hij slaapt,' zei ze zachtjes. Ze stond op en pakte haar jas en tas mee van het tafeltje waar mijn bos met witte lelies stond. 'Ik wilde net gaan. En u bent?'

'Een collega,' zei ik snel.

'O, van de krant. Dan zijn die bloemen vast ook van u.'

'Ja,' zei ik. 'Van de hele redactie natuurlijk. Iedereen mist hem heel erg.'

'Ik ben zijn vriendin,' zei ze. 'Maar dat had u waarschijnlijk al begrepen.'

Mijn blik viel op het pasje dat ze aan een koordje om haar hals droeg. Nora Ann Bates was haar volledige naam. Naast haar naam en pasfoto bevatte het een logo van het Witte Huis.

'U werkt in het Witte Huis,' liet ik me verbaasd ontvallen.

Ze glimlachte en wierp een blik op Thomas. 'Heeft hij dat op de redactie niet verteld? Ik werk bij de politieke afdeling.'

Ze liep hoofdschuddend weg en ik staarde haar verbouwereerd na. De politieke afdeling, dat was waar Samuel werkte.

Ik draaide me om en zag dat Thomas nog altijd in een diepe slaap was. Ik liep naar het bed en nam plaats op de stoel waar Nora Ann had gezeten. Het zitvlak was nog warm.

Waarom had Thomas me dit niet verteld? Hij wist dat Samuel op die afdeling werkte, hij was nota bene een van de belangrijkste adviseurs van de president.

'Ezra,' hoorde ik ineens Thomas' stem.

'Hé lieverd. Hoe gaat het met je?'

Zijn gezicht betrok. 'De arts zegt dat ik mijn heup heb gebroken en dat mijn onderbeen verbrijzeld is. Ik kan waarschijnlijk nooit meer normaal lopen.'

Ik pakte zijn hand beet. 'Het is een wonder dat je er nog bent.'

Er viel een korte stilte.

'Kun je je al iets meer herinneren van de dag van het ongeluk?'

Hij schudde zijn hoofd.

'En je ouders, zijn die al langs geweest?'

Hij zuchtte. 'Mijn moeder was hier vanochtend, althans dat zegt de zuster. Ik lag de hele tijd te slapen en heb er niets van meegekregen.'

'Was ze alleen?'

Hij knikte en staarde even voor zich uit voordat hij zei wat hij dacht. 'Mijn vader vond het denk ik niet belangrijk.'

Ik keek hem verdrietig aan. 'Waarom denk je dat, Thomas?'

Hij sloot zijn ogen even en deed ze toen weer open. 'Omdat hij nooit om ons heeft gegeven.'

Er viel weer een stilte, maar ditmaal wilde ik niet van onderwerp veranderen.

'Wat bedoel je?'

Hij sloot opnieuw zijn ogen, maar nu hield hij ze dicht. 'Ik heb hier nooit met iemand over kunnen praten. Ik wilde het ook niet. Ik was bang dat hij hetzelfde met mij zou doen als hij wist dat ik het ook had gezien.'

Hij slikte en uit een van zijn gesloten ogen gleed een traan over zijn wang. 'Ik had een broertje. Freddie heette hij. Hij is overleden in het jaar dat mijn vader terugkwam uit Duitsland. Hij nam ons beiden die zomer mee naar een bijeenkomst in Georgia. Het was een groot feest waar verschillende leden van zijn familie bij aanwezig waren. Freddie en ik vonden het geweldig dat we met onze vader mee mochten, en we genoten van de muziek en de dansende mensen. Overal stonden kraampjes met eten en we vonden al snel aansluiting bij andere kinderen. Tegen de avond zochten we onze vader, maar we konden hem niet vinden. Omdat we moe waren kropen we in de laadbak van zijn pick-up en vielen daar onder een deken in slaap. Ik heb geen idee hoelang we daar hebben gelegen, maar op een gegeven moment hoorde ik de motor van de auto en zag ik het dekzeil klapperen in de wind. Ik begreep dat we reden en maakte Freddie wakker.

"Waar zijn we?" stamelde hij.

"Ik weet het niet. We rijden ergens heen, maar ik kan niets zien. Het dekzeil is over de laadbak getrokken."

Plotseling begon de bodem van de bak te trillen en het volgende moment werden we opzij geslingerd. Freddie greep zich aan me vast. Hij wist net zo goed als ik wat dit betekende. We hadden de hoofdweg verlaten en reden nu over een hobbelige weg.

"Hier, neem dit," zei ik en ik duwde hem het touw dat langs de binnenkant van de bak gespannen was in zijn hand. Dat was net op tijd, want de volgende kuil was zo diep dat hij aan de andere zijde van de bak was beland als hij zich niet had kunnen vasthouden. Ik dacht dat de auto nu wel vaart zou minderen, maar ondanks de diepe kuilen gaf de bestuurder nog meer gas.

"Welke gek zit er achter het stuur?" riep Freddie, en dat was precies mijn gedachte. Had iemand de auto gestolen, en waar bracht hij ons dan nu naartoe?

Plotseling maakte de pick-up een scherpe draai naar links en kwam abrupt tot stilstand.

"Hé, hallo!" schreeuwde Freddie.

"Hou je bek," beet ik hem toe. "We weten niet wie het zijn, misschien is het wel foute boel."

Plotseling doordrongen van het mogelijke gevaar lagen we nu allebei doodstil op onze buik op het koude staal van de bodemplaat.

Er ging een portier open en we hoorden stemmen. Het waren minstens twee mannen, misschien wel drie. Ik meende de stem van onze vader te herkennen, maar ik wist het niet zeker, het geluid klonk gesmoord. Voorzichtig kroop ik door de laadbak naar de achterkant van de auto en tilde het dekzeil een beetje op. Het was donker buiten, maar verderop brandde een vuur waardoor ik toch iets kon zien. Naast me voelde ik Freddie, die eveneens naar de rand van de bak was gekropen.

"Wie zijn het?" fluisterde hij.

"Geen idee. Ik heb ze nog niet gezien."

Op dat moment zag ik bij het vuur een wit gewaad oplichten. En nog twee. Het was alsof ze het vuur in stukken braken. Ieder van hen nam een deel mee, en er bleef een deel op de grond achter.

"Fakkels," zei Freddie. "Ze dragen fakkels."

"En kappen over hun hoofd," zei ik. "Het zijn leden van de Klan."

Ik was nog niet uitgesproken of we hoorden iemand schreeuwen. Het was een man zonder gewaad, maar hij had wel een kap over zijn hoofd. Of eigenlijk was het een zak. Een jutezak, en zijn handen waren op zijn rug bij elkaar gebonden.

De mannen met de fakkels dreven hem naar een grote paal en terwijl ze dichter bij de paal kwamen en het licht van de fakkels steeds hoger reikte, zag ik dat het geen paal was, maar een kruis.

De mannen met de fakkels trokken de geboeide man tegen het kruis en bonden hem vast.

"Wat gaan ze doen?" klonk Freddie angstig naast me.

Maar voordat ik iets kon zeggen schoot het vuur vanuit een van de fakkels langs het kruis omhoog en lichtten de gewaden van de mannen rond het kruis spookachtig op.

Ik bedekte mijn gezicht terwijl de man aan het kruis het uitschreeuwde van de pijn.

"Ze verbranden die neger," klonk Freddie ontzet naast me. "Ze maken hem nog dood."

Voordat ik het in de gaten had was hij uit de laadbak geklommen en stormde hij op de mannen af. Een van hen greep hem in zijn nek en sleurde hem al schreeuwend in de richting van de pick-up. Ik wilde Freddie te hulp schieten, maar ik was verlamd door angst.

Vlak voor de laadbak smeet de man Freddie op de grond en rukte hij de witte kap van zijn hoofd.

Ik schrok, net als Freddie, die hem met grote ogen aanstaarde en begon te huilen.

"Papa," zei hij. "Waarom maken jullie die neger dood?"

Mijn vader keek hem triomfantelijk aan.

"Dat is geen neger, jongen, dat is een smerige Jood. Die was ongehoorzaam. Net als jij."'

Thomas had zijn ogen weer open en keek me met een trieste blik aan.

'In de hand van mijn vader lag een karwats. Die had hij waarschijnlijk gebruikt om die man te slaan. Nu ranselde hij Freddie ermee af. Mijn vader sloeg hem net zo lang tot zijn eigen gezicht onder de bloedspetters zat, en al die tijd riep hij maar één zin: "Dit zal je leren om mij te bespieden." En bij elke klap voelde ik meer aandrang om Freddie te hulp te schieten en tegelijkertijd steeds meer angst dat mij hetzelfde zou overkomen. Ik lag daar maar en liet het gebeuren, en zei helemaal niets. Net als Freddie, die na die dag zijn spraak leek te zijn verloren. Hij zei niets meer en staarde de hele dag alleen maar voor zich uit. Na een paar maanden was mijn vader er klaar mee. Hij nam hem mee naar een hersenchirurg die daar wel een oplossing voor wist. Na de operatie keerde mijn vader alleen terug. Hij schonk zichzelf een glas whisky in en zei: "Freddie komt niet meer thuis."'

Opnieuw gleed er een traan langs zijn wang. Ik staarde stil naar hem terwijl ik me de woorden herinnerde van de jongen op het bankje bij de Sint Coletta School. *Het is hier veilig. Ze steken je niet in brand.*

'Freddie komt niet meer thuis,' klonk het nogmaals uit Thomas' keel. Toen viel hij in slaap.

45

Harrisburg, Pennsylvania
23 april 1960

Op dinsdag 26 april waren er zowel in Massachusetts als in Pennsylvania primaries. Thuisstaat Massachusetts was een formaliteit en ook in Pennsylvania hoefde JFK weinig tegenstand van Hubert Humphrey te verwachten. Iedereen was bezig met West Virginia, inclusief Jack zelf. Toen ik hem op de zaterdag voor de primaries in het hotel ontmoette om hem te ondersteunen bij de campagne in Pennsylvania ging het dan ook al snel over die andere staat.

'De situatie in West Virginia heeft me diep geraakt. Jij bent zelf de dochter van een senator, en net als ik heb je nooit honger gekend, maar wat ik in deze staat zie is Amerika onwaardig. Kun je je voorstellen, dat er kinderen zijn die nooit melk drinken? Hier in ons land? Mijn heer.'

'Humphrey heeft in zijn jeugd wel honger gekend,' antwoordde ik. 'Hij oogst daarmee veel sympathie. Het is belangrijk dat u uw emotie over wat u ziet met iedereen deelt.'

'Het gáát me ook aan het hart,' zei hij op een toon alsof ik zijn authenticiteit in twijfel trok.

'Wist u dat deze arme mensen zich graag zullen identificeren met uw oorlogsverleden?'

'Vertel.'

'Van alle staten leverde West Virginia procentueel gezien de meeste soldaten aan Amerikaanse oorlogen, en geen andere staat verloor daarbij naar rato meer levens. We zullen tijdens de hele campagne onder de aandacht brengen dat u een onderscheiding heeft gekregen voor het tot tweemaal toe redden van het leven van een van uw mannen, maar ik verwacht dat het hier in West Virginia het meest tot de verbeelding zal spreken.'

Hij knikte instemmend. 'Het is jammer dat je er in West Virginia niet bij kunt zijn.'

Ik glimlachte. Ik had geen idee wat Sorensen hem had verteld, en durfde er niet naar te vragen. Als ik zou laten blijken dat ik wel degelijk graag van de partij zou zijn, zou Jack Sorensen mogelijk overrulen en dat zou Sorensen me nooit vergeven.

'Er is nog iets anders waar je me mogelijk in kunt adviseren,' zei Jack. 'Sinds Wisconsin heb ik niet meegemaakt dat het team zo verdeeld is. Een meerderheid wil de religieuze kwestie vermijden en het uit de publieke discussie houden, maar ik betwijfel of dat een goed idee is. Wat vind jij dat ik moet doen?'

Mijn glimlach werd nog breder. Nu vroeg hij naar mijn belangrijkste troef. Door me naar Pennsylvania te verbannen hadden ze me buitenspel willen zetten, maar niets bleek minder waar. Hier aan tafel met Jack kon ik de kaarten schudden én delen.

'Als u mijn eerlijke mening wilt horen, dan heeft u maar één optie en dat is de confrontatie vol aangaan. Hoe eerder u het onderwerp klein kunt maken hoe beter. Anders blijft het u de rest van de campagne achtervolgen.'

'En hoe maak ik het onderwerp klein?'

'Door de religieuze kwestie om te buigen naar een gesprek over tolerantie en intolerantie. Er is in Amerika geen staat waar de inwoners beleefder en welgemanierder zijn. Daar moeten we op inspelen. Humprey staat bekend als een uiterst tolerante man, en hoewel dat zijn kracht lijkt in deze staat is het zijn grote zwakte. Zodra tolerantie een thema wordt zal hij u niet kunnen aanvallen op uw katholieke afkomst, dat zou hem stemmen kosten. En de protestantse kiezers maken straks eenzelfde afweging. Slechts met een stem op u bewijzen ze hoe tolerant ze zijn.'

Jack keek me aan. Hij had diezelfde glinstering in zijn ogen als een half jaar geleden in Hyannisport. Ik wist dat hij opnieuw een gewaagd besluit zou nemen. Hij zou de godsdienstkwestie niet uit de weg gaan.

46

Washington D.C.
25 april 1960

Toen ik na mijn bezoek aan Pennsylvania op maandag terugkeerde naar Washington besloot ik direct een taxi naar het ziekenhuis te nemen. Ik had Thomas vier dagen niet gezien en ik wilde weten hoe het met hem was.

Het eerste wat ik zag waren de rode rozen die naast mijn witte lelies stonden.

Thomas zag mijn blik en glimlachte. 'Je hebt Nora Ann op een idee gebracht.'

Ik boog over het bed om hem een zoen te geven en zag de natte plek op het dekbed.

'Ze zijn mijn luier vergeten,' verontschuldigde Thomas zich. 'Ik blijf waarschijnlijk incontinent.'

Ik wist niet goed wat ik moest zeggen en keek naar het onaangeroerde bordje met eten. Ze brachten de lunch altijd om twaalf uur. Het was nu kwart voor drie.

Hij schoof de deken opzij zodat ik zijn heup kon zien. Het zag er nog erger uit dan ik had gedacht. Er zat een rare knik tussen zijn boven- en onderlichaam.

'De artsen durven het niet aan om me te opereren. Er is een te groot risico op complicaties. Nu willen ze het zo laten.'

Hij sloeg de deken weer terug en keek me in mijn ogen. 'Ik had me nooit moeten lostrekken.'

Mijn ogen werden wijder. 'Je kunt het je weer herinneren?'

Hij knikte.

'Alles?'

'Ja, alles.'

Ik staarde hem zwijgend aan.

'Ik wil dat je iets voor me doet, Ezra.'

Ik keek hem afwachtend aan.

'Je moet me hiervan verlossen.'

'Wat? Waarom zeg je van die rare dingen?'

'Omdat ik verdomme klaar ben met dit klotelijf!' schreeuwde hij.

Ik deinsde van schrik achteruit.

'Asjeblieft Ezra, help me,' smeekte hij.

Ik ging bij hem op de rand van het bed zitten en pakte zijn hand vast.

'Lieverd, je staat er niet alleen voor. Geef het alsjeblieft wat tijd.'

Thomas schudde zijn hoofd en knikte naar de bloemen op de tafel. 'Ze komt niet meer. Die bos rozen was ter afscheid, met een kaartje erbij. Ze kan het niet opbrengen om de rest van mijn leven voor mij te zorgen.'

Ik liet me in de stoel zakken en we keken een lange tijd zwijgend naar elkaar. 'Het spijt me, Thomas, maar ik kan dat niet,' zei ik uiteindelijk.

Hij wendde zijn blik af. Ik zag dat zijn handen trilden.

'Thomas, je moet weten dat ik...'

Plotseling keek hij me met een vastberaden blik aan. 'Oké. Als je me nu in de steek laat dan vertel ik alles aan de politie. Dat jij lijstjes bijhoudt van de mensen die je broer ombrengt. Dat hij daarvoor hetzelfde gif gebruikt als waarmee jullie broer is omgebracht en waarmee recent een vrouw in zijn appartement is vermoord.'

Hij liet een korte stilte vallen en zei toen: 'Arlington ligt in

Virginia. Daar zijn ze niet heel terughoudend met het opleggen van de doodstraf.'

Ik staarde hem verbouwereerd aan. 'Geef je me nu een motief om jou te doden, Thomas?'

Hij schudde langzaam zijn hoofd. 'Ik geef je een motief om mij te helpen. Je hebt vast nog wel ergens zo'n ampul liggen.'

Ik haalde diep adem en stond op. Mijn benen trilden. Toen liep ik de kamer uit.

47

Washington D.C.
25 april 1960

Die avond, net toen ik van kantoor kwam en de sleutel in het slot van de deur naar mijn appartement stak, hoorde ik de telefoon overgaan. Ik rende naar binnen en was nog net op tijd. Het was Sorensen. Hij kwam meteen ter zake.

'Ik begrijp dat Jack nieuwe inzichten heeft meegenomen uit Pennsylvania.'

Bij 'nieuwe inzichten' ging mijn hart sneller kloppen.

'Hij gaat de religieuze kwestie niet uit de weg, hij zet het onderwerp overal op de agenda.'

'Echt waar?' zei ik verbaasd.

'Hij vertelde me dat het jouw idee was om de discussie om te buigen naar een gesprek over tolerantie.'

Ik haalde diep adem.

'Je bent daarmee totaal buiten je boekje gegaan. Je hebt je toch met West Virginia bemoeid, terwijl mijn instructies heel duidelijk waren.'

'Ik weet het, maar hij vroeg...'

'Ezra, jouw idee is briljant. Dit kan de verkiezingen beslissen. Je hebt ons een heel grote dienst bewezen.'

Ik viel stil.

'Ezra, ben je daar nog?'

'Ja, ja,' stamelde ik.

‘Kun je overmorgen naar Charleston komen? Dan is er een strategische bijeenkomst en daar wil Jack jou absoluut bij hebben.’

‘Ja natuurlijk,’ zei ik enthousiast. ‘Ik zal er zijn.’

‘Fijn, dan spreek ik je daar.’

Hij verbrak de verbinding. Ik wentelde me nog in mijn overwinningsroes toen er plotseling een stem klonk. ‘Was dat je vriendje?’

Geschrokken keek ik om. Ik was zo naar binnen gelopen, blijkbaar had ik de deur niet dichtgedaan. In de deuropening stond Samuel. Hij zag er verwilderd uit, alsof hij dagen op straat had geleefd.

‘Samuel, wat doe jij hier?’

‘Ik ben je gevolgd vanaf je kantoor. Je had het hele stuk niets in de gaten.’

Hij sloot de deur achter zich. ‘Heb je iets te eten? Ik sterf van de honger.’

Nu rook ik de vieze walm die hij mee naar binnen nam. ‘Je kunt beter eerst even douchen.’

Ik liet hem de badkamer zien en ging naar de keuken om wat pasta klaar te maken. Toen ik de geiser van de douche hoorde afslaan, liep ik naar de badkamer en zette een koffertje voor de deur neer.

‘Sam, hier heb je schone kleren. Die vieze troep moet in de was.’

Een kwartier later had ik het eten klaar en zette ik juist de borden op tafel toen Samuel de keuken in kwam lopen, helemaal opgefrist.

‘Mooi spul,’ zei hij terwijl hij een been uitstak, gehuld in een lichtblauwe pantalon, en me een Gucciloafer toonde met daarboven een beige kasjmieren ribsok. ‘Ik wist niet dat je een kerel had.’

Ik glimlachte. ‘Dat zou nogal een schandaal opleveren.’

Samuel keek me vragend aan.

‘Ze zijn van JFK. Ik neem dit koffertje altijd mee als ik met hem op reis ga. Een reservesetje. Doe jij dat niet voor Ike?’

Samuel begon te lachen. 'Breng hem asjeblieft niet op het idee.'

Hij zag de borden staan en terwijl hij aan tafel schoof, schepte ik meteen voor hem op.

'Ik moet je iets bekennen,' zei ik toen hij halverwege zijn eerste bord was.

'Nou?'

'Ik heb iemand over het gif verteld.'

'Je hebt wát?'

Ik slikte. 'Ik weet dat het heel erg stom is, maar ik was van streek en heb in mijn emotie te veel gezegd.'

'Wat heb je precies gezegd, en aan wie?'

'Een vriend,' zei ik zachtjes. 'Jij was verdwenen en ik was heel erg ongerust. Ik had toen net ontdekt dat Allison met hetzelfde gif was vermoord als Elias en ik dacht dat jij de volgende was, en dat ik...'

'Wat heb je precies gezegd?' viel Samuel me in de rede.

'Dat wij dat gif als kinderen hebben gevonden en... Samuel, hij weet van die andere doden. Hij heeft de link gelegd. Hij dreigde naar de politie te gaan.'

Samuel sloeg zijn handen voor zijn ogen en keek me ontzet aan. 'Wie is het?'

'Sam, asjeblieft, ik weet zeker dat hij het niet meent, hij zal mij nooit...'

Samuel stond op en begon heen en weer te lopen. 'We moeten hem uitschakelen. Als hij naar de politie gaat...'

'Hij gaat niet naar de politie. Hij kan nergens heen.'

'Wat bedoel je?'

'Jezus, Samuel. Ga gewoon even zitten en laat me mijn verhaal doen.'

Met zichtbare tegenzin liet hij zich weer in zijn stoel zakken.

‘Hij ligt in het ziekhuis,’ zei ik. ‘Hij heeft een week geleden een ernstig ongeluk gehad en wil nu niet meer verder leven. Hij wil dat ik hem het gif geef. Ik heb hem gezegd dat ik dat niet kan en toen heeft hij gedreigd naar de politie te gaan en ons aan te geven.’

‘Ons?’

‘Ja, ons allebei.’

Samuel leek zijn kalmte te hebben hervonden. ‘Dus alles wat je hoeft te doen is hem helpen, en dan is dit opgelost.’

Ik voelde de tranen in mijn ogen springen. ‘Samuel, ik kan dat niet.’

‘Wat bedoel je?’ klonk zijn stem vol onbegrip. ‘Hij wil zelf dood. En als je hem niet helpt dan geeft hij je aan. Dat is toch niet zo ingewikkeld?’

‘Samuel, ik hou van hem.’

Er viel een stilte.

Samuel keek me peinzend aan. ‘Als jij hem niet helpt vindt hij een andere manier. Dan laat hij zich van een flatgebouw vallen of springt hij voor een trein. En dat zul jij dan lezen terwijl je zelf in de dodencel zit.’

Ik staarde een poosje verdwaasd voor me uit, tot ik merkte dat Samuel zijn bord leeggegeten had en inmiddels een tweede keer had opgeschept.

‘Waarom ben je zo uitgehongerd?’ vroeg ik.

‘Dat is een lang verhaal,’ zei hij tussen twee happen door. ‘Nadat jij was vertrokken, ben ik achter die chemicus aangegaan.’

‘Mark Webber, of Markus Weber.’

‘Precies. Markus Weber werkte op de militaire basis Fort Detrick in Maryland. Hij is een van de ruim zestienhonderd Duitse en Oostenrijkse wetenschappers die na de Tweede Wereldoorlog onder codenaam Project Paperclip gerekruteerd werden voor onderzoek naar onder andere biologische oorlogsvoering. Om hen zonder problemen te kunnen laten werken in de vs zijn compromitterende gegevens uit hun dossiers verwijderd. Als adviseur van de regering kom ik regelmatig op Fort Detrick voor overleg over de programma's. Daarom kon ik gemakkelijk een gesprek regelen met een van de programmaleiders.'

Hij pauzeerde om een hap te nemen en ging verder.

'Ik had aangegeven dat ik nog veel te doen had en dat het laat kon worden, maar dat was geen enkel probleem, de nachtportier kon me na kantoortijd van het terrein laten. Na mijn gesprek met de projectleider ben ik, nadat het kantoor- en laboratoriumpersoneel het terrein verlaten had, naar Gebouw 470 gelopen, waar Markus Weber werkte.

Gebouw 470 is het grootste gebouw op het terrein en staat bij insiders bekend als de Anthrax Tower. Het zeven verdiepingen hoge, uit staal en bakstenen opgetrokken gebouw lijkt van de buitenkant een gewoon kantoorgebouw, maar schijn bedriegt. Binnen staan twee bioreactoren van drie verdiepingen hoog met elk een inhoud van tienduizend liter.'

Mijn gedachten dwaalden heel even af naar Thomas. Als ik uit het team van Kennedy zou stappen, kon ik de verzorging van Thomas zelf op me nemen. Misschien was deze verschrikkelijke situatie wel precies wat ons weer bij elkaar kon brengen.

'... bereikte ik de omkleedruimtes voor de medewerkers. Dit is de plek waar ze elke dag na het werk van identiteit wisselen en teruggaan naar hun gezin, dat nooit zal weten wat voor werk ze eigenlijk doen. Ik maakte de tas open die ik had meegenomen en haalde er de zakjes met chocolademuffins uit die ik 's ochtends bij een bakker had gekocht. Eerder die week had ik Markus geschaduwd, en ik had ontdekt dat hij vrijwel elke dag na werktijd een kop koffie en een muffin bestelde bij een *diner* op de route. Bij elk zakje zat een officieel kaartje met het logo van het ministerie van Defensie, en de tekst BEDANKT VOOR JE INZET. MET COMPLIMENTEN, U.S. ARMY.

Ik plaatste de zakjes in de openstaande kluisjes. Het laatste zakje opende ik. Ik haalde de muffin eruit, vulde een injectiespuit met de inhoud van een ampul en spoot dat erin. Daarna deed ik de muffin terug in het zakje en plaatste dat in het kluisje met het naamplaatje MARK WEBBER. Ik was ervan overtuigd dat hij zijn muffin zou opeten. En dat het meteen zijn laatste zou zijn.'

'Dat was het ook,' onderbrak ik hem. 'Ik las in de krant dat hij vermoedelijk in aanraking was gekomen met een giftige substantie in het laboratorium waar hij werkte.'

'Feitelijk was dat ook zo,' zei Samuel. 'Alleen was het geen substantie die in Gebouw 470 werd vervaardigd.'

Ik keek hem aan. 'Maar dat moeten ze toch meteen door hebben gehad?'

Samuel glimlachte. 'Natuurlijk. En ze hebben ongetwijfeld ook snel vastgesteld dat het om cyanide ging. Maar dat zul je in de media nooit lezen.'

'Er stond wel dat hij mogelijk een naziverleden had.'

'Ja, en hij was natuurlijk niet de enige in Fort Detrick. Dat risico heb ik mogelijk onderschat. Nadat ik midden in de nacht het terrein had verlaten merkte ik al snel dat ik gevolgd werd. Ik probeerde ze af te schudden, maar dat lukte pas toen ik mijn auto achterliet bij een motel net buiten Washington. Sindsdien blijf ik onder de radar, al ruim een week.'

'Dit is niet de beste plek om onder te duiken. Het appartement van je zus in Washington…'

'Ik blijf maar heel even.'

'Samuel, verdomme, je moet hier zo snel mogelijk weg! Ze volgen mij ook al dagen, en ik begrijp nu eindelijk waarom.'

Samuels blik werd ineens onrustig. 'Dat heb je me helemaal niet verteld.'

'Omdat ik de kans niet kreeg. En omdat ik niet wist dat het was omdat ze jou zochten.'

Hij schoof zijn stoel naar achteren en nam terwijl hij opstond nog vlug een hap.

'Oké, dan vertrek ik meteen.' In plaats van zijn eigen vieze jack trok hij de nette overjas van JFK aan en hij liep richting de deur.

'Nee, wacht,' zei ik. 'Straks staan ze je beneden op te wachten. Je kunt beter de brandtrap nemen vanaf het balkon.'

Ik ging hem voor en gaf hem een kus. Terwijl hij de reling van de brandtrap al vasthad draaide hij zich om en drukte me een klein zakje in mijn handen.

'Hier,' zei hij. 'Zorg dat je dit goed verstopt.' Hij draaide zich om en snelde de trap af.

'Wat is het?' riep ik hem na in de wind.

'Je levensverzekering,' klonk het een verdieping lager. 'Doe er iets verstandigs mee.'

48

Washington D.C.
25 april 1960

Het lege zakje lag voor me op tafel. Uit het zakje had ik een klein mondharmonicadoosje gehaald en ik tuurde nu naar de watten waarmee het gevuld was. Tussen de watten lagen drie ampullen.

Aanvankelijk had het me gerustgesteld dat het vanwege Samuel was dat ik werd gevolgd. Het was hen om hem te doen. Maar nu ik het dodelijke gif in mijn bezit had, voelde hun nabijheid heel beklemmend. Als het klopte dat ze ons per se daarmee wilden ombrengen, dan vormden deze ampullen voor mij de grootst denkbare bedreiging, en moest ik ze zo snel mogelijk vernietigen.

Mijn eerste gedachte toen ik het doosje opende was precies dat. Ze kapotslaan op de rand van de gootsteen en alles wegspoelen. Opgelost.

Maar naarmate ze langer voor me glinsterden in het licht van de keukenlamp groeide mijn twijfel. Thomas had me gesmeekt om hem te helpen, en hoewel ik betwijfelde of hij zijn dreigement om naar de politie te gaan zou uitvoeren had ik ook gezien hoe wanhopig hij was. Een kat in het nauw maakte rare sprongen. Had ik de hele situatie niet te veel geromantiseerd? Hadden we samen wel een toekomst? Hij zou nooit meer kunnen lopen en volledig van anderen afhankelijk zijn. Hoe kon ik voor hem zorgen als ik zelf moest werken? En wat kwam er van mijn eigen ambities? Moest ik alles opgeven om hem langzaam te zien wegkwijnen en hem dan op een dag dood te vinden?

Ik schoof het dekseltje over het doosje. Samuel had gelijk. Mijn hoofd zei dat hij gelijk had. Maar mijn hart wilde het niet accepteren.

49

Washington D.C.
26 april 1960

De volgende dag bezocht ik Thomas rond lunchtijd. De zuster liep juist weg toen ik binnenkwam. Ze droeg zijn bordje met eten in haar hand en wierp mij hoofdschuddend een veelbetekenende blik toe. Ik wachtte tot ze weg was en deed toen de deur dicht.

Thomas was wakker en keek mij gelaten aan. Hij zag doodsbleek en er hing een infuus naast het bed.

'Heb je het gif mee?' vroeg hij zwak.

Ik knikte.

'Doe het in het infuus.'

Ik schudde mijn hoofd. 'Dat mag je vannacht zelf doen. Ik wil niet degene zijn die jou het laatste zetje geeft.'

Er verscheen een kleine glimlach rond zijn mond.

'Dank je wel, Ezra.'

Ik probeerde me groot te houden. In mijn zak had ik het doosje met de ampullen, maar ik was niet van plan Thomas het gif te geven. Ik kon het gewoon niet. In plaats daarvan had ik in mijn andere zak een flesje met een onschuldige oplossing meegenomen. Ik hoopte dat het me tijd gaf om iets anders te bedenken.

Thomas pakte voorzichtig mijn hand vast. 'Er is nog iets dat ik je moet vertellen.'

Ik trok de stoel naar de rand van het bed en ging zitten.

'Die dag toen we samen naar Boston reden, en de volgende dag toen we mijn ouders bezochten. Dat was geen toeval. Dat was een idee van mijn vader. Hij had je gezien tijdens het debat en vroeg me je uit te nodigen bij ons thuis.'

Ik liet zijn hand los en keek hem verbluft aan.

'Je vader? Maar...'

Nu sprongen er tranen in Thomas' ogen. 'Het spijt me zo, Ezra. Ik moest dit doen. Ik had geen keus.'

Ik keek hem niet-begrijpend aan.

'Ezra, hij weet wie je bent.'

'Wie ik ben?' zei ik verbaasd terwijl ik bedacht dat hij mogelijk op mijn Joodse afkomst doelde. Wist hij dat ik een van de kinderen van Vorderbrand was?

'Luister, Ezra,' hoorde ik de stem van Thomas. 'Blijf bij mijn vader uit de buurt. Hij is een verschrikkelijke man. Die kruisiging laat zien waartoe hij in staat is.'

Hij aarzelde een moment en zei toen: 'En met jou heeft hij ook een plan.'

Ik keek hem recht in zijn ogen. 'Wat voor plan, Thomas? Wat is je vader met mij van plan?'

Hij boog zijn hoofd en zweeg.

'Zeg iets, praat tegen me.'

Maar Thomas hield zijn lippen stijf op elkaar.

Vertwijfeld dacht ik terug aan de dag dat we besloten om samen naar Boston te reizen. Aan het bezoek aan zijn ouders en hoe ik mijn hart aan hem verloor. Hoe hij vervolgens uit mijn leven verdween, maar daar zo toevallig weer in verscheen. Ik herinnerde me het gesprek met Betty Friedan in de Library of Congress. Het was Thomas' keuze geweest om in de Tabard Inn af te spreken. En die valse telex vanaf het kantoor van Samuel. Mijn God, Nora Ann werkte daar.

Ik staarde naar zijn gehavende gezicht.

'Was er dan helemaal niets tussen ons?' vroeg ik uiteindelijk. 'Was alles een vooropgezet plan?'

Hij hief zijn hoofd een beetje en keek me schuldbewust aan.

Ik slikte en haalde het doosje met de ampullen uit mijn zak. Ik legde er een in de opengevouwen hand van Thomas en sloot hem voorzichtig. Toen stond ik op.

'Dag Thomas,' zei ik, en ik verliet zijn kamer.

50

Washington D.C.
26 april 1960

Toen ik die avond uit kantoor thuiskwam voelde ik een vreemde tocht, die verdween op het moment dat ik de deur van mijn appartement achter me dichtdeed. Ik zette mijn tas op een stoel in de eetkeuken en liep naar de balkondeur. Die stond inderdaad op een kleine kier.

Ik trok de deur dicht en draaide hem op slot. Waakzaam keek ik de kamer rond. Niets duidde erop dat hier tijdens mijn afwezigheid iemand was geweest.

Op dat moment ging de telefoon. Ik schrok van het geluid.

'Ja?' zei ik toen ik opnam.

'Ezra, dit is Stephen. Sorry dat ik je thuis stoor, maar heb jij de map met het dossier van Indiana meegenomen?'

'Nee, die ligt op mijn bureau,' antwoordde ik. 'Waarschijnlijk onder de stukken van Maryland.'

Ik hoorde Stephen de hoorn neerleggen en vervolgens op de achtergrond door de papieren gaan.

Hij kwam terug aan de telefoon. 'Daar ligt het niet.'

'Hoe kan dat nou? Ik heb het vanmiddag nog in mijn handen gehad.'

'Heel vervelend dit,' bromde Stephen. 'Het is nog maar een paar dagen tot de primary en Jack wil gebriefd worden.'

Ik wierp een blik op de klok, die al half negen aangaf. 'Kan het niet tot morgen wachten? Ik pak het dan meteen op.'

'Nee, hij wil vanavond gebriefd worden. Hij heeft morgenochtend een interview en wil dat voorbereiden.'

Ik zuchtte. 'Oké, ik kom al.'

Ik hing op. Het was zeker een kwartier lopen naar kantoor en ik moest ook nog naar de wc. Waar had ik dat dossier in hemelsnaam gelaten? Ik zette mijn tas alvast bij de deur zodat ik die niet zou vergeten en liep naar het toilet. Ik trok de deur open en knipte het licht aan. Toen schoot mijn hart naar mijn keel. Boven de wc hing een tekening van een brug. Precies dezelfde tekening als ik had gezien vlak voor de moord op Elias. Alleen hingen er ditmaal twéé poppetjes aan de brug.

Ik deinsde in paniek achteruit. Vlug draaide ik me om en pakte mijn jas van de kapstok. Onderweg naar buiten graaide ik mijn tas nog mee, en toen rende ik door het trappenhuis naar de centrale hal. Ik schoot naar buiten en stak de straat over. Het regende, de gladde tegels strekten zich voor me uit.

Wat had die tekening te betekenen? En waarom nu twee poppetjes?

Ik rende tot ik het kantoor bereikte. Pas toen ik de warme hal binnenstapte voelde ik me veilig. Stephen wachtte boven aan de trap op me. 'Fijn, Ezra, dat je zo snel bent gekomen.'

Ik liep direct naar mijn bureau en zocht de hele stapel dossiers door. Daarna trok ik een voor een de bureaulades open, tot mijn blik op het bureau tegenover het mijne viel. Naast de asbak van Stephen zag ik, half onder een aktetas uit stekend, de gele kartonnen rug van een dossiermap.

Ik draaide me om naar Stephen, die met zijn handen in zijn zij op me stond te wachten.

‘Heb je me daarvoor laten komen?’ vroeg ik terwijl ik naar zijn bureau wees.

Zijn blik volgde mijn hand.

‘Krijg nou wat.’

Hij trok de tas weg, en we zagen allebei in dikke letters INDIANA staan. Stephen pakte het dossier op en keek me berouwvol aan.

Hoofdschuddend liet ik me in mijn stoel zakken terwijl ik naar het televisiescherm keek waarop net een interview met JFK te zien was over de verkiezingen in Pennsylvania.

JFK deed het altijd goed op het beeldscherm. Ik had daarom al vrij snel nadat ik me had aangesloten bij het team ingebracht dat de televisie een geweldig medium was om de publieke opinie te beïnvloeden. En dus ontwikkelden we een documentaire over zijn leven en brachten dat in de Amerikaanse huiskamers. Die documentaire presenteerde hem als oorlogsheld, maar ook als cum laude aan Harvard afgestudeerde intellectueel met een Pulitzer op zak, én als jonge vader die de tijd nam voor zijn gezin en zijn dochtertje van twee voorlas.

Terwijl ik Stephen aan de telefoon hoorde praten over Indiana, werd het opgenomen interview met Kennedy plotseling onderbroken voor een live-uitzending. Het was een verslag vanaf een braakliggend terrein in een buitenwijk van Arlington. De camera zoomde onrustig in op een wazig, vreemd gevormd licht. Toen het beeld stabieler werd, werd een metershoog kruis zichtbaar dat van onderen was aangestoken. De camera zoomde nog verder in en nu zag ik tot mijn ontsteltenis dat er een levend iemand met een kap over zijn hoofd aan het kruis hing. Zijn broek had al vlamgevat en de vlammen grepen steeds meer om zich heen. Ik slaakte een kreet.

Stephen, die mijn schreeuw had gehoord, kwam kijken wat er aan de hand was.

'Het is in Arlington,' zei ik. 'Er hangt iemand aan een kruis. Hij staat in brand!'

Het beeld zoomde nu vol in op de man, wiens silhouet inmiddels levenloos in de steeds verder opklimmende vlammen hing. Langzaam gleed zijn lichaam van boven naar beneden door het beeld, tot zijn jas en de benen daaronder zichtbaar werden.

Ik voelde mijn keel dichtknijpen.

'Dat zijn de kleren van Jack,' stamelde Stephen. 'Die kerel draagt precies dezelfde outfit als Jack. Maar ik had Jack net aan de lijn. Hij...'

Ik hoorde Stephen al niet meer. Met twee treden tegelijk rende ik de trap af, door de hal naar buiten. De tweede auto die ik zag was een taxi. Ik maande hem tot stoppen en sprong achterin.

'Naar Arlington, zo snel als u kunt!'

51

Arlington
26 april 1960

Op de Key Bridge over de Potomac Rivier stond een politieblokkade. Tien minuten geleden waren we eenzelfde blokkade tegengekomen bij de Memorial Bridge en had ik de taxichauffeur gesommeerd naar de volgende brug te rijden.

Ze hadden alle toegangswegen naar Arlington afgesloten. Ik drukte de chauffeur een dollar in zijn hand en sprong uit de taxi. In het felle licht van de politieschijnwerpers zag ik een lange rij auto's voor me wachten. Ik rende langs de auto's tot ik bij de blokkade kwam. Ik klampte een agent aan. 'Alstublieft, laat me erdoor. Ik moet naar mijn broer toe.'

'Het spijt me mevrouw, ik mag u niet doorlaten.'

'Maar het is mijn broer,' riep ik. 'Het is mijn broer die ze verbranden. Ik heb hem herkend. U moet me doorlaten!'

'Het spijt me mevrouw, maar ik heb instructies om...'

'Mevrouw Walsh?'

Achter de felle lampen vandaan stapte een man naar voren. Sheriff Frederick.

'Mevrouw Walsh. Komt u met mij mee. In mijn auto kunnen we rustig praten.'

Ik knikte en gespannen volgde ik hem naar zijn auto.

'Het is inderdaad uw broer. Hij is een kwartier geleden overleden.'

Ik staarde hem verbouwereerd aan.

'Nee,' zei ik. 'Het moet een vergissing zijn... Ik...'

Frederick startte de motor en reed langs de auto's die vanaf de andere zijde tegengehouden werden.

Ik liet mijn hoofd tegen de rugleuning zakken. De tranen gleden in mijn hals. Alles om me heen was ineens heel stil.

Aan het einde van de brug stopte Frederick. Er stapte een agent achterin en Frederick reed weer verder. Hij draaide de weg op, maar niet in de richting van het braakliggende terrein.

'Waar gaan we heen?' vroeg ik. 'Ik wil Samuel zien. Ik wil hem met mijn eigen ogen zien.'

'We gaan naar het bureau,' antwoordde Frederick. 'Ik wil uw verklaring opnemen.'

'Mijn verklaring?' stamelde ik. 'Maar u begrijpt het niet. Ik wil mijn broer zien.'

'Ik begrijp u heel goed, maar dat zal helaas niet gaan. Op last van de federale politie is zijn lichaam in beslag genomen.'

'In beslag genomen?'

'De FBI neemt het onderzoek over. Ze maken zich aan de andere kant van de brug blijkbaar ernstige zorgen.'

Ik liet zijn woorden op me inwerken en zei toen: 'Als de FBI het onderzoek overneemt, waarom neemt u me dan mee naar het bureau?'

Sheriff Frederick wierp me een korte blik toe. 'Laten we het persoonlijke interesse noemen. De FBI kan van alles willen, maar dit blijft wel Arlington.'

Op het bureau bracht hij me naar dezelfde verhoorkamer als de laatste keer.

'Mevrouw Walsh, u bent verdachte noch getuige. Ik maak ook geen verslag van dit gesprek, omdat het in een later stadium kan aantonen dat ik buiten mijn boekje ben gegaan. De instructies die ik kreeg waren kort en krachtig: "Blijf met je poten van deze zaak af." En dat doe ik formeel dus ook, maar het maakt me wel verdomd nieuwsgierig naar wat zich hier in mijn stad afspeelt. Als de Klan weer actief is moet ik dat weten.'

Ik luisterde naar hem en dacht tegelijkertijd aan de waarschuwing die ik eerder vandaag in mijn appartement had aangetroffen. Dezelfde tekening als voor de moord op Elias. En nu was Samuel dood. Als twee poppetjes hingen ze naast elkaar aan de brug, Elias en Samuel. Mijn god.

'Heeft u enig idee wie dit geflikt heeft?' vroeg Frederick.

Ik schudde mijn hoofd terwijl ik aan mijn gesprek met Thomas dacht. Was zijn vader het brein achter dit alles?

'Het is dezelfde moordenaar als van dat meisje in uw broers appartement,' drong de stem van Frederick tot me door.

Ik keek hem vragend aan.

Frederick boog zich over de tafel naar me toe. 'Dat vuur was alleen maar een aansporing. Net als die strop om haar nek. De agent die erbij was toen de FBI uw broer van het kruis haalde, hoorde van hen dat ze iets vreemds hadden aangetroffen onder de kap die over zijn hoofd zat. Er stak een stukje glas uit zijn mond, een kapotte ampul hing aan een ijzerdraadje dat om zijn hoofd was gebonden. Ze hebben hem laten branden tot hij de pijn niet meer kon verdragen, en toen heeft hij die ampul zelf kapotgebeten.'

Ik voelde een trilling door mijn lijf gaan.

'Toen begon ik natuurlijk na te denken,' zei Frederick. 'Wie is er met dat oude nazigif in de weer? Hadden Rockwells neonazivriendjes nog iets voor hem liggen? Of weet mevrouw Walsh hier misschien meer van?'

Mijn hand gleed in mijn zak langs het doosje met ampullen.

'Ik dacht dat mevrouw Walsh verdachte noch getuige was in deze zaak. Ik zou nu dan ook graag gaan.'

'Goed,' zei hij uiteindelijk. 'Dan zal ik iemand vragen u terug naar Washington te brengen.'

Hij stond op en opende de deur van de verhoorkamer. Daar wenkte hij naar iemand en draaide zich toen naar mij om.

'Ik dank u voor uw tijd en wens u een veilige terugreis.'

Tot mijn schrik kwam agent Lewis naast hem staan.

'Ik heb uw hulp niet nodig,' zei ik kordaat terwijl ik opstond om de kamer te verlaten.

'Integendeel,' antwoordde Frederick. 'Er geldt in heel Arlington momenteel een avondklok. U heeft geen keus, agent Lewis brengt u terug.'

Ik schudde mijn hoofd. 'Dan wacht ik hier tot de avondklok wordt opgeheven.'

Frederick begon te lachen. 'Kom nou, mevrouw Walsh, u denkt toch niet dat dit een opvangplek voor burgers is? Agent Lewis brengt u nu terug, en daarmee uit.'

'Mijn oprechte deelneming,' smaalde Lewis. 'Uw broer was een gerespecteerd inwoner van deze stad.'

Ik gaf geen antwoord en liep snel voor hem uit. Bij de deur naar buiten haalde hij me in en hield me tegen.

'Kalm aan, alleen onder politiebegeleiding naar buiten.' Hij hield de deur open en escorteerde me naar zijn auto. Ik stapte snel achterin.

'Zoals u wilt, mevrouw Walsh.' Hij spuwde een flinke lading pruimtabak uit. 'Dan gaan we nu een ritje maken.'

Al snel bleek dat Lewis andere plannen met me had. Hij verliet de weg naar Washington en reed naar een afgelegen terrein, waar ik de smeulende resten van het kruis zag staan.

'Waarom zijn we hier?'

Hij parkeerde de auto vlak voor het kruis en zei nog altijd niets tegen me.

'Ik wil dat je me naar Washington brengt,' zei ik nerveus.

Lewis draaide zich om. Het licht van de smeulende resten gleed langs zijn gezicht.

'Wij moeten het nog hebben over die neger die jij te eten gaf.'

Ik ontweek zijn blik en zocht op de achterbank naar iets waarmee ik hem van het lijf kon houden mocht het nodig zijn.

'Ze hadden dat kruis beter voor hem kunnen gebruiken, in plaats van het te verspillen aan zo'n smerige Jood.' Ik hoorde hem een stuk pruimtabak uitspugen.

Hij begon te lachen. 'Je hebt het waarschijnlijk op de televisie gezien. Ik kan je vertellen dat het in het echt veel indringender was. Dat kwam door het geluid, begrijp je. Het was een gesmoord, intens geluid, alsof er iets in zijn mond zat. Pas later begreep ik waardoor dat kwam. Ik was hier als een van de eersten, vlak voordat de televisieploeg arriveerde. Toen ik hem zag hangen dacht ik dat het een van die negers was. Het vuur brandde nog maar net en ik had hem misschien kunnen helpen, maar ik moest de omstanders op afstand houden, begrijp je. Dus hield ik de mensen tegen en luisterde naar zijn gejank.'

Ik greep de deurklink beet om uit de auto te vluchten, maar Lewis had het portier afgesloten. Ik schoot naar de andere kant van de auto, maar die deur zat ook op slot.

'Boeven achterin,' giechelde hij. 'Boeven achterin, boeven aan het kruis.' Hij draaide zich nu helemaal naar me toe en plaatste een knie op zijn eigen stoel en de andere op die van de bijrijder. Terwijl hij zijn heup tussen de stoelen naar voren drukte, herhaalde hij: 'Boeven aan het kruis.'

Op hetzelfde moment pakte hij met een hand mijn haar beet en trok me naar zich toe. 'En nu gaan we een leuk ritje maken, mevrouw Walsh.'

Hij greep naar mijn borsten en ik probeerde hem van me af te slaan. Maar hij trok zo hard aan mijn haar dat ik bijna moest kotsen van de pijn. Voordat ik het wist, was hij bij me en drukte hij me met zijn zware lijf tegen de bank terwijl hij hijgend mijn broek omlaag trok. Ik sloeg met mijn armen en krijste het uit, maar dat leek hem alleen nog maar meer op te winden. Hij duwde mijn benen uit elkaar en trok zijn riem los. Ik keek wanhopig om me heen of er niet toch nog iets was waarmee ik hem kon raken. Toen zag ik het doosje met ampullen liggen, dat uit mijn jaszak was gevallen. Ik reikte ernaar en precies op het moment dat hij zijn stijve lid tussen mijn benen bracht ramde ik een van de ampullen tussen zijn tanden. Ik hoorde het glas breken.

'Godverdomme!' schreeuwde hij. 'Smerige trut!'

Hij greep me bij de strot en drukte mijn keel met zo veel kracht dicht dat ik dacht dat hij mijn nek zou breken. Toen voelde ik zijn hele lichaam op me ineenzakken en stuiptrekkend opzij glijden.

Walgend werkte ik me zo snel mogelijk onder hem vandaan en kroop ik naar de stoelen voorin. Ik nam trillend plaats op de bestuurdersstoel en keek verdwaasd naar het smeulende kruis voor me. Toen realiseerde ik me wat ik had gedaan.

In paniek greep ik naar het portier om het op een lopen te zetten, maar ik bevroor. Wat als ze hem zo zouden vinden? Ik staarde een moment naar de sleutel die nog in het contact zat, en startte de motor. Met een ruime bocht om het kruis draaide ik de auto over het zanderige terrein terug naar de autoweg. Daar nam ik de kortste route naar de Key Bridge, waar nog altijd een wegversperring was. Ik pakte de pet van Lewis van de bijrijdersstoel, zette hem op mijn hoofd en vouwde mijn haar eronder. Daarna reed ik langzaam langs de lange rij wachtende auto's die uit Arlington kwamen. Bij de blokkade waren twee agenten druk bezig met het doorzoeken van een auto. Ze sloegen geen acht op mij en ik reed hen stapvoets voorbij.

Ik richtte mijn blik weer naar voren en verliet de brug. Twee kilometer verderop in een donkere bocht verliet ik de hoofdweg en volgde daar een smalle weg die naar een parkje aan de Potomac Rivier leidde. Ik reed tot op een talud boven een schuin naar het water aflopende grasstrook. Ik trok het doosje met de laatste ampul onder Lewis' arm vandaan en zette de auto in zijn vrij. Toen stapte ik uit, duwde de auto naar de rand van het talud en gaf hem het laatste zetje. Terwijl hij langzaam van de helling af het water in reed drong ineens een verschrikkelijke waarheid tot me door. Thomas wilde helemaal geen zelfmoord plegen. Alles was een grote list geweest. Ik had ze de ampul bezorgd waarmee ze Samuel hadden omgebracht.

52

Washington D.C.
27 april 1960

De volgende ochtend om half acht stond ik in de deuropening van de kamer van Thomas. Ik had de nacht in het Melrose Georgetown Hotel doorgebracht omdat ik niet terug naar mijn appartement durfde, maar ook daar had ik de slaap niet kunnen vatten. Ik had aan een stuk door gehuild terwijl al die tijd dezelfde vragen door mijn hoofd speelden. Hoe had ik zo stom kunnen zijn? Hoe had ik de ampul bij Thomas achter kunnen laten? En hoe had hij me dit kunnen aandoen? Ik had van hem gehouden, ik had voor hem willen zorgen. Mijn carrière, alles had ik voor hem willen opgeven en hij had me misbruikt, hij had me op een verschrikkelijke manier misbruikt en was verantwoordelijk voor de dood van mijn laatste broer.

Ik wilde verhaal halen, ik wilde me op hem wreken. Maar hier in de deuropening van zijn kamer drong pas in volle omvang tot me door dat wat ik had gevreesd ook daadwerkelijk zo was. Zijn bed was leeg, hij was verdwenen. Zijn verwondingen waren dus inderdaad veel minder ernstig geweest dan hij me had doen geloven.

Ik keek naar het tafeltje waar de bloemen hadden gestaan. Ook die waren weg. De hele kamer was opgeruimd en klaargemaakt voor de volgende patiënt.

'Mevrouw Walsh?' klonk het achter mij.

Ik draaide me om en zag dat het een van de zusters was die ik hier deze week vaker had gezien.

‘Heeft u het nog niet gehoord?’

Ik keek haar vragend aan.

‘O, het spijt me zo u dit te moeten vertellen. Meneer Faber is vannacht overleden. Ze troffen hem dood aan in zijn bed tijdens een van de rondes.’

Met stomheid geslagen staarde ik haar aan.

‘Ik begrijp dat het voor u een schok moet zijn. U was hier bijna elke dag. Het was zo’n aardige man.’

Vertwijfeld keek ik opnieuw naar het lege bed. Dus Thomas had het gif wél zelf gebruikt. Wie zat er dan achter de moord op Samuel?

‘Er zijn twee heren die u graag willen spreken,’ hoorde ik de zuster zeggen.

‘Twee heren?’ zei ik terwijl ik nog altijd naar het lege bed staarde.

‘Ja,’ ze bracht haar mond fluisterend bij mijn oor, ‘van de FBI, er komt mogelijk een onderzoek.’

Ik liet mijn blik over haar schouder door de gang glijden. Bij het afdelingsloket stonden twee mannen in pak. Ik vergat de zuster en liep naar ze toe.

‘U bent mevrouw Walsh?’ vroeg de langste van de twee. Hij had dikke borstelige wenkbrauwen en een grote hoekige neus.

‘Ja,’ zei ik.

‘Gecondoleerd met uw broer.’

Ik knikte.

‘Mijn naam is Jake Lancaster, dit is mijn collega Allen MacGraw. We zijn van de FBI.’ Agent Lancaster toonde me zijn badge en borg hem meteen weer op. ‘U kende meneer Faber ook, begrijp ik?’

Ik knikte opnieuw.

‘We zouden u graag wat vragen stellen, en willen u vragen met ons mee te komen.’

'Dat is goed,' zei ik timide. Ik volgde de beide mannen naar de uitgang van het ziekenhuis, mezelf vervloekend dat ik de laatste ampul nog altijd in mijn jaszak had.

Ze reden me naar een gebouw aan de rand van Washington.

'Dit is niet het hoofdkwartier van de FBI,' zei agent MacGraw. 'Vanwege een bijzondere omstandigheid vindt het gesprek op deze locatie plaats. U zult straks wel zien waarom.'

We stapten uit en ik keek naar de grijze voorgevel zonder opschrift. Ik kreeg een onbehaaglijk gevoel.

We liepen het gebouw in en daalden een trap af. Via een sluis kwamen we in een lange gang die naar een aparte afdeling leidde. Ook hier hingen nergens naambordjes. Alles was heel kil en onpersoonlijk. Er liepen wel mensen rond, maar die groetten ons niet.

Lancaster en MacGraw brachten me naar een kamer met een groot raam waar luxaflex voor hing. Het was vrij donker in de kamer omdat de luxaflex gesloten was. Desondanks deden de FBI-agenten het licht niet aan. In plaats daarvan liep Lancaster naar het raam en vroeg of ik bij hem wilde komen staan.

'Wat u gaat zien, zal u mogelijk van streek maken,' waarschuwde hij.

Hij draaide de luxaflex open en ik zag dat ik in een soort mortuarium keek. In het midden van de ruimte stonden lange tafels die afgedekt waren met witte lakens. Op een teken van Lancaster liep een vrouw naar een van de tafels en schoof het laken omlaag. Ik schrok. Het was Thomas, hij had zijn mond open en zijn tong stak half uit zijn mond. Ik sloeg mijn handen voor mijn gezicht.

'Mevrouw Walsh,' klonk Lancaster naast mij. 'Het is belangrijk dat u blijft kijken.'

Ik schoof mijn vingers uit elkaar en zag dat de vrouw inmiddels bij een andere tafel stond en ook daar het laken omlaag schoof.

Opnieuw ging er een schok door me heen. Hoewel zijn gezicht onder de zwarte aanslag zat, herkende ik Samuel meteen. Ik wendde mijn gezicht af en hoorde Lancaster de luxaflex weer dichtdraaien. Op hetzelfde moment ging het licht aan en zag ik in een hoek van de kamer de verhoortafel staan.

'Mevrouw Walsh, ik snap dat dit u aangrijpt, maar we zouden u desondanks graag een paar vragen stellen,' zei MacGraw. 'Wilt u aan die tafel plaatsnemen?'

Half verdoofd door wat ik zojuist had gezien ging ik zitten. Lancaster en MacGraw namen tegenover me plaats.

Lancaster nam het woord. 'Gisteravond omstreeks negen uur is uw broer Samuel Walsh overleden. Hij hing aan een brandend kruis, maar de lijkschouwer heeft vastgesteld dat hij niet aan de gevolgen van verbranding, maar door de inname van cyanide is overleden. Dezelfde avond omstreeks half tien is Thomas Faber, met wie u naar wij vernomen hebben een vriendschappelijke relatie onderhield, eveneens door de inname van cyanide overleden. Het kan geen toeval zijn dat twee mensen met wie u nauw contact had, op dezelfde avond met hetzelfde gif zijn omgebracht.'

Lancaster liet een stilte vallen.

'Maar dat is nog niet alles,' nam zijn collega MacGraw het over. 'Nadat u, om voor ons onduidelijke redenen, een bezoek bracht aan het politiebureau van Arlington, bent u naar Washington geescorteerd door agent Lewis, die sindsdien vermist wordt. U zult begrijpen dat wij ons ernstige zorgen maken over de hele situatie en in het bijzonder over uw veiligheid.'

'Over mijn veiligheid,' stamelde ik terwijl ik de handboeien die in mijn gedachten al om mijn polsen knelden plotseling los voelde schieten.

'Ja,' antwoordde Lancaster. 'Het is belangrijk dat u ons exact vertelt wat er gisteravond is gebeurd vanaf het moment dat u het politiebureau met hem verliet. We zijn in het bijzonder geïnteresseerd in wat agent Lewis mogelijk over u te weten is gekomen. Waar heeft hij u afgezet? Weet hij nu bijvoorbeeld waar u woont?'

'Ik begrijp u niet,' zei ik. 'Wat heeft agent Lewis hiermee te maken?'

De mannen keken elkaar kort aan en Lancaster knikte naar MacGraw, die weer het woord nam.

'Agent Lewis is al een tijdje bij ons in beeld. We weten dat hij banden heeft met de partij van Rockwell en dat hij vertrouwelijke informatie doorspeelt. Toen er enkele weken geleden een jonge vrouw dood in het appartement van uw broer werd aangetroffen, heeft sheriff Frederick van ons de opdracht gekregen om het onderzoek te staken. De jonge vrouw was een informant van ons, en als dat aan het licht kwam zou agent Lewis onraad ruiken terwijl wij de bewijslast nog niet rond hadden.'

Ik liet deze nieuwe informatie op me inwerken. 'Denkt u dat agent Lewis haar ontmaskerd heeft en haar vervolgens heeft gedood?'

'Dat is een van de scenario's waar we rekening mee houden,' zei Lancaster. 'En als hij haar heeft vermoord, dan heeft hij waarschijnlijk ook uw broer omgebracht. Beide moorden zijn op identieke wijze uitgevoerd. Het slachtoffer heeft een ampul met cyanide kapotgebeten omdat de pijn niet langer te verdragen was.'

Ik dacht aan wat Samuel me had verteld over Allison Hyde. Volgens hem had ze zichzelf van het leven beroofd, en het zelfmoordbriefje bevestigde dat. Maar wat als Bill Lewis haar had opgehangen en vervolgens dat briefje achterliet? Het verklaarde de vreemde manier waarop ze zelfmoord had gepleegd en het verklaarde ook waarom de tweede ampul ontbrak. Lewis had het meegenomen en daar nu Samuel mee afgemaakt. En als Elias een relatie had met Allison Hyde, dan had Lewis hem ook gekend. Lancaster had gelijk. Lewis had hen waarschijnlijk vermoord, en ik had hém uitgeschakeld. Ik voelde een zekere opluchting, maar dacht tegelijkertijd aan Thomas, die ook met cyanide om het leven was gebracht. Ik kreeg een ingeving.

'U heeft het over die partij van Rockwell,' zei ik. 'Thomas zou hem gaan interviewen, maar ik heb hem dat afgeraden. Hij heeft het interview afgezegd, wat Rockwell irriteerde. In plaats van Rockwell heeft hij toen een zwarte student geïnterviewd, Dion Diamond. Lewis had een pesthekel aan hem. Het was mijn idee om Dion te interviewen in plaats van Rockwell, en...'

Ik keek de mannen verschrikt aan. 'O jee, u denkt toch niet dat Lewis wraak heeft genomen op Thomas? Maar dan is het mijn schuld dat hij nu...'

'Kalm aan, mevrouw Walsh,' zei Lancaster. 'Als Lewis hem inderdaad heeft omgebracht dan is hij de enige die daarvoor verantwoordelijk kan worden gehouden. Voor nu is het belangrijk dat u ons exact vertelt wat er gisteravond is gebeurd. Heeft hij u thuis afgezet?'

Ik schudde mijn hoofd.

'Nee, hij is de brug overgereden en toen ben ik uitgestapt. Ik word snel wagenziek als ik zelf niet achter het stuur zit, begrijpt u. Ik had frisse lucht nodig en ben vanaf daar gaan lopen.'

'En kan het zijn dat hij u gevolgd is?' vroeg MacGraw.

Ik dacht na. 'Nee, hij is mij niet gevolgd. Maar nu u het zegt, hij reed voor me uit richting Circle Park. Maar dat klopte ook, want hij had me verteld dat hij toch naar Hyattsville in Maryland moest en me dus net zo goed thuis kon afzetten.'

Lancaster en MacGraw keken elkaar aan.

'Hyattsville, weet u dat zeker?' vroeg Lancaster.

'Ja, hoezo?'

Hij knikte. 'De weg naar Hyattsville loopt langs Brookland, waar Thomas Faber in het ziekenhuis lag.'

Ik sloeg een hand voor mijn mond.

'Mevrouw Walsh, het is heel goed dat u zich niet thuis heeft laten afzetten,' zei MacGraw. 'Maar Lewis is een politieagent en heeft mogelijk meer informatie over u kunnen achterhalen dan u lief is. Het is beter als u de komende tijd op een ander adres verblijft en niet naar uw werk gaat. Ook adviseren we u om geen openbare bijeenkomsten bij te wonen. Het beste kunt u tijdelijk uw werkzaamheden neerleggen en de tijd nemen om het verlies van uw broer en uw vriend te verwerken. Niemand zal u dat kwalijk nemen.'

Lancaster haalde een kaartje uit zijn zak en gaf het aan me. 'Als er iets is, dan ben ik via dit nummer te bereiken. Wees vooral voorzichtig de komende tijd. Dit is het werk van een psychopaat.'

53

Washington D.C.
2 mei 1960

Sinds mijn bezoek aan het FBI-kantoor verbleef ik weer in mijn eigen appartement. Hoewel ik Lancaster en MacGraw had beloofd voorzichtig te zijn zolang ze Lewis niet te pakken hadden, wist ik sinds dat gesprek dat ik niets meer te vrezen had. Lewis lag immers ergens veilig op de bodem van de Potomac Rivier.

De dag na mijn ontmoeting met de FBI-agenten had ik mijn werk weer willen oppakken, maar Sorensen trapte op de rem. 'Luister, Ezra,' sprak hij kalm. 'Neem je tijd. Wat wij doen lijkt belangrijker dan wat ook in de wereld, maar dat is het niet. Het verdriet dat nu alle tijd en ruimte in je leven vult, moet je die tijd en ruimte ook geven. Er ligt nog een lange weg voor ons en er zijn nog heel veel momenten waarop je weer kunt aanhaken, maar het is belangrijk dat je dat pas doet op het moment dat je jouw verdriet een plekje hebt kunnen geven.'

'Maar alles draait om West Virginia. Als we daar niet...'

'Ezra, alles draait nu even niet om West Virginia. Het draait nu alleen maar om jou. Laat ons voorlopig even helemaal los.'

Ik keek door het raam naar buiten en terwijl ik de wolken over de daken van het huizenblok aan de overkant zag glijden dacht ik terug aan het afscheid van Elias. Het idee om voor Samuel, net als voor Elias, een tahara te organiseren had ik al snel losgelaten. De FBI zou zijn lichaam dan moeten vrijgeven en ik had al van

Lancaster en MacGraw begrepen dat vanwege het lopende onderzoek de kans hierop vrijwel nihil was. Ze hadden me verteld dat de familie van Thomas ook om vrijgave van diens lichaam had gevraagd, en dat dit pas gehonoreerd zou worden op de dag voor de begrafenis, wanneer hij werd overgebracht naar Maine.

Geen tahara dus voor Samuel, maar zowel voor hem als voor Thomas was er wel een bijzonder afscheid. Samuel kreeg vandaag een militaire begrafenis op de Arlington National Cemetery omdat hij voor zijn studie een jaar had gevochten in de Koreaanse Oorlog. En morgenochtend zou Thomas op het landgoed van zijn ouders worden begraven. Ik was door zijn moeder voor de uitvaart uitgenodigd nadat ik de familie Faber via een telegram had gecondoleerd. Maar ik voelde er weinig voor om naar Maine af te reizen. Hoewel Thomas en zijn vader niet achter de moord op Samuel bleken te zitten, baarde Thomas' bekentenis over de geënsceneerde ontmoeting met zijn vader me wel zorgen. 'Mijn vader is een verschrikkelijke man en hij heeft met jou ook een plan,' had Thomas gezegd. Ik hoefde niet te ontdekken wat dat plan was.

Ik sloeg de bladzijde om van de krant die voor me op tafel lag. Het was de *Herald Tribune* die de krantenjongen per ongeluk afgelopen vrijdag in mijn brievenbus had gedaan, in plaats van de *Washington Post* waar ik een abonnement op had. Ik bladerde tot ik ineens iets vertrouwds zag. Maar vrijwel op hetzelfde moment dat ik de advertentie zag, realiseerde ik me dat er iets niet klopte. Het was geen toeval dat de krantenjongen een fout had gemaakt.

Gespannen keek ik naar de advertentie van de houtzagerij. Wist Saul Belkin dan niet dat Samuel dood was? Het had in alle media gestaan. Toen begon ik het te begrijpen. *No way*, dacht ik. Echt geen kans dat ik de taak van Samuel zou overnemen.

Ik wilde de krant dichtslaan, maar kon me niet bedwingen. Mijn ogen gleden naar de codes en ik zag meteen dat ze verwezen naar een volledige naam in een advertentie. Twee opeenvolgende woorden in advertentie twintig. Gespannen liep ik naar de krantenbak en pakte de donderdageditie van de *Washington Post*. De rouwadvertentie van Samuel stond in deze editie. Mijn naam stond in die advertentie...

Ik begon te tellen. De twaalfde advertentie was die van Samuel. Ik haalde opgelucht adem en telde verder tot ik bij twintig kwam. Ik verstijfde. Het was het overlijdensbericht van Thomas, en ik zag vrijwel onmiddellijk waar de code naar verwees. *Heinrich Faber*. De vader van Thomas.

Waarom vroeg Saul Belkin me om de vader van Thomas om te brengen? Was er dan toch een link tussen hem en de mensen die het op ons hadden voorzien?

Heinrich Faber kwam van oorsprong uit Duitsland en infiltreerde volgens Thomas voor de Amerikaanse inlichtingendiensten eind jaren dertig in het Duitse leger. Maar toen hij na de oorlog terugkwam nam hij deel aan lynchpartijen van de Ku Klux Klan. Hoe viel dat met elkaar te rijmen? Wie was deze man werkelijk, en waartoe was hij in staat?

Ik dacht terug aan mijn ontmoeting met hem op zijn landgoed na het paardrijden. Hij was heel vriendelijk tegen me geweest, maar wie ging er achter dat vriendelijke gezicht schuil?

Ik keek op de klok. Het was kwart voor tien, nog ruim vijf uur tot Samuels begrafenis. Ik had nog een hele stapel boeken over West Virginia die ik moest terugbrengen naar de Library of Congress. Als ik dat nu deed zou ik tegelijk kunnen kijken of ik informatie over Heinrich Faber kon vinden.

Om exact half elf meldde ik me bij de informatiebalie van de bibliotheek. Ik vertelde de bibliothecaresse dat ik een dissertatie schreef over de macht van grote levensmiddelenconcerns. Een van de mensen die ik wilde interviewen was Heinrich Faber, de CEO van Faber Food & Beverages.

'Laten we beginnen met *Forbes*,' antwoordde ze. 'Als hij echt rijk is, dan staat hij daar beslist in.' Haar vingers gingen bewonderenswaardig snel door een kaartenbak waaruit ze twee kaartjes viste, waarna ze de nummers van de artikelen voor me op een briefje noteerde. Daarna vond ze in nog drie andere bladen artikelen over de vader van Thomas.

De artikelen beschreven het imperium dat hij had opgebouwd en roemden zijn zakelijk inzicht. De informatie over zijn privéleven en zijn achtergrond was vrij summier. De periode die hij in Duitsland had doorgebracht werd nergens genoemd. Maar als het klopte dat hij inderdaad voor de inlichtingendiensten had gewerkt, dan was dat ook wel logisch.

In het laatste blad stond een foto. De foto was genomen op een vissersboot en Heinrich Faber toonde trots een enorme blauwe marlijn die hij aan boord had gehaald. Naast hem stond een grote man die ik meteen herkende. Ik las de toelichting onder de foto: *Tijd voor ontspanning met vriend Ernst ('Putzi') Hanfstaengel.*

Ik liep naar de bibliothecaresse en liet haar de foto zien.

'Zou u voor mij willen kijken of u ook iets kunt vinden over deze man, Ernst Hanfstaengel?

Ze knikte en zocht zijn naam op in haar systeem.

'Er is veel over hem geschreven. Hij was tijdens de Tweede Wereldoorlog adviseur van president Roosevelt.'

'Adviseur van de president?'

'Ja, blijkbaar. Hier heeft u alle codes.'

Ik liep opnieuw met haar lijstje door de bibliotheek en verzamelde alle artikelen. Veel daarvan gingen over Roosevelt en noemden Hanfstaengel inderdaad als zijn adviseur. Juist toen ik begon in te zien waarom zijn naam zo vaak in het systeem voorkwam, viel mijn oog op een rapportage die over een heel andere periode uit zijn leven leek te gaan: 'De "Swastika", de Duitse Ku Klux Klan'. Mijn hart begon sneller te kloppen. Het artikel was geschreven door de Joods-Amerikaanse journaliste Lily Winner en ging over de 'ultranationalistische, militaristische en antisemitische Hakenkruisbeweging'.

Dat was waar Thomas over had verteld toen hij me waarschuwde om de beweging van Rockwell niet te onderschatten. De Hakenkruisbeweging van ene Adolf Hitler, die bestond uit onontwikkelde knapen, zou uitgroeien tot een van de invloedrijkste organisaties die de wereld ooit heeft gekend. Maar wat had Ernst Hanfstaengel met deze beweging te maken?

Ik kwam al snel uit bij een passage waarin hij werd genoemd: 'Behalve Hitler zag ik slechts één volwassen man in uniform, en die bleek geestelijk al even onrijp als de jongeren. Deze man, een lang en mager individu van ongeveer 35 jaar, met een ingevallen gezicht en een ongemakkelijk humeur, Hanfstaengel genaamd, laat zich erop voorstaan dat hij twintig jaar in de Verenigde Staten heeft doorgebracht.' En even verder: 'Hij is Hitlers rechterhand.'

Met stomheid geslagen staarde ik naar de tekst. Putzi, de vriend van Thomas' vader, de voormalig adviseur van president Roosevelt, was ooit de rechterhand van Adolf Hitler geweest.

'Er is ook nog een boek over hem,' klonk het plotseling achter me. Ik keek geschrokken om en zag de bibliothecaresse staan. 'Blijft u vooral even zitten, anders valt u om. Meneer Hanfstaengel had opmerkelijke vrienden.'

Ze toonde me de achterkant van het boek dat ze had meegenomen en ik zag een foto met het zijprofiel van twee mannen die elkaar indringend aankeken. Onder de foto las ik: *Ernst Hanfstaengel en Adolf Hitler. Genomen bij de Rijkspartijdag in 1934.*

Ik nam het boek van haar over en zag op de voorzijde dat de titel *Unheard Witness* luidde. Terwijl de vrouw wegliep sloeg ik het boek open. Het bleek een eerste druk, uit 1957. Een biografie over Ernst Hanfstaengel.

Mijn ogen gleden snel langs de passages terwijl ik me een beeld vormde van de in München geboren Hanfstaengel, zoon van een Duitse vader en een Amerikaanse moeder. Een slimme kerel die studeerde aan Harvard en in 1922 teruggekeerde naar Beieren, waar hij zo gefascineerd raakte door Adolf Hitler dat hij een van zijn trouwste volgelingen en beste vrienden werd. Het was de vrouw van Hanfstaengel die een zelfmoordpoging van Hitler verijdelde. Hanfstaengel zelf financierde de publicatie van *Mein Kampf*.

Vanaf 1933 kwamen er echter barsten in de vriendschap en in 1937, toen hij vreesde dat Hitler zich van hem wilde ontdoen, vluchtte hij naar Engeland. Hij werd in 1942 uitgeleverd aan de VS. Daar werkte hij op verzoek van president Roosevelt, die hij van Harvard kende, aan 'Project S' en deelde informatie over ruim vierhonderd nazileiders, waaronder Hitler zelf.

Putzi Hanfstaengel had een duister verleden in nazi-Duitsland en uitgerekend hij was een van de beste vrienden van Heinrich Faber. Ik wierp een blik op de grote klok aan de wand en schrok. Het was al half twee. Nog maar anderhalf uur tot de begrafenis in Arlington.

54

Arlington
2 mei 1960

Op de heuvels van Arlington National Cemetery vonden de Amerikaanse helden hun laatste rustplaats. Soldaten die waren omgekomen in de oorlog en gepensioneerde soldaten. Samuel was geen van beide, maar omdat hij een militaire onderscheiding had ontvangen in Korea had hij het recht om hier begraven te worden.

Ik keek in de richting van de militaire stoet en zag de wagen waarop Samuels kist lag. Een span van vier zwarte paarden trok de wagen onder het eerste voorjaarsgroen van de overhangende takken langs de stoet van mensen die voor hem gekomen waren. Vrienden, bekenden, collega's en een flink aantal journalisten zagen hoe de vlagceremonie werd uitgevoerd en luisterden naar de toespraak van een militair. Ik zat op de voorste rij en droeg dezelfde zwarte jas die ik bij de uitvaart van Elias had gedragen. In mijn hand, die ik diep in een van mijn zakken gestoken had, hield ik het kleine zakje vast dat ik zo dadelijk in het graf van Samuel wilde werpen. Het zakje met de ampul. Een symbolisch afscheid van het gif dat hem fataal was geworden.

Maar de gebeurtenissen van de afgelopen dag, in combinatie met wat ik al wist, hadden me aan het twijfelen gebracht. Het bericht van Saul Belkin, waarin Heinrich Faber als doelwit werd genoemd. Het verhaal van Thomas over de lynchpartij door de Ku Klux Klan en de rol van zijn eigen vader. En diens vriend Putzi, die zich in zijn jonge jaren had aangesloten bij het Duitse equivalent van de Klan, dat uiteindelijk mede dankzij zijn steun uitgroeide tot de NS-DAP van Adolf Hitler. Stond Heinrich Faber daarom op de dodenlijst, en had hij het op zijn beurt op mij voorzien? Zat hij dan toch achter de dood van Elias en Samuel? En was Bill Lewis een speelbal die het vuile werk opknapte of alleen maar degene die op het juiste moment een oogje dichtkneep?

Ik realiseerde me dat ik me mogelijk te veel had laten leiden door de theorie van de FBI-agenten. Waarom zou Lewis Samuel nu pas hebben omgebracht, terwijl hij dat op de avond dat hij Allison Hyde vermoordde al had kunnen doen? Misschien hadden we met verschillende moordenaars met verschillende motieven te maken, of zat het allemaal heel anders.

Mijn blik gleed langs de aanwezigen. Als het gevaar inderdaad van Heinrich Faber kwam, dan kon hij van mijn betrokkenheid bij de dood van Lewis misschien niet weten, maar dat gold wel voor de dood van zijn zoon Thomas. Samuel was op het tijdstip van Thomas' overlijden zelf al dood. Wat als het overlijden van Thomas een onderdeel van het plan was, en hij zich door mij had laten doden om me aan die absurde voorwaarde te laten voldoen?

Mijn blik bleef hangen bij een vrouw die ik hier niet had verwacht, Nora Ann Bates, de ex van Thomas, die hem een dag voor zijn overlijden had gedumpt.

Ze staarde naar het graf en toen het zonlicht onder de schaduwrand van haar hoed tot halverwege haar gezicht viel, zag ik dat ze een traan wegpinkte. Nu begreep ik waarom ze hier was. Ze was meer geweest dan gewoon een collega op de politieke afdeling: ze hadden elkaar persoonlijk gekend.

Ik volgde haar blik en zag dat de ceremonie ten einde was. Het moment waarop ik naar voren had willen treden om het zakje in het graf te werpen was aan me voorbijgegaan. Als iedereen straks weg was, zou ik het tussen de aarde op het graf begraven.

De mensen om me heen maakten aanstalten om richting de receptie te gaan. Ik zocht opnieuw naar Nora Ann tussen de menigte, ze leek te zijn verdwenen. Maar aan het einde van de receptie, toen ik terugliep richting Samuels graf, kwam ik haar onverwachts tegen.

'Mevrouw Walsh,' zei ze. 'Ik begrijp dat Samuel uw broer was. Gecondoleerd.'

Ik knikte. 'Jullie waren collega's?'

'Ja,' zei ze. 'We werkten in hetzelfde team.'

'U ook gecondoleerd,' zei ik zachtjes. 'Met Samuel en met Thomas.'

Ze keek me ongelukkig aan. 'U heeft het ook van Thomas gehoord?'

'Uiteraard,' zei ik, 'wij waren ook collega's.'

Nu glimlachte ze. 'U hoeft het voor mij niet te verbergen. Ik weet hoe het zit. Toen ik Thomas vroeg van wie de witte lelies waren, vertelde hij me dat hij ze van een vriendin gekregen had die heel veel voor hem betekende. Ik vroeg hem wat hij daarmee bedoelde en hij zei dat hij van haar hield. Ik vroeg hem of hij meer van haar hield dan van mij, en hij zei ja. Hij zei dat hij zo veel van haar hield dat hij haar niet tot last wilde zijn.'

Ik keek Nora Ann verdwaasd aan.

De tranen sprongen in haar ogen. 'Ik heb hem verteld dat ik hem dan ook niet meer tot last zou zijn. Het was de laatste keer dat ik hem zag.'

'Zei hij dat hij van me hield?' stamelde ik. 'Heeft hij dat echt gezegd?'

Ze knikte en veegde de tranen uit haar ogen. 'Ik voelde het al weken. Ik wist dat er een ander was. Hij had ineens elke avond een afspraak en liet mij alleen thuis achter.' Ze lachte schamper. 'Net als zijn eigen vader, die ging ook vreemd.'

Nora Anns blik vulde zich met verachting. 'Die oude Faber bedroog niet alleen zijn vrouw, maar ook zijn land. Als mensen eens wisten wat hij op zijn geweten heeft.'

Ze keek me indringend aan. 'Toen ik thuiskwam uit het ziekenhuis was ik ziedend. Mijn gevoel was al die tijd juist geweest. Ik voelde een zucht naar meer bevestiging en doorzocht zijn spullen. Ergens moest correspondentie zijn waarin Thomas zijn liefde aan jou verklaarde. Ik wist dat het me gek zou maken, maar ik wilde het ook zien. En terwijl ik door de stukken van zijn werk struinde kwam ik een map tegen waar PERSOONLIJK op stond. Ik opende hem en ontdekte tot mijn verbazing dat hij geen brieven van jou bevatte, maar van hemzelf. Dingen die hij in zijn kindertijd had meegemaakt en die hij als een soort dagboek had bijgehouden. Daar las ik over de lynchpartij die hij had gezien en ik vond er foto's van bijeenkomsten van de Klan, met executies waarop zijn vader steeds prominent in beeld was.

Een van die foto's leek ergens anders genomen en liet een heel ander soort executie zien. De vader van Thomas stond midden op een oude stenen brug. Hij had een militair uniform aan en keek lachend naar beneden, naar twee mensen die met een strop om hun nek aan de brug hingen. Een vrouw en een kind.'

Die avond aan de keukentafel in mijn appartement staarde ik naar het doosje met de laatste ampul. Ik voelde me veel minder veilig dan toen ik hier vanochtend zat. De tekeningen die ik voor de moorden op Elias en Samuel had ontvangen, moesten van Heinrich Faber zijn gekomen. De omschrijving van de oude brug en de mensen die daaraan hingen kwam precies overeen met wat ik op de tekeningen had gezien. Op Fabers bevel waren er in de periode dat hij in Duitsland verbleef Joden geëxecuteerd, en dat zette hij later in Amerika voort. Elias en Samuel hadden geprobeerd hem te stoppen en waren door hem uitgeschakeld. En nu ik zijn zoon had omgebracht was het mijn beurt. Ik moest hem uitschakelen voordat hij toesloeg. Ik moest naar Maine.

55

Portland, Maine
3 mei 1960

Ik arriveerde de volgende ochtend om negen uur op de luchthaven van Portland en nam een taxi richting het huis van de ouders van Thomas. De plechtigheid zou om elf uur beginnen, op een afgelegen deel van het landgoed waar een begraafplaats was van een voormalige nederzetting.

'Komt u ook voor de begrafenis?' vroeg de taxichauffeur vanonder zijn afgesleten pet. 'U bent al mijn derde ritje die kant op vanochtend,' ging hij verder zonder mijn antwoord af te wachten. 'De jonge Faber had blijkbaar veel vrienden. Een triest verhaal, zo'n jonge vent.'

Nu wierp hij een blik over zijn schouder. 'Kende u hem goed?'

Ik knikte.

'Alleen maar ellende, die familie. Zoiets gun je niemand. Ik heb dan misschien niet hun geld, maar ik zou mijn armoe niet willen ruilen voor die ellende.'

We bereikten het landgoed, waar een touringcar klaarstond om genodigden naar de begraafplaats te rijden.

'Ziet u wat ik bedoel? Zo veel mensen. Als die jongen dat zelf toch eens had kunnen zien.'

Ik betaalde de chauffeur en stapte over in de touringcar die ons naar de begraafplaats bracht.

De dienst zou plaatsvinden in een kleine kerk die aan de voormalige nederzetting had toebehoord. Ik volgde de andere genodigden en zocht een plekje op een van de smalle houten banken in de kerk. Ik keek of ik Nora Ann ergens zag zitten, maar verwachtte haar hier eigenlijk niet na haar ontboezemingen van gisteren. Ze had een rothekel aan de vader van Thomas. Hem zag ik wel zitten, naast zijn vrouw op de voorste rij.

De kerk stroomde vol, maar ik herkende verder niemand.

Om twaalf uur was de dienst voorbij en liepen de gasten in een lange stoet langs de kist waarin Thomas lag opgebaard. Ik kon het niet opbrengen om hem nog een keer te zien en bleef zitten totdat de kist naar buiten werd gedragen voor de teraardebestelling. Daarna was er gelegenheid om de nabestaanden te condoleren in een grote kapschuur naast de kerk, waar ook de lunch werd geserveerd.

Ik wachtte buiten op een houten bankje totdat de meeste mensen gecondoleerd hadden en sloot daarna aan in de rij. Toen ik aan de beurt was, zag ik een blik van herkenning in de ogen van Thomas' moeder.

'Jij bent Ezra,' zei ze. 'Jij was een tijdje het vriendinnetje van Thomas. Wat fijn dat je bent gekomen.'

'Ik wilde u heel graag persoonlijk condoleren.' Ik gaf haar een hand en condoleerde daarna ook haar man, die me met een innemende blik aankeek. Terwijl ik opzijstapte hoorde ik Thomas' vader nog iets tegen zijn vrouw zeggen.

'O, jongedame,' zei ze vlug. Ik keek haar aan. 'Kom je nu helemaal uit Washington?'

'Dat klopt.'

'Blijf dan vanmiddag nog even. Er zijn meer gasten die van ver komen en die blijven ook.'

Ik glimlachte. Ik had bewust een open ticket geboekt omdat ik niet wist of, en zo ja wanneer, ik de kans zou krijgen om Thomas' vader te vergiftigen.

'Dat is heel vriendelijk van u, dank u wel.'

Ik ging langs het buffet en zocht een plekje aan de lunchtafel tegenover een jonge man.

'Hallo, ik ben Ezra.'

'Egon,' zei hij. 'Waar ken je de familie van, Ezra?'

'Van Thomas. En jij?'

'Mijn vader is een goede vriend van de familie. Kijk, als je het over de duivel hebt...'

Ik keek op en zag de grote gestalte van Putzi ineens bij de tafel staan.

'Mevrouw Walsh, wat een bijzonder weerzien onder deze droevige omstandigheid.'

'Dag, meneer...?'

'Hanfstaengel, Ernst Hanfstaengel, maar de meeste mensen noemen me Putzi,' zei hij. 'We zagen elkaar eerder hier op het landgoed. U weet wel, toen met dat paard.'

'Ach, natuurlijk,' zei ik.

Hij keek zijn zoon kort aan en wendde zich toen weer tot mij. 'Ik zie dat u kennis heeft gemaakt met mijn zoon. Hij kan u vandaag wel begeleiden. Ik neem aan dat u nog even blijft?'

'Absoluut,' zei ik.

'Mooi, dat is dan geregeld.' Hij haalde een sleuteltje uit zijn zak en gaf het aan zijn zoon. 'Nemen jullie mijn auto maar terug naar de villa. Ik kan wel met Heinrich en zijn vrouw meerijden.'

Putzi liep verder.

'Hij komt hier altijd als hij in Amerika is,' zei Egon. 'Hij kent bijna iedereen.'

'Woont hij in het buitenland dan?' vroeg ik.

Egon moest lachen. 'Dat hoor je toch wel aan zijn accent? Putzi is een echte Duitser. Kom, dan gaan we vast naar de villa.'

We namen de lichtblauwe Rolls-Royce van zijn vader en reden over de zandweg terug naar het huis.

'Je vader komt hier vast al heel lang,' zei ik.

'Ja, dat kun je wel stellen. Hij kent de oude Faber van Harvard. Ze zaten beiden bij de Hasty Pudding Club en studeerden allebei in 1909 af.'

'Een old boys network,' zei ik.

'Absoluut. Maar het is meer dan dat. Ze zijn heel hechte vrienden en hebben elkaar altijd gesteund, totdat...'

'Totdat?'

'Tot er een aantal weken geleden gedoe ontstond over iets onbenulligs. Iets uit het verleden waar ik verder het fijne niet van weet. Dat gedoe ontaardde uiteindelijk in een stevige ruzie die nog steeds niet is bijgelegd.'

'Maar je vader is hier vandaag wel?'

'Ja, op uitnodiging van mevrouw Faber. Zij hoopt op een verbroedering, maar ik hoop dat het niet volledig ontspoort.'

'Is het zo erg dan?' vroeg ik.

Egon zuchtte. 'Waar iedereen bij was heeft Faber mijn vader voor een lafaard en een onbetrouwbare hond uitgemaakt, waarop mijn vader zei dat hij hem zou afmaken als hij hem ooit nog eens zo zou beledigen. Daarna hebben ze geen woord meer met elkaar gesproken.'

Ik staarde voor me uit terwijl we de villa naderden.

'Hij leent deze auto echt nooit uit,' zei Egon toen we de Rolls geparkeerd hadden en de serre aan de tuinzijde betraden. 'Als Putzi in Duitsland is staat hij in een afgesloten garage waarvan alleen hij de sleutel heeft.'

'Dus je vader heeft zowel een huis in Amerika als in Duitsland?' vroeg ik.

Hij keek me aan met een ongelovige blik. 'Weet je dan echt niet wie hij is?'

Ik haalde mijn schouders op.

Egon keek alsof hij een moeilijke afweging moest maken. 'Nou, vooruit. Hij loopt er zelf ook mee te koop. Hij was ooit een goede vriend van Adolf Hitler.'

Ik keek hem met grote ogen aan.

'Ja, het is waar. Maar hij heeft hem verraden toen hij naar Amerika terugkwam. Zijn oude vriend Franklin heeft hem toen geholpen.'

'Franklin Roosevelt?' reageerde ik verbaasd, alsof ik dit allemaal voor het eerst hoorde.

'Zeker, onze toenmalige president. Wij noemen hem thuis Franklin.'

'En thuis is Amerika voor jou?' vroeg ik.

'Ja, hoewel ik in Duitsland ben opgegroeid. Waar ken jij Thomas eigenlijk van?' veranderde Egon plotseling van onderwerp.

'O, van mijn studie.'

'Ah ja, natuurlijk, jullie zijn ongeveer even oud. En waar kom jij vandaan?'

Op dat moment kwam de moeder van Thomas de serre binnenlopen.

'Ezra. Sorry dat ik je niet eerder heb aangeboden om te blijven. Thomas had het zo vaak over je. Als je wilt, mag je ook overnachten, dan laat ik je meteen je kamer zien.'

'O, dat is heel vriendelijk, maar ik weet niet of...'

'Het is geen enkel probleem,' onderbrak ze me. 'Ik doe graag iets terug voor een vriendin van Thomas. Loop maar met me mee.'

Ik stond op en knikte naar Egon.

'Ik zie je straks nog wel,' zei hij terwijl ik met Thomas' moeder de serre verliet en via een grote lounge in de ontvangsthal kwam.

'Ik heb voor jou een kamer op de tweede verdieping aan de boszijde. Als je 's ochtends vroeg naar buiten kijkt zie je de reeën lopen.'

Ze ging me voor en bracht me ernaartoe. Achter de hoge ramen strekte het woud zich tot aan de horizon uit.

'Het is Thomas' oude kamer,' zei ze zacht. Ze liep naar het raam en wees op het uitzicht over de weides richting het bos. 'Dit was waar hij het meest van genoot als kind. In de zomer stond hij extra vroeg op om naar de reeën te kijken die hier langs de bosrand grazen. Hij vond het zulke prachtige dieren, en hij...' Ze viel stil en staarde door het raam naar buiten. Er gleed een traan langs haar wang. 'Daarom hebben we hem daar ook begraven. Samen met de dieren wordt hij er door niemand gestoord.'

Ze keek me aan. 'Ik heb Thomas in het ziekenhuis nog bezocht. Hij vertelde me dat jij bij hem was toen het ongeluk gebeurde.'

'Ja,' zei ik. Ik ontweek haar blik. 'Dat klopt.'

Ze aarzelde. 'Het is misschien moeilijk voor je om over te praten, maar wellicht kun je me vertellen wat er precies gebeurde. Ik zit met zo veel vragen.'

Ik tuurde over de boomtoppen. 'Hij trok zich los,' zei ik. 'Hij was boos op me en wilde weglopen. Ik hield hem vast en toen trok hij zich los en viel, en plotseling was die auto er en ik...'

Ze legde een hand op mijn schouder. 'Je mag jezelf dat niet verwijten.'

Ik draaide me naar haar toe en ze nam me in haar armen. Ik kon mijn tranen niet langer bedwingen.

56

Portland, Maine
3 mei 1960

Die middag zag ik Egon niet meer. Ik besloot een ommetje te maken naar de paardenstallen. Moreno stond in zijn eigen stal, maar Fabelhaft ontbrak. Ik kwam bij een apart stallenblok met vier stallen die niet op de binnenplaats uitkeken. De boxen waren ruimer, en in een van de boxen stond een merrie met een pasgeboren veulen slapend voor haar benen in het stro.

Ineens hoorde ik twee stemmen naderen, en ik herkende duidelijk het Duitse accent van Putzi.

'Ik had dit gesprek nooit met je moeten voeren. Je kunt dat niet van mijn jongen vragen.'

'En waarom niet? Hij is de peetzoon van de Führer. Als hij het doet is de cirkel rond.'

'Nee, Faber, ik wil dat je mijn zoon hierbuiten laat.'

De mannen stonden inmiddels vlak bij het stallenblok waar ik me schuilhield.

'Het was van meet af aan jouw plan,' ging Putzi verder.

'Oké, prima, dan doe ik het zelf. Ik heb al geregeld dat ze blijft slapen. Vanavond na het diner neem ik haar mee naar de Cava en maak ik af wat die misselijke zoon van me had moeten regelen.'

'Mijn god, Faber, hij is nog maar net begraven.'

'Waarom zou ik rouwen om die minkukel? Hij heeft me in alles teleurgesteld. Zelfs dit klusje kon hij niet opknappen.'

Putzi liet een mokkend geluid horen en de stemmen van de mannen verwijderden zich weer.

Ik wachtte even en ging toen snel terug naar de villa, waar ik meteen mijn eigen kamer opzocht en de deur op slot deed.

Ik liet me in een fauteuil zakken en dacht aan wat ik zojuist had gehoord. Dus Faber had het al die tijd inderdaad op mij voorzien. Thomas had het laten afweten, en nu had hij besloten zijn plan vanavond zelf uit te voeren. Dat bracht alles terug tot twee opties. Of ik zou nu vertrekken, en dan moest ik voor altijd over mijn schouder blijven kijken, of ik sloeg vanavond zelf toe.

57

Portland, Maine
3 mei 1960

Het diner bestond uit zeven gangen. De gasten deden zich tegoed aan het heerlijke eten en naarmate de avond vorderde vloeide er steeds meer wijn, en werden de tongen losser. Putzi deelde zelfs met de aanwezigen waarom hij zo begeesterd was door Adolf Hitler.

'Wat Hitler met een publiek kon doen, zal in geen tienduizend jaar herhaald worden,' zei hij.

'Die jonge Kennedy kan het publiek anders ook goed bespelen,' riep een gast vanaf de andere kant van de tafel.

'Wat Kennedy heeft is flair en authenticiteit. Ik denk dat hij volgende week in West Virginia niets heel laat van Humphrey,' reageerde Putzi.

'Ik geloof er helemaal niets van,' zei een oudere man die schuin tegenover hem zat. 'Die paap vaart op de protestantse klippen in West Virginia. Een katholieke president zullen ze daar nooit accepteren.'

'Wat een onzin,' reageerde Putzi. 'Hij moet daar verdomme met zijn hand op de Bijbel zweren dat hij de scheiding tussen kerk en staat zal respecteren.'

'Bravo!' riep iemand. 'Putzi for president!' Opnieuw werd er hard gelachen, maar Putzi had me aan het denken gezet.

Het was half twaalf toen de laatste gasten van tafel gingen. Alleen Putzi, Faber en ikzelf zaten nog aan de wijn. Ik had de hele avond gehoopt op een moment dat ik de ampul in het glas van Faber kon legen, maar er waren te veel ogen op me gericht geweest.

'Misschien moet ik het haar toch zelf laten zien,' zei Putzi.

'Wat moet u mij laten zien?' vroeg ik met een gespeeld aangeschoten stem. Heel bewust had ik die avond steeds mijn glas meegenomen als ik het toilet bezocht. Van de vijf glazen wijn had ik er hooguit eentje op.

'De Cavaaa,' zei Putzi lallend.

'De Cava is mijn pronkjuweel,' vulde Faber aan. 'Daar maken en bewaren we de beste wijn van de allerbeste druiven.'

'Kom, Faber,' zei Putzi. 'Je bent veel te bescheiden. De Cava is toch veel meer dan een wijnkelder? Het is je levenswerk. Je eigen atoombunker voor als de Russen komen.'

'Stil toch, man,' zei Faber. 'Dat hoeft niet iedereen te weten.'

Ik keek de mannen aan en zei: 'Een echte atoombunker?'

'Zie je,' zei Faber. 'Nu wil ze de atoombunker zien.'

'Ik wil de hele Cava wel zien,' zei ik snel. Ik wist dat ik een enorm risico nam, maar ik wilde alleen zijn met Faber.

Putzi lachte luid. 'Hij laat u de hele Cava zien. U krijgt de grand tour.'

Ik keek Faber hoopvol aan.

Hij schonk me een joviale blik. 'Waarom niet.' Hij viste zijn autosleutels uit zijn zak en wenkte me. 'Kom, dan gaan we een ritje maken.'

Putzi liep met een fles onder zijn arm met ons mee tot we in de hal waren. Daar nam hij de trap omhoog naar zijn kamer terwijl Faber en ik de villa verlieten. In de frisse avondlucht stapten we in Fabers jeep. Ik liet niets merken, maar de angst gierde door mijn lijf. In de Cava zou ik moeten verdwijnen.

'De Cava ligt in het meest ontoegankelijke deel van het landgoed,' zei Faber. 'Als het nat is, zoals nu, kun je er alleen met deze jeep komen.'

Hij startte de motor en reed richting de rand van het bos, waar hij een zandweg opdraaide. Het licht van de koplampen gleed spookachtig langs de kale stammen die uit de duisternis naar voren leken te treden. Na een bocht liep de weg licht omhoog en Faber schakelde terug. Hij stuurde de auto heel vaardig over de smalle weg en ik bedacht dat hij waarschijnlijk net als ik bewust niet te veel had gedronken. Ik moest uiterst alert zijn, en ik hield de ampul dan ook continu stevig in mijn hand. Als het niet anders kon zou ik het cyanide net als bij agent Lewis tussen zijn tanden rammen.

'Dit is het steilste gedeelte,' zei Faber terwijl ik de neus van de auto zo ver omhoog zag komen dat ik de weg bijna niet meer zag. De motor ronkte zwaar en Faber gaf extra gas.

Toen we boven waren zei hij: 'We zijn er bijna. Hier naar beneden en dan door een kom waar het heel nat kan zijn. Daarachter ligt de Cava.'

Hij liet de jeep langzaam van de helling af rollen en gaf wat meer gas toen we een modderig veld overstaken. We reden nog een paar minuten door en bereikten toen een oud, uit rotsblokken opgetrokken gebouw, met aan de voorgevel een houten bord met het opschrift CAVA.

Faber parkeerde de jeep bij de ingang en we gingen naar binnen. Terwijl hij de deur voor me openhield voelde ik heel even zijn hand op mijn rug. Ik liep de donkere ruimte in en hoorde een klik. Ik schrok van het geluid, maar toen het licht begon te knipperen begreep ik dat Faber alleen maar een schakelaar had omgezet. Nu werd me duidelijk dat dit helemaal geen gebouw was, maar een voorportaal naar een ondergronds gangenstelsel. Ik herkende het type metalen deur, waarvan ik er als kind meerdere in de Obersalzberg had gezien. Faber opende hem met een sleutel en ik zag dat een meter daarachter nog zo'n deur was. Boven beide deuren zaten roosters waar lucht door naar buiten werd geblazen.

'Deze deuren vormen de eerste barrière,' zei Faber terwijl hij de eerste afsloot en de tweede, die niet van een slot voorzien was, opentrok. 'Door overdruk in de tunnel wordt lucht naar buiten geblazen en kan gifgas hier niet naar binnen komen.'

'Ik dacht dat het een atoombunker was,' zei ik terwijl ik de nauwe sluis verliet.

'Zeker, dat is het ook. Maar toen ik deze bunker liet bouwen in 1947 beschikten de Russen nog niet over een atoombom. De onderste kelder, die ik je straks laat zien, is later gebouwd.'

We bevonden ons nu in een centrale hal waarvandaan je verschillende gangen kon nemen. Ook hier waren weer een paar deuren. Faber opende er een en ik zag dat er een grote ketel stond.

'Een originele Dräger uit Lübeck,' zei hij trots. 'Het luchtfilteringssysteem van dit deel van de bunker.'

Hij sloot de deur weer en opende een tweede, naar een grotere ruimte. Daar zag ik links van me, glanzend in het licht, honderden wijnflessen liggen, terwijl aan de rechterzijde grote wijnvaten tegen de wand stonden.

Faber zocht een fles uit en nam hem mee. 'Voor straks,' zei hij. Toen we de ruimte verlieten voelde ik opnieuw zijn hand langs mijn rug glijden, ditmaal tot op mijn billen. Er ging een siddering door mijn lijf.

'De levensmiddelen bewaar ik beneden in de atoombunker. Hier liggen vooral spullen opgeslagen die hier nodig zijn. Voor het vervaardigen van de wijn, maar ook ter bescherming tegen een mogelijke gasaanval.'

Mijn ogen gleden langs de gasmaskers die boven verschillende kratten en tonnen aan de wand hingen. Op de tonnen zaten etiketten. Middelen voor het distilleringsproces van de wijn – onder andere appelzuur, wijnsteenzuur en vloeibaar citroenzuur.

'Kom, dan gaan we naar beneden en laat ik je het pièce de résistance zien.'

Faber ging me voor door een lange, smalle gang die schuin naar beneden afliep. Langs de wanden liepen kabels en om de zoveel meter hing een kleine lamp. Het was net alsof hij hier een replica had laten bouwen van het tunnelstelsel van Hitler. We bereikten een stenen trap en daalden nog dieper af, tot we weer een sluis bereikten.

'Welkom op de veiligste plek in Amerika.'

Door de manier waarop hij het zei voelde ik me alleen maar onveiliger. Mijn vingers gleden langs de ampul in mijn zak.

We kwamen aan bij een kamer die huiselijk was ingericht met banken en tafels, en die weer toegang gaf tot twee andere ruimtes. Ik bleef staan bij de ingang van de huiskamer en keek toe hoe Faber plaatsnam op een van de banken.

'Wat is er, Ezra?' vroeg hij. 'Je kijkt alsof je deze plek herkent.'

'Ik ben hier eerder geweest,' stamelde ik. 'Dit is het schuilhuis achter het Berghof van Hitler.'

Er verscheen een grijns op Fabers gezicht.

'We hebben ons altijd afgevraagd waar het koffertje was gebleven. Het koffertje voor de officieren. We dachten dat het nooit meer terecht zou komen. Tot er ineens slachtoffers vielen, hier, jaren later in Amerika. Onschuldige mensen die vermoord bleken te zijn met gif uit de ampullen uit dat koffertje. En toen kwam ik jullie op het spoor. De kinderen van Vorderbrand.'

'Vorderbrand?'

Faber glimlachte. 'Je hoeft dit spel met mij niet te spelen, Ezra. Ik heb altijd geweten dat jullie daar zaten. Een van die smerige Jodenbloedjes heb ik er zelf gebracht.'

Mijn mond viel open. Natuurlijk wisten ze dat wij daar zaten. Anders was Frau Wolff ons niet op het spoor gekomen.

Faber keek me ineens vriendelijk aan. 'Kom, dan zal ik je iets laten zien.'

Hij liep naar een van de aangrenzende kamers en ik volgde hem aarzelend. Flarden van herinneringen aan het gegons van insecten en de dode officier die met zijn hoofd achterover op de bedrand lag, drongen zich aan me op.

'Ga maar op het bed zitten,' zei Faber. 'Dan schenk ik iets in.'

De wijn. Daar moest het gif in. Dit was het moment waarop ik had gewacht. Ik nam plaats op de rand van het bed. Faber rook even aan mijn glas en reikte het me aan.

'Sommige mensen kunnen het ruiken als iets vergiftigd is met cyanide. Een amandelachtige geur. Het heeft me lang geleden een keer het leven gered.'

Ik staarde naar de rode vloeistof in mijn hand en zag mijn plan in rook opgaan.

'Geen zorgen,' zei Faber. 'Deze bordeaux is veilig en bovendien van uitmuntende kwaliteit.'

Hij nam een slok uit zijn eigen glas en zette het op een tafeltje naast het bed.

'Wacht even, ik ben zo weer terug.'

Ik staarde naar zijn wijnglas. Dit was waarschijnlijk de enige kans die ik kreeg. Maar als hij het inderdaad kon ruiken en ik mijn ampul nu verspilde, was ik weerloos. Er kwam geen tweede kans. Ik stond op, liep naar het tafeltje en hield de ampul boven de rand van het glas. Ik moest het voorzichtig breken, zonder dat de vloeistof op mijn huid kwam en zonder dat er scherfjes in zijn wijn vielen. Ik aarzelde opnieuw. Hij wist vast wat ik van plan was. Hij was niet voor niets over het cyanide begonnen en hij had me niet voor niets alleen gelaten met die wijn. Was wat er nu gebeurde precies wat hij beoogd had?

Ik hoorde een geluid en liet de ampul snel weer in mijn zak glijden. Ik draaide me om. Faber stond in de deuropening. Hij had een lange onderbroek aan en droeg verder alleen zwarte laarzen en een halflange zwartleren jas.

Ik hapte naar lucht. Hij leek precies op de officier die Frau Beer en ik die avond door de sneeuw naar de Göllhäusl hadden gesleept.

'Officier Willems, tot uw dienst,' riep hij luid en hij begon hard te lachen. Faber leek gek geworden.

'Kalm maar,' zei hij ineens heel rustig. 'Officier Willems is dood. We hebben hem in de sneeuw gevonden. Hij was geschrokken van een paard.' En toen, met een harde stem: 'Dat is dat paard van dat mens van Vorderbrand. Het is haar schuld. We pakken haar vanavond nog op.' En weer met kalme stem: 'Zij kan er niets aan doen dat Willems hier 's nachts in zijn ondergoed rondloopt. Ik breng dat paard terug en dan kijken we morgen wel wat we doen.'

Hij kneep zijn ogen dicht en keek me met een innemende blik aan. 'Je was nog zo'n klein meisje en toch al zo dapper.'

Hij deed de legerjas uit. Zijn bovenlichaam daaronder was bloot. Geschrokken krabbelde ik op het bed naar achteren met de ampul in mijn gesloten hand in de aanslag. Wat voor toneelstukje had Faber zojuist opgevoerd? Hoe wist hij van de officier en van het paard van Vorderbrand?

'Ik was daar die avond,' zei hij terwijl hij over de rand van het bed naar me toe begon te kruipen. 'Ik was met Frau Wolff in de Göllhäusl en zag jou met je slee. Bijna had je alles verpest.'

'Wat had ik bijna verpest?' zei ik om hem aan de praat te houden, terwijl hij zich hijgerig aan me opdrong en naar mijn borsten greep. Als hij zijn mond nu opendeed zou ik de ampul naar binnen rammen...

'Ik wil je, Ezra, ik wil...'

Mijn hand schoot naar voren, maar hij blokkeerde hem met een vlugge beweging, en de ampul viel uit mijn hand en belandde op het laken naast me. Ik probeerde hem te pakken, maar Faber had het ook gezien en trok me opzij zodat ik er niet meer bij kon.

'Dus dat was je van plan,' zei hij lachend. 'Maar ik heb heel andere plannen...' Hij draaide me op mijn zij en trok mijn broek over mijn billen naar beneden terwijl ik me wild spartelend probeerde te bevrijden. Hij drukte me nog steviger tegen het bed en ik voelde zijn huid tegen mijn billen. Hij duwde hard om bij me naar binnen te dringen en ik greep in paniek naar het glas wijn op het tafeltje naast het bed. Met een harde beweging sloeg ik naar achteren in de richting van zijn gezicht en ik hoorde het glas kapot breken.

'Verdomme!' schreeuwde hij en hij liet me los. Ik greep de ampul van het laken, rolde naar de andere kant van het bed en sprong eraf. Ik sjorde mijn broek omhoog en rende naar de deur. In een flits zag ik Faber achter me aankomen, met één hand tegen zijn bebloede gezicht.

Zo snel als ik kon vluchtte ik terug richting de uitgang van de bunker.

Ik nam de stenen trap omhoog en kwam in de schuin oplopende gang met de lampen en de kabels. Ik sprintte erdoorheen en hoorde Faber achter me schreeuwen toen ik de centrale hal bereikte waar de sluis naar buiten was. De eerste deur schoot open toen ik eraan rukte. Snel trok ik de klink van de tweede deur naar beneden, maar die zat muurvast. Godver. Had hij die toch op slot gedraaid.

Ik draaide me om en besefte dat ik als een rat in de val zat. Ik hoorde Faber aankomen, rende de hal weer in en trok een willekeurige deur open. Het was de voorraadruimte. Zijn geschreeuw klonk nu heel dichtbij en ik had geen andere optie. Ik sloot de deur achter me.

Er scheen een zwak oranje licht, net als het noodlicht in de tunnels onder de Obersalzberg. Snel kroop ik achter de vaten met de gasmaskers erboven. Op de gang hoorde ik Faber tekeergaan. Hij schreeuwde en trok een voor een de deuren open. Ik keek angstvallig tussen de vaten door naar de deur, en kreeg een idee.

Amper tien seconden later klapte de deur open en kwam Faber naar binnen. In het oranje schijnsel zag ik zijn bebloede gezicht mijn kant op komen.

'Ezra, ik weet dat je hier bent. Ezra? Het spijt me.'

Hij stond precies bij het vat waar ik achter zat. Opeens boog hij zich voorover en hoorde ik hem snuiven.

'Wat een vreemde lucht...' Hij draaide zich om, begon richting de uitgang te rennen, maar halverwege zakte hij in elkaar.

Ik kwam tevoorschijn en stak de kapotte ampul in mijn zak. Daarna schroefde ik de deksel weer op het vat met citroenzuur en stapte, met het gasmasker nog op, langs Faber die stuiptrekkend en met het schuim rond zijn mond de uitgang probeerde te bereiken.

De sleutel van de deur naar buiten zat waarschijnlijk nog in zijn jas, en die lag nog in de atoombunker. Ik wierp een blik op het schokkende lichaam van Faber terwijl ik de ruimte verliet. Het blauwzuurgas leek zijn werk te doen.

Precies op tijd had ik teruggedacht aan het gesprek met Thomas, waarin hij me had verteld dat ze in Virginia niet terughoudend waren met de doodstraf. Ik had er toen meteen meer informatie over opgezocht, en had ontdekt dat er staten waren die vergassing als methode konden toepassen door cyanide aan zwavelzuur toe te voegen. Het inademen van het blauwzuurgas dat daardoor ontstond was dodelijk. De vraag was alleen of het cyanide met de zwavel reageerde of met het zuur. Daar was ik, gezien Fabers huidige toestand, nu achter: cyanide met citroenzuur deed zijn werk. En Faber had niet gelogen. Hij kon de amandellucht wel degelijk ruiken.

Ik bereikte de woonkamer in de atoombunker. Waar had Faber in hemelsnaam zijn kleding gelaten? Ik schoot een van de andere ruimtes in. Het bleek een badkamer te zijn. Over een stoel lag zijn kleding. Ik haalde de sleutel uit zijn jas en was al bij de deur toen ik me bedacht. Vlug liep ik terug en graaide alle kleding van de stoel. Onder de wastafel zag ik ook zijn schoenen staan en een plunjezak. Ik pakte een handdoek, maakte die nat en nam alles mee naar de slaapkamer. Daar haalde ik het laken, dat onder het bloed en de wijn zat, van het bed en wikkelde er de glasscherven in. Vervolgens propte ik het hele pakket samen met de legerjas van Faber in de plunjezak en draaide ik het matras om.

In een kast vond ik een schoon laken waarmee ik het bed opnieuw opmaakte. Met de vochtige handdoek verwijderde ik de bloedspetters van de vloer. De fles bordeaux, het tweede wijnglas en de plunjezak nam ik mee, net als Fabers kleding. Op de route terug controleerde ik of er nergens bloedsporen waren, en waar ik ze wel aantrof maakte ik de vloer schoon. Toen ik terugkwam in de centrale hal zette ik mijn gasmasker weer op en liep ik naar de voorraadkamer, waar Faber nog altijd op dezelfde plek lag.

Een moment keek ik naar zijn roerloze lichaam. Hij lag in een verkrampte houding op zijn buik. Ik veegde het schuim van zijn mond weg, trok zijn laarzen en zijn lange onderbroek uit en stopte ze bij de andere spullen in de plunjezak. Daarna deed ik hem zijn eigen kleding weer aan en draaide hem terug op zijn buik. Toen sloeg ik het wijnglas naast zijn gezicht op de grond kapot, tilde zijn hoofd op en ramde dat met veel kracht in de glasscherven. Vervolgens liet ik de fles leeglopen in een afvoerputje en legde die naast zijn lichaam, zodat het leek alsof hij te veel had gedronken en gevallen was.

Ik liep naar de sluis en opende de deur. Daarna ging ik nog een laatste keer terug naar de opslagruimte en stopte de sleutel in Fabers jaszak. Met de volle plunjezak snelde ik vervolgens naar buiten en verdween ik in het donker.

Ik begroef de plunjezak op ruime afstand van de Cava onder een dikke laag zand. Rond twee uur 's nachts was ik terug bij de villa. Ik wist dat ik hier moest overnachten. Nu verdwijnen zou erg verdacht zijn. Ik had één prangend probleem: Putzi. Hij wist dat ik met Faber naar de Cava was. Ik moest hem op de een of andere manier het zwijgen opleggen.

58

Portland, Maine
4 mei 1960

De onrust begon de volgende ochtend al om half zeven. Rond half zes had Fabers jachtopziener de jeep bij de Cava zien staan en was een kijkje gaan nemen. Hij had Faber dood in de opslagruimte gevonden en was onmiddellijk naar de villa gereden om de politie te bellen. Die arriveerde kort na zessen, en rond half zeven werd iedereen gewekt en gevraagd naar de serre te komen.

Een lange man met een bleek gezicht en een dikke snor nam het woord.

'Mijn naam is Dubreuil, inspecteur bij de politie van Portland. Helaas moet ik u vertellen dat vanochtend omstreeks half zes het levenloze lichaam van de heer Faber is aangetroffen, in het gebouw dat bekend staat als de Cava.'

Er ging een geluid van ongeloof door de ruimte. Vanuit een hoek zag ik de blik van Putzi op me gericht.

'Vooralsnog gaan we uit van een ongeluk. Het lijkt erop dat hij in beschonken toestand is gevallen. We zullen de komende uren nader onderzoek verrichten en mogelijk enkelen van u ondervragen. Ik wil u dan ook verzoeken om vanochtend op het landgoed te blijven.'

Al pratend verlieten de meeste mensen de serre. Ik verdween tussen de stroom mensen en liep terug richting mijn kamer. Halverwege de trap haalde Putzi me in.

'Ik wil jou spreken. Nu!'

Ik liep met hem mee naar zijn kamer op de eerste verdieping.

'Wat is er in vredesnaam gisteravond gebeurd?' vroeg Putzi nadat hij de deur achter me gesloten had.

'Hoe bedoel je?' vroeg ik.

'Ik denk dat je heel goed begrijpt wat ik bedoel. Faber is dood aangetroffen op de plek waar hij jóú gisteren mee naartoe nam.'

'Nee, hoor,' zei ik. 'Ik ben niet met hem meegegaan. Ik was vannacht bij jou.'

Putzi's ogen rolden bijna uit zijn kassen. 'Bij mij? Waar heb jij het in vredesnaam over?'

Ik keek hem sluw aan. 'Dat zal ik je uitleggen. Iedereen hier weet dat jij en Faber ruzie hadden. Je hebt hem recent zelfs met de dood bedreigd. Ik denk dat jij een alibi nodig hebt.'

Putzi keek me verbluft aan. 'Ik vertel de politie dat jij gisteravond met hem naar de Cava bent gegaan,' zei hij beslist. 'En dan zullen we zien wie er een groot probleem heeft.'

'Dat kun je doen,' zei ik kalm. 'En dan vertel ik ze dat jij en Faber gisteravond nog een ritje met de jeep gingen maken, en dat ik ben gaan slapen omdat ik hoofdpijn had. Ik ben benieuwd wie ze geloven als er ineens allemaal verklaringen komen waaruit blijkt dat jij hem onlangs met de dood hebt bedreigd.'

Putzi liet mijn woorden op zich inwerken terwijl hij zijn ogen tot spleetjes samenkneep.

'Faber had gelijk,' zei hij uiteindelijk. 'Je bent ongenadig.' Hij zweeg even. 'Oké,' zei hij toen. 'We verklaren allebei dat we de nacht samen hebben doorgebracht. Tegen de politie zeggen we dat Faber veel had gedronken vanwege het verlies van zijn zoon, en alleen wilde zijn, en dat jij toen met mij bent meegegaan.'

Ik verliet zijn kamer zonder dat iemand me daar had gezien.

Om half elf kwam een agent me halen voor een gesprek in de werkkamer van Faber, die als verhoorkamer was ingericht. Putzi verliet juist de kamer toen ik met de agent de gang in kwam lopen. In het voorbijgaan keek ik Putzi bewust niet aan.

'Mevrouw Walsh,' zei Dubreuil. Hij gaf me een hand en wees naar een stoel. 'U mag daar gaan zitten.'

Zelf nam hij plaats naast zijn assistent en hij keek me aandachtig aan. 'Ik wil graag eerst wat vragen aan u stellen, waarbij ik moet opmerken dat we het onderzoek bijna hebben afgerond. Onze analyse is dat het overlijden van de heer Faber geen vooropgezette oorzaak heeft, maar omdat wij hier nu toch zijn wil ik van de gelegenheid gebruikmaken om ons beeld helemaal scherp te krijgen. Ik begreep dat het eigenlijk toeval is dat u hier heeft overnacht.'

'Zo zou ik het niet willen noemen. Mevrouw Faber heeft mij uitgenodigd om hier te logeren.'

'Maar dat was niet het plan,' zei Dubreuil.

'Nee, dat klopt. Ik zou alleen bij de begrafenis en de lunch zijn, en daarna weer vertrekken.'

'En toch bleef u wat langer?'

'Ja, ik kom helemaal uit Washington. Mevrouw Faber zei dat Thomas zo gesteld op me was geweest en ze wilde denk ik graag iets terugdoen.'

'En dat kwam voor u goed uit? U kon uw ticket makkelijk omboeken?'

De vraag verraste me en ik realiseerde me dat het veel vragen zou oproepen als ik hem vertelde dat ik een open ticket had.

'Ja, dat was geen probleem,' zei ik een fractie van een seconde later dan ik had gewild.

'Oké.' Hij keek zijn assistent even aan en ging toen verder. 'U had het over Thomas. Wie was Thomas voor u?'

Ik slikte. 'Hij was een vriend.'

'Alleen een vriend, of was hij meer voor u?'

'Hij was een vriend, en ooit was hij meer dan dat.'

'U had een relatie met hem?'

'Ja.'

'Wanneer is die relatie beëindigd?'

Ik dacht na. 'Dat is moeilijk aan te geven. We zijn uit elkaar gegroeid.'

Dubreuil keek alsof hij dit antwoord niet had verwacht.

'Maar u was al enige tijd niet meer elkaars geliefde.'

'Dat klopt,' zei ik. 'Maar ik begrijp niet waarom dat relevant is voor dit onderzoek.'

Dubreuil wisselde opnieuw een blik met zijn assistent en wendde zich weer tot mij. 'U heeft waarschijnlijk gelijk. Maar het is mijn werk om te begrijpen waarom mensen bepaalde dingen doen. In uw verhaal heeft u gisteren een vriend begraven van wie u ooit hield. Dat zal u veel verdriet hebben gegeven, en ik probeer te begrijpen waarom dat verhaal dan op de dag van de begrafenis een vervolg krijgt in het bed van de heer Hanfstaengel.'

Er viel een stilte en zowel Dubreuil als zijn assistent keek me nu aan.

Een moment schoot het door mijn hoofd om alles te ontkennen en Putzi erin te luizen. Als ik nu zou zeggen dat hij niet bij mij was maar dat hij met Faber was vertrokken, dan zou het volstrekt ongeloofwaardig zijn als hij zijn verklaring plotseling introk en zou aangeven dat niet hij, maar ík met Faber naar de Cava was gegaan. Maar als ik dat deed zou Putzi tot zijn dood op wraak zinnen.

'Hoe weet u dat?' stamelde ik.

'Dus het klopt?' zei Dubreuil.

Ik liet mijn hoofd zakken en staarde naar de grond. 'We hadden veel gedronken. Allemaal. Meneer Faber was erg aangedaan door de dood van zijn zoon. Hij zei dat hij frisse lucht nodig had om zijn hoofd leeg te maken. Toen is hij naar buiten gegaan voor een wandeling. Ik bleef met Ernst achter en heb onder invloed van de drank troost bij hem gezocht. Ik heb er heel veel spijt van.'

'Bent u de hele nacht bij hem gebleven?' vroeg Dubreuil.

'Ja,' antwoordde ik.

'Oké,' zei Dubreuil. 'Dan weten wij voor nu genoeg. Mocht u op enig moment nog iets te binnen schieten dat relevant kan zijn voor deze zaak dan kunt u contact opnemen met de politie van Portland.'

Hij stond op en ging mij voor naar de deur.

'Ik wens u een fijne terugreis naar Washington, mevrouw Walsh.'

59

Washington D.C.
4 mei 1960

Die avond arriveerde ik in mijn appartement in Washington. Uit mijn tas haalde ik een envelop die ik morgenochtend vroeg naar een notaris zou brengen. De envelop bevatte een brief die ik tijdens mijn vlucht vanuit Portland had geschreven.

Enkele uren eerder was ik vertrokken van het landgoed van de familie Faber. Vlak voor vertrek sprak Putzi me aan.

'Je hebt een verschrikkelijke fout begaan. Faber was een van mijn beste vrienden.'

'Dat weet ik,' antwoordde ik. 'Daarom is er een brief onderweg naar mijn notaris die pas geopend mag worden als ik kom te overlijden. In die brief beschrijf ik wat zich hier op de avond van de dood van Faber heeft afgespeeld. Dat jij met hem naar de Cava bent gegaan en dat je mij, nadat je hem had omgebracht, hebt gedwongen om te verklaren dat ik de hele nacht bij jou was. En dat je mij, als ik niet zou meewerken, ook zou doden. Verder staat er in de brief dat ik bang ben dat je me alsnog zult doden omdat er dan geen getuige meer is van wat je hebt gedaan. Dat ik daarmee niet naar de politie durf omdat ik meineed heb gepleegd en omdat ik bang ben voor jouw wraak. Dat ik daarom deze brief bij de notaris heb ondergebracht en jou daarover heb geïnformeerd, zodat mijn leven voor jou evenveel waard is als voor mijzelf.'

Putzi had een moment naar zijn eigen handen met gekromde

vingers gekeken alsof hij me wilde wurgen, en had me daarna de rug toegekeerd.

Ik keek naar de envelop, die vanaf nu mijn levensverzekering was. Feitelijk pas vanaf morgenochtend nadat ik hem had gedeponeerd, maar dat wist Putzi niet. Bij de gedachte dat het nu allemaal over was sprongen de tranen in mijn ogen. Faber, die dit alles op zijn geweten had, was dood. En Putzi was dankzij deze brief vleugellam. Voor zover er nog anderen de opdracht hadden gekregen om mij een halt toe te roepen zouden ze door Putzi worden gestopt. Saul Belkin hoefde niet meer op mij te rekenen. Om te voorkomen dat hij me ooit nog op andere gedachten zou kunnen brengen, zou ik na de verkiezingen in West Virginia voor een laatste keer naar de moeraslanden afreizen en het koffertje met ampullen vernietigen. Na de verkiezingen, want dat was het andere besluit dat ik had genomen. Ik zou me vanaf nu weer volledig op mijn werk richten. Het was nog zes dagen tot D-day, met de primary van West Virginia. Als Kennedy daar excelleerde stond hij met één been in het Witte Huis.

60

Clarksburg – Charleston, West Virginia
5 mei 1960

Nadat ik de volgende ochtend de brief had afgegeven bij een notaris nam ik het vliegtuig naar Clarksburg in West Virginia, waar in het Stonewall Jackson Hotel een bijeenkomst was voor de lokale campagnevoorzitters van de noordelijke regio's van West Virginia.

Onze promotiecampagne draaide volop in de dagen vlak voor de primary, en in de verkiezingspolls van Lou Harris zagen we Kennedy langzaam inlopen op Humphrey.

Na de ochtendsessie reed ik met O'Brien, de organisator van het Kennedy-team, naar eenzelfde sessie voor de voorzitters van de zuidelijke regio's in het Kanawha Hotel, in het honderd kilometer zuidelijker gelegen Charleston. Bobby Kennedy en Lou Harris zaten samen in een andere auto. Vlak voordat we het Kanawha Hotel bereikten haalde een witte Jaguar ons in en sloeg af naar het hotel. Ik had niet gezien wie er achter het stuur zat, maar O'Brien stak zijn hand op toen de Jaguar ons inhaalde.

Toen we in de buurt van de parkeerplaats vlak achter de Jaguar reden ging er een schok door me heen. In de achterbumper zat een lichte deuk met oranje verfresten. Het was dezelfde auto die ik vorig jaar had gezien op het landgoed van Thomas' ouders toen ik daar de eerste keer was. De auto van de derde man. De onbekende man die met Faber en Putzi had gesproken en die volgens Thomas zijn vader zo van streek had gemaakt. Een gesprek over geld, kon ik me herinneren.

De Jaguar reed een parkeervak in en O'Brien zette zijn auto er direct naast. Ik blikte naar rechts en keek de bestuurder recht in de ogen. Mijn hart verkrampte. Het was Joseph Kennedy senior, de vader van JFK.

Die avond keerde ik met een onbestemd gevoel terug naar mijn appartement in Washington. Wat had Joseph Kennedy in vredesnaam te zoeken bij Faber? Ik wist dat hij er antisemitische gedachten op nahield, maar vormde hij de schakel tussen de neonazi's en de politiek? Was zijn zoon niet meer dan een marionet die gebruikt werd om de macht in Amerika over te nemen en de fundamenten te leggen voor een Vierde Rijk in het machtigste land van de wereld? JFK, de man die ik sinds het begin van deze campagne alleen maar meer was gaan adoreren, kon hier toch niets mee te maken hebben? Maar Joseph Kennedy had Faber gekend en in elk geval vorig jaar nog gesproken. De oorlogsmisdadiger die mensen had gelyncht voor de Ku Klux Klan, die achter de dood van Elias en Samuel zat en die... Wat als niet Faber, maar Joseph de grote man achter de schermen was? Dan kon ik Putzi in de tang hebben, maar daar had de oude Kennedy geen boodschap aan.

Ik speurde mijn herinneringen af naar aanwijzingen die de betrokkenheid van Joseph Kennedy konden bevestigen. En steeds kwam ik weer uit bij mijn eerste bezoek aan het landgoed van Thomas' ouders, en bij de witte Jaguar. Totdat ik uiteindelijk dichter bij mijn herinneringen kwam en om de auto heenliep, en daarin de envelop zag liggen met de tekst EXCEPTIONAL CHILDREN. Toen besefte ik iets wat ik eerder niet goed had geregistreerd. De

Sint Coletta School die ik met JFK had bezocht en waar ik zijn zus Rosemary zag, heette voluit The Sint Coletta School for Exceptional Children. Ik kreeg een idee.

Ik belde Sorensen.

'Kun je je nog die eerste dag herinneren toen we samen naar Hyannisport reden?' vroeg ik hem.

'Zeker,' antwoordde Sorensen met volle mond. 'Het was rond zonsopkomst en jij maakte je zorgen vanwege de positie van je republikeinse broer.'

Ik glimlachte. Er was maar een iemand die een beter geheugen dan JFK had.

'Precies,' zei ik. 'Maar jou zat ook iets dwars. Je ging er toen niet verder op in, maar het heeft me wel al die tijd beziggehouden. Je zei dat zelfs de Kennedy's weleens verkeerde keuzes maken.'

'Ja, en dat zul je de afgelopen campagne ook wel hebben gemerkt. Fouten zijn onvermijdelijk, wat telt is hoe je daar vervolgens mee omgaat.'

Sorensen bood de ideale opening om op het onderwerp door te pakken.

'Je leek aangedaan door iets wat je wist. Iets wat stil moest blijven, waarover niet gesproken mocht worden.'

Het bleef stil aan de andere kant van de lijn.

'Ik zou graag iets met je delen,' zei ik.

'Vertel.'

'Toen wij in Wisconsin waren vroeg Jack me om hem ergens heen te rijden. We bezochten de Sint Coletta School. Ik zag hem daar met een vrouw die zijn zus Rosemary bleek te zijn. Jack vertelde me dat Rosemary daar al elf jaar verblijft en dat zijn vader daarvoor verantwoordelijk is. Hij zei letterlijk: "Mijn vader heeft haar verminkt en haar daarna laten verdwijnen."'

Sorensen zuchtte. 'Ik heb Jack gezegd dat hij er niet heen moest gaan.'

'Dat weet ik, ik hoorde jullie de avond daarvoor met elkaar praten. Sorry, de muren waren erg dun. Ik wist toen alleen nog niet dat het om een bezoek aan Sint Coletta ging.'

Ik aarzelde en ging toen verder.

'Thomas Faber vertelde me dat zijn broertje als kind door zijn vader is blootgesteld aan een experimentele operatie.'

'Thomas Faber?'

'Ja, de zoon van Heinrich Faber. Je weet wel, de CEO van Faber Food & Beverages die deze week overleed.'

'Jij kent de familie Faber?'

'Ja, althans, het was vooral hun zoon die ik goed kende. Hij is recent ook overleden, maar voor zijn dood vertelde hij me wat ze met zijn broertje hadden gedaan.'

Sorensen zuchtte opnieuw. Hij begreep waar ik heen wilde. 'Joseph kent Faber al sinds zijn studie. Ze zaten op Harvard samen bij de Hasty Pudding Club. Joseph kon het moeilijk verkroppen dat Rosemary minder begaafd was dan de anderen. Toen ze zich voor jongens ging interesseren en haar eerste uitspattingen had, maakte Joseph zich zorgen dat ze de familienaam te grabbel zou gooien en hij zag hierin een risico voor de verwezenlijking van zijn grote droom: een Kennedy in het Witte Huis. Hij deelde zijn zorgen met Faber en die bracht hem in contact met een arts. Zonder dat de rest van het gezin ervan wist liet Joseph op Rosemary een lobotomie uitvoeren, waardoor ze ernstig gehandicapt raakte. Het is het grote familietrauma van de Kennedy's, en Joseph heeft het onderwerp tot een taboe gemaakt. Dus ja, je hebt gelijk. Het krachtige Kennedybolwerk is vanbinnen broos vanwege dit persoonlijk drama.'

'Jij adviseerde Jack om niet naar Rosemary te gaan,' zei ik. 'Je zei dat hij daarmee alles op het spel zou zetten. In feite werkte je mee aan het in stand houden van het taboe.'

Sorensen leek even na te denken en zei toen: 'Ik wilde Jack beschermen, ik weet hoe Joseph tegen zijn kinderen kan zijn.'

Opnieuw aarzelde ik even.

'Wie zit er straks in het Witte Huis?'

'Wat bedoel je, Ezra?' vroeg Sorensen.

'Waar komt de macht te liggen als Jack president is? Hoeveel ruggengraat heeft iemand die beschermd moet worden tegen zijn eigen vader? Wie bepaalt straks de koers? Jack of zijn vader?'

Ik hoorde Sorensen diep inademen en daarna bleef het even stil. 'Je stelt een terechte vraag,' zei hij uiteindelijk. 'Mijn verwachting is dat de positie van president Jack zal helpen om los te komen van zijn vader. Dat hij zijn eigen koers vaart waar hij dat nodig acht en de gezamenlijke koers waar dat verstandig is.'

Ik liet Sorensens woorden op me inwerken.

'Was hij ook degene die mij weghield uit West Virginia?' vroeg ik.

'Nee, dat was Bobby, die nam jou het debacle in Wisconsin kwalijk. Joseph wilde je er juist graag bij hebben. Ik heb je dit niet eerder verteld, maar het was zijn idee om je bij de campagne te betrekken. Hij vroeg me je te benaderen nadat zijn vriend Heinrich Faber hem had getipt.'

'Wat? Heeft Faber...' Ik viel stil.

'Hij had je blijkbaar al een paar keer in actie gezien tijdens voorrondes van de debatfinale, en was onder de indruk van je denk- en redeneervermogen.' Sorensen lachte. 'We kunnen denk ik wel vaststellen dat hij dat goed heeft gezien.'

Ik staarde voor me uit. Ik begreep er niets meer van. Als Faber mij wilde doden, waarom had hij me dan getipt voor het team van Kennedy? Het beeld dat ik zo helder voor ogen had gehad leek ineens te kantelen, maar ik zag nog niet naar welke kant.

61

Lincoln, Nebraska
7 mei 1960

Het was het weekend voor de primary van West Virginia. Op zondag zou JFK op televisie geïnterviewd worden door Franklin Delano Roosevelt junior, die zijn steun aan het campagneteam had toegezegd. Een dag eerder bracht JFK een bliksembezoek aan Nebraska, de thuisstaat van Sorensen, waar net als in West Virginia op 10 mei primaries werden gehouden. Sorensen en ik spraken hem daar in het Lindell Hotel in de hoofdstad Lincoln.

JFK was duidelijk alleen maar bezig met de primary van West Virginia.

'Het televisie-interview van morgenavond is cruciaal. Ik moet de protestantse kiezers overtuigen dat ik hun belangen evengoed behartig. Ik moet hun vertrouwen winnen. Wat denk jij, Ezra?'

'Ik denk dat u van gelovige tot gelovige moet spreken. Er is een enorme kloof tussen katholieken en protestanten, maar wat hen verbindt is de Bijbel en het respect voor God. Als u met uw hand op de Bijbel zweert dat u de scheiding tussen kerk en staat zult respecteren, dan twijfelt geen gelovige aan uw woord. Want als u die belofte breekt, pleegt u niet alleen een misdrijf maar zondigt u ook tegen God.'

JFK glimlachte en keek Sorensen aan. Die knikte tevreden.

'Oké, dan is dat wat we gaan doen,' besliste JFK.

Hij vertrok. Sorensen gebaarde me dat ik nog even moest blijven zitten.

'We hebben nog iets te bespreken, maar we moeten even wachten tot Joseph er is.'

'Ik wist niet dat Joseph ook in Nebraska is,' zei ik.

'Ik ook niet. Tot een uur geleden. Hij zei dat hij me dringend wilde spreken en jou ook.'

Ik schudde mijn hoofd en terwijl ik me afvroeg wat dit kon betekenen kwam Joseph de kamer binnenlopen. Hij sloot de deur en ging zitten. Zijn blik was ernstig en hij keek ons beurtelings aan.

'We hebben een probleem,' begon hij.

'Problemen zijn er om opgelost te worden,' reageerde Sorensen.

'Zoals jullie ongetwijfeld weten is Heinrich Faber recent overleden.'

Ik keek verbaasd op. Was Joseph hier vanwege de dood van Faber?

'Heinrich Faber,' ging Joseph verder, 'was een van de belangrijkste financiers van onze campagne.'

Plotseling drong het tot me door wat Samuel had gezegd. Er waren antisemitische investeerders die politieke macht probeerden te kopen en die moesten worden gestopt. Was dat de reden dat Saul Belkin Fabers naam in de krant had geplaatst?

'De politie is tot de conclusie gekomen dat Heinrich Faber een natuurlijke dood is gestorven. Maar ik heb redenen om daaraan te twijfelen.'

Nu wendde Joseph zich tot mij. 'Ezra, de reden dat ik je hierbij heb gevraagd is dat ik heb vernomen dat jij op het landgoed van de familie Faber verbleef op de dag dat hij stierf.'

Ik zag Sorensen me verbaasd aankijken. In het telefoongesprek van twee dagen eerder hadden we uitgebreid over Faber gesproken, maar ik had niets over mijn bezoek gezegd.

'Ja, dat klopt,' zei ik. 'Het was een privébezoek vanwege het overlijden van de zoon van de heer Faber. Ik kende hem goed.'

Joseph negeerde wat ik had gezegd. 'Na Allison Hyde is Heinrich Faber al de tweede belangrijke financier van onze campagne die in korte tijd is overleden.'

'Allison Hyde?' stamelde ik.

'Ja,' zei Joseph. 'Dochter van een rijke Britse familie die de banden met de vs wilde aanhalen. Ze zou binnenkort een nieuwe donatie doen.' Hij keek ons indringend aan. 'Het lijkt erop dat onze financiers geëlimineerd worden om onze campagne te saboteren. En als dat zo is, dan komt niet alleen onze campagne in gevaar, maar dan moeten we ons ook zorgen maken om het leven van de mensen die ons steunen.'

Hij wendde zich opnieuw tot mij. 'Als het klopt dat iemand onze mensen afmaakt, dan is Faber geen natuurlijke dood gestorven. Jij was daar, Ezra.'

Ik voelde mijn hartslag omhoog gaan terwijl Joseph me aankeek.

'Ik wil je vragen een lijst te maken van de mensen die daar verbleven in de nacht dat hij overleed. Als de politie dit niet kan oplossen dan laat ik dit door mijn eigen mensen uitzoeken.'

'Ik zal mijn best doen.'

'Mooi. We moeten zo snel mogelijk achterhalen wie dit op zijn geweten heeft.'

Die laatste woorden van Joseph Kennedy bleven de uren daarna maar door mijn hoofd spelen terwijl we van Nebraska naar West Virginia vlogen. *Wie dit op zijn geweten heeft.* Was Faber dan niet de dader? Had Saul Belkin ons allemaal misleid?

Die avond in het hotel in Charleston liet ik een bode me alle edities van de *Washington Post* en de *Herald Tribune* van de afgelopen week bezorgen. Ik bladerde ze op mijn hotelkamer een voor een door. In de *Herald Tribune* van donderdag trof ik de advertentie van de houtzagerij die ik zo had gevreesd. Ik pakte de *Washington Post* van woensdag erbij en zocht op de pagina met overlijdensberichten naar de naam waarmee de codes correspondeerden. Toen ik de naam gevonden had, wist ik genoeg. Joseph Kennedy senior was de volgende op mijn lijst.

Ik liet bij de receptie een bericht achter voor Sorensen dat het verlies van mijn broer me toch meer aangreep dan ik had gedacht en dat ik er helaas nog niet helemaal klaar voor was. Vervolgens nam ik de laatste vlucht naar Arlington en vloog vanaf daar met een privévlucht direct door naar Salisbury in Maryland. Ik moest terug naar de moeraslanden. Niet om een ampul voor Joseph op te halen, maar om het koffertje te vernietigen. Ik moest voorkomen dat er nog meer doden vielen.

62

Whitehaven, Maryland
7 mei 1960

Het was kort voor middernacht toen ik de kreek op voer die naar de hut van opa Harold leidde.

Het zwarte water werd langs de boot de andere kant opgezogen. Het werd nu snel eb.

Toen de kreek even later smaller werd, hoorde ik af en toe de bodem van de boot langs iets schampen. Ongerust tuurde ik in de schemerende verte. Als ik het niet zou redden moest ik wachten tot het weer vloed werd.

Plotseling bonkte er iets hard tegen de onderkant van de boot. De klap was zo groot dat de boot naar links schoot en ik mijn evenwicht verloor. Ik smakte tegen de bodem en kon me nog net aan de reling vastgrijpen. Toen ik overeind krabbelde zag ik dat er een scheur in een van bodemplanken zat waar een beetje water doorheen sijpelde. Als de scheur groter werd en de bodem het zou begeven, was ik verloren hier in het moeras. Ik gaf meer gas en ging nu op hogere snelheid door de smalle vaargeul. Steeds vaker hoorde ik de onderkant van de boot langs de moerasbodem schuren terwijl het water door de scheur omhoog welde. Mijn voeten waren inmiddels helemaal doorweekt en de boot lag duidelijk dieper, waardoor hij dichter tegen de bedding gedrukt werd.

Op dat moment herkende ik tot mijn grote opluchting het donkere silhouet van de hut van opa Harold. Maar toen ik die tot op vijftig meter genaderd was, begon het water over de reling van de boot te stromen en zakte de boot zo diep dat de buitenboordmotor in het water kwam te hangen en met een knal afsloeg. Op dertig meter van de hut liep de boot vast en verdween nog dieper in de moerasgrond. Ik liet me in het koude water zakken en zwom naar de steiger bij de hut.

Toen ik langs de trap omhoog naar de veranda klom voelde ik de kou langs mijn rug mijn lichaam inschieten. Ik moest zo snel mogelijk droge kleren vinden. In een kist in de oude slaapkamer van opa Harold vond ik ondergoed, een broek en een wollen trui. Zonder een moment te verliezen trok ik alles aan en haastte me toen naar beneden om de kachel in de woonkamer aan te maken. Pas toen de warmte zich door het huis begon te verspreiden en het flakkerende licht van de vlammenzee de ruimte om mij heen verlichtte drong de ernst van de situatie echt tot mij door. Ik zat hier vast, ik kon geen kant op.

Ik dacht aan de koffer met ampullen. De reden dat ik hiernaartoe was gekomen. Ik wist dat het nog uren zou duren voordat het water zijn laagste punt bereikte en ik naar het eiland kon. Maar wat had het voor zin om het koffertje te vernietigen als ik hier uiteindelijk toch zou sterven?

Ik dacht na over mijn opties. Mijn blik gleed langs de wanden die uit oud wrakhout waren opgetrokken, tot hij bleef hangen bij een kleine tekening aan de wand. Mijn hart bevroor. Vertwijfeld kwam ik overeind en liep ik stap voor stap in de richting van de tekening. Alles in mijn lijf begon te trillen.

Drie poppetjes aan een brug.

Langzaam schuifelde ik achteruit richting de trap. Trede voor trede ging ik omhoog tot ik de hal bereikte. Daar koos ik opnieuw de kamer van opa Harold, de enige in het hele huis met een deur die op slot kon. Wat als ze zich juist hier verscholen hielden? Behoedzaam liep ik naar de hoek van de kamer waar het bed stond en kroop er stilletjes op. Ik sloeg de dekens om me heen en bad dat er niemand anders in de kamer was.

Ze wisten van deze plek.

Ze wisten dat ik zou komen.

Op dat moment klonk er buiten een zacht geronk.

Ik schoof naar de rand van het bed tot ik door het raampje naar buiten kon kijken en ik zag een plat ondiep vaartuig langzaam door het water op de hut afglijden. Een moment vervloekte ik mezelf dat ik de kachel niet had uitgemaakt. Het vuur verried mijn aanwezigheid. Maar op hetzelfde moment realiseerde ik me dat ze allang wisten dat ik zou komen. Die tekening hing daar niet voor niets. Ze kwamen afmaken wat met Elias was begonnen.

Met ingehouden adem zag ik het vaartuig naderen. Maar in plaats van aan te meren voer het aan de hut voorbij. Een donkere gestalte keek naar het licht van de kachel dat door een van de ramen over de veranda naar buiten viel. Zoals hij daar stond en langzaam over het water aan me voorbijgleed, leek het net alsof hij de dood was die me kwam halen.

Verlamd van angst staarde ik hem na terwijl hij stroomopwaarts verdween richting de oude boom. Waarom meerde hij niet aan?

Ik kroop naar achteren, naar het uiterste hoekje van mijn bed, en maakte mezelf zo klein mogelijk terwijl ik wachtte tot ik het geluid van de motor weer zou horen. Maar het bleef stil. Het enige geluid dat ik naast mijn eigen ademhaling nog lange tijd bleef horen was het zachte ruisen van het zich terugtrekkende water. Toen ook dat ophield wist ik dat het water zijn laagste punt had bereikt. Het was tijd om naar het eiland te gaan.

63

Whitehaven, Maryland
8 mei 1960

Mijn voeten zakten weg in het drooggevallen slik van de mangrove achter de hut. Het maanlicht hing tussen het struikgewas, de bodem ademde een bedorven lucht. Het pad naar het eiland liep slingerend langs doornachtige takken en glimmende boomwortels, en bij elke pas die ik zette klonk er een zuigend, zompig geluid.

Terwijl ik over een drooggevallen vlonder een smalle kreek passeerde klonk het geluid van tientallen kikkers die zich langs de oever verzameld hadden. Op de grens van water en borrelende blubber gleed een slang langzaam bij me vandaan. Ik bereikte de overkant en zag dat ik op het eiland was. Nu moest ik snel het koffertje vinden en het vernietigen, voordat diegene die zich hier in het moeras schuilhield mij zou vinden.

Ik klom naar het hoogste punt van het steile eiland. Bovenop stond een waterput. Naast de put was een klein schuurtje gebouwd, van hetzelfde wrakhout als de hut van opa Harold. Waarschijnlijk diende het ooit voor opslag, of om te schuilen bij slecht weer. Ik liep naar het schuurtje en opende een deur aan de voorzijde. Het maanlicht viel tegelijkertijd door de deur en het gammele dak naar binnen. Het schuurtje bleek uit een enkele ruimte te bestaan die tot mijn verbazing leek ingericht om langere tijd te verblijven. In een hoek van het schuurtje, waar het plafond met een plastic zeil waterdicht was gemaakt, stonden een bed en een tafel met twee stoelen, en er was een klein houtfornuis. Aan de muur hingen een paar pannen, aan het plafond zakken met etenswaren. Mijn oog viel op een plank naast het fornuis. Het koffertje met de ampullen. Er gleed een schrale glimlach over mijn gezicht. Het was er nog. Nu kon ik het vernietigen.

Mijn blik gleed van het koffertje naar een kleine jutezak die ernaast lag. De zak intrigeerde me. Ik wist zeker dat ik hem ergens eerder had gezien. Toen zag ik het opschrift en ik voelde een vreemde opwinding.

DIETRICH ECKART HÜTTE

Plotseling wist ik van wie deze zak was geweest. Toen Frau Wolff op kerstavond naar Vorderbrand kwam, had ze niet alleen haar oude tas bij zich maar ook deze kleine jutezak. Het duizelde me ineens. Ik opende de zak. Tussen oude kledingstukken ontdekte ik een bundeltje documenten: oude Duitse geboorteakten. Voorzichtig vouwde ik er een open en ik las mijn eigen naam. Mijn geboortenaam.

Ezra Steinbach

Ik las de namen van mijn ouders: Efraïm en Aliza Steinbach. Ik was blijkbaar geboren in München, op 2 mei 1934.

Ik pakte de volgende akte: Elias Tamarkin. Ook geboren in München, op 6 mei 1934. Daarna bekeek ik die van Salo. Salo Sanders werd op 28 april 1934 geboren, net als Elias en ik in München.

Ik fronste mijn wenkbrauwen. Elias, Salo en ik waren alle drie binnen een tijdsbestek van acht dagen in dezelfde stad geboren. Vlug pakte ik het laatste document, de geboorteakte van Samuel.

In tegenstelling tot ons was hij in Dresden geboren. Maar ook zijn geboortedatum lag heel dicht bij de onze: 23 april 1934. Verbaasd staarde ik naar zijn achternaam. Belkin. Samuel Belkin.

Op dat moment klonk een stem achter me en ik liet van schrik alles uit mijn handen vallen.

'Je hebt het eiland gevonden.'

Ik draaide me om en keek in de ogen van een geest.

'Samuel,' stamelde ik. 'Maar jij bent...' Ik keek hem onthutst aan. 'Er was helemaal geen Saul Belkin. Je bent het zelf. Wat is hier in vredesnaam aan de hand?'

Hij glimlachte minzaam. 'Dat zal ik je allemaal uitleggen, maar laten we eerst teruggaan naar de hut. Het water is alweer aan het stijgen.'

Ik schudde mijn hoofd. 'Ik wil weten wat er aan de hand is, Samuel! Wat doen onze geboorteakten hier?'

Hij bukte zich en raapte de geboorteakten op.

'Hier, stop ze in de zak. We moeten gaan. Ik vertel je alles onderweg.'

Ik pakte de aktes van hem aan. Samuel liep naar het koffertje en nam het van de plank. Hij verliet meteen het schuurtje. Schoorvoetend volgde ik hem terwijl ik de bundel geboorteakten in de jutezak stopte. Op dat moment zag ik nog een ander papier tussen de kledingstukken zitten. Ik trok het omhoog.

Voor me hield Samuel halt bij de vlonder. Hij keek in mijn richting. Mijn blik gleed naar het blanco vel. Ik draaide het om en staarde met grote ogen naar de kindertekening van een brug over een rivier. Aan de brug hingen drie mensen. Elk van hen had een strop om zijn nek. Boven de tekening stond in kinderhandschrift SAMUEL geschreven. Ik keek op en zag dat hij op me af kwam. Ik liet de zak en de tekening vallen en rende in de richting van het schuurtje. Terwijl ik naar binnen schoot en de deur achter me dichttrok, wist ik dat ik als een rat in de val zat.

Ik vond een stuk hout. Terwijl ik het tussen mijn handen klemde tuurde ik gespannen door een spleet in de deur naar buiten. Samuel had zich gebukt om de jutezak en de tekening op rapen. Vervolgens kwam hij naar het schuurtje gelopen tot hij vlak naast de deur stond.

'Je hoeft niet bang te zijn, Ezra,' zei hij. 'Doe maar open.'

Ik klemde het stuk hout steviger vast en wachtte af tot Samuel weer iets zou zeggen. Het enige wat ik hoorde was het nerveuze piepen van mijn eigen ademhaling. Precies op het moment dat ik bedacht dat hij misschien naar de achterzijde van het schuurtje was geslopen, brak Samuel daar met veel kracht door een dichtgetimmerd gat in de wand. Het hout vloog in het rond en miste me op een haar, maar Samuel miste mij niet. Het volgende moment lag ik op mijn buik op de grond en trok hij mijn polsen achter mijn rug. Hij bond ze aan elkaar vast, en deed vervolgens hetzelfde met mijn benen. Ik schreeuwde en schopte en uit zijn gekreun maakte ik op dat ik hem had geraakt, maar mijn enkels waren al samengebonden en ik kon geen kant meer op.

Er klonk een schuivend geluid over de vloer en ik zag hoe Samuel vlak voor me plaatsnam op een van de stoelen.

'Je had die tekening niet mogen zien,' zei hij beangstigend kalm. 'Nog niet.'

Ik hoorde hem zuchten van opwinding. Alsof hij van iets was bevrijd en zich verheugde op wat er stond te gebeuren.

'Maar nu je het weet hoef ik het niet langer stil te houden.'

'Wat hoef je niet stil te houden? Wat is hier aan de hand? Waarom die tekeningen, Samuel? Waarom?'

Weer klonk die opgeluchte zucht.

'Omdat het mijn verhaal is,' zei hij kalm. 'Omdat het mijn verhaal en jouw verhaal bij elkaar brengt, Ezra.'

'Mijn verhaal?' stamelde ik. De hele situatie werd steeds onbegrijpelijker.

'Ja, jouw verhaal. En dat van Elias en van Salo. Drie onschuldige kinderen uit München.'

Ik voelde de touwen om mijn polsen knellen.

'Samuel, je moet me losmaken. Ik heb je niets misdaan,' jammerde ik.

Zwijgend vouwde Samuel vlak boven zijn voeten de tekening open, zodat ik hem goed kon zien.

'Ezra, het komt allemaal goed. Je moet geduld hebben. Eerst zal ik je mijn verhaal vertellen en daarna kom ik bij dat van jou.'

'Mijn verhaal begint op 23 april 1934 in Dresden, de dag dat ik geboren werd. Deze tekening maakte ik zes jaar later in de Bibliotheek van Vorderbrand. Het laat zien wat er in juli 1938 in een klein plaatsje buiten Dresden gebeurde. Ik was toen vier jaar oud.'

64

Pirna
16 juli 1938

Boven het water van de Gottleuba hing het dunne vlies van de ochtendmist. Het riviertje, dat aan de noordzijde van Pirna in de Elbe uitmondde, kronkelde onbekommerd door het feeërieke stadje. De stilte van de vroege ochtend werd slechts doorbroken door het geluid van hoefijzers op de klinkers van een van de smalle straatjes in het oude centrum, en door het knarsende geluid van de wielen van de wagen die de paarden voorttrokken. Het jonge gezin in de wagen was stil. De vader en de moeder keken elkaar zwijgend aan terwijl de twee jongens bevreesd de man met het geweer in de gaten hielden. Hij zat als enige bij hen op de wagen. De andere gewapende mannen liepen achter de wagen aan.

Een uur eerder waren de mannen de boerderij van het gezin net buiten Pirna binnengedrongen en hadden eerst de ouders en daarna de kinderen uit bed gesleept. Het was op dat moment nog volledig donker geweest, maar inmiddels schemerde het een beetje.

Bij de brug over de Gottleuba hielden de paarden halt. De man op de wagen gebaarde met de loop van zijn geweer dat ze uit moesten stappen. De vader hielp zijn vrouw en daarna de kinderen, waarvan de oudste net zeven was geworden en de jongste nog op de kleuterschool zat. Hij had de hele rit tegen zijn moeder aangekropen gezeten en hield nu haar hand stevig vast terwijl ze de brug opliepen.

Langs de rand van de brug was een houten stellage gebouwd en daarboven hingen twee touwen met een strop. Zodra de vader dit zag begon hij heftig te schreeuwen. Vrijwel onmiddellijk sloeg een van de gewapende mannen hem met de kolf van zijn geweer tegen de grond. De moeder zakte op haar knieën naast hem neer om zich over hem te ontfermen, maar ze werd meteen ruw naar de rand van de brug gesleept. Het jongste kind rende achter zijn moeder aan en klampte zich aan haar vast. Op dat moment stoof de oudste jongen op een van de soldaten af, en hij werd net als zijn vader neergeslagen. De moeder krijste het uit en kreeg een harde klap in haar gezicht. Bij haar en het jongste kind werden de handen op de rug gebonden, en met een lap stof werd hun mond afgesnoerd.

Vervolgens werden ze, met een strop om hun nek, met hun gezicht naar de rand van de brug op de stellage geplaatst. Daar zagen ze dat die uit twee afzonderlijke plateaus bestond die door een stang met elkaar verbonden waren. Elk van hen stond op een apart plateau. Boven hen verscheen het gezicht van een man die een uniform droeg en duidelijk de leider was. Hij keek de vrouw aan en glimlachte.

'Mijn naam is Heinrich Faber. Ik ben uw aanklager, uw rechter en uw beul. De aanklacht luidt dat u een Jood bent en uw verderfelijke bloed verder verspreidt via uw kinderen. Ik acht de aanklacht bewezen en leg u, en wat u heeft voortgebracht, hierbij de doodstraf op.'

Vanaf de brug klonk plotseling het geschreeuw van de vader, die weer bij kennis was gekomen. Twee mannen sleurden hem naar de rand van de brug zodat hij zou zien wat er met zijn vrouw ging gebeuren. Ook hij was inmiddels gekneveld en zijn mond werd nu ook afgesnoerd.

'Echter,' ging Heinrich Faber verder. 'U komt in aanmerking

voor strafvermindering indien u het verspreiden van uw verderfelijke bloed ongedaan maakt.'

Hij wierp een blik op het jongste kind en richtte zich weer tot de moeder.

'U bevindt zich op wat wij hier in Saksen de weegschaal des doods noemen. Deze stang verbindt beide schalen met elkaar en houdt ze in evenwicht. Als ik de stang losmaak zal de zwaarste schaal zakken. In dit geval is dat uw schaal. Omdat het touw om de nek van uw kind aan uw schaal verbonden is, wordt dit touw strakgetrokken en zal het uw kind wurgen. U kunt dus vrij eenvoudig uw eigen leven redden door uw gewicht en de weegschaal zijn werk te laten doen.'

De moeder schudde heftig haar hoofd terwijl er een akelig geluid uit haar keel kwam.

'Maar,' sprak de man kalm. 'U kunt er ook voor kiezen om uw kind te bevrijden van uw dodelijke gewicht. U hoeft alleen maar te springen.'

Hij draaide zich om en zag dat zijn mannen de vader met moeite in bedwang hielden.

'Maakt u zich geen zorgen!' riep hij hem toe. 'U komt zo aan de beurt.'

Daarop gaf hij het teken dat de stang losgekoppeld kon worden. Direct zakte de schaal waarop de moeder stond naar beneden en spande het touw zich strak om de nek van haar kind. Ontredderd keek het zijn moeder aan terwijl het touw hem omhoogtrok en hem steeds meer verwurgde. Hij kreeg geen lucht meer en begon te spartelen. Toen hoorde hij plotseling een krak en klapte hij terug op het plateau. Hij keek opzij naar de plek waar zijn moeder had gestaan. Het plateau was leeg en hing een stuk hoger. Zijn ogen volgden het touw, dat strak langs de rand van het plateau liep. Daar zag hij zijn moeder bungelen, haar hoofd licht opzij geknikt.

Verlamd van schrik werd hij van het plateau gehaald, en nadat er een zware plons had geklonken werden zijn vader en zijn broertje op de weegschaal geplaatst. Trillend van angst wachtte hij achter de rand van de brug op de volgende plons. Het leek echter een eeuwigheid te duren voordat hij de plons hoorde, en die was veel kleiner dan hij had verwacht. De mannen sleurden hem weer overeind. Tot zijn opluchting zag hij zijn vader nog staan. Het volgende moment echter realiseerde hij zich dat zijn broertje was verdwenen.

De mannen plaatsten hem nu op de plek waar eerst hij en toen zijn broertje had gestaan en knoopten een nieuwe strop om zijn nek. Hij keek opzij naar zijn vader, maar die durfde hem niet aan te kijken. Weer voelde hij het touw straktrekken rond zijn hals en weer trok het hem omhoog. Ditmaal spartelde hij niet, maar bleef hij verdoofd hangen en staarde hij opzij naar het gebogen hoofd van zijn vader die daar alsmaar zwijgend stond. De jongen wendde zijn blik af en keek met waterige ogen naar het licht dat zich met de mist onder hem vermengde. Langzaam werd de waas in zijn hoofd dikker, tot hij ergens in de verte een zware plons hoorde.

65

Whitehaven, Maryland
8 mei 1960

'Jij was het jongste kind,' zei ik.

Samuel knikte. 'Ja. De poppetjes op de tekening zijn mijn ouders en mijn broertje.'

'En daarom moest Faber dood.'

Samuel knikte opnieuw.

'En Thomas?' vroeg ik. 'Jij kwam die avond bij me langs en overtuigde me dat ik hem moest "helpen", dat hij een gevaar vormde voor ons.' Als een storm stak er ineens woede in me op. 'Jij hebt me aangezet om hem te doden! Ik hield van hem, maar jij...'

Mijn tranen begonnen te stromen. 'Samuel, waarom doe je me dit aan? Je bent mijn broer, je bent...'

'Zwijg!' riep hij kwaad. 'Ik ben jouw broer niet. We zijn alleen maar opgegroeid in hetzelfde nest. Kap er toch eens mee alles zo te romantiseren en van ons een leuk gezinnetje te maken. Dat waren we niet!'

Ik staarde hem verbouwereerd aan en Samuel hervond zijn kalmte.

'Denk je dat het toeval was dat jullie alle drie in dezelfde periode in München zijn geboren? Het was een plan. Een bizar plan waar Faber bij betrokken was.'

Mijn blik veranderde naar ongeloof. 'Zat Faber achter de Kinderen van Abraham?'

'Nee, natuurlijk niet!' riep Samuel uit. Hij was een smerige nazi! Vergeet Kinderen van Abraham. Zoiets heeft nooit bestaan. Het was een list om iets anders veilig te stellen. Iets veel groters.'

Ik hoorde de dreiging in zijn stem.

'Op de dag dat Faber mijn ouders en mijn broertje vermoordde bracht hij me naar Vorderbrand. Ik was de eerste. Hij moest weten of de locatie geschikt was. Daarna kwamen de anderen, een voor een: Salo, Elias en jij. Dat ontdekte ik toen Allison Hyde het me vertelde terwijl ze in de douche op dat krukje stond met een ampul tussen haar tanden.'

'Dus jij hebt haar toch...' stamelde ik.

Samuel spuugde op de grond.

'Ze was het derde kind van Faber. Zijn dochter uit een buitenechtelijke relatie met Unity Mitford, een Britse aristocrate die close was met Adolf Hitler en die ervoor zorgde dat Putzi Hanfstaengel uit zijn gratie raakte. Mitford verbleef in 1941 in een Britse bevallingskliniek en kreeg daar Fabers dochter, die voor adoptie werd afgestaan aan een andere rijke Britse familie. Nadat ze een aantal jaren geleden in contact trad met Faber kwam ze ons voor hem op het spoor, en begon ze een relatie met Elias. Ze moest iets terugvinden wat hij verloren was.'

'Het koffertje,' begreep ik.

Maar Samuel glimlachte. 'Iets veel waardevollers. De schat van Hitler.'

66

SAMUEL
Berchtesgaden
5 juni 1946

'Op de dag dat Salo verdween zag ik hem met Frau Wolff vertrekken. Ze droeg een picknickmand en sloeg een arm om hem heen. Ik maakte me zorgen. Het was niemand ontgaan dat ze haar aandacht de afgelopen weken meer en meer op Salo gevestigd had. Ik vermoedde dat ze in haar zoektocht naar onze herkomst iets had ontdekt waardoor hij gevaar liep. Om hem te beschermen besloot ik hen te volgen.

Ze namen de kortste route richting de Königssee, langs de steile afdaling door het bos. Op een minder steil gedeelte namen ze echter niet de afslag naar beneden, maar volgden ze een smal pad langs de bergkam. Ik wist dat dit pad doodliep. Na enige tijd hielden ze halt en zag ik eerst Salo en daarna Frau Wolff in het struikgewas verdwijnen. Het leek net alsof hij haar ergens naartoe leidde. Ik werkte mezelf door het struikgewas, tot ik hun fluisterende stemmen hoorde. Het volgende moment zag ik ze staan. Ik dook weg tussen de varens en keek naar Salo, die bij de ingang van een grot stond met het koffertje in zijn handen. Het koffertje dat jij een jaar eerder in het bos had verstopt.'

'Het koffertje van Faber,' zei ik. 'Maar wacht. Hoe wist Salo dat het daar lag?'

Samuel glimlachte. 'Eerder vertelde ik je dat Elias het koffertje verstopt had. In werkelijkheid was het Salo.'

'Waarom heb je daarover gelogen?' vroeg ik.

Hij gaf geen antwoord op mijn vraag en ging verder waar hij was gebleven.

'Ik begreep meteen dat hij het in handen had gekregen en zijn schat nu aan Frau Wolff liet zien. Die idioot vertrouwde haar volkomen. En zij leek volledig geobsedeerd door wat erin zat. Ze raakte de kokertjes aan alsof het kleine relikwieën waren. En toen ik hem zag knikken, pakte ze er eentje en liet het in haar zak glijden. Daarna bracht Salo het koffertje terug naar de grot en verlieten ze de plek.

Ik wachtte tot ze weg waren en haalde toen het koffertje uit de grot. Ik moest het ergens anders verbergen, zodat Frau Wolff het niet meer zou kunnen vinden. Tussen twee rotsblokken vond ik een smalle gleuf waar het tussen paste en waar het droog zou blijven. Ik vulde het gat op met kiezels en zand zodat de opening niet meer zichtbaar was en ging toen achter Salo en Frau Wolff aan.

Omdat ze een picknickmand hadden meegenomen vermoedde ik dat ze niet teruggekeerd waren naar Vorderbrand, maar ditmaal vanaf het hoofdpad de route naar beneden hadden genomen. Toen ik bijna bij het meer was zag ik hen inderdaad vlak bij de waterkant in de schaduw van een grote overhangende kei op een picknickkleed zitten. Ze lachten en hadden het heel gezellig samen. Ik sloop naar de achterzijde van een rots, vanwaar ik hun gesprek kon volgen.

"Als ik straks terugga naar mijn huis in Oostenrijk, mag jij met me mee. Je zult het daar prachtig vinden."

Salo's gezicht straalde. "Krijg ik dan mijn eigen kamer?"

Frau Wolff knikte. "Jij krijgt de mooiste kamer van het huis, met uitzicht op de bergen."

"En mag ik dan naar die mooie muziek van Wagner luisteren, waar u het altijd over heeft?"

"Dat mag jij elke dag. En ik laat je ook *Mein Kampf* lezen, het boek dat je vader schreef toen hij hier in de bergen woonde."'

Samuel liet een stilte vallen om de volle omvang van wat hij zojuist had gezegd tot me door te laten dringen.

'Nee... Dat kan niet,' was alles wat ik uit kon brengen.

'Dat was precies wat ik dacht,' zei Samuel. 'Maar terwijl ik daar aan de andere zijde van de rots hun lachende stemmen hoorde, drong het tot me door dat dit de ware reden was waarom Frau Wolff bij ons op Vorderbrand was neergestreken. Het was niet vanwege ons, maar vanwege één van ons. Ze kwam voor Salo. De zoon van de Führer.'

'Mijn god,' stamelde ik.

'Van degene die verantwoordelijk was voor de dood van onze ouders,' ging Samuel verder. 'En zijn kind, zijn bloed, had al die jaren bij ons in de Bibliotheek gewoond.'

Ik schudde mijn hoofd. 'Waarom in vredesnaam bij ons?'

Samuel kneep zijn ogen samen. 'Je kunt de vraag beter omdraaien. Waarom wij bij hem?'

'Nou?' vroeg ik.

'Omdat Faber de schat van Hitler in veiligheid moest brengen: het kind dat hij bij een Joodse vrouw in München had verwekt.'

Ik staarde hem aan. 'Hitler had een bloedhekel aan Joden. Waarom liet hij het niet doden?'

Samuel stond op en liep naar het houtfornuis, waar hij het vuur in aanstak. Hij sloot het piepende deurtje en nam weer plaats op zijn stoel. 'Had hij dat maar gedaan. Maar zelfs Hitler had iets menselijks. Het was zijn eigen kind.'

'En dus liet hij het als een koekoeksjong verdwijnen tussen Joodse kinderen die in dezelfde periode waren geboren?'

Samuel knikte. 'Vlakbij zijn eigen Adelaarsnest. En Faber moest over onze veiligheid waken.'

Ik dacht aan die avond in de sneeuw met die dode officier op het pad en wat Faber me had verteld. Hij had het paard teruggebracht en voorkomen dat er op Vorderbrand een huiszoeking plaats zou vinden. Hij was daar met Frau Wolff.

'En Frau Wolff?' vroeg ik.

'Zij nam het van Faber over toen hij terugkeerde naar zijn gezin in Amerika.'

'En zij wist niet wie van ons het kind van haar broer was...' bedacht ik. 'Daarom stelde ze ons al die vragen. Ze probeerde te achterhalen wie ze mee terug moest nemen naar Oostenrijk. Tot ze ontdekte dat het Salo was.'

'Exact. Er waren maar een paar mensen op de hoogte van het bestaan van zijn kind, maar niemand wist welk kind het was. Zelfs Faber niet. Hij wist alleen dat ik het niet was, want hij had me zelf gebracht.'

'En wat gebeurde er met Salo?'

Ik zag de spieren in Samuels gezicht verkrampen.

'Dat Salo een verrader was en dat hij voortkwam uit dat verschrikkelijke monster maakte me heel erg kwaad. Ik werd overmand door emoties toen ik dacht aan wat er met mijn ouders was gebeurd. Dat monster was daarvoor verantwoordelijk. Door hem waren zij...'

Samuels blik werd donker.

'Zijn kind moest dood. En zijn zus moest voelen hoe het was om een dierbare te verliezen. Ze moest voelen hoe dat voor mij was geweest.'

Samuel was opgestaan en liep nu druk heen en weer.

'Ik wist alleen niet hoe. Met een steen? Met mijn blote handen? Ik voelde me zo machteloos en dacht wanhopig aan alle opties die ik had, tot ik merkte dat het stil was geworden aan de andere zijde van de rots. Ik gluurde voorzichtig om de hoek en zag ze samen het water in gaan. Toen viel mijn blik op de kleding die ze hadden achtergelaten bij het picknickkleed. Ik kroop erheen en taste in de zak van Frau Wolffs rok. Op het moment dat ik het kokertje voelde ging er een rilling door mijn lijf. Het was zowel van opwinding als van angst. Ik wist nog altijd niet wat er in dat kokertje zat, maar het kon maar zo een dodelijk explosief zijn. Ik sloot mijn hand er voorzichtig omheen en verstopte me weer achter de rots.

Terwijl ik wachtte tot ze uit het water zouden komen bedacht ik dat als het daadwerkelijk een wapen was, het nooit direct zou exploderen als je het opende. Dan zou je er immers alleen jezelf mee kunnen ombrengen en daar kon een wapen niet voor bedoeld zijn. Toen ik het voorzichtig opendraaide en de ampul zag, vermoedde ik meteen dat dit geen gezond goedje kon zijn. Bij de kleding van Salo en Frau Wolff had ik hun veldflessen zien liggen. Ik sloop terug en draaide de dop van de fles van Salo. Ik tikte de ampul stuk op de rand van de fles en liet de inhoud in de vloeistof stromen. Daarna draaide ik de dop er weer op en legde de fles terug. Vervolgens wachtte ik achter de rots tot ze terugkwamen. Terwijl ik daar gehurkt zat, realiseerde ik tot mijn schrik dat ik de kapotte ampul bij het kleed had laten liggen. Ik kwam overeind om mijn fout te herstellen, maar op dat moment hoorde ik hun stemmen.

'Waarom heb je me dat niet eerder verteld, Salo?' Frau Wolff klonk teleurgesteld.

'Het is een spel dat Elias en ik wel vaker samen spelen,' zei Salo bedrukt.

Ik keek voorzichtig langs de rotsrand en zag Salo met zijn rug naar me toe staan. Hij had de veldfles al opgepakt, aan zijn armbewegingen te zien leek het erop dat hij bezig was de dop eraf te draaien.

Frau Wolff wierp hem een verwijtende blik toe. 'Je mag mensen niet zo misleiden.'

Salo zette de hals van de fles aan zijn mond en nam een grote slok. Zij sloeg een handdoek om en keerde zich hoofdschuddend van hem af.

Op dat moment hoorde ik een vreemd geluid uit Salo's keel komen. Frau Wolff draaide zich met een ruk om en zag net als ik Salo in elkaar zakken. Ze snelde naar hem toe terwijl zijn lijf stuiptrekkingen maakte. Ze schreeuwde tegen hem en zakte naast hem op haar knieën. Toen stopte zijn lichaam plotseling met bewegen en bleef hij roerloos liggen.

Frau Wolff raakte in paniek. Ze trok hem overeind en hield zijn levenloze lichaam tegen zich aan. Toen begon ze te jammeren en liet hem uit haar armen glijden. Ze sloeg haar handen voor haar gezicht en bleef huilend naast hem zitten.

Toen ze uiteindelijk opkeek leek ze eerst niet te weten wat ze moest doen. Totdat haar aandacht door iets werd getrokken en ik haar blik zag verstarren. Glinsterend in het zonlicht hield het haar blik gevangen. Het gebroken glas van de ampul.'

Samuel zweeg.

'Dus niet Frau Wolff, maar jij hebt Salo vermoord.'

Samuel opende zijn mond, maar het leek alsof mijn woorden zijn keel hadden doorgesneden. Hij draaide zijn hoofd naar me toe, maar hij leek mij niet te registreren. Alsof hij nog altijd ergens in juni 1946 was.

Ik keek recht in zijn ogen en probeerde contact te maken. 'En jij hebt dat altijd voor ons verzwegen.'

Ineens zag hij mij weer. Met opnieuw die vileine glimlach zei hij: 'Ja, ze wist waaraan hij was overleden, maar niet wie het had gedaan. Ze had de omgeving afgespeurd, maar ik hield me stil en wachtte tot ze alle sporen had uitgewist. Ze begroef hem met zijn kleding in het bos waar de grond zacht was. De veldfles liet ze vollopen met water en die gooide ze samen met de restanten van de ampul in het meer. Daarna keerde ze terug naar Vorderbrand, waar ze ons vertelde dat ze Salo tijdens de wandeling was kwijtgeraakt. Hij was eigenwijs geweest en had besloten een kortere route door het bos te nemen, maar op de afgesproken plek was hij nooit verschenen. We zochten die middag met z'n allen tot het donker werd en de dagen daarna, maar we vonden geen spoor van hem. Terwijl Frau Wolff en ik al die tijd wisten waar hij lag.'

Ik schudde mistroostig mijn hoofd. Ik kon me die zoektocht en onze ongeruste echo's in de bergen nog goed herinneren.

Samuel sprak verder. 'Mijn plan was om hem te vinden. Alle sporen zouden dan naar Frau Wolff leiden. Zij zou de schuld krijgen en opgesloten worden en niet langer een gevaar vormen voor ons. Maar toen ik in de buurt was van de plek waar hij lag, durfde ik jullie er niet op te attenderen. Ik had het gevoel dat ik niet alles kon overzien en dat er mogelijk ook sporen naar mij zouden leiden. Achteraf gezien was dat ook het geval, maar dat zou ik pas jaren later ontdekken. Om precies te zijn vorig jaar maart, toen Elias naar Duitsland ging.'

'De reis die hij volgens jou maakte om het koffertje op te halen,' zei ik.

'Precies. Elias wist niets van dat koffertje. Zijn reis had een heel ander doel. Hij had de documentaire met Frau Wolff gezien en wist nu dat ze in werkelijkheid Paula Hitler was. Hij wilde haar een bezoek brengen.'

'Om haar te doden?' vroeg ik.

Samuel begon te lachen. 'Je snapt er nog steeds helemaal niets van, hè?'

Ik keek hem niet-begrijpend aan.

'Ik was niet de enige die een geheim met me meenam naar Amerika. Ook Elias heeft al die jaren iets voor ons verzwegen.'

67

SAMUEL

Arlington

21 maart 1959

'Elias was in alle staten, die dag dat hij terugkeerde naar ons appartement na zijn reis naar Duitsland.

"Jij hebt Salo vermoord!" riep hij zodra hij me zag.

"Waar heb jij het in vredesnaam over?" reageerde ik.

"Zij zegt dat jij het was."

"Dat mens is gek," wierp ik tegen. "Ik heb je al die jaren gezegd dat zij erachter zit, en nu we weten wie ze werkelijk is lijkt het motief me ook wel duidelijk."

Elias keek me vol verachting aan. "Jij hebt hem vermoord, Samuel! En zij heeft mij precies verteld hoe je het hebt gedaan."

"Ik heb helemaal niets gedaan," riep ik kwaad. "Salo had dat koffertje gejat. Hij had het verborgen en liet die smerige nazihoer zien waar het lag!"

Elias kneep zijn ogen samen. "En jij hebt dat gezien?"

Ik knikte en Elias' blik werd scherper.

"Volgens Frau Wolff liet Salo haar het koffertje zien op de dag dat hij stierf."

"Dat zou kunnen."

"Nee, Samuel, dat wás zo."

Ik keek hem onbewogen aan. "En wat heb ik daarmee te maken?"

Er verscheen een grimas op Elias' gezicht. "Jij was erbij toen ze het kokertje kreeg en je hebt gezien dat ze het in de zak van haar rok deed. Toen Salo nauwelijks een uur later stierf zat het niet meer in haar zak en lagen de scherven van de ampul naast zijn lichaam."

Ik keek hem met een spottende blik aan. "Ik heb geen idee waar je het over hebt. Ja, ik was erbij toen hij het koffertje liet zien, maar ik weet niets van dat kokertje."

Elias stak zijn hand in zijn broekzak en haalde er een glimmend voorwerp uit.

"Dit vond Frau Wolff de dag na de moord in jouw broekzak toen ze onze kleding waste."

Ik staarde verbaasd naar het kokertje. Ik had me altijd afgevraagd waar het was gebleven. Maar waarom had Frau Wolff dit nooit tegen me gezegd?

"Heb je dat van haar?" vroeg ik hem.

Elias knikte.

"O, lieve Heer," stamelde ik. "Zie je dan niet wat hier gebeurt, Elias? Ze probeert ons uit elkaar te drijven door mij de schuld te geven van iets wat zij lang geleden zelf heeft gedaan. Hoe kun je haar geloven? Ze is de zus van dat monster. Ze kwam naar Vorderbrand om ons te doden, om…"

Elias onderbrak me. "Samuel, ze kwam naar Vorderbrand met een heel ander doel. Als ze ons had willen doden hadden we nu niet meer geleefd."

Hij keek me zwijgend aan en ik kon het geheim dat ik zo lang met me had meegedragen plotseling niet langer bij me houden. Elias moest begrijpen waarom ik dit had gedaan.

"Salo was niet een van ons," zei ik op bezwerende toon. "Hij was een koekoeksjong. Hij kwam uit een ander nest. Een heel ander nest."

"En dus heb jij hem vermoord?"

Ik slikte. "Hij vormde een gevaar, voor ons, voor de mensheid. Hij was de zoon van dat monster, en hij zou op een dag de fakkel van zijn vader overnemen."

"En dus heb jij...?"

Ik voelde de tranen in mijn ogen branden. "Ja, ik heb hem dat gif gegeven. Hij had ons verraden en via hem zou ze alles over ons te weten komen, ze zou..."

Opnieuw viel Elias me in de rede. "Hoe kom je erbij dat Salo de zoon van Hitler was?"

Ik keek hem met een verwarde blik aan. "Dat hoorde ik haar zeggen."

In gedachten verzonken hoorde ik Elias mompelen: "Dus ze dacht dat het Salo was..."

Hij herstelde zich snel.

"Dacht ze werkelijk dat híj een kind van Hitler was? Belachelijk."

"Ja," zei ik terwijl ik nu zelf in mijn gedachten wegzonk en Salo met de veldfles in zijn handen zag staan. *Het is een spel dat Elias en ik wel vaker samen spelen*, had hij gezegd. *Dus ze dacht dat het Salo was...* Er gebeurde iets vreemds in mijn hoofd. Plotseling begreep ik het spel waarover Salo had gesproken. Ze leenden elkaars identiteit en deelden met vreemden elkaars vroegste herinneringen. Ik had Elias er weleens op betrapt dat hij Frau Wolff vertelde dat hij met zijn ouders in de stad woonde, terwijl dat het verhaal van Salo was. In werkelijkheid woonde hij alleen met zijn moeder in een molen. Alleen met zijn moeder. Ik zag ineens het verband. Steeds weer leek Frau Wolff te vragen naar de aanwezigheid van de vader. Maar wat ze eigenlijk probeerde te achterhalen, was bij wie de vader afwezig was. Mijn hart ging sneller kloppen. Salo had het verleden van Elias geleend.

"Arme Salo," hoorde ik de stem van Elias. "Samuel, je was zelf nog een kind, maar je hebt iets verschrikkelijks gedaan." Hij zuchtte. "En alleen maar omdat je de verkeerde conclusies hebt getrokken."

We keken elkaar lange tijd aan. Toen draaide hij zich om en liep weg.'

Samuel stond bij het houtfornuis en gooide een blok hout op het vuur. Hij staarde in de vlammen.

'Heb jij Elias vermoord?' vroeg ik terwijl ik naar de metalen pook keek waarmee hij met zijn rechterhand het blok hout dieper in het vuur schoof.

Samuel schudde langzaam zijn hoofd. 'Nee, niet Elias. Het was niet de Elias die wij kenden. Het was iemand anders. Hij heeft het me zes dagen later allemaal verteld.

Het was laat in de middag toen ik op het vliegveld van Chicago arriveerde. Elias overnachtte in het Hilton vanwege een conferentie. We troffen elkaar in een buitenwijk. In mijn linker jaszak zat een pistool, in mijn rechter jaszak een kokertje. Een kokertje met een volle ampul.

Twee dagen eerder was ook ik afgereisd naar Duitsland, en daar had ik op de berg onder Vorderbrand het koffertje teruggevonden. Het koffertje en de inhoud waren nog helemaal intact.

Ik bracht het naar de oude boom in de moeraslanden van opa Harold, met uitzondering van één kokertje, dat ik nu stevig vasthield in mijn zak terwijl ik de fabriekshal naderde waar Elias bij de ingang op me wachtte.

We liepen de reusachtige hal in, die was ingericht voor het spuiten van vliegtuigen. Er hing een indringende verflucht.

Ik begaf me naar een achter de loods gelegen kantoorruimte en Elias volgde me.

Ik kende deze locatie omdat het een van de plekken was waar

grote partijbijeenkomsten van de Republikeinse partij werden georganiseerd. In de dagen voor zo'n bijeenkomst werd de hal dan helemaal leeggehaald en omgebouwd tot een indrukwekkende zaal. Daarom had ik, net als heel veel andere mensen, de sleutels van alle deuren.

We liepen naar een kleine kantine met een keukenblok en ik deed het licht aan. Elias nam plaats aan een van de tafels en keek de ruimte rond. Er hingen foto's van Eisenhower en diens republikeinse voorgangers. Ik liep naar het kolenfornuis, stak het vuur aan en zette een ketel water op. Daarna trok ik de klep van de kolenlade van het fornuis open en gooide nog een schep kolen op het vuur.

Ik porde met de pook in de kolen en deed de klep van de kolenlade dicht. Toen ik me omdraaide zag ik dat Elias zijn jas had uitgedaan, omdat het inmiddels aardig warm werd in de kleine kantine.

"Ik heb veel nagedacht over iets wat je vorige week zei. Je maakte het meteen heel klein, maar ik denk dat het belangrijk is."

"Wat heb ik gezegd?" Elias was rechtop gaan zitten.

Ik nam tegenover hem plaats en keek in zijn donkere ogen.

"Je had gelijk," zei ik. "Ik heb de verkeerde conclusies getrokken. Niet Salo, maar jij woonde alleen met je moeder in een molen. Jij was degene voor wie Frau Wolff kwam."

"Hoe weet je dat?" vroeg Elias.

Ik glimlachte. "Jouw oprechte verbazing toen je hoorde dat Frau Wolff aanvankelijk had gedacht dat ze voor Salo kwam. Jij wist niet beter dan dat ze voor jou kwam."

Elias boog zijn hoofd. "Ze zocht me op, twee dagen nadat Salo verdween." Zijn stem klonk ineens schor. "Ze wist details over mijn jeugd die ik met niemand had gedeeld, zelfs niet met Salo. Voordat mijn moeder naar de molen verhuisde waar ik werd geboren, had ze in een hotel in München gewerkt. Ik wist dat omdat ze een kaart met een afbeelding van het hotel had. Ik zal een jaar of vier zijn geweest toen ik de ansichtkaart voor het eerst zag. Mijn moeder had me toen al leren lezen en ik sprak de namen die op de achterkant van de kaart waren geschreven in mijn kleutertaaltje uit. Mijn moeder moest lachen om mijn grappige uitspraak en vertelde me dat het de collega's waren met wie ze in het hotel had gewerkt. Over elk van hen kon ze iets leuks vertellen en steeds als ze het over een mannelijke collega had vroeg ik of dat mijn papa was. En dan schudde ze haar hoofd en zei ze dat ik alleen een mama had.

Toen ik dit aan Frau Wolff vertelde liet ze me een foto zien van het hotel. Ik was verbijsterd en vroeg haar van wie ze de foto had gekregen. Er sprongen tranen in haar ogen en ze vertelde me dat haar broer hem aan haar had gegeven. Dat hij regelmatig in dat hotel had gelogeerd en dat een medewerkster van dat hotel zwanger van hem was geraakt. Toen heb ik de kaart aan haar laten zien die ik bij me droeg op de dag dat ik naar Vorderbrand kwam."

"En toen vertelde ze je wie jouw vader was?"

Elias schudde zijn hoofd. "Natuurlijk wilde ik dat heel graag weten, maar ze was ineens erg terughoudend. Ze drukte me op het hart dat ik er nooit met iemand over mocht praten. Niemand mocht weten dat haar broer mijn vader was. Pas toen ik een paar weken geleden de documentaire zag waarin haar ware identiteit werd onthuld, begreep ik waarom ik het stil had moeten houden. Toen ben ik naar Duitsland afgereisd. Ze vertelde me wat jij als kind met Salo had gedaan, en dat ze dat bewust stil had gehouden om mij te beschermen. Zolang jij dacht dat het kind van haar broer dood was, hoefde ik niets te vrezen."

Hij keek me recht in mijn ogen aan. "Maar wat zij niet wist is hoe hecht onze band in de loop der jaren is geworden. We zijn meer dan broers, we zijn elkaars beste vrienden. Natuurlijk was ik heel verdrietig toen ik hoorde wat je met Salo hebt gedaan. Maar je was een kind en handelde uit paniek. Ik had je dat al vergeven voordat je het aan me bekende, net zoals ik weet dat voor jou ook alleen telt wie ik ben, niet waar ik vandaan kom."

Ik antwoordde niet en ik zag een lichte vertwijfeling in zijn blik.

Toen haalde ik mijn linkerhand uit mijn zak en richtte het pistool op hem.

"Ik wil dat je je bovenkleding uittrekt," zei ik kalm.

Hij schudde zijn hoofd en wilde naar de deur lopen.

"Geen stap verzetten, of ik jaag nu meteen een kogel door je kop," beet ik hem toe.

Hij bleef als aan de grond genageld staan.

"Doe je bovenkleding uit, vriend." Het laatste woord kwam met een spottende klank uit mijn keel.

Nadat hij zijn overhemd en onderkleding had uitgedaan gooide ik hem een paar handboeien toe.

"Maak vast aan een van je polsen," gebood ik hem. Elias deed wat ik zei. Ik wees naar een metalen paal in het midden van de ruimte. "Ga daar staan en sluit je ogen."

"Waarom zou ik..."

"Hou verdomme je bek en ga daar staan, met je ogen dicht!"

Ik drukte de loop van mijn pistool tegen zijn hoofd, trok het loshangende deel van de handboeien achter de paal langs en klikte het kruislings vast aan zijn andere pols. Toen haalde ik de pook uit het vuur en zei dat hij zijn ogen mocht openen.

"We gaan een spelletje spelen. Een spelletje dat die vieze nazivriendjes van je lang geleden met mijn ouders speelden. Het heet *stap eruit als je er geen zin meer in hebt*."

Vervolgens duwde ik de gloeiende pook tegen zijn buik.

Elias schreeuwde het uit terwijl de pook sissend door de buitenste huidlaag drong. Ik trok de pook terug en duwde hem nu op een andere plek, terwijl Elias in elkaar kromp van de pijn. Hij jammerde, smeekte me om op te houden. Toen de pook zich voor de zesde keer in zijn huid vrat, plaste hij in zijn broek.

Ik laste een pauze in om de pook te kunnen verhitten en schonk voor mezelf een kop thee in.

"We hebben allemaal onze herinneringen," zei ik, terwijl ik op een stoel naast hem ging zitten. "Jij aan de molen, aan de kaart van het hotel. Ik aan mijn eigen broertje en aan mijn ouders. De man die jou heeft verwekt is verantwoordelijk voor wat er met hen is gebeurd. Hem kan ik niet meer straffen. Maar wat van hem is nog wel."

Ik haalde het kokertje uit mijn zak en liet het aan hem zien. "Kijk, ik heb er precies zo een, maar het mijne is nog vol."

Ik schroefde het open en haalde de ampul eruit. Ik schoof het in een houdertje met een elastiek, dat ik over Elias' hoofd trok zodat het houdertje met de uitstekende ampul voor zijn mond kwam. Hij hield zijn kaken stijf op elkaar, waardoor de ampul voor zijn mond bleef zitten en tegen zijn lippen drukte. Ik haalde de pook weer uit het vuur.

Ik liep op Elias af en zag zijn smekende blik. Vlak onder zijn ribben drukte ik de pook tegen zijn lijf, waardoor hij niet anders kon dan het uitkrijsen. De ampul schoot nu in zijn mond. Opnieuw drukte ik de pook tegen zijn huid en ik wachtte net zo lang tot hij de ampul kapot zou bijten. Ik duwde zo hard dat de pook bijna in zijn huid verdween. Nog steeds beet hij de ampul niet kapot, dus bracht ik de pook naar zijn linkeroog en brandde dat eruit. Hij hield vol. Pas toen de pook zijn rechteroog aanraakte hoorde ik het glas breken.'

68

Whitehaven, Maryland
Zondag 8 mei 1960

Mijn god. Hoe had Samuel Elias zo verschrikkelijk kunnen mishandelen, en hoe ziek was het om alle details nu met mij te delen? Op mijn zij liggend staarde ik naar het fornuis. Ernaast hing de pook die Samuel had gebruikt om het blok hout in het vuur te duwen.

'Dus er was geen Saul Belkin, er waren geen Kinderen van Abraham en Elias heeft niemand gedood. Jij was het, helemaal alleen.'

'Niet alleen,' reageerde hij. 'Ik deed het samen met jou.'

Ik staarde hem aan. 'Hoe dan?'

'Faber interesseerde zich niet alleen voor Elias, maar ook voor jou. Frau Wolff had blijkbaar niet met hem gedeeld wat ze had ontdekt, dus wist hij niet zeker of Elias de schat was. Daarom zette hij zijn zoon Thomas in om jou te verleiden, en dat bracht jou in de ideale positie om hen voor mij te elimineren.'

'Jij wist dat ik een relatie had met Thomas?'

'Ja. Allison Hyde vertelde me alles, terwijl ik het krukje langzaam onder haar benen wegtrok in de douchebak. Alles over het plan van haar vader, dat Thomas zich met jou moest bezighouden. Dat hij inmiddels in Washington woonde en iemand anders had. En dus bedacht ik een manier om jullie weer met elkaar in contact te brengen. Nadat ik haar om het leven had gebracht stuurde ik je diezelfde avond nog een telex om naar Arlington te komen, zodat je haar zou vinden en de link zou leggen met de dood van Elias. Nadat ik dat zaadje geplant had wist ik dat je me zou gaan zoeken en me uiteindelijk hier zou vinden, waarna ik je verder zou klaarstomen voor mijn plan.

Tegelijkertijd moest je weer in contact komen met Thomas. En dus liet ik, toen ik eenmaal wist dat je in Arlington gearriveerd was, bij zowel Thomas als bij Betty Friedan een bericht bezorgen waarin ze elkaar uitnodigden om elkaar 's avonds te treffen voor een interview in jouw hotel.'

Ik staarde hem verbluft aan. Thomas had niets met de telex uit het Witte Huis te maken en onze toevallige ontmoeting in de Tabard Inn was niet door hem geënsceneerd. Samuel leek over alles te hebben nagedacht.

'Waarom vertelde je me dat Allison Hyde zelfmoord had gepleegd?' vroeg ik. 'Ik had het enger gevonden als ze was vermoord.'

'Daar heb ik inderdaad over nagedacht. Maar waarom zou iemand haar op deze manier hebben willen ombrengen? Ze was niet een van ons. Jij moest geloven dat wij in gevaar waren en dat alleen wij en de mensen die we voor Saul Belkin uitschakelden met het gif werden omgebracht. Zij paste in geen van beide categorieën. Bovendien kwam de zelfmoordconstructie me goed uit. Ik kon jou via haar verhaal extra angst aanjagen. Uit haar briefje bleek dat bekend was dat wij uitverkoren waren en dat ze een tweede ampul voor jou moest meenemen.'

'En dus hing je haar op in je eigen appartement. Waarom in vredesnaam daar? De politie had je kunnen arresteren, of mij...'

Samuel glimlachte. 'Ik had een gecontroleerde omgeving nodig, zodat ik zeker wist dat jij haar zou vinden. En ik wilde dat de politie je daar zou aantreffen, niet om je te arresteren, maar om je te confronteren met de sporen die ze in die door mij gecontroleerde omgeving zouden vinden. Ik had het kokertje in de badkamer achter kunnen laten, maar dat was te opzichtig. Het bewijs moest beter verborgen zijn zodat het pas na grondig politieonderzoek ontdekt zou worden.'

'Dus jij chanteerde de buurman en liet hem de politie bellen?'

'Ja, ik wist dat ze je wel moesten vrijlaten, want jij kon de dader niet zijn. In het snelste geval zou je pas de ochtend na de moord arriveren.'

'Maar jij kon de dader wel zijn,' zei ik. 'En je kon niet weten dat je van hogerhand hulp zou krijgen.'

Samuel grijnsde. 'Soms is je grootste vijand je beste bondgenoot. Faber heeft de zaak voor ons in de doofpot gestopt.'

'Hoe?'

'Op het moment dat jij naar het politiebureau werd gebracht ontving hij een bericht dat zijn buitenechtelijke dochter dood was aangetroffen, en dat een onderzoek aan het licht zou brengen wie ze was. Hij wist dat dit hem zijn huwelijk en zijn imperium zou kosten, omdat hij afhankelijk was van het geld van zijn schoonfamilie. Hij wendde zijn macht aan om het onderzoek te laten sluiten.'

'Via Joseph Kennedy senior?' vroeg ik.

Samuel haalde zijn schouders op.

'En waarom zou ik Joseph Kennedy moeten vermoorden? Wat heeft hij hiermee te maken?'

'Niets,' antwoordde hij. 'Helemaal niets.'

'Maar de advertentie dan die Saul… die jij plaatste?'

'Dat was alleen bedoeld om je hierheen te lokken. Ik wist dat je geen ampullen meer had.'

'Waarom? Om me dit allemaal te vertellen? Om te laten zien hoe briljant je alles hebt uitgedacht? Om me te laten ontdekken dat mijn eigen broer een psychopaat is?'

'Ik ben je broer niet.'

Hij stond op en liep naar het fornuis. Ditmaal deed hij echter geen blok hout op het vuur, maar pakte hij de pook en stak hem tussen de gloeiende houtskooltjes.

Ik voelde mijn keel dichtknijpen. Doodsbenauwd keek ik om me heen of er iets was wat ik kon gebruiken om de touwen mee door te snijden. Mijn oog gleed langs Samuels stoel. Van de linker voorpoot ontbrak een beschermdop. Wanneer hij zat zakte de poot naar beneden, maar nu hij was opgestaan hing de scherpe rand een beetje in de lucht.

Ik keek naar Samuel. Hij stond nog steeds voorovergebogen voor het fornuis, met zijn rug naar me toe. Ik rolde om zodat mijn vastgebonden handen bij de scherpe rand onder de stoelpoot kwamen. Vlug schoof ik mijn polsen een paar keer heen en weer. Ik hoorde het touw een beetje scheuren. Meer dan een paar seconden gaf ik mezelf niet. Ik rolde terug naar mijn positie en zag dat Samuel overeind kwam en zich omdraaide. Hij liep naar de stoel en ging weer zitten.

Ik keek hem gespannen aan terwijl ik achter mijn rug mijn armen probeerde te bewegen. Ze zaten nog altijd muurvast.

Ik slikte. 'Jij was dood,' zei ik om het gesprek te rekken. 'Ik heb je zien hangen aan dat kruis en daarna in het mortuarium van de FBI. Zoiets organiseer je niet alleen. Dit is niet het hele verhaal.'

'Nee, dat klopt,' zei Samuel. 'Zoiets organiseer je niet alleen. Je moet de juiste mensen voor je laten werken. Zoals Faber toen hij zijn macht aanwendde om het onderzoek tegen mij te laten sluiten. Of toen jij Faber en zijn zoon voor mij uitschakelde. Na de dood van Elias heb ik onze interne beveiligingsdienst om bescherming gevraagd, en toen een tweede dode in mijn directe nabijheid wederom vergiftigd bleek is het protocol in werking getreden om mij te laten verdwijnen. Mijn dood werd in scène gezet. Er hing daar wel degelijk korte tijd iemand aan het kruis, maar onder zijn kleding had hij een hittebestendig pak en onder de kap over zijn hoofd droeg hij een zuurstofmasker. Een cameraploeg was van tevoren ingeseind en werd direct nadat het vuur ontvlamde toegang verleend. De opname werd kort daarop al stilgelegd toen ze het vuur doofden en mijn stand-in van het kruis haalden. Om elke twijfel over mijn dood weg te nemen werd jij de volgende dag meegenomen om me met eigen ogen te zien.'

Hij keek over zijn schouder naar het fornuis. Ik merkte dat hij er bijna klaar voor was. Opnieuw wrikte ik met mijn polsen en ditmaal voelde ik een heel klein beetje speling.

Samuel keek weer in mijn richting.

'Die FBI-agenten,' zei ik. 'Die twee mannen die voor de interne beveiligingsdienst werkten, die vertelden me dat je was overleden door de inname van cyanide. Ze konden me heel gedetailleerd beschrijven wat er was gebeurd.'

'Dat was een onderdeel van het plan. Ik heb ze verteld dat jij wist van het gebruik van cyanide bij de twee eerdere moorden. Het zou het verhaal voor jou nog geloofwaardiger maken. Zonder dat ze het wisten hielpen ze met de uitvoering van mijn plan.'

Opnieuw keek hij om, en ditmaal stond hij op. Hij liep echter niet naar het fornuis, maar naar de tafel waar het koffertje stond. Met zijn rug naar me toe opende hij het. Ik rolde vliegensvlug om en haalde opnieuw het touw langs de scherpe rand. Vrijwel onmiddellijk voelde ik meer ruimte ontstaan. Het koffertje klapte dicht en zonder me een moment te bedenken rolde ik terug. In het licht van de vlammen zag ik dat Samuel een ampul in een houdertje schoof.

Hij liep naar me toe.

'Luister, Ezra, het is heel belangrijk dat je voorzichtig doet. Ik hoef je denk ik niet te vertellen wat er gebeurt als dit breekt.'

Hij knielde naast me neer en hield het houdertje met de uitstekende ampul voor mijn mond terwijl hij het touwtje over mijn hoofd schoof.

'Je kunt je mond beter opendoen, Ezra, anders breekt hij nog.'

Ik slikte en hield mijn mond stijf gesloten, terwijl Samuel naar het fornuis liep en er de gloeiende pook uit haalde. In een uiterste poging om het touw achter mijn rug te laten breken trok ik zo hard als ik kon mijn armen uit elkaar. Maar het laatste stukje gaf niet mee. Samuel had zich al omgedraaid en kwam nu met de gloeiende pook op me af. Hij knielde voor me en keek naar de wollen trui van opa Harold.

Vakkundig draaide hij me op mijn rug en sloeg een been over me heen zodat hij op mijn heupen zat. Met zijn vrije hand schoof hij mijn trui en het hemd daaronder omhoog. Toen bewoog hij de pook in de richting van mijn navel. Ik krijste het uit en voelde de ampul in mijn mond schieten. Uit alle macht probeerde ik te draaien en Samuel van me af te werpen, maar hij was te sterk. De pook raakte me nu bijna aan. Mijn huid begon te bijten van de pijn, de lucht van verschroeid vlees dreef me tot waanzin. Ik trok aan mijn armen om ze los te krijgen.

'Je wilt natuurlijk graag weten waarom ik dit allemaal doe,' hoorde ik Samuel zeggen terwijl de pijn ondraaglijk werd. 'Dat zal ik je vertellen. Want jij bent medeverantwoordelijk voor dit alles. Voor wat mij...'

Op dat moment schoot één arm onder mijn lichaam uit en vrijwel onmiddellijk de andere, waardoor mijn lijf naar beneden klapte en Samuel even uit balans was. Ik greep de pook vast en drukte hem uit alle macht in zijn buikholte.

Samuel schreeuwde het uit, blind van pijn. Terwijl ik met één hand de pook vasthield, trok ik met mijn andere hand het touwtje van mijn hoofd en duwde de ampul tussen Samuels wijd opengesperde lippen. Op dat moment opende hij zijn ogen en sloot hij met een van woede vertrokken gezicht zijn mond. Ik hoorde het glas breken. Een moment staarde hij me geschrokken aan. Toen rukte hij de pook uit mijn handen en ging me te lijf.

Hij drukte het uiteinde van de pook naar beneden tot vlak boven mijn keel. Met mijn handen tegen zijn onderarmen probeerde ik hem tegen te houden, maar hij was te sterk. Het gloeiende staal raakte mijn huid. Ik krijste het uit en voelde op hetzelfde moment zijn greep verslappen. Zijn lichaam begon ineens te trillen en hij zakte voorover. Zijn hoofd belandde schuin naast het mijne en hij keek me met wijd opengesperde ogen aan terwijl er een beetje schuim uit zijn mond kwam. Ik staarde naar zijn kapotte lippen terwijl het bloed uit zijn buikholte langzaam in mijn wollen trui trok.

69

Washington D.C.
Dinsdag 10 mei 1960

Het was rond vier uur 's middags toen ik wakker werd van de deurbel. Versuft kwam ik uit mijn bed. Ik had ruim dertig uur geslapen sinds ik gistermiddag thuiskwam.

Ik opende de deur van mijn appartement en zag een bode klaarstaan met een telegram. Ik nam het in ontvangst en legde het op de keukentafel. Met een vermoeide blik staarde ik naar de envelop. Het was de dag van de primary in West Virginia. Had het bericht daar iets mee te maken?

Het enige wat ik had gezien bij thuiskomst was een foto op de voorpagina van de *Washington Post* van JFK met zijn hand op een bijbel. Daarna was ik ingestort en in een diepe slaap geraakt.

Ik opende de envelop.

Het was een bericht van JFK zelf.

Beste Ezra. Vandaag zijn de primaries. Ik weet dat je even afstand wil nemen. Dat doe ik ook. Ik ben vandaag niet in West Virginia, maar thuis in mijn woning in Georgetown, Washington. Er komen een paar vrienden langs. Je bent van harte welkom. Jack.
PS mijn adres is 3307 N Street.

Ik glimlachte. Deze uitnodiging was zijn manier om mij te bedanken.

Ik nam een warme douche. Een klein uur later, stipt om half zeven, arriveerde ik met een fles champagne. Samen met Jacky en twee vrienden van Jack dineerde ik die avond bij de Kennedy's thuis, en na het eten gingen we samen naar de film, alsof we de tijd even hadden stilgezet en de primaries niet bestonden. Pas toen we rond half twaalf terugkeerden begon de tijd weer te lopen.

In de hal lag een briefje van het dienstmeisje.

Alstublieft bel Charleston, West Virginia onmiddellijk.

Jack belde zijn broer Bobby, wij keken gespannen toe. Er verscheen een grijns op zijn gezicht en terwijl hij de hoorn neerlegde slaakte hij een luide overwinningskreet. Hij rende naar de woonkamer en kwam terug met de fles champagne, die hij met een knal ontkurkte. 'We staan dik voor! Zestig voor ons en slechts veertig voor Humphrey!'

Iedereen viel elkaar in de armen. En Jack, die amper een slok champagne gedronken had, stond meteen in de actiestand. Hij belde de bemanning van zijn vliegtuig dat ze zich klaar moesten maken voor een vlucht naar Charleston en rende naar boven om zich om te kleden voor de persconferentie. Voordat we vertrokken belde hij zijn vader in Massachusetts. Toen reden we naar de luchthaven, en rond drie uur 's nachts kwamen we aan in Charleston, waar Humphrey zijn nederlaag al had toegegeven. Jack gaf een persconferentie waarin hij West Virginia bedankte en waarin hij de overtuiging uitsprak dat we de religieuze kwestie met deze uitslag voorgoed begraven hadden.

Daarna baande hij zich een weg door de menigte naar buiten, waar een journalist hem vroeg wat hij nu ging doen.

'Ik ga me voorbereiden op Maryland, voor de primary van volgende week.'

Ik glimlachte terwijl ik hem in de regen zag verdwijnen. Na vanavond was Maryland slechts een formaliteit. Jack kon zich gaan opmaken voor de Democratische conventie in juli. Het Witte Huis lonkte.

EPILOOG

Arlington, Virginia
3 juni 1960

Ik schoof de doos in een container en liep terug het appartement in. Vanmiddag moest ik de sleutel inleveren en dan werden de spullen die er nog stonden aan de hoogste bieder verkocht. Vooral de reistrofeeën van Elias had ik veiliggesteld, en verder alleen de echt persoonlijke dingen zoals diploma's en oorkondes. Er was ook een fotoboek van Elias met beelden uit onze jeugd. Van Samuel vond ik een boek met artikelen en foto's over de The Hasty Pudding Club, een studentenvereniging van Harvard. Samuel was er lid van geweest. Ik had het boek apart gelegd en pakte het nu weer op. Het intrigeerde me, omdat Sorenson me had verteld dat Joseph Kennedy en Heinrich Faber elkaar kenden van deze club. En van de zoon van Putzi wist ik dat zijn vader Faber daar ook had leren kennen.

In de keuken bladerde ik door het boek en ik kwam een foto uit 1939 tegen van een jonge John F. Kennedy, die blijkbaar ook lid was geweest van de vereniging. Ik sloeg nog wat bladzijdes om en kwam bij een pagina met foto's uit 1954. Ik zag onmiddellijk Samuel op een van de foto's staan. Hij nam zijn hoed af en had in zijn andere hand een sigaar. Mijn ogen gleden langs de foto's, toen ik Samuel opnieuw zag staan. Ditmaal tussen een jongen en een meisje in. Hij had zijn armen om hen heengeslagen. Zowel de jongen als het meisje kwam me bekend voor. Ik bleef hangen bij de glimlach van het meisje en zag ineens wie het was.

'Nora Ann Bates,' zei ik verbluft.

Op dat moment hoorde ik een stem bij de deur van het appartement en realiseerde ik me dat ik de deur open had laten staan.

'Mevrouw...'

Ik liep door de gang naar het halletje en zag de Komodovaraan staan.

'Mevrouw, sorry dat ik u stoor, maar er is een krant bezorgd. De naam van meneer Walsh staat erop.'

Ik nam de krant van hem aan en zag dat het de *Washington Post* van vandaag was.

'Dank u wel,' zei ik en ik duwde de deur dicht.

Met de krant in mijn hand liep ik terug naar de keuken en ik keek opnieuw naar de foto.

Wie was die jongen naast Samuel? Ik kende hem, maar...

Ik schudde mijn hoofd en wierp een blik op de krant. Waarom werd die hier voor Samuel bezorgd? Ik had alle abonnementen stopgezet, en de *Washington Post* was bovendien nooit Samuels krant geweest.

Er bekroop me een onaangenaam gevoel. Ik sloeg de krant open en bladerde naar de pagina met overlijdensadvertenties. Mijn ogen gleden snel langs de berichten, tot ze abrupt halthielden. Vol ongeloof staarde ik naar de tekst.

Paula Hitler
21 januari 1896 – 1 juni 1960
Zus van Adolf Hitler

Wordt begraven op maandag 6 juni
te Berchtesgaden, Duitsland

Mijn handen verkrampten. Onder de tekst stonden vier namen. Onze namen.

Elias Tamarkin   Samuel Belkin   Salo Sanders   Ezra Steinbach

Trillend staarde ik naar de namen. Wie had deze advertentie in vredesnaam geplaatst? Ik bleef naar mijn eigen naam kijken, de enige van deze vijf die nog leefde, en dacht aan de advertentie van de houtzagerij die morgen in de *Herald Tribune* zou staan.

Berchtesgaden, Duitsland
5 juni 1960

Het was zondagmiddag half vier toen de trein op het station van Berchtesgaden arriveerde. Ik stapte uit en keek naar de bergen die ik zo lang geleden achter me had gelaten. De Obersalzberg ging half in de wolken schuil terwijl verderop richting de Königssee de Watzmann tot oneindig hoog in de blauwe lucht torende.

Ik liep met mijn kleine rugzak in de richting van de wijk waar Paula Hitler zou hebben gewoond. Het was een van de plekken die ik wilde zien. De andere twee waren Gasthof Vorderbrand en de Königssee.

Ik klopte aan bij een woning en hoorde binnen gestommel.

De deur ging open en er verscheen een gezicht van een man in de deuropening.

'Ja?' zei hij met een Beiers accent.

'Hallo,' zei ik in het dialect dat ik zo lang niet had gesproken. 'Ik kom voor Frau Wolff.'

'Frau Wolff is overleden,' zei hij. 'Ze wordt morgen begraven.'

'Ja, dat weet ik,' zei ik. 'Maar ik dacht dat ze misschien thuis opgebaard zou liggen.'

'Wie bent u?'

'Mijn naam is Ezra Walsh, maar Frau Wolff kende me als Ezra. Als kind heb ik een periode samen met haar op Gasthof Vorderbrand gewoond.'

'Ach zo. Nee ze ligt niet thuis opgebaard. Maar nu u hier toch bent, komt u maar verder.'

Hij deed de deur iets wijder open en ik volgde hem het pension in tot hij bij een deur halthield.

'Dit hier was haar appartement,' zei hij. 'Ze had het goed bij ons. Ze had twee kamers. Meer had ze niet nodig.' Hij deed de deur open en we liepen een woonkamer in met een klein keukenblok. Bij het raam stond een donkerhouten tafel met een wit kanten kleed met bloemmotief. De man knikte naar de wand naast de tafel. 'Als ze u gekend heeft staat u misschien wel op een van de foto's.'

Ik liep naar de tafel en keek naar de vergeelde zwart-witafdrukken.

'Als u wilt kunt u hier wel even naar de foto's kijken. Dan zet ik wat vruchtenthee en vraag ik of mijn vrouw zo ook komt. Ze zal het vast leuk vinden om te horen dat er iemand is die Paula van vroeger kent.'

Ik knikte en nam plaats aan de tafel terwijl mijn aandacht getrokken werd door een reeks ansichtkaarten. Ze hingen netjes aan lintjes en vormden zo lange rijen. Er zaten oude kaarten tussen van de nazipartijdag in Neurenberg in 1933 en de Olympische spelen in Berlijn in 1936. Toen ik de kaarten omdraaide zag ik dat ze van haar broer waren. Frau Wolff had alles wat ze van hem kreeg bewaard. Naast de kaart van de Olympische spelen zag ik een kaart waar een foto van een hotel op was geplakt. Alsof iemand het hotel had bezocht en daar zelf een foto van had gemaakt. Ik draaide ook deze kaart om en zag dat de kaart verstuurd was door medewerkers van een hotel in München die de groeten deden aan hun oud-collega Perle Tamarkin. Terwijl ik haar naam las ging er een schok door me heen. De kaart gleed uit mijn hand en viel op het kanten tafelkleed. Tamarkin was de achternaam van Elias. Perle Tamarkin was de moeder van Elias.

Ontgoocheld staarde ik door het raam naar buiten, waar in de verte de Obersalzberg uit de wolken was gekropen. Samuel had niet gelogen. De moeder van Elias had wel degelijk in een hotel in München gewerkt en dit was de kaart die Elias aan Frau Wolff had laten zien. Ze had hem niet voor niets al die jaren bewaard. Dit was het hotel waar haar broer een relatie had gehad met een medewerker, namelijk de moeder van Elias. Adolf Hitler was de vader van Elias…

Ik pakte de kaart weer op en keek naar de poststempel. Hij was van 3 december 1933. Dat was vijf maanden voor de geboorte van Elias. Dat klopte met de teksten die ik eronder las. De collega's feliciteerden haar met haar zwangerschap. Een van de collega's zei zelfs dat ze nu samen zwanger waren en dat zij in het voorjaar ook een kind verwachtte. De naam eronder was moeilijk leesbaar. Maar toen de letters in mijn hoofd samenvielen viel mijn wereld uit elkaar. De naam van de vrouw was Aliza Steinbach. Mijn eigen moeder.

'U zei dat uw naam Ezra is?' klonk het achter me.

Verdwaasd draaide ik me om en ik zag de man staan.

'Mijn vrouw kon niet komen, maar ze vroeg me dit aan u te geven. Frau Wolff heeft het altijd bewaard. Ze zei dat het nog van Vorderbrand kwam. Uw naam staat erin.'

Ik staarde naar het kleine boekje en zag dat het *De kleine prins* was.

'Kijk maar achterin.'

Ik pakte het boekje van hem over en sloeg het op de laatste bladzijde open.

'*Für Ezra, meinen kleinen Prinzen*,' zei ik zachtjes terwijl ik het handschrift herkende van de ansichtkaarten achter me aan de wand.

'Neem het maar mee,' zei de man. 'Het is van u. Frau Wolff zou dat zo gewild hebben. Ze had het verborgen nadat iemand hier ingebroken had. Alleen mijn vrouw wist waar het lag.'

Berchtesgaden, Duitsland
5 juni 1960

Die middag keek ik vanaf het terras bij hotel Schiffmeister uit over de door bergen omringde Königssee. Een deel van mijn leven lag hier tussen deze bergen aan dit meer. Maar hoe groot dat deel was werd me nu pas duidelijk. De man die zo van deze streek gehouden had en die tegelijkertijd de wereld onnoemelijk veel leed had gebracht zat ook in mij. Ik was zijn kleine prins. Niet Salo, niet Elias, nee – ík was zijn kleine prins. Hij kende mijn naam, maar wist niet dat ik een meisje was. En mijn naam deelde hij met niemand, zelfs niet met zijn zus of Faber, die over mij moesten waken. Die over óns moesten waken. En Samuel had lang getwijfeld of het om Elias of om mij ging. Maar op enig moment moest hij de handgeschreven tekst in *De kleine prins* hebben gezien, en vanaf dat moment wist hij het zeker. Wist hij wat ik nu wist.

Ik begreep nu ook de keuzes die hij me had laten ondergaan. Dezelfde onmogelijke keuzes als waar zijn ouders voor waren gesteld. Tussen het leven van Thomas en het mijne dat met de doodstraf werd bedreigd. Tussen een snelle dood en een lange foltering daar op de vloer in de schuur in het moeras. Hij had de waarheid achterhaald. Net als Faber, die me in het team van Kennedy bracht. Faber herkende het strategisch inzicht om de massa te bespelen onderweg richting de macht. Hij wilde mij daar brengen, in het centrum van de macht. Maar Faber wilde meer, hij wilde zichzelf met mij vermeerderen, zijn genen kruisen met die van de man die hij aanbad. Thomas had gefaald en nu zou hij het zelf wel regelen.

En Samuel wreekte zich op Faber en diens kinderen zoals Faber het gezin om hem heen had weggevaagd.

Maar er waren ook nog dingen die ik niet kon verklaren. Hoe wist Samuel bijvoorbeeld dat ik geen ampullen meer had? Hij kon niet weten dat ik de derde ampul voor agent Lewis had gebruikt. Toch dacht hij dat ik naar het moeras zou komen om een ampul op te halen voor Joseph Kennedy senior. En was het toeval dat twee belangrijke financiers van onze campagne om het leven waren gebracht?

Er bewoog iets naast me en ik hoorde een stem.

'Mag ik bij u aan tafel komen zitten?'

Ik keek verbaasd op en zag een jonge man bij mijn tafeltje staan.

Ik knikte langzaam terwijl ik me realiseerde dat ik hem ergens van kende.

De man nam tegenover me plaats en ineens wist ik het. De foto in het boek over de Hasty Pudding Club. Samuel stond tussen hem en Nora Ann.

'Het is hier prachtig, hè,' zei hij. 'Als kind kwam ik hier al graag. Dan fantaseerde ik dat ik met een duikboot de Königssee afzocht naar de verborgen schatten van Hitler.'

'Kapitein Nemo,' stamelde ik. 'Jij bent het, Salo...'

Hij glimlachte en wenkte een serveerster.

'Wat mag het zijn?' vroeg ze terwijl ik Salo nog altijd verbouwereerd aanstaarde.

'Voor mij graag een glas water,' antwoordde Salo.

'En voor u, mevrouw?'

'Eh, doe mij ook maar,' reageerde ik.

'Ik ben je een verklaring schuldig,' zei hij.

Hij begon te vertellen.

'Op de ochtend dat ik uit jullie leven verdween werd Frau Wolff bij ons op Vorderbrand opnieuw door de Amerikanen verhoord en ontdekte ik wie ze werkelijk was. Ik begreep meteen dat het geen toeval was dat ze bij ons was komen wonen. Ze was iets met ons van plan. De zus van Hitler die zich interesseerde voor een paar Joodse kinderen kon weinig goeds betekenen. Ik was bang dat ze me iets zou aandoen tijdens de wandeling die we die dag samen maakten. En dus zei ik op de terugweg naar Vorderbrand dat ik een andere route nam en haar dan op de afgesproken plek zou zien. Maar in plaats van haar daar te treffen nam ik de benen en vluchtte ik.

De eerste dagen werd ik door angst gedreven en dacht ik alleen maar aan mezelf. Maar nadat een gezin dat een herberg runde zich over me ontfermde en ik eten en drinken en een dak boven mijn hoofd had, begon ik me ook schuldig te voelen, omdat ik jullie in de steek had gelaten. Ik twijfelde of ik terug moest gaan om jullie te waarschuwen, maar ik bleef waar ik was. In plaats daarvan schreef ik jullie een brief waarin ik vertelde wie Frau Wolff werkelijk was. Die brief hebben jullie, zo begreep ik later, nooit ontvangen. Een tweede brief die ik schreef bereikte jullie wel. Ik had een fantasie die verklaarde waarom Frau Wolff zich voor ons interesseerde. Wij waren geen gewone Joodse kinderen, we waren voorbestemd. De Kinderen van Vorderbrand. *Vier loten van Abraham. Verborgen om ze te beschermen opdat zij ons beschermen zullen.*'

Ik keek hem verbaasd aan. 'Dus jij schreef die brief.'

'Ik had het jullie allemaal willen vertellen, maar toen ik jaren later Berchtesgaden bezocht waren jullie verdwenen. Ik kwam jullie pas weer op het spoor toen ik in Amerika ging studeren.

Op Harvard kwam ik in contact met Samuel, die vervolgens na zijn studie snel carrière maakte en een belangrijke functie kreeg bij het Witte Huis. Vanaf dat moment had hij toegang tot dossiers die voor de meeste mensen gesloten bleven. Hij ontdekte waarom we op Vorderbrand waren ondergebracht, welke rol Faber daarin had gespeeld, dat diezelfde Faber zijn ouders en zijn broertje had vermoord en nu zocht naar de schat die hij had moeten beschermen en tot wasdom wilde laten komen. Samuel wist me ervan te overtuigen dat we dit moesten voorkomen, en dat de mensen die verantwoordelijk waren voor het leed dat ons was aangedaan gestraft moesten worden met hun eigen wapen, met het gif van de ss uit het koffertje dat ik als kind had verstopt.'

'Dus jij was het inderdaad. Jij hebt dat koffertje die nacht ontvreemd.'

Salo knikte naar de serveerster die onze bestelling op tafel zette.

'Natuurlijk was ik het. Dat was toch voor iedereen duidelijk? Ik wilde het liefst van ons allemaal weten wat er in die ampullen zat. Ik ben je gevolgd naar de mijn en heb het toen ergens anders verstopt. Ik was de enige die wist waar het was. Daarom had Samuel mij nodig. Ik moest hem vertellen waar het koffertje lag.'

'Maar als Samuel jou niet heeft gedood met dat ampul, dan kan Frau Wolff ook nooit een kokertje in de zak van Samuel hebben gevonden. En dan heeft ze dat dus niet tegen Elias gezegd toen hij bij haar was.'

Salo knikte. 'Samuel heeft het verhaal veranderd om mijn bestaan voor je te verhullen. Frau Wolff kan dat niet tegen Elias gezegd hebben, want Elias is nooit bij haar geweest. Hij was kort voor zijn dood wel in Europa, maar dat was in Frankrijk, voor een diplomatiek gesprek. Het was Samuel die op hetzelfde moment naar Berchtesgaden reisde om het koffertje op te halen en daarna Frau Wolff bezocht. Ze was niet thuis, maar hij vond wel een kaart die bevestigde wat hij in het inlichtingendossier over Hitler had gelezen. In de zomer van 1933 zou hij een relatie hebben gehad met een medewerkster van een hotel in München. Deze kaart kwam van dat hotel en zowel de ontvanger als een van de afzenders was in die periode werkzaam in het hotel, en zwanger geraakt.

In het appartement van Frau Wolff vond hij ook de jutezak die ze bij zich had gehad op de avond dat ze naar Vorderbrand kwam. Naast een kindertekening en een exemplaar van *De kleine prins* vond hij onze geboorteakten in die zak. Het boekje liet hij achter, de andere spullen nam hij mee. Uit de geboorteakten maakte hij op dat wij alle drie negen maanden na de affaire in het hotel waren geboren. Omdat jouw moeder en de moeder van Elias in de zomer van 1933 in dat hotel hadden gewerkt, was het zeer waarschijnlijk dat een van jullie twee de nakomeling van Adolf Hitler was – de man die hij naast Faber boven alles en iedereen verantwoordelijk hield voor de dood van zijn ouders en zijn broertje. En dus werd jullie lot een onderdeel van zijn plan. Een ingenieus plan waarbij angst zijn belangrijkste wapen was. Jouw angst voor een onzichtbare vijand, en de angst van de gedoodverfde opvolger van Eisenhower voor het geld achter een nog vrij onbekende senator uit Hyannisport.'

Ik keek hem bedachtzaam aan terwijl ik begreep hoe de puzzel in elkaar schoof. 'Dus toch de financiers,' zei ik. 'En zeg je nu dat Richard Nixon...'

Er speelde een glimlach rond Salo's mond. 'Nixon weet hoe machtig Joseph Kennedy senior is. Met zijn geld heeft hij Roosevelt in het zadel geholpen en met zijn geld zal hij nu zijn zoon het Witte Huis binnenloodsen. En niet alleen met zijn eigen geld, maar ook dankzij de kapitaalkrachtige financiers die hem omringen. De Democratische conventie moet nog worden gehouden, maar Nixon speculeert al op de uitkomst. Hij vreest de geldmachine achter JFK. En op die angst heeft Samuel handig ingespeeld.

Binnen een eliteclubje van vertegenwoordigers van de Republikeinse Partij had Samuel zijn plan ontvouwd om de belangrijkste financiers uit te schakelen. Hij wist namelijk dat Faber een van de voornaamste financiers van de campagne van JFK was, en dat diens buitenechtelijke dochter Allison Hyde vanuit haar familievermogen inmiddels ook een bijdrage aan de campagnekas leverde. Formeel bestond het plan uit het overhalen van financiers om niet de Democratische, maar de Republikeinse Partij te steunen. Bijvoorbeeld door het doen van toezeggingen of door te schermen met het intrekken van privileges. Informeel kreeg Samuel echter ook het mandaat om waar nodig nog iets verder te gaan, onder de codenaam *Operation Impoverishment*. Ik hoef je denk ik niet uit te leggen hoe ver dat mandaat reikte.'

Hij keek me een moment aan en zag dat ik mijn wenkbrauwen fronste. 'Je vraagt je misschien af waarom hij dit mandaat nodig had en niet gewoon zelfstandig zijn plan uitvoerde. Daar heb ik het ook uitvoerig met hem over gehad. Hij wilde zijn eigen handen echter schoonhouden zodat hij nooit de doodstraf zou krijgen. Dankzij het mandaat had hij een "license to kill".

Daarnaast was hij ervan overtuigd dat hij zijn plan niet kon uitvoeren zonder de hulp van een gezaghebbende dienst. Hij had die dienst nodig om zijn eigen dood in scène te zetten, maar ook om de politie op afstand te houden. Naast de afhandeling na de kruisiging kwam dat tot twee keer toe heel goed van pas. De eerste keer was na de dood van Allison Hyde toen jij werd opgepakt, en de tweede keer was op de ochtend na de kruisiging toen een visser een nummerplaat boven het water zag uitsteken bij het Theodore Roosevelt Eiland in de Potomac Rivier. Toen hij beter keek zag hij dat het de neus van een politieauto was. Bergingswerkers vonden een uur later een agent in die auto. Het bleek Bill Lewis te zijn die met zijn broek naar beneden achter in de auto hing en een opvallend blauw gezicht had. Alle sporen wezen in jouw richting. Jij was het laatst met hem gezien en autopsie zou uitwijzen dat hij met hetzelfde gif om het leven was gebracht als Allison Hyde. En dat een paar dagen voordat je zou moeten afreizen naar Portland om daar af te rekenen met Heinrich Faber. Alles kon in duigen vallen en dus grepen we in.'

'Want jij was inmiddels een vast lid van zijn team?' zei ik. 'Net als die twee mannen die me vertelden dat ze van de FBI waren en meenamen naar dat kantoor waar Samuel lag opgebaard.' Ik schudde mijn hoofd. 'Nu begrijp ik waarom Samuel wist dat ik geen ampullen meer had.'

Salo knikte. 'De dood van Joseph Kennedy viel overigens niet onder het mandaat. Hij is te machtig en bovendien zou hem uitschakelen te opzichtig zijn geweest. Hij was zo intensief betrokken bij de campagne. We moesten ons richten op de kleinere vissen die eromheen zwommen. En de grootste daarvan was Faber. We moesten iemand hebben die dicht genoeg bij hem kon komen om hem uit te schakelen. Door zijn ervaringen in de oorlog was hij uiterst achterdochtig en schonk hij bijvoorbeeld altijd zelf zijn wijn in. We wisten echter dat Faber zich voor jou interesseerde en op enig moment contact met je zou zoeken. En dat jij dan waarschijnlijk de kans zou krijgen om heel dicht bij hem te komen. Dus creëerden we een onzichtbare vijand waarvan jij op enig moment moest ontdekken dat het Faber was. Dat begon met de tekening van een poppetje aan de brug vlak voordat Elias stierf. In eerste instantie zou je denken dat je zelf bedreigd werd, maar na de dood van Elias zou je mogelijk begrijpen dat het een vooraankondiging van zijn dood was geweest. Bij de tweede tekening en het daaropvolgende overlijden van Samuel zou je zeker weten dat de tekeningen de dood aankondigden, en wel van de resterende kinderen van Vorderbrand. En na Samuels dood was jij alleen nog over en zou je de volgende zijn. Nu moest je alleen nog ontdekken wie de dader was en het op je had voorzien. Een teken dat alles in een keer duidelijk zou maken.'

'De foto van de brug,' zei ik. 'Nora Ann vertelde me over de foto van de brug. Ze had hem thuis gevonden tussen de spullen van Thomas.'

Opnieuw dacht ik aan die andere foto waarop Samuel tussen Salo en Nora Ann in stond. 'Zij zat ook in het complot...' Ik nam een slok van mijn water, zette het terug op tafel en keek Salo vragend aan.

Hij knikte in de richting van de serveerster, die een paar meter verderop stond.

Ik nam haar onderzoekend op. Toen herkende ik haar gezicht.

Nora Ann.

Verschrikt keek ik naar Salo, en daarna naar mijn lipafdruk op het glas water voor me op de tafel, dat langzaam wazig werd.